BOA GAROTA, SEGREDO MORTAL

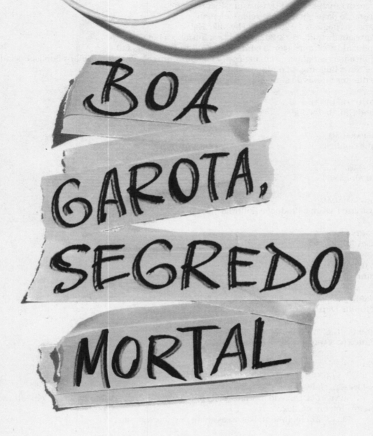

BOA GAROTA, SEGREDO MORTAL

HOLLY JACKSON

Tradução de Karoline Melo

Copyright © 2020 by Holly Jackson
Imagem de capa © 2021 by Christine Blackburne
Ilustração da página 33 © Priscilla Coleman
Mapa das páginas 7 e 263 © 2020 by Mike Hall
Copyright da tradução © 2022 by Editora Intrínseca Ltda.
Traduzido mediante acordo com HarperCollins Publishers Ltd.
Publicado originalmente em inglês por Farshore, um selo de HarperCollins Publishers Ltd,
The News Building, 1 London Bridge St, Londres, SE1 9GF.
Os direitos morais da autora foram assegurados.

TÍTULO ORIGINAL
Good Girl, Bad Blood

PREPARAÇÃO
Ilana Goldfeld

REVISÃO
Giu Alonso

DIAGRAMAÇÃO
Ilustrarte Design e Produção Editorial

DESIGN DE CAPA
Casey Moses

ADAPTAÇÃO DE CAPA
Antonio Rhoden

ADAPTAÇÃO DOS MAPAS
Henrique Diniz

CIP-BRASIL. CATALOGAÇÃO NA PUBLICAÇÃO
SINDICATO NACIONAL DOS EDITORES DE LIVROS, RJ

J15b

    Jackson, Holly, 1992-
       Boa garota, segredo mortal / Holly Jackson ; tradução Karoline Melo. - 1. ed. - Rio de
Janeiro : Intrínseca, 2022.
       432 p. ; 21 cm. (Manual de assassinato para boas garotas ; 2)

       Tradução de: Good girl, bad blood
       ISBN 978-65-5560-378-1

       1. Ficção inglesa. I. Melo, Karoline. II. Título. III. Série.

22-78903	CDD: 823
	CDU: 82-3(410.1)

Meri Gleice Rodrigues de Souza - Bibliotecária - CRB-7/6439

[2022]
Todos os direitos desta edição reservados à
EDITORA INTRÍNSECA LTDA.
Av. das Américas, 500, bloco 12, sala 303
22640-904 – Barra da Tijuca
Rio de Janeiro – RJ
Tel./Fax: (21) 3206-7400
www.intrinseca.com.br

Para Ben,

e para cada versão sua desses últimos dez anos.

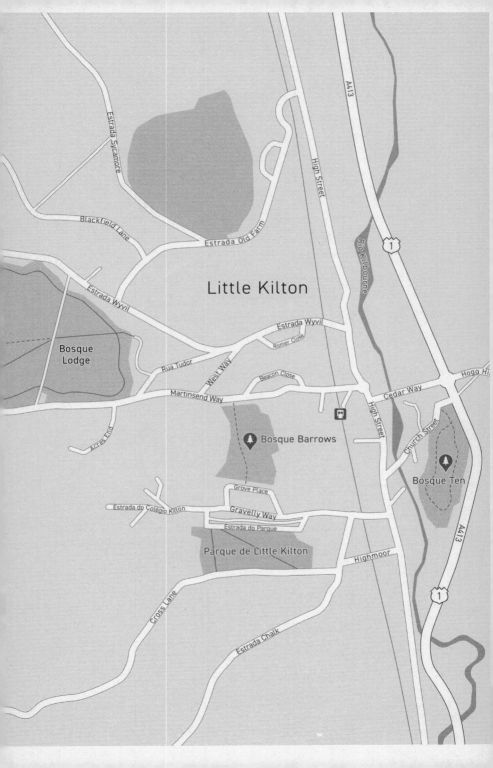

DEPOIS E ANTES

Seria de se esperar que desse para reconhecer a fala de um assassino.

Que as mentiras tivessem uma textura diferente, alguma mudança perceptível. Que a voz embargasse, se tornasse aguda e instável à medida que a verdade desaparecesse sob suas margens irregulares. Seria de se esperar, não é? Todos acreditam que seriam capazes de reconhecer um assassino. Mas não foi o caso de Pip.

"O que aconteceu no final foi uma tragédia enorme."

Sentada diante dele, encarando seus olhos gentis, o celular entre os dois gravando qualquer barulho, bufada e pigarro, ela tinha acreditado em cada palavra.

Pip passou os dedos pelo touchpad para voltar um pouco o áudio.

"O que aconteceu no final foi uma tragédia enorme."

A voz de Elliot Ward soou nos alto-falantes mais uma vez, enchendo o quarto escuro e a cabeça de Pip.

Pausa. Clique. Outra vez.

"O que aconteceu no final foi uma tragédia enorme."

Ela já devia ter ouvido aquilo uma centena de vezes. Talvez até mil. E não havia nada, nenhum indício ou mudança de quando aquele homem que ela havia considerado quase um pai enveredava por mentiras e meias verdades. Mas Pip também não tinha mentido? Por mais que ela repetisse para si mesma que só mentira para proteger as pessoas que amava, aquela não fora exatamente a justificativa de El-liot? Pip ignorou a voz em sua mente. A maior parte da verdade havia sido revelada, e era a isso que ela se agarrava.

Continuou escutando até o outro trecho que lhe dava arrepios.

"E você acha que Sal matou Andie?", perguntou a Pip do passado.

"... Era um garoto tão legal... Mas, considerando as provas, não sei como ele pode não ter matado. Então, por mais errado que isso pareça, acho que deve ter sido ele. Não há outra explicação."

Alguém abriu a porta do quarto de maneira brusca.

— O que você está fazendo? — interrompeu uma voz do presente, a pergunta terminando com um sorriso, porque ele sabia muito bem o que Pip estava fazendo.

— Você me assustou, Ravi — reclamou a garota, apressando-se para pausar o áudio.

Ravi não merecia ouvir a voz de Elliot Ward nunca mais.

— Você está sentada no escuro ouvindo essa gravação e *eu* que sou assustador? — perguntou ele, acendendo a luz.

O brilho amarelo da lâmpada refletiu no cabelo escuro caído em sua testa. Ravi fez aquela cara que sempre mexia com Pip, e ela sorriu, porque era impossível se conter. Então arrastou a cadeira de rodinhas, afastando-se da mesa.

— E como foi que você entrou na minha casa?

— Seus pais e o Josh estavam de saída com uma torta de limão com uma aparência incrível.

— Ah, é — concordou ela. — Estão cumprindo seus deveres de bons vizinhos. Um jovem casal acabou de se mudar para a antiga casa dos Chen, descendo a rua. Minha mãe que fez a venda. Para os Green... ou os Brown, não lembro direito.

Era estranho pensar em outra família ali, vidas novas preenchendo os antigos espaços da residência. Desde que Pip se mudara para a vizinhança, aos cinco anos, seu amigo Zach Chen sempre havia morado quatro casas depois da sua. Aquele não fora um adeus definitivo, ela ainda via Zach na escola todos os dias, mas os pais do amigo decidiram que a família não podia continuar em Little Kilton, não depois de *toda aquela confusão*. Pip tinha certeza de que eles a consideravam uma grande parte de *toda aquela confusão*.

— Aliás, o jantar é sete e meia — informou Ravi, sua voz se embolando de maneira desajeitada.

Pip o observou. Ele vestia sua melhor camisa, para dentro da calça na parte da frente, e... aqueles tênis eram novos? Sentiu o cheiro de loção pós-barba quando Ravi se aproximou, mas ele parou de repente, sem lhe dar um beijo na testa nem correr a mão pelo cabelo dela. Em vez disso, foi se sentar na cama, mexendo os dedos para se manter ocupado.

— Ou seja, você está duas horas adiantado — comentou Pip, sorrindo.

— É-é. — Ravi tossiu.

Por que ele estava agindo de maneira estranha? Era Dia dos Namorados, o primeiro desde que se conheceram, e Ravi havia reservado uma mesa no The Siren, um restaurante fora da cidade. Cara, a melhor amiga de Pip, estava tão convencida de que Ravi ia pedi-la em namoro naquela noite que disse que apostaria dinheiro. Pip sentiu algo se aquecer em seu peito com a possibilidade. Mas podia não ser nada daquilo: o Dia dos Namorados coincidia com o aniversário de Sal. O irmão mais velho de Ravi estaria fazendo vinte e quatro anos, se tivesse passado dos dezoito.

— Até que parte você chegou? — perguntou Ravi, indicando o notebook com a cabeça.

O software de edição de áudio preenchia a tela com linhas azuis pontiagudas. A história inteira estava contida naquelas linhas. Seu projeto, do começo ao fim. Cada mentira, cada segredo. Alguns até dela mesma.

— No fim — disse Pip, baixando o olhar para o novo microfone USB conectado ao computador. — Terminei. Seis episódios. Tive que usar um efeito de redução de ruído em algumas entrevistas por telefone para tentar melhorar a qualidade do áudio, mas está pronto.

Em uma pasta de plástico verde, ao lado do microfone, encontravam-se os formulários de autorização que ela enviara para todos. Os documentos já haviam sido assinados e devolvidos, garantindo permissão para Pip publicar as entrevistas em um podcast. Até Elliot Ward havia assinado um, de sua cela. Apenas duas pessoas se recusaram: Stanley Forbes, do jornal da cidade, e, é óbvio, Max Hastings. Mas Pip não precisava da voz deles para contar a história: havia preenchido as lacunas com as entradas de seu diário de produção, agora gravadas como monólogos.

— Você *já* terminou? — questionou Ravi, embora não pudesse estar surpreso de verdade. Ele conhecia Pip, talvez melhor do que ninguém.

Fazia apenas algumas semanas desde que ela havia subido ao palco do anfiteatro da escola e revelado para todo mundo o que de fato acontecera. Mas a mídia insistia em contar a história errado. Mesmo agora, os jornalistas continuavam agarrados às próprias versões porque eram mais simples. Na verdade, o caso de Andie Bell tinha sido tudo, menos simples.

— Se quer que algo seja bem-feito, precisa fazer você mesma — defendeu Pip, o olhar percorrendo as linhas pontiagudas dos áudios.

No momento, ela não conseguia decidir se aquilo parecia um começo ou um fim. Mas sabia que opção preferia.

— Então, qual é o próximo passo? — perguntou Ravi.

— Vou exportar os arquivos dos episódios, carregá-los no Sound-Cloud uma vez por semana, conforme a programação, e depois copiar o feed RSS para diretórios de podcast, tipo iTunes ou Stitcher. Mas eu ainda não terminei cem por cento. Tenho que gravar a introdução em cima da música-tema que achei no Audio Jungle. Mas, para isso, preciso de um título.

— Ah — fez Ravi, alongando-se para trás —, quer dizer que ainda estamos sem título, srta. Fitz-Amobi?

— Pois é. Reduzi a três opções.

— Diga.

— Não, você vai fazer algum comentário maldoso.

— Não vou, não — assegurou Ravi, com um sorrisinho discreto no rosto.

— Está bem. — Pip consultou suas anotações. — Opção A: *Análise de um erro judicial*. O qu...? Ravi, você está rindo.

— Foi só um bocejo, juro.

— Bem, você também não vai gostar da opção B, porque é *Estudo sobre um caso encerrado: Andie Bell...* Ravi, para!

— O qu...? Desculpa, não consigo me conter. — Ele riu até os olhos se encherem de lágrimas. — É só que... Dentre as suas muitas qualidades, Pip, uma que você não tem...

— Não tenho? — Ela girou na cadeira para encará-lo. — Eu *não tenho* uma qualidade?

— Aham — concordou Ravi, encarando a tentativa dela de um olhar implacável. — Extravagância. Você não tem um pingo de extravagância.

— Eu tenho, no mínimo, alguns pingos de extravagância.

— Você precisa atrair as pessoas, deixá-las intrigadas. Use uma palavra como "matar" ou "morte" no título.

— Mas isso é sensacionalismo.

— E é exatamente o que você quer, para que as pessoas escutem — argumentou Ravi.

— Mas todas as minhas opções são objetivas e...

— Entediantes?

Pip jogou um marca-texto amarelo nele.

— Você precisa de algo com rimas ou aliteração. Algo...

— Extravagante? — completou ela, imitando a voz de Ravi. — Pense você em um título, então.

— *Recorte de uma morte* — sugeriu ele. — Hum, não. Little Kilton... talvez *Little Kill Town: A pequena cidade da morte*.

— Eca, não — vetou Pip.

— Você tem razão. — Ravi se levantou e começou a andar de um lado para outro. — Na verdade, o seu diferencial é... você. Uma garota de dezessete anos que resolveu um caso que a polícia considerava encerrado há muito tempo. E o que você é?

Ravi a analisou, semicerrando os olhos.

— Alguém que não tem extravagância, é evidente — respondeu Pip, fingindo irritação.

— Uma estudante — comentou Ravi, pensando em voz alta. — Uma garota. Projeto. Ah, e se fosse *Projeto assassinato e eu*?

— Nem vem.

— Tudo bem.

Ele mordeu o lábio, e Pip sentiu a barriga se contrair.

— Então, algo com "assassinato", "matar" ou "morte". E você é Pip, uma estudante e uma garota que é boa em... Ah, caraca — soltou ele, de repente, arregalando os olhos. — Já sei o nome!

— Qual?

— Eu já sei, sério — disse ele, parecendo satisfeito demais consigo mesmo.

— Qual é?

— *Manual de assassinato para boas garotas*.

— Nãoooo. Esse título é muito ruim, está forçando a barra.

— Como assim? É perfeito.

— "Para boas garotas"? — questionou Pip, em dúvida. — Faço dezoito anos daqui a duas semanas. Não vou contribuir para minha própria infantilização.

— *Manual de assassinato para boas garotas* — repetiu Ravi em sua versão de uma voz grossa de narrador de trailer de filme, puxando Pip da cadeira e girando-a em sua direção.

— Não — insistiu ela.

— Sim — retrucou Ravi, levando uma das mãos à cintura de Pip, os dedos quentes dançando em sua pele.

— Não. De jeito nenhum.

NEWSDAY

Reino Unido > Cultura > TV & Rádio > Críticas

Manual de assassinato para boas garotas: O final arrepiante do podcast de true crime que é a sensação do momento

BENJAMIN COLLIS | 28 DE MARÇO

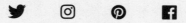

Se você ainda não ouviu o sexto episódio de *Manual de assassinato para boas garotas*, pare de ler agora. Sérios *spoilers* a seguir.

É claro que muitos de nós sabíamos como este mistério terminava desde que o caso explodiu nos noticiários em novembro do ano passado, mas havia mais a ser revelado do que apenas a identidade do assassino. A verdadeira história de *Manual de assassinato para boas garotas* é uma jornada, iniciada com a intuição de uma garota de dezessete anos agindo como detetive de um caso encerrado — o assassinato da adolescente Andie Bell, supostamente cometido por seu namorado, Sal Singh —, rumo a uma teia complexa de segredos macabros que ela descobre em sua pequena cidade: os diversos suspeitos, as mentiras e as reviravoltas.

E não faltam reviravoltas neste episódio final, que traz a verdade à tona, a começar pela revelação chocante de que Elliot Ward, o pai de sua melhor amiga, escreveu os bilhetes de ameaça que Pip recebeu durante a investigação. É prova irrefutável do envolvimento dele e um verdadeiro momento de "perda de inocência" para Pip. Ela e Ravi Singh, o irmão mais novo de Sal e codetetive no caso, acreditavam que Andie Bell ainda pudesse estar viva e que talvez Elliot a tivesse mantido em cativeiro durante todo esse tempo. Pip confrontou Elliot Ward sozinha e, a partir do relato dele, a história toda é revelada. Um relacionamento proibido entre uma estudante e um professor, supostamente por iniciativa de Andie. "Se for verdade", teoriza Pip, "acredito que Andie queria escapar de Little Kilton, em particular de seu pai, que, supostamente, segundo uma fonte, era controlador e emocionalmente abusivo. Talvez Andie achasse que o sr. Ward pudesse garantir uma vaga para ela em Oxford, como havia feito com Sal".

Na noite do desaparecimento, Andie foi até a casa de Elliot Ward. Os dois discutiram. Andie tropeçou e bateu a cabeça na mesa dele. Mas, enquanto Ward corria para pegar o kit de primeiros socorros, a adolescente desapareceu noite afora. Nos dias seguintes, quando ela foi oficialmente declarada como desaparecida, Elliot Ward entrou em pânico por acreditar que Andie tinha morrido por conta do ferimento da cabeça e que, quando a polícia encontrasse o corpo, haveria provas que levariam até ele. Sua única opção era lhes entregar um suspeito mais convincente. "Ele chorou ao me contar como matou Sal Singh", revela Pip. Ward fez com que a morte parecesse um suicídio e plantou evidências para a polícia achar que Sal assassinara a namorada.

Porém, meses depois, Ward se surpreendeu ao ver Andie, magra e desgrenhada, andando na beira de uma estrada. Ela não tinha morrido, afinal. Mas Ward não podia permitir que ela voltasse a Little Kilton, e foi assim que ele acabou a mantendo presa por cinco anos. Entretanto, em uma reviravolta mais bizarra que a ficção, a garota no sótão de Ward não era Andie Bell. "Ela se parecia tanto com Andie", afirma Pip, "até me disse que *era* a Andie". Mas tratava-se, na verdade, de Isla Jordan, uma jovem vulnerável com uma deficiência intelectual. Durante todos esses anos, Elliot havia convencido a si mesmo — e a Isla — de que ela era Andie Bell.

Restava então a última pergunta: o que tinha acontecido com a *verdadeira* Andie Bell? Nossa jovem detetive também foi mais rápida que a polícia nessa descoberta. "Foi Becca Bell, a irmã mais nova da Andie." Pip descobriu que Becca havia sido vítima de abuso sexual em uma das festas locais, chamadas de "festas do apocalipse", nas quais Andie vendia drogas, incluindo flunitrazepam, substância com que Becca suspeitava ter sido dopada na ocasião. Enquanto Andie estava com Ward na noite fatídica, Becca supostamente encontrou provas no quarto da irmã de que Max Hastings havia comprado flunitrazepam, e era provável que ele fosse o agressor de Becca (em breve, Max será julgado por várias acusações de estupro e importunação sexual). Mas, ao voltar para casa, Andie não reagiu à notícia da forma que Becca esperava e proibiu a irmã mais nova de ir à polícia, porque isso lhe traria problemas. As duas começaram a discutir e trocar empurrões, até que Andie acabou no chão, inconsciente e vomitando. A autópsia de Andie — concluída no último mês de novembro, quando seu corpo foi enfim recuperado — mostrou que "o inchaço cerebral devido ao traumatismo craniano não foi fatal. Provocou, sem dúvida, a perda de consciência e a êmese, porém Andie Bell morreu por asfixia, engasgada com o próprio vômito". Becca ficou paralisada enquanto supostamente observava a irmã morrer, em choque e furiosa demais com Andie para salvar sua vida. Depois, teria escondido o corpo por temer que ninguém acreditasse que a morte havia sido um acidente.

Eis aí o nosso final. "Sem distorções nem filtros, apenas a triste verdade sobre como Andie Bell morreu, Sal foi assassinado e incriminado e todos acreditaram." Em sua conclusão mordaz, Pip cita todos os que ela acredita serem responsáveis pelas mortes dos dois adolescentes, nomeando e atribuindo culpa a: Elliot Ward, Max Hastings, Jason Bell (o pai de Andie), Becca Bell, Howard Bowers (o traficante de Andie) e a própria Andie.

O primeiro episódio de *Manual de assassinato para boas garotas* chegou ao topo da lista de mais ouvidos do iTunes seis semanas atrás, e parece que o podcast ali permanecerá por algum tempo. Após o episódio final ser lançado ontem à noite, os fãs já estão implorando por uma segunda temporada do programa do momento. Contudo, em uma declaração postada em seu site, Pip disse: "Lamento informar, mas meus dias de detetive acabaram, e não haverá uma segunda temporada de *MABG*. Esse caso quase me destruiu, e só percebi quando tudo foi resolvido. Ele havia se tornado uma obsessão doentia, e colocou a mim e aqueles ao meu redor em perigo. Mas vou terminar *esta* história, com atualizações a respeito dos julgamentos e vereditos de todos os envolvidos. Prometo que estarei aqui até a última palavra."

UM MÊS DEPOIS...
QUINTA-FEIRA

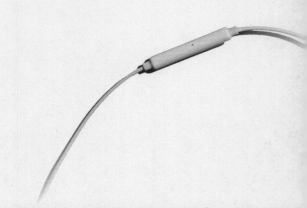

UM

Continuava ali, toda vez que ela abria a porta de casa. Pip sabia que não era real, apenas sua mente reagindo à ausência, preenchendo a lacuna. Ela ouviu as patas de cachorro deslizando pelo piso, correndo para recebê-la em casa. Mas não era verdade, não podia ser. Não passava de uma lembrança, o fantasma de um som que sempre estivera ali.

— Pip, é você? — chamou a mãe da cozinha.

— Oi — respondeu a garota, largando a mochila cor de cobre no corredor, os livros escolares colidindo lá dentro.

Josh estava sentado no chão da sala de estar, a meio metro de distância da TV, avançando os comerciais do Disney Channel.

— Seus olhos vão ficar vermelhos — observou Pip ao passar por ele.

— Sua bunda vai ficar vermelha — retrucou Josh.

A resposta em si era terrível, mas ela tinha que admitir que ele era rápido para um garoto de dez anos.

— Oi, querida, como foi a escola? — perguntou a mãe, bebendo de uma caneca florida, quando Pip entrou na cozinha e se acomodou em uma das banquetas altas.

— Normal. Foi tudo normal.

Era sempre normal na escola. Nem bom nem ruim. Apenas normal. Pip tirou os sapatos e os deixou cair no piso de azulejos.

— Credo — reclamou a mãe. — Você sempre tem que deixar os sapatos na cozinha?

— Você sempre tem que me flagrar fazendo isso?

— Claro, eu sou sua mãe — respondeu ela, batendo de leve com seu novo livro de receitas no braço de Pip. — Ah, e Pippa, preciso falar uma coisinha com você.

O nome inteiro. Havia tanto peso naquela sílaba extra.

— Eu estou ferrada?

A mãe não respondeu de imediato.

— A Flora Green me ligou hoje. Você sabia que ela é a nova professora assistente da escola do Josh?

— Sabia... — Pip assentiu, esperando que a mãe continuasse.

— O Joshua se meteu em problemas e foi mandado para a diretoria. — A mãe franziu a testa. — Pelo visto, o apontador da Camilla Brown sumiu, e ele decidiu interrogar os colegas, encontrar provas e montar uma *lista de suspeitos*. Ele fez quatro crianças chorarem.

— Ah — disse Pip, sentindo aquele buraco se abrir na barriga outra vez. Sim, ela estava ferrada. — Entendi. Será que devo conversar com ele sobre isso?

— Acho que deve, sim. Agora mesmo — anunciou a mãe, levando a caneca à boca e tomando um gole barulhento.

Pip desceu da banqueta com um sorriso forçado e voltou para a sala de estar.

— Oi, Josh — começou, sentando-se no chão ao lado dele e colocando a televisão no mudo.

— Ei! — reclamou o irmão.

Pip o ignorou.

— Então, fiquei sabendo do que aconteceu na escola hoje.

— Ah, é. Tenho dois suspeitos principais. — Josh se virou para ela, os olhos castanhos se iluminando. — Talvez você possa me ajudar a...

— Josh, preste atenção — interrompeu Pip, colocando o cabelo escuro para trás das orelhas. — Ser um detetive não é tão legal quanto parece. Na verdade... é bem ruim.

— Mas eu...

— Só me escute, está bem? Ser um detetive deixa as pessoas ao seu redor tristes. Deixa *você mesmo* triste... — explicou, a voz diminuindo até Pip pigarrear para trazê-la de volta. — Lembra quando o papai contou o que aconteceu com o Barney, por que ele se machucou?

Josh fez que sim com a cabeça, os olhos arregalados e tristes.

— É isso o que acontece quando se é detetive. As pessoas ao seu redor se machucam. E você machuca os outros sem querer. Precisa guardar segredos que não sabe se deveria mesmo guardar. É por isso que não sou mais detetive nem você deveria ser. — As palavras caíram direto no abismo que Pip sentia na barriga, na escuridão a que pertenciam. — Você entende?

— Ahaaam... — O irmão concordou com um aceno de cabeça, pronunciando o "a" de maneira demorada, até formar a palavra seguinte: — Desculpa.

— Deixa de bobeira. — Pip sorriu, envolvendo-o num abraço rápido. — Você não tem por que se desculpar. Agora, chega de brincar de detetive?

— Chega, eu prometo.

Nossa, aquilo foi fácil.

— Pronto — anunciou Pip ao voltar à cozinha. — Acho que o apontador desaparecido vai permanecer um mistério para sempre.

— Ah, talvez não — comentou a mãe com um sorriso mal disfarçado. — Aposto que foi o Alex Davis, aquele pestinha.

Pip soltou um riso pelo nariz.

A mãe chutou os sapatos de Pip para fora do caminho.

— Então, tem notícias do Ravi?

— Sim. — Pip pegou o celular. — Ele disse que acabou há uns quinze minutos. Daqui a pouco ele está aqui para a gente gravar.

— Tudo bem. Como foi hoje?

— Ele disse que foi puxado. Eu queria estar lá — comentou Pip, pousando o cotovelo na bancada e apoiando o queixo na mão.

— Você sabe que não pode faltar aula — argumentou a mãe, deixando claro que aquela não era uma discussão que estava disposta a ter outra vez. — E você não viu o bastante na terça? Para mim, foi mais do que suficiente.

Terça-feira havia sido o primeiro dia do julgamento no Tribunal da Coroa de Aylesbury, e Pip fora chamada como testemunha de acusação. Usando um terno novo e uma camisa branca, ela tentara conter seus dedos impacientes para que o júri não reparasse. O suor escorrera por suas costas. E, a cada segundo, ela sentira o olhar dele, vindo da mesa do réu, algo físico rastejando por sua pele exposta. Max Hastings.

Na única vez em que o encarou, Pip viu o sorriso que ninguém mais perceberia por trás de seus olhos. Não com aqueles óculos falsos, com lentes sem grau. Como ele se atrevia? Como ele se atrevia a ficar de pé e se declarar inocente quando os dois sabiam a verdade? Ela tinha uma gravação da conversa por telefone na qual Max admitira ter drogado e estuprado Becca Bell. Estava tudo ali. Max confessara quando Pip ameaçou contar o segredo dele para todo mundo: o atropelamento e o álibi de Sal. Mas aquilo não importava. A gravação privada era inadmissível no tribunal. A promotoria teria que se contentar com o relato da conversa fornecido por Pip. E ela o fornecera, palavra por palavra... Bem, tirando o começo, é claro, e aquele mesmo segredo que Pip tinha que guardar para proteger Naomi Ward.

— É, foi horrível — admitiu Pip para a mãe —, mas eu ainda deveria estar no julgamento.

Ela deveria mesmo: prometera acompanhar a história até o fim. Mas, em seu lugar, Ravi estaria lá todos os dias, fazendo anotações para ela. Porque *ir para a aula não era opcional*, como disseram sua mãe e a nova diretora.

— Pip, por favor — começou a mãe em seu tom de advertência. — Essa semana já está sendo difícil. E ainda por cima tem o memorial amanhã. Que semana.

— É — concordou a garota, com um suspiro.

— Você está bem? — A mãe pousou uma das mãos no ombro de Pip.

— Claro. Estou sempre bem.

Dava para ver que a mãe não acreditava muito nela. Mas não fez diferença, porque no momento seguinte escutaram as batidas típicas de Ravi na porta da frente. *Forte-fraca-forte*. E, como sempre, o coração de Pip acompanhou o ritmo.

Nome do arquivo:

 Manual de assassinato para boas garotas: O julgamento de Max Hastings (atualização 3).wav

[Toca música-tema]

PIP: Olá, Pip Fitz-Amobi aqui, e boas-vindas a *Manual de assassinato para boas garotas: O julgamento de Max Hastings*. Esta é a terceira atualização, então, se você ainda não ouviu os dois primeiros miniepisódios, por favor, volte e escute antes de continuar. Nós vamos cobrir o que aconteceu hoje, o terceiro dia do julgamento de Max Hastings, e estou aqui com Ravi Singh...

RAVI: Olá.

PIP: ... que está assistindo aos julgamentos na parte aberta ao público. O dia de hoje começou com o depoimento de outra vítima, Natalie da Silva. Talvez vocês reconheçam esse nome, porque a Nat apareceu em minha investigação do caso Andie Bell. Descobri que a Andie fazia bullying com a Nat na escola e tinha divulgado fotos indecentes dela nas redes sociais. Achei que essa pudesse ser uma motivação plausível para assassinato e, por um tempo, considerei Nat uma suspeita. Eu estava completamente errada, é lógico. Hoje, Nat compareceu ao Tribunal da Coroa para depor que, em 24 de fevereiro de 2012, numa festa do apocalipse, ela supostamente foi drogada e abusada sexualmente por Max Hastings, sendo uma acusação de importunação sexual e a outra, de importunação por penetração. Então, Ravi, você pode nos contar como foi o depoimento dela?

RAVI: Claro. Então, o promotor pediu à Nat para estabelecer uma linha do tempo daquela noite: quando ela chegou à festa, a última vez em que viu que horas eram antes de começar a se sentir incapacitada e que horas acordou na manhã seguinte e saiu da casa onde a festa tinha acontecido. Nat disse que só se lembra de alguns fragmentos vagos: de alguém a levando para a sala dos fundos, longe da festa, e a deitando em um sofá; de sentir-se paralisada, incapaz de se mexer; de alguém se deitando ao lado dela. Fora isso, descreveu seu estado como se tivesse apagado. Aí, quando acordou na manhã seguinte, estava se sentindo péssima e enjoada, como se fosse a pior ressaca da sua vida. As roupas dela estavam desalinhadas e alguém tinha tirado sua calcinha.

PIP: E, tendo em mente o que o perito criminal da promotoria disse na terça-feira sobre os efeitos de benzodiazepínicos como flunitrazepam, o testemunho da Nat vai ao encontro do esperado. A droga age como um sedativo e pode ter um efeito depressor no sistema nervoso central, o que explicaria Nat ter se sentido paralisada. É como ser separado do próprio corpo, como se ele simplesmente não obedecesse mais o cérebro, como se os membros não estivessem mais conectados.

RAVI: Certo, e o promotor também fez com que o perito criminal repetisse, diversas vezes, que um dos efeitos colaterais do flunitrazepam era a pessoa "apagar", como Nat disse, ou sofrer de amnésia anterógrada, ou seja, uma incapacidade de criar novas memórias. Acredito que o promotor quisesse frisar esse ponto com o júri porque isso terá um papel importante nos depoimentos de todas as vítimas: o fato de elas não se lembrarem direito do que aconteceu, porque a droga afetou sua habilidade de criar memórias.

PIP: E o promotor fez questão de repetir isso em relação a Becca Bell. Vale lembrar que Becca se declarou culpada, após inicialmente ter se declarado inocente, no julgamento a respeito da morte de Andie, aceitando uma sentença de três anos de prisão, embora sua equipe de defesa estivesse confiante de que conseguiriam livrá-la do confinamento por ser menor de idade quando Andie morreu e devido às circunstâncias do caso. Então, ontem, Becca deu seu depoimento no julgamento de Max Hastings por chamada de vídeo da prisão onde passará os próximos dezoito meses.

RAVI: Exato. E hoje a promotoria fez questão de estabelecer que tanto Becca quanto Nat só tomaram uma ou duas bebidas alcoólicas nas noites em que foram supostamente estupradas, o que não explicaria o nível de intoxicação das duas. Nat declarou que bebeu apenas uma garrafa de 330ml de cerveja a noite toda. E disse, explicitamente, quem lhe deu aquela bebida quando ela chegou à festa: Max.

PIP: E como Max reagiu durante o depoimento de Nat?

RAVI: Da área dedicada ao público, eu só conseguia ver o perfil ou a nuca dele. Mas Max parece estar agindo da mesma forma desde terça-feira: um comportamento calmo e muito quieto, concentrado em quem quer que esteja na cadeira das testemunhas, como se realmente se interessasse pelo que a pessoa tem a dizer. Ele continua usando aqueles óculos de aros grossos, e tenho cem por cento de certeza de que são lentes sem grau, ainda mais porque minha mãe é oftalmologista.

PIP: E o cabelo dele ainda está longo e meio desgrenhado, como na terça?

RAVI: Aham, parece ser essa a imagem que ele e o advogado dele decidiram manter. Terno caro, óculos falsos. Talvez eles achem que o cabelo loiro e bagunçado vai cativar o júri ou algo do tipo.

PIP: Bem, funcionou para certos líderes mundiais.

RAVI: A desenhista do tribunal me deixou tirar uma foto do esboço de hoje e disse que poderíamos postar depois que a imprensa publicasse. Ela ilustrou o Max enquanto seu advogado, Christopher Epps, interrogava a Nat.

PIP: É. Se você quiser dar uma olhada no esboço, pode encontrá-lo nos materiais do apêndice no site *podcastmanualdeassassinatoparaboasgarotas.com*. Agora, vamos falar sobre o interrogatório.

RAVI: Foi... bem pesado. O Epps fez várias perguntas invasivas. O que você estava vestindo naquela noite? Você se vestiu de maneira provocante de propósito? E tudo isso mostrando fotos da Nat naquela noite, que tinham sido postadas nas redes sociais. Você tinha interesse no seu colega, Max Hastings? Quanto de álcool você costumava beber quando saía à noite? Ele também mencionou a condenação dela por agressão e lesão corporal, dando a entender que isso afetava sua credibilidade. Foi, basicamente, a destruição da reputação dela. Dava para ver que Nat ficou chateada, mas manteve a calma, tirando alguns segundos para respirar e tomar um gole d'água antes de responder a cada pergunta. Porém, a voz dela estava trêmula. Foi bem difícil de assistir.

PIP: É revoltante que esse tipo de interrogação às vítimas seja permitido. Quase transfere o ônus da prova para elas, não é justo.

RAVI: Nem um pouco. Depois Epps ficou insistindo no porquê de ela não ter ido à polícia no dia seguinte se tinha tanta certeza de que havia sido estuprada e de quem era o agressor. Disse que, se ela tivesse ido à polícia dentro de setenta e duas horas, o exame de urina poderia confirmar se ela tinha ou não flunitrazepam no organismo, o que, segundo ele, era questionável. Nat apenas repetiu que ela não tinha certeza do que aconteceu logo depois da festa, porque não conseguia se lembrar de nada. E aí Epps retrucou: "Se você não se lembra de nada, como sabe que não teve relações sexuais de maneira consensual? Ou como sabe que sequer interagiu com o réu naquela noite?" Nat respondeu que Max fez uma insinuação para ela na segunda-feira seguinte, perguntando se ela tinha "aproveitado" a festa, porque ele tinha. Epps não deu uma folga em momento algum. Deve ter sido exaustivo para Nat.

PIP: Parece que esta é a tática para a defesa do Max: minar e desacreditar cada uma das testemunhas de alguma forma. Comigo foi a sugestão de como era *conveniente* eu ter um homem, o Max, para usar como bode expiatório ao tentar fazer as pessoas simpatizarem com Becca Bell e o suposto homicídio culposo dela. Que isso tudo era parte da "narrativa feminista agressiva" que promovo no meu podcast.

RAVI: É, esse parece ser o caminho que Epps escolheu.

PIP: Imagino que seja o tipo de estratégia hostil usada por advogados que cobram trezentas libras por hora. Dinheiro não é problema para a família Hastings, é claro.

RAVI: Não importa a estratégia que ele use, o júri vai enxergar a verdade.

Nome do arquivo:

 Apêndice do julgamento de Max Hastings: Esboço do tribunal.jpg

DOIS

Conforme seus olhos perdiam o foco, as palavras se emendavam umas nas outras, crescendo como trepadeiras pelos espaços em branco, até a caligrafia se tornar apenas um borrão distorcido. Pip fitava a página, mas não estava presente de fato. As coisas eram assim agora: havia buracos gigantes em sua atenção, lacunas nas quais ela caía.

Houve uma época, num passado não muito distante, em que ela acharia uma redação sobre o agravamento da Guerra Fria estimulante. Ela teria se importado, se importado *de verdade*. Antes ela era assim, mas algo mudara. Com sorte, seria apenas uma questão de tempo até aqueles buracos serem tapados e as coisas voltarem ao normal.

O celular de Pip em cima da mesa tocou, e o nome de Cara apareceu na tela iluminada.

— Boa noite, srta. Fofinha F-A — cumprimentou Cara quando a amiga atendeu. — Pronta para ver Netflix e ficar de boa no Mundo Invertido?

— Estou, CW, dois segundos — respondeu Pip, carregando o notebook e o celular para a cama e se enfiando sob o cobertor.

— Como foi o julgamento hoje? A Naomi quase foi de manhã, para apoiar a Nat, mas ela não aguentaria ver o Max.

— Acabei de postar a nova atualização. — Pip suspirou. — Fico tão irritada por Ravi e eu termos que pisar em ovos enquanto gravamos, dizendo "supostamente" e evitando ultrapassar a *presunção da inocência* quando sabemos o que Max fez. Ele fez tudo aquilo.

— É uma droga. Mas não tem problema, vai acabar em uma semana. — Cara se remexeu sob as cobertas, fazendo a linha de telefone estalar. — Ei, adivinha o que descobri hoje.

— O quê?

— Você é um meme. Um meme de verdade, que desconhecidos estão postando no Reddit. É aquela sua foto com o detetive Hawkins diante dos microfones dos jornalistas. Aquela em que parece que você está revirando os olhos enquanto ele fala.

— Eu *estava* revirando os olhos mesmo.

— E as pessoas estão colocando umas legendas muito engraçadas. Você é tipo o novo meme da "namorada ciumenta". Tem uma versão em que aparece escrito *Eu* debaixo da sua foto, e ao lado do Hawkins está *Caras na internet explicando minha própria piada para mim.* — Cara soltou um riso pelo nariz. — É assim que você sabe que está famosa, quando vira um meme. Você recebeu mais propostas de publicidade?

— Recebi. Algumas empresas me enviaram e-mails oferecendo patrocínio. Mas... não sei se é certo lucrar com o que aconteceu. Sei lá, é coisa demais para pensar, ainda mais essa semana.

— Eu sei, que semana. — Cara tossiu. — Então, amanhã, no memorial... Você acha que Ravi... e os pais dele... ficariam chateados se eu e a Naomi fôssemos?

Pip se sentou na cama.

— Não. Você sabe que o Ravi não pensa assim, vocês já conversaram sobre isso.

— Eu sei. Mas, por amanhã ser o dia para lembrar do Sal e da Andie, agora que sabemos a verdade, talvez seja estranho se nós duas...

— O Ravi jamais desejaria que você se sentisse culpada pelo que seu pai fez com o Sal. Nem os pais dele. — Pip fez uma pausa. — Eles passaram por isso, sabem melhor do que ninguém como é.

— Eu sei, é só que...

— Cara, não tem problema. O Ravi gostaria que você fosse. E tenho certeza de que ele diria que o Sal gostaria que a Naomi estivesse lá. Ela era a melhor amiga dele.

— Tudo bem, vou acreditar em você.

— Pode acreditar. Eu estou sempre certa.

— Está mesmo. Você deveria começar a fazer apostas — sugeriu Cara.

— Não posso, minha mãe já está preocupada demais com minha *personalidade obsessiva*.

— Tenho certeza de que eu e Naomi estamos tão na merda que ajudamos você a parecer mais normal.

— Pelo visto, não o suficiente — comentou Pip. — Se vocês puderem se esforçar um pouco mais, seria ótimo.

Essa era a forma que Cara havia encontrado para lidar com os últimos seis meses, com seu novo normal: esconder-se atrás de piadas e frases de efeito que provocavam silêncio e desconforto. A maioria das pessoas não sabia como reagir a uma piada sobre seu pai, um homem que assassinou uma pessoa e sequestrou outra. Mas Pip sabia direitinho como reagir: ela também se escondia atrás das frases de efeito, para que Cara sempre tivesse alguém ao seu lado. Era assim que ela ajudava.

— Pode deixar. Se bem que eu não tenho certeza de que minha avó aguentaria mais do que isso. Sabia que a Naomi teve uma ideia nova? Ela queria queimar todas as coisas do papai. É óbvio que meus avós foram contra e ligaram direto para o nosso terapeuta.

— Queimar?

— Bizarro, não é? Ela acabaria invocando um demônio sem querer, sei lá. Mas acho melhor não contar isso para ele. Meu pai ainda acha que a Naomi vai aparecer algum dia.

Cara visitava Elliot na Prisão de Woodhill a cada quinze dias. Ela dizia que isso não significava que o perdoara, mas que, apesar de tudo, ele ainda era seu pai. Naomi não o tinha visitado nenhuma vez e dizia que nunca iria.

— Então, que horas vai ser o memorial... Espere aí, meu avô está me chamando... Oi? — gritou Cara, a voz direcionada para longe do telefone. — É, eu sei. Sim, estou.

Os avós maternos de Cara tinham se mudado para a casa delas em novembro, para que Cara tivesse alguma estabilidade até terminar o ensino médio. Mas o mês de abril estava quase acabando, e as provas e a formatura se aproximavam rápido demais. Com a chegada do verão, os avós colocariam a casa à venda e voltariam com as netas para a residência deles, em Great Abington. Pelo menos a amiga não ficaria muito longe quando Pip começasse a estudar em Cambridge. Mas Little Kilton não seria Little Kilton sem Cara, e, no fundo, Pip desejava que o verão nunca chegasse.

— Tudo bem. Boa noite, vô.

— O que houve?

— Ah, você sabe, são 22h30, então está muuuuuuuito tarde e já passou da hora do "apagar das luzes", e eu deveria estar na cama há horas e não conversando com as minhas "namoradas". No plural. Do jeito que as coisas vão, é provável que eu nunca tenha uma namorada, quem dirá várias. Além disso, desde o século XIII ninguém mais fala "apagar das luzes" — reclamou Cara, irritada.

— Bom, a lâmpada só foi criada em 1879, então...

— Aff, pode parar, por favor. Você já deixou tudo pronto?

— Quase — disse Pip, arrastando os dedos pelo touchpad. — Estamos no episódio quatro, certo?

Essa rotina tinha começado em dezembro, quando Pip percebeu que Cara não estava dormindo. Não era de se surpreender, na verdade; os piores pensamentos sempre vinham ao se deitar na cama à noite. E os de Cara eram ainda piores do que os da maioria das pessoas. Se houvesse um jeito de Pip fazer com que ela parasse de prestar atenção neles, de distraí-la até dormir... Quando crianças, Cara sempre era a primeira a apagar nas festas do pijama, seus roncos atrapalhando o final dos filmes de terror bobos a que assistiam. Então Pip tentava recriar aquelas festas do pijama da infância, ligando para Cara para as duas maratonarem séries da Netflix juntas. Funcionava. Com Pip lá, acordada e ouvindo, Cara acabava adormecendo, sua respiração suave assoviando pelo celular.

Agora elas faziam isso todas as noites. Começaram com séries que Pip poderia argumentar que possuíam "valor educativo". Mas elas passaram por tantas que o nível de exigência caiu um pouco. Pelo menos *Stranger Things* era, de certa forma, uma produção de época.

— Certo, está pronta? — perguntou Cara.

— Pronta.

Foram necessárias várias tentativas para elas descobrirem como fazer as séries rodarem em perfeita sincronia. O notebook de Cara tinha um leve atraso, então ela apertava o play no *um*, e Pip, no *vai*.

— Três — começou Pip.

— Dois.

— Um.

— Vai.

SEXTA-FEIRA

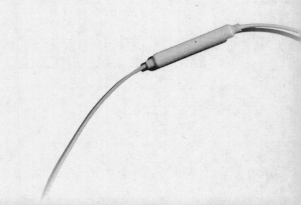

TRÊS

Pip reconhecia aqueles passos em carpetes e em pisos de madeira, e os reconheceu no cascalho do estacionamento do parque. Ela se virou e sorriu, e Ravi acelerou naquela meia corrida que dava sempre que a via. Os olhos de Pip brilhavam toda vez.

— Oi, sargento — cumprimentou ele, pressionando os lábios e as palavras na testa dela. O primeiro apelido que lhe dera, agora um de dezenas.

— Você está bem? — perguntou Pip, embora já soubesse que ele não estava.

Ravi tinha exagerado ao passar desodorante, e o cheiro o seguia como uma névoa. Era um sinal de que estava nervoso.

— Ah, um pouco nervoso. Meus pais já estão lá, mas eu quis tomar banho antes.

— Não tem problema, a cerimônia só começa às 19h30 — lembrou Pip, segurando a mão dele. — Já tem muitas pessoas no coreto, talvez umas duzentas.

— Já?

— Pois é. Eu passei lá em frente na volta para casa depois da escola e os jornalistas já estavam se preparando.

— Por isso você veio com esse disfarce? — Ravi sorriu, tocando no capuz verde-garrafa que cobria a cabeça de Pip.

— Vou tirar depois que a gente passar por eles.

Provavelmente era culpa dela a imprensa estar lá. Seu podcast havia dado novo fôlego ao caso de Sal e Andie nos noticiários, ainda mais naquela semana, no sexto aniversário da morte deles.

— Como foi no tribunal hoje? — perguntou Pip, mas então emendou: — Podemos falar sobre isso amanhã, se você não quiser...

— Não, tudo bem. Quer dizer, não está tudo bem. Hoje foi uma garota que morava no mesmo dormitório que Max na faculdade. Mostraram a ligação dela para a polícia na manhã seguinte. — Ravi engoliu o nó na garganta. — É claro que Epps foi para cima dela no interrogatório: nenhuma amostra de DNA encontrada no kit de estupro, nenhuma lembrança, esse tipo de coisa. Sabe, vê-lo em ação às vezes me faz reconsiderar se quero mesmo ser um advogado criminalista.

Aquele era *O Plano* que os dois haviam elaborado: Ravi refaria as provas para ser admitido na faculdade ao mesmo tempo que Pip. Depois, ele pretendia se candidatar a um programa de seis anos em Direito, começando em setembro, quando ela iria para a universidade.

"Um casal imbatível", observara Ravi quando traçaram o plano.

— Epps é um dos vilões. Você vai ser um dos mocinhos — assegurou Pip, apertando a mão dele. — Está pronto? Podemos esperar aqui mais um pouco se você...

— Estou, sim. É só que... Eu... Você pode ficar comigo durante a cerimônia?

— É claro. — Pip encostou o ombro no dele. — Não vou sair do seu lado.

O céu já escurecia quando deixaram o cascalho barulhento e começaram a pisar na grama macia. À direita, pequenos grupos vindos da Gravelly Way caminhavam pelo gramado rumo ao coreto na parte sul do parque. Pip ouviu a multidão antes de enxergá-la, aquele zumbido baixo e vivo que só ocorre quando centenas de pessoas se reúnem em um espaço pequeno. Ravi apertou a mão dela com mais força.

Os dois contornaram vários plátanos agitados pela brisa, e então o coreto surgiu, emanando um brilho amarelo fraco. Já deviam ter começado a acender as velas ao redor da estrutura. Pip sentiu o suor na mão de Ravi.

Ao se aproximarem, ela reconheceu alguns rostos nos fundos da multidão: Adam Clark, seu novo professor de história, estava ao lado de Jill, da cafeteria. Os avós de Cara acenaram para Pip. Ela e Ravi avançaram e, conforme as pessoas se viravam e seus olhares se cruzavam, a multidão se abriu, engolindo-os, e em seguida retornando à aglomeração original, bloqueando o caminho de volta.

— Pip, Ravi — chamou uma voz à esquerda.

Era Naomi, o cabelo preso num rabo apertado, tenso como seu sorriso. Ela estava ao lado de Jamie Reynolds — o irmão mais velho de Connor — e, Pip percebeu com um nó no estômago, também de Nat da Silva, cujo cabelo parecia tão branco no crepúsculo que quase fazia o ar ao seu redor brilhar. Todos eram do mesmo ano letivo de Sal e Andie.

— Oi — cumprimentou Ravi, interrompendo os pensamentos dela.

— Oi, Naomi, Jamie — disse Pip, com um aceno de cabeça. — Nat, ei...

Pip vacilou quando Nat voltou seus olhos azuis-claros para ela e sua expressão se endureceu. O ar ao redor de Nat perdeu o brilho e se tornou frio.

— Desculpe — continuou Pip. — E-eu... só queria dizer que sinto muito por você ter passado por tudo aquilo, o jul-julgamento ontem, mas você foi incrível.

Nada em resposta. Nada além de uma contração na bochecha de Nat.

— Eu sei que essa semana e a próxima devem ser horríveis para você, mas vamos conseguir botá-lo na prisão. Tenho certeza disso. E se tiver algo que eu possa fazer...

Nat olhou em outra direção, como se Pip nem sequer estivesse ali.

— Tá — retrucou Nat, a voz cortante e o rosto virado.

— Tá — repetiu Pip baixinho, dirigindo-se a Naomi e Jamie. — É melhor a gente continuar andando. Até mais.

Os dois avançaram pela multidão, e, quando tinham se distanciado o bastante, Ravi comentou no ouvido de Pip:

— É, ela sem sombra de dúvida ainda odeia você.

— Eu sei.

E Pip merecia, de verdade. Ela considerara Nat suspeita de assassinato. Por que a garota não a odiaria? Pip gelou, mas fez questão de guardar a expressão de Nat no abismo que sentia na barriga, junto ao resto daqueles sentimentos.

Quando vislumbrou o coque loiro-escuro e bagunçado de Cara quicando acima das cabeças na multidão, ela desviou a rota até a amiga. Connor estava ao lado, concordando com a cabeça enquanto Cara falava. Junto a eles, com os rostos quase grudados, encontravam-se Ant e Lauren, que haviam se tornado Ant-e-Lauren, dito em um único fôlego, porque um nunca mais era visto sem o outro. Não depois que ficaram juntos *de verdade*, diferente de antes, quando deviam estar juntos *de mentira*. Cara havia explicado que, ao que tudo indicava, o relacionamento começara na festa do apocalipse de outubro, na qual Pip se infiltrara. Não era de surpreender que ela não tivesse notado. Zach estava do outro lado do casal, ignorado, mexendo de maneira desajeitada em seu cabelo preto.

— Oi — cumprimentou Pip quando alcançaram o grupo.

— Ei. — Houve um coro baixinho de respostas.

Cara se virou para Ravi, mexendo no colar, nervosa.

— Eu, hum... eu... Como você está? Desculpe.

Cara nunca ficava sem saber o que dizer.

— Não tem problema — garantiu Ravi, soltando a mão de Pip para abraçar Cara. — De verdade, prometo.

— Obrigada — disse Cara baixinho, olhando para Pip sobre o ombro de Ravi.

— Ah, olha — sibilou Lauren, cutucando Pip e indicando discretamente duas pessoas que se aproximavam. — Jason e Dawn Bell.

Os pais de Andie e Becca. Pip seguiu o olhar da amiga. Jason, usando um elegante casaco de lã que devia ser quente demais para aquela noite, guiava Dawn até o coreto. Os olhos dela estavam fixos no chão, em todos aqueles pés, os cílios grudados de rímel como se já tivesse chorado. Parecia tão pequena atrás de Jason, sendo puxada pela mão.

— Ficaram sabendo? — perguntou Lauren, gesticulando para o grupo se aproximar. — Parece que Jason e Dawn estão juntos de novo. Minha mãe disse que a segunda esposa de Jason pediu o divórcio, e parece que ele se mudou de volta para *aquela casa* com Dawn.

Aquela casa. A casa onde Andie Bell havia morrido no chão da cozinha enquanto Becca observava. Se os "parece que" fossem verdade, Pip se perguntou se Dawn de fato participara daquela decisão. Pelo que tinha ouvido sobre Jason durante a investigação, as pessoas ao seu redor não tinham real poder de escolha. Ele com certeza não saíra do podcast bem-visto. Em uma enquete do Twitter, um ouvinte perguntou quem era a *Pessoa mais odiada em MABG*, e Jason Bell tinha recebido quase tantos votos quanto Max Hastings e Elliot Ward. A própria Pip ficou em quarto lugar.

— É tão estranho eles ainda morarem ali — opinou Ant, arregalando os olhos como Lauren. Eles sempre davam corda um para o outro. — Jantarem no lugar onde ela morreu.

— As pessoas lidam com o que são forçadas a lidar — interveio Cara. — Não pensem que podem julgá-las por parâmetros normais.

Aquilo calou a boca de Ant-e-Lauren.

Houve um silêncio constrangedor que Connor tentou romper. Pip desviou o olhar e reconheceu na hora o casal parado ao lado dos amigos. Ela sorriu.

45

— Ah, oi, Charlie, Flora. Não vi vocês aí.

Eram seus novos vizinhos, a quatro casas de distância: Charlie, com seu cabelo cor de ferrugem e barba bem aparada, e Flora, que até o momento Pip só tinha visto usando estampas florais. Era a nova professora assistente na escola de Josh, e seu irmão era um tanto obcecado por ela.

— Olá. — Charlie sorriu, acenando com a cabeça. — Você deve ser o Ravi — cumprimentou, apertando a mão do garoto, que ainda não tinha voltado a segurar a de Pip. — Nós sentimos muito pela sua perda.

— Seu irmão parece ter sido um cara incrível — acrescentou Flora.

— Obrigado. É, ele era mesmo.

— Ah! — Pip deu um tapinha no ombro de Zach para trazê-lo para a conversa. — Esse é o Zach Chen. Ele morava na casa que vocês compraram.

— Prazer em conhecer você, Zach — disse Flora. — Amamos tanto aquela casa. O quarto dos fundos era o seu?

Um som atrás de Pip a distraiu por um momento. Jamie tinha aparecido ao lado de Connor, e os irmãos conversavam em sussurros.

— Não, não é assombrada — dizia Charlie quando Pip voltou a prestar atenção.

— Ei, Flora... — Zach se virou para ela. — Você nunca ouviu o barulho dos canos no banheiro do andar de baixo? Parece um fantasma dizendo *cooooorra, cooooorra*.

Os olhos da mulher se arregalaram de repente, seu rosto empalidecendo ao se voltar para o marido. Ela abriu a boca para responder, mas então começou a tossir, pediu licença e se afastou da roda de conversa.

— Olha só o que você fez. — Charlie sorriu. — Amanhã ela e o fantasma do banheiro serão melhores amigos.

Ravi desceu os dedos pelo antebraço de Pip, segurando a mão dela outra vez, e lhe lançou um olhar penetrante. É, era melhor os dois encontrarem os pais dele. A cerimônia começaria em breve.

Eles se despediram e seguiram rumo ao coreto. Ao olhar para trás, Pip poderia jurar que a multidão havia dobrado de tamanho desde que chegaram. Parecia ter umas mil pessoas ali. Quando estavam quase no coreto, Pip viu pela primeira vez as fotografias ampliadas de Sal e Andie, apoiadas em cavaletes em lados opostos da pequena construção. Seus rostos para sempre jovens sorriam. Buquês tinham sido depositados em círculo na parte de baixo de cada retrato, e velas tremeluziam diante da multidão inquieta.

— Ali estão — indicou Ravi, apontando.

Os pais dele estavam à frente e à direita, na direção para onde a foto de Sal olhava. Havia um grupo ao redor deles, e a família de Pip se encontrava ali perto.

Os dois passaram bem atrás de Stanley Forbes, que tirava fotos da cena, o flash da câmera iluminando sua pele pálida e seu cabelo castanho-escuro.

— É claro que *ele* veio — comentou Pip, aproveitando que estavam longe demais para serem ouvidos pelo homem.

— Ah, deixa ele pra lá, sargento. — Ravi sorriu para ela.

Meses antes, Stanley havia mandado uma carta manuscrita de quatro páginas para os Singh, pedindo desculpas e declarando que se envergonhava pela forma como havia falado do filho deles. Também publicara um segundo pedido de desculpas, público, no *Kilton Mail*, o jornal da cidade em que era voluntário. Além disso, tinha liderado a arrecadação de fundos para colocar um banco dedicado a Sal no parque, próximo ao de Andie. Ravi e seus pais aceitaram as desculpas, mas Pip não botava muita fé.

— Pelo menos ele se redimiu. Olhe para toda essa gente aqui. — Ravi indicou o grupo ao redor de seus pais. — Amigos, vizinhos. Pessoas que fizeram da vida deles um inferno. Nunca se desculparam, só querem fingir que os últimos seis anos jamais aconteceram.

Ravi parou de falar quando o pai de Pip os envolveu em um abraço.

— Tudo bem? — perguntou ele para Ravi, soltando-o após um tapinha nas costas.

— Tudo bem — falou Ravi, despenteando o cabelo de Josh e sorrindo para a mãe de Pip.

O pai de Ravi se aproximou.

— Vou entrar agora para preparar as coisas. Vejo você depois. — Mohan deu um tapinha carinhoso no queixo do filho com um dedo. — Cuide da sua mãe.

Ele subiu as escadas e desapareceu dentro do coreto.

A cerimônia começou exatamente às 19h31, com Ravi entre a mãe e Pip, segurando as mãos de ambas. Pip traçava círculos com o polegar na palma dele. O representante do distrito, que ajudara a organizar o memorial, aproximou-se do microfone no topo das escadas para dizer "algumas palavras". Bem, ele disse mais do que isso, discursando sobre a importância dos valores familiares para a cidade e sobre a *inevitabilidade da verdade*, além de elogiar a Polícia do Vale do Tâmisa pelo "trabalho incansável neste caso". Sem qualquer sarcasmo.

O próximo discurso foi da sra. Morgan, atual diretora do Colégio Kilton. Seu antecessor havia sido demitido pelo conselho escolar devido a tudo o que o sr. Ward fizera enquanto trabalhava lá. A sra. Morgan falou sobre Andie e depois sobre Sal e sobre o impacto duradouro que suas histórias teriam na cidade.

Em seguida, as melhores amigas de Andie, Chloe Burch e Emma Hutton, foram até o coreto e se aproximaram do microfone. Era evidente que Jason e Dawn Bell não tinham aceitado discursar na vigília. Chloe e Emma fizeram uma leitura conjunta do poema *O mercado dos duendes*, de Christina Rossetti, e depois retornaram à multidão, que murmurava baixinho, Emma fungando e enxugando os olhos na manga da blusa. Enquanto Pip a observava, alguém esbarrou em seu cotovelo.

Ela se virou e viu Jamie Reynolds arrastando-se devagar pela multidão, com um olhar determinado. As velas iluminavam um rastro de suor que brotava em seu rosto.

— Desculpe — murmurou ele, distraído, como se não a tivesse reconhecido.

— Sem problemas — respondeu Pip.

Ela acompanhou Jamie com o olhar até Mohan Singh sair do coreto e pigarrear no microfone, provocando um silêncio absoluto, cortado apenas pelo vento agitando as árvores. Ravi apertou a mão de Pip com mais força, as unhas marcando meias-luas na pele dela.

Mohan encarou o papel que trazia nas mãos. Ele estava trêmulo, a página, instável.

— O que posso dizer para vocês sobre meu filho, Sal? — começou ele, a voz falhando. — Poderia dizer que ele era um aluno nota dez com um futuro brilhante pela frente, mas vocês provavelmente já sabem disso. Poderia dizer que ele era um amigo leal e carinhoso que não queria que ninguém se sentisse sozinho ou indesejado, mas vocês provavelmente já sabem disso também. Poderia dizer que ele era um irmão mais velho incrível e um filho maravilhoso que nos deixava orgulhosos todos os dias. Poderia compartilhar lembranças dele, de quando era uma criança sorridente que queria subir em tudo ou um adolescente que amava acordar cedo e ir dormir tarde. Mas, em vez disso, vou contar só uma coisa sobre o Sal.

Mohan fez uma pausa e dirigiu um sorriso a Ravi e Nisha.

— Se Sal estivesse aqui hoje, ele nunca admitiria isso e ficaria completamente envergonhado, mas o filme preferido dele, dos três aos dezoito anos, era *Babe: O porquinho atrapalhado*.

A multidão soltou uma risadinha tensa. Ravi também, os olhos começando a se encher de lágrimas.

— Ele amava aquele porquinho. Mas Sal também amava o filme porque tinha sua música preferida na trilha sonora, a música que o fazia sorrir e chorar, que o fazia querer dançar. Então vou compartilhar com vocês um pouco do Sal e tocar essa música em celebração à vida dele, enquanto acendemos e soltamos as lanternas de papel. Porém, antes disso, quero dizer uma coisa para o meu garoto, algo que esperei seis anos para falar em voz alta.

Mohan enxugou os olhos, fazendo a folha tremer e bater contra o microfone, como asas de papel.

— Sal. Eu sinto muito. Eu te amo. E você nunca vai me deixar. Carregarei você comigo em todos os momentos. Nos mais memoráveis e nos mais banais, em cada sorriso, cada risada, cada vitória e cada derrota. Prometo. — Ele fez um aceno com a cabeça para alguém à direita. — Solta o som.

Então, dos alto-falantes em ambos os lados do coreto, a voz superaguda de um rato exclamou: *"And-a-one-and-a-two-and-a-three, hit it!"*

A música começou com um tambor constante e a melodia gradativa cantada por um rato estridente, até um coro de outros ratos se juntar a ele.

Ravi ria e chorava, e algo no meio-termo. Atrás deles, alguém começou a bater palmas no ritmo da música.

E depois mais gente.

Pip olhou para trás quando as palmas se intensificaram, o gesto contagiando a multidão, que balançava de um lado para outro. Era um som estrondoso e alegre.

Algumas pessoas começaram a cantar junto aos ratos estridentes e, ao perceberem que a letra consistia apenas nos mesmos versos repetidos, outras se juntaram, penando para atingir aquelas notas impossivelmente agudas.

Ravi se virou para Pip, sussurrando as palavras, e ela o imitou.

Mohan desceu os degraus do coreto, a folha em sua mão substituída por uma lanterna de papel. O representante do distrito pegou a outra lanterna e a entregou para Jason e Dawn Bell. Pip soltou Ravi para ele poder se juntar à mãe e ao pai. Ravi recebeu uma caixinha de fósforos. O primeiro que ele acendeu foi apagado pelo vento, restando apenas uma coluna de fumaça. Ele tentou de novo, protegendo a chama com a mão em concha, segurando-a contra o pavio da vela na lanterna até que acendesse.

Os Singh esperaram alguns segundos até o fogo pegar e encher a lanterna de ar quente. Cada um deles segurava a borda de arame inferior com ambas as mãos. Quando finalmente estavam prontos, ergueram bem os braços e soltaram a lanterna, que voou acima do coreto, estremecendo com a brisa. Pip esticou o pescoço para vê-la, o cintilar amarelo-alaranjado incendiando a escuridão ao redor. Pouco depois, a lanterna de Andie acendeu na noite, seguindo Sal pelo céu imenso.

Pip não desviou o olhar. Sentiu o pescoço reclamar, enviando pontadas de dor para a coluna, mas se recusou a mudar de posição. Não até as lanternas douradas se tornarem apenas pontinhos aninhados entre as estrelas. E nem mesmo depois disso.

SÁBADO

QUATRO

Pip lutava para se manter acordada, as pálpebras pesadas. Ela se sentia meio confusa e esquisita, como se já tivesse pegado no sono, mas não... Ela precisava se levantar e ir estudar. Precisava *mesmo*.

Pip havia se deitado no sofá vermelho da sala, no que aparentemente era o *Lugar do Josh*, como o irmão não cansava de lembrá-la. Ele estava no tapete, reorganizando as peças de Lego, e *Toy Story* passava ao fundo. Os pais deles ainda deviam estar lá fora. Naquela manhã, seu pai lhe contara, entusiasmado, que pintariam o novo galpão do jardim. Não havia muitas coisas com as quais ele *não* se entusiasmasse, mas Pip só conseguia pensar no caule de girassol solitário plantado ali perto, no túmulo de seu falecido cachorro. Ainda não tinha florescido.

A garota checou o celular. Eram 17h11, e havia uma mensagem de Cara e duas chamadas perdidas de Connor, de vinte minutos atrás. Ela devia ter cochilado um pouco sem perceber. Deslizou o dedo pela tela para abrir a mensagem de Cara: *Aff, vomitei literalmente o dia todo e a vovó não para de resmungar. NUNCA MAIS. Muito obrigada por ter ido me buscar bjs*

A mensagem anterior da amiga, na parte de cima da conversa, tinha sido enviada à 00h04 da noite anterior: *Polpp kdvs ei tp tentsdno achsr slgjrn p lgier me ajdua fucar sehura*. Pip, na cama, havia ligado para ela na mesma hora, mas Cara estava tão bêbada que não conseguia formar frases completas, nem meia frase ou um quarto de frase, sempre interrompidas por crises de choro ou soluços. Demorara um tempo até Pip entender onde a amiga estava: em uma festa do apocalipse. Cara devia ter ido para lá depois do memorial. Demorara ainda mais para descobrir na casa de quem era:

— Stephen-Thompson-eu-acho.

E o endereço de lá:

— Em... em algum lugar da Hi-Highmoor...

Pip sabia que Ant e Lauren também estavam naquela festa, e que os dois deviam estar cuidando de Cara. Porém, era mais provável que estivessem concentrados demais um no outro para prestar atenção na amiga. E isso nem era o que mais a preocupava.

— Você mesma se serviu? — perguntara Pip ao telefone com a amiga. — Você não aceitou bebidas de ninguém, não é?

Então ela saíra da cama e fora direto para o carro, rumo a "algum lugar da Highmoor" para encontrar Cara e levá-la para casa. Só voltara para a cama à 1h30.

E o dia seguinte nem foi tranquilo para compensar a noite agitada. Pip levou Josh para o futebol de manhã e ficou em pé no campo frio para assistir ao jogo. Depois Ravi foi visitá-la na hora do almoço para gravar outra atualização do podcast sobre o julgamento de Max Hastings. Em seguida, Pip editou e fez o upload do miniepisódio, atualizou seu site e respondeu a e-mails. Só então se deitou no sofá por dois minutinhos, no *Lugar do Josh*, apenas para descansar os olhos. Porém dois minutinhos se transformaram em vinte e dois sem que ela percebesse.

Pip esticou o pescoço e apanhou o celular para enviar uma mensagem para Connor, mas a campainha tocou.

— Pelo amor de Deus — resmungou, levantando-se. Uma de suas pernas estava dormente, e Pip foi mancando pelo corredor. — De quantas entregas malditas da Amazon uma pessoa precisa?

O pai dela tinha um vício em fazer compras com entrega para o dia seguinte.

Pip soltou a corrente da porta — uma nova regra da casa — e puxou a maçaneta.

— Pip!

Não era o entregador da Amazon.

— Ah, Connor, oi — cumprimentou ela, abrindo a porta por inteiro. — Eu estava para te mandar mensagem. E aí?

Foi só então que ela reparou no olhar do amigo, que parecia ao mesmo tempo distante e urgente, com muito da parte branca aparecendo em cima e embaixo da íris azul. E, apesar de Connor já ter as bochechas rosadas e a pele sardenta, seu rosto estava vermelho, com uma gota de suor escorrendo pela têmpora.

— Você está bem?

Ele respirou fundo.

— Não, não estou. — Suas palavras saíram entrecortadas.

— O que houve? Quer entrar? — convidou Pip, recuando um passo para abrir espaço.

— Obr-obrigado — disse Connor.

Ele passou por Pip enquanto ela trancava a porta, sua camiseta úmida e amarrotada grudada nas costas.

— Aqui. — Pip o levou até a cozinha e apontou para uma das banquetas, os sapatos dela jogados embaixo do móvel. — Quer uma água?

Sem esperar que ele respondesse, Pip encheu um dos copos limpos do escorredor e colocou-o na frente do amigo com um baque que o fez estremecer.

— Você veio correndo até aqui?

— Aham. — Connor pegou o copo de vidro com ambas as mãos e tomou um gole generoso, que escorreu pelo queixo. — Desculpe. Tentei ligar, mas você não atendeu e eu não sabia o que fazer além de vir aqui. Depois pensei que talvez você estivesse na casa do Ravi.

— Tudo bem. Estou aqui — tranquilizou Pip, deslizando para o assento vago na frente dele.

O amigo continuava com aquele olhar estranho, e o coração de Pip reagiu, batendo forte.

— E aí? Sobre o que você queria falar comigo? — Ela agarrou as beiradas da própria banqueta. — Aconteceu alguma coisa?

— Aconteceu, sim — respondeu Connor, enxugando o queixo com o punho.

Ele abriu e fechou a boca, mastigando o ar como se estivesse praticando as palavras antes de pronunciá-las.

— Connor, o que foi?

— Meu irmão. Ele... desapareceu.

CINCO

Pip observou os dedos de Connor deslizarem pelo copo, apoiado na bancada.

— O Jamie desapareceu? — repetiu ela.

— Sim. — Connor a encarou.

— Quando foi a última vez que você o viu?

— No memorial. — O amigo fez uma pausa para tomar mais um gole d'água. — Eu o vi pela última vez no memorial, pouco antes de a cerimônia começar. Ele não voltou para casa.

Pip sentiu a respiração ficar presa na garganta e falou:

— Eu o vi lá depois que a cerimônia começou. Umas 20h, 20h15. Jamie estava andando pela multidão.

Pip resgatou a lembrança e separou-a de todos os outros acontecimentos da noite anterior. Jamie esbarrando nela enquanto avançava para o outro lado do parque, o pedido de desculpas apressado, o maxilar tenso, o ar de determinação. Ela tinha achado estranho na hora, não tinha? E o olhar de Jamie não estava muito diferente do de Connor no momento: ao mesmo tempo distante e urgente. Eles eram muito parecidos, mesmo para irmãos. A semelhança não era tão gritante quando eram crianças, mas Pip assistiu à transformação com o passar dos anos, as diferenças diminuindo. O cabelo de Jamie era apenas um pouco mais escuro, mais puxado para o castanho do que para o loiro.

E, nos ângulos em que os traços de Jamie eram mais fortes, os de Connor eram mais suaves. Porém qualquer estranho conseguia perceber que os dois pertenciam à mesma família.

— Você tentou ligar para ele?

— Tentei, trilhões de vezes. Cai direto na caixa postal, como se o aparelho estivesse desligado ou... ou como se a bateria tivesse morrido. — Connor tropeçou na última palavra, cabisbaixo. — Minha mãe e eu passamos horas ligando para todo mundo que talvez soubesse onde ele está: amigos, parentes. Ninguém o viu nem teve notícias dele. Ninguém.

Pip sentiu algo se remexendo bem naquele abismo na barriga que nunca mais a abandonara.

— Você ligou para os hospitais da região para ver se...?

— Sim, ligamos para todos. Nem sinal dele.

Pip tocou no próprio celular para acender a tela. Já eram 17h30, e se Jamie não tinha sido visto desde as oito da noite passada, quando cruzou com *ela*, então estava desaparecido havia vinte e uma horas.

— Certo — disse Pip, com firmeza, trazendo a atenção de Connor de volta para ela. — Seus pais precisam ir à delegacia e registrar o desaparecimento. Vocês precisam...

— Já fizemos isso — explicou Connor, uma pitada de impaciência surgindo na voz. — Minha mãe e eu fomos à delegacia há algumas horas, entregamos uma foto recente do Jamie e tudo o mais. Foi o irmão da Nat da Silva, o Daniel, que nos atendeu.

— Ótimo, então os policiais já devem estar...

Connor a interrompeu de novo.

— Não. Os policiais estão de braços cruzados. Daniel disse que, como o Jamie é um adulto de vinte e quatro anos e tem um histórico de sumir de casa sem avisar a família, a polícia não pode fazer nada.

— O quê?

— Pois é. Ele nos deu um número de protocolo e falou para continuarmos ligando para o Jamie e para qualquer um que já tenha abrigado meu irmão. Falou que quase todas as pessoas desaparecidas voltam para casa dentro de quarenta e oito horas, então precisamos esperar.

Pip se remexeu, e a banqueta rangeu.

— Eles devem achar que o risco é baixo. Quando um desaparecimento é registrado — explicou —, a polícia determina o grau de risco com base em fatores como idade, possíveis problemas de saúde, se a pessoa desaparece com frequência, coisas do tipo. Então a polícia adota o procedimento de acordo com a classificação do caso: baixo, médio ou alto risco.

— Eu sei o que devem estar pensando — disse Connor, o olhar um pouco menos distante —, que o Jamie já desapareceu algumas vezes e sempre voltou para casa...

— A primeira vez foi depois que ele abandonou a faculdade, não foi? — perguntou Pip, despertando a lembrança. O clima ficara pesado na casa dos Reynolds por semanas após o ocorrido.

Connor assentiu.

— Foi. Depois de uma baita discussão com meu pai, ele ficou na casa de um amigo por uma semana e não atendeu nenhuma ligação nem respondeu nossas mensagens. E dois anos atrás minha mãe chegou a registrar o desaparecimento quando o Jamie não voltou de uma noitada em Londres. Ele tinha perdido o celular e a carteira e não conseguia voltar para casa, então dormiu algumas noites no sofá de um amigo. Mas... — Connor fungou, limpando o nariz com as costas da mão. — Mas estou sentindo que dessa vez é diferente. Acho que ele está com problemas, Pip, acho mesmo.

— Por quê?

— Ele vinha agindo de forma estranha nas últimas semanas. Distante, meio nervoso. Explodindo à toa. E você conhece o Jamie, em geral ele é bem tranquilo. Preguiçoso, segundo o meu pai. Mas nesses últimos dias ele parecia meio esquisito.

E não tinha sido assim que Jamie estivera na noite anterior quando esbarrou nela? Aquele foco intenso, como se não conseguisse enxergar mais nada, nem Pip. E por que ele estava atravessando a multidão naquele momento, afinal? Aquilo não tinha sido meio esquisito?

— E eu não acho que ele sumiria de novo — continuou Connor —, não depois de ver como minha mãe ficou chateada da última vez. O Jamie não faria isso com ela.

— Eu... — começou Pip, mas não sabia muito bem o que falar.

— Então, minha mãe e eu estávamos conversando — prosseguiu Connor, encolhendo os ombros como se quisesse sumir. — Se a polícia não vai investigar, nem acionar a mídia nem nada, então o que podemos fazer por conta própria para encontrar o Jamie? Era sobre isso que eu queria falar com você, Pip.

Ela sabia o que viria a seguir, mas Connor não deu uma pausa para que a garota pudesse interrompê-lo.

— Você sabe o que fazer depois de tudo o que aconteceu ano passado. Você resolveu um caso de assassinato. Dois, na verdade. E ainda tem o seu podcast. — Ele engoliu em seco. — São centenas de milhares de seguidores, e isso deve ser mais eficaz que qualquer contato com a mídia que a polícia tenha. Precisamos divulgar o desaparecimento para que as pessoas possam nos fornecer informações. Você é a nossa melhor chance de encontrar o Jamie.

— Connor...

— Se você investigar e contar isso no seu programa, sei que vamos encontrá-lo. Antes que seja tarde demais. Nós precisamos fazer isso.

Connor parou de falar. O silêncio que se seguiu tomou conta da cozinha — Pip conseguia senti-lo rondando. Ela já imaginara que receberia aquele pedido. Não tinha como ser outra coisa. A garota soltou o ar, sentindo a coisa que vivia em sua barriga se contorcer. Mas a resposta era inevitável.

— Desculpe — pediu ela baixinho. — Não posso fazer isso, Connor.

Ele arregalou os olhos e parou de se encolher, a postura se alongando.

— Eu sei que é pedir muito, mas...

— É pedir demais — emendou Pip, olhando pela janela para ver se seus pais ainda estavam ocupados no jardim. — Eu não faço mais esse tipo de coisa.

— Eu sei, mas...

— Da última vez, quase perdi tudo: acabei no hospital, meu cachorro morreu por minha causa, coloquei minha família em risco, arruinei a vida da minha melhor amiga. É pedir demais. Eu prometi para mim mesma. Eu... eu não posso fazer aquilo de novo. — O abismo em sua barriga se abriu ainda mais. Logo, logo ficaria maior do que a própria Pip. — Não posso fazer isso. Não fui feita para isso.

— Por favor... — suplicou Connor, as palavras engasgando na garganta. — Da última vez você nem conhecia as vítimas, e elas já estavam mortas. Estou falando do Jamie, Pip. *Do Jamie*. E se ele estiver machucado? E se não sobreviver? Não sei o que fazer.

Por fim, a voz do garoto falhou, e lágrimas transbordaram de seus olhos.

— Sinto muito mesmo, Connor — disse Pip, por mais que as palavras doessem nela. — Mas preciso recusar.

— Você não vai ajudar? — Ele fungou. — De jeito nenhum?

Ela não podia fazer aquilo. Não podia.

— Não foi o que eu disse. — Pip pulou da banqueta e deu um lenço para Connor. — Como você deve imaginar, agora tenho uma relação com a polícia local. Quer dizer, não sou a pessoa favorita deles, mas provavelmente tenho algum poder de persuasão em assuntos como esse.

Ela pegou a chave do carro ao lado do micro-ondas.

— Vou falar com o detetive Hawkins, explicar para ele a situação do Jamie e por que você está preocupado, e ver se consigo convencê-lo a reavaliar o grau de risco para a polícia de fato investigar o desaparecimento.

Connor desceu da banqueta.

— Sério? Você vai fazer isso?

— É claro — garantiu ela. — Não posso prometer nada, mas o Hawkins é um cara legal de verdade. Espero que ele reconsidere o caso.

— Obrigado — disse Connor, envolvendo-a com os braços desajeitados e angulosos. Sua voz ficou mais baixa. — Estou com medo, Pip.

— Vai ficar tudo bem. — Ela tentou sorrir. — Deixo você em casa no caminho para a delegacia. Vamos lá.

Quando saíram para o anoitecer, uma brisa passou e bateu a porta da frente ruidosamente. Pip carregou o som dentro de si, ecoando no abismo crescente em sua barriga.

SEIS

O prédio de tijolos avermelhados começava a sumir em meio ao céu noturno cinzento quando Pip saiu de seu carro feio. A placa branca na parede dizia: *Polícia do Vale do Tâmisa, Delegacia de Amersham*. Lá, uma cidade maior a dez minutos de distância, ficava a base da equipe de policiamento de Little Kilton.

Pip atravessou a porta principal. Havia apenas um homem na recepção pintada de azul, dormindo em uma das cadeiras de metal na parede dos fundos. Pip foi até o balcão de informações e bateu no vidro para chamar a atenção de alguém na sala do outro lado. O homem adormecido bufou e mudou de posição.

— Olá? — cumprimentou uma voz, antes de sua dona surgir.

A agente de detenção que Pip encontrara algumas vezes apareceu, deixando alguns papéis de lado e finalmente olhando para a garota.

— Ah, não era você quem eu estava esperando.

— Desculpe. — Pip sorriu. — Como você está, Eliza?

— Estou bem, meu anjo. — Ela sorriu, e seu rosto gentil se enrugou, o cabelo grisalho preso na gola do uniforme. — O que traz você aqui desta vez?

Pip gostava de Eliza e do fato de que nenhuma das duas sentia necessidade de jogar conversa fora.

— Preciso falar com o detetive Hawkins. Ele está?

— Sim. — Eliza mordeu a caneta. — Mas ele está muito ocupado, parece que vai ser uma noite difícil.

— Você pode avisar para ele que é urgente? Por favor.

— Está bem, vou ver o que consigo fazer. — Eliza suspirou e, ao desaparecer no escritório, acrescentou: — Pode se sentar, querida.

Mas Pip não se sentou. Seu corpo estava inquieto. Ela não conseguia ficar parada, então caminhou pela recepção, seis passos indo, seis passos voltando, o chiado de seus tênis ameaçando acordar o homem na cadeira de metal.

Quando a porta trancada por senha que levava aos escritórios e às salas de interrogatório se abriu, não era Eliza nem Richard Hawkins. Daniel da Silva saiu primeiro e segurou a porta para a agente Soraya Bouzidi, que amarrava o cabelo cacheado em um coque sob o quepe preto.

Pip vira os dois pela primeira vez na reunião da biblioteca de Little Kilton em outubro, quando ainda considerava Daniel da Silva um suspeito no caso de Andie. A julgar pelo sorriso tenso e constrito que ele lhe ofereceu, o policial não havia esquecido daquilo.

Mas Soraya a cumprimentou com um aceno de cabeça e um "olá" animado, antes de seguir Daniel até uma das viaturas. Pip se perguntou aonde estavam indo, a que chamado iriam responder. Fosse qual fosse, julgavam ser mais importante do que o desaparecimento de Jamie Reynolds.

A porta interna da delegacia zumbiu outra vez, mas se abriu apenas alguns centímetros. A mão de alguém surgiu, erguendo dois dedos na direção de Pip.

— Você tem dois minutos — avisou Hawkins, acenando para que ela o acompanhasse pelo corredor.

Pip se apressou até o detetive, o tênis fazendo barulho. O homem que dormia acordou, bufando.

Hawkins não esperou para cumprimentá-la, optando por andar pelo corredor na frente de Pip. Ele vestia calça jeans preta e uma jaqueta nova, almofadada e verde-escura. Talvez finalmente tivesse se livrado do casaco de lã que usara durante todo o período em que foi o investigador principal do caso de Andie Bell.

— Estou prestes a ir embora — anunciou o detetive de repente, abrindo a porta da Sala de Interrogatório 1 e chamando Pip para entrar. — Então falei sério quando disse que você tinha dois minutos. O que foi?

Hawkins se escorou e apoiou uma das pernas na porta fechada.

Pip se aprumou e cruzou os braços.

— Uma pessoa desaparecida. Jamie Reynolds, de Little Kilton. Caso número quatro, nove, zero, zero...

— É, eu vi o registro — interrompeu o detetive. — O que tem?

— Por que vocês não estão fazendo nada?

A pergunta o pegou desprevenido.

Hawkins soltou um som entre uma risada e um pigarro e esfregou o queixo barbudo.

— Tenho certeza de que você sabe como o processo funciona, Pip. Não vou menosprezá-la dando explicações.

— Ele não deveria ser considerado de baixo risco — argumentou a garota. — A família do Jamie acha que ele está correndo perigo.

— Bom, não nos pautamos em palpites de familiares ao realizar nosso trabalho sério como policiais.

— E nos meus palpites, você acredita? — perguntou Pip, sem desviar os olhos dos de Hawkins. — Conheço Jamie desde que tenho nove anos. Antes de ele desaparecer, nos esbarramos no memorial da Andie e do Sal, e tinha algo muito estranho.

— Eu estava lá. Foi um evento muito pesado, emocionalmente. Não me surpreende alguém estar agindo de forma um pouco diferente do normal.

— Não foi isso o que eu quis dizer.

— Escute, Pip. — O detetive suspirou, baixando a perna e se afastando da porta. — Você tem noção de quantos registros de desaparecimento recebemos todos os dias? Às vezes, uma dúzia. Não temos tempo nem recursos para procurar cada pessoa. Ainda mais com os cortes de orçamento. A maioria volta para casa em quarenta e oito horas. Precisamos priorizar os casos.

— Então priorize o Jamie. Acredite em mim dessa vez. Tem algo errado.

— Não posso fazer isso. — Hawkins balançou a cabeça. — O Jamie é um adulto, e até a mãe dele admitiu que sumiços assim não são fora do comum. Adultos têm o direito legal de sumir se quiserem. Jamie Reynolds não está desaparecido, só ausente. Ele está bem. E, se quiser, vai voltar para casa daqui a alguns dias.

— E se você estiver enganado? — perguntou Pip, ciente de que não estava conseguindo convencê-lo. Ela precisava convencê-lo. — E se não estiver percebendo algum detalhe importante, como aconteceu com o Sal? E se você estiver errado de novo?

Hawkins estremeceu.

— Sinto muito — disse ele. — Queria poder ajudar, mas preciso mesmo ir. Estou trabalhando em um caso de alto risco de verdade: uma criança de oito anos foi sequestrada no próprio quintal. Não posso fazer nada pelo Jamie. Infelizmente, é assim que as coisas são.

Hawkins esticou a mão para a maçaneta.

— Por favor — suplicou Pip, o desespero em sua voz surpreendendo os dois. — Por favor, estou implorando.

Os dedos dele hesitaram.

— Eu...

— Por favor. — Pip sentiu um nó na garganta, o que acontecia quando estava prestes a chorar, sua voz se partindo em um milhão de pedaços. — Não me obrigue a fazer isso outra vez. Por favor. Eu não aguentaria fazer isso outra vez.

Hawkins não olhou para ela ao segurar a maçaneta.

— Desculpe. Minhas mãos estão atadas. Não posso fazer nada.

Ao sair da delegacia, Pip parou no meio do estacionamento e olhou para cima, onde as nuvens escondiam as estrelas, sem compartilhá-las com mais ninguém.

Havia começado a chover, e as gotículas frias ardiam ao cair em seus olhos abertos. Ela permaneceu imóvel por um tempo, observando o nada interminável do céu, tentando ouvir o que seu instinto lhe dizia. Fechou os olhos para ouvir melhor. *O que eu faço? Me diga o que devo fazer.*

Pip começou a tremer e entrou no carro, espremendo o cabelo molhado. O céu não lhe oferecera resposta alguma. Mas havia alguém que talvez oferecesse, alguém que a conhecia melhor do que Pip conhecia a si mesma. Ela pegou o celular e ligou.

— Ravi.

— Olá, garota-problema. — O sorriso era óbvio em sua voz. — Estava dormindo? Sua voz está esquisita.

Pip contou tudo para ele. Pediu ajuda porque Ravi era o único a quem ela sabia pedir.

— Não posso dizer o que você deve decidir — falou ele.

— Pode, sim.

— Não, não posso tomar essa decisão por você — insistiu Ravi. — Só você sabe o que fazer, só você tem como saber. Mas tenho certeza de que, o que quer que decida, vai ser a escolha certa. Porque é assim que você é. E o que quer que escolha, sempre estarei aqui, te apoiando. Está bem?

— Está bem.

E, enquanto se despedia, ela percebeu que a decisão já estava tomada. Talvez já houvesse sido tomada há algum tempo, talvez Pip sequer tivesse escolha e só estivesse esperando alguém lhe dizer que estava tudo bem.

Estava tudo bem.

Ela procurou pelo nome de Connor e clicou no botão verde, sentindo o coração na garganta.

O amigo atendeu no segundo toque.

— Pode contar comigo — anunciou Pip.

SETE

A casa dos Reynolds na Cedar Way sempre pareceu ter um rosto. A porta da frente branca e as janelas largas de cada lado formavam o sorriso dentuço. A mancha onde os tijolos haviam desbotado era o nariz. E as duas janelas quadradas do andar de cima eram os olhos, encarando as pessoas lá do alto ou dormindo quando as cortinas eram fechadas à noite.

Em geral, o rosto parecia feliz. Mas, naquele momento, tinha um aspecto incompleto, como se a própria casa soubesse que havia algo errado em seu interior.

Pip bateu na porta, a mochila pesada pendendo do ombro.

— Você já chegou? — perguntou Connor ao abrir a porta, surpreso, afastando-se para a amiga entrar.

— É, passei em casa para pegar minhas coisas e vim direto para cá. Cada segundo importa em uma situação dessas.

Pip parou para tirar os sapatos, quase perdendo o equilíbrio quando sua mochila saiu do lugar.

— Ah, e se minha mãe perguntar, eu jantei aqui, beleza?

Ela ainda não havia contado aos seus pais, mas sabia que precisaria fazer isso mais tarde. As famílias eram próximas desde que Connor perguntara se Pip queria brincar com ele quando estavam no quarto ano. E a mãe de Pip via Jamie com frequência, já que o garoto estava trabalhando na imobiliária dela havia alguns meses. Mesmo assim, Pip sabia que sua decisão não agradaria a mãe. Ela a lembraria do quanto ficara perigosamente obcecada da última vez — como se Pip precisasse ser lembrada disso — e diria que a filha deveria se dedicar aos estudos. E aquele não era o momento para perder tempo com discussões. As primeiras setenta e duas horas eram cruciais quando alguém desaparecia, e já tinham perdido vinte e três delas.

— Pip?

A mãe de Connor, Joanna, apareceu no corredor. Seu cabelo loiro estava preso de qualquer jeito no topo da cabeça, e ela parecia ter envelhecido anos em apenas um dia.

— Oi, Joanna. — A regra sempre tinha sido chamá-la pelo nome, nunca de sra. Reynolds.

— Pip, obrigada por... por... — gaguejou a mãe do amigo, experimentando um sorriso que não se encaixava direito em seu rosto. — Connor e eu não tínhamos ideia do que fazer, mas sabíamos que precisávamos falar com você. Ele me contou que você não conseguiu convencer a polícia, é isso?

— Não consegui, sinto muito — confirmou Pip, seguindo Joanna até a cozinha. — Tentei, mas eles não cederam.

— Eles não acreditam em nós — disse Joanna, abrindo um dos armários de cima. A frase não foi formulada como uma pergunta, mas a seguinte, sim: — Chá?

— Não, obrigada — recusou Pip, deixando a mochila cair na mesa da cozinha.

Ela raramente bebia chá desde a noite dos fogos de artifício no ano anterior, quando Becca Bell havia colocado o resto do flunitrazepam de Andie no chá de Pip.

— Que tal começarmos os trabalhos? — sugeriu Pip, hesitando ao lado de uma cadeira.

— Claro — concordou Joanna, escondendo as mãos nas dobras do suéter enorme. — Melhor fazermos isso aqui mesmo.

Pip se acomodou em uma cadeira, e Connor se sentou ao seu lado. Ela abriu a mochila e tirou o computador, os dois microfones USB, os filtros antirruídos, a pasta, uma caneta e seus fones de ouvido grandes e pesados. Por fim, Joanna também se sentou, embora não conseguisse ficar quieta, ajeitando-se a cada poucos segundos e mudando a posição dos braços.

— Seu pai está em casa? Sua irmã? — Pip direcionou as perguntas a Connor, mas foi Joanna quem respondeu.

— Zoe está na faculdade. Liguei para ela e avisei que o Jamie está desaparecido, mas ela vai ficar por lá. Parece ter ficado do lado do pai.

— Como assim?

— Arthur... — Joanna trocou um olhar rápido com Connor. — Arthur não acha que o Jamie desapareceu, e sim que deu uma escapada e vai voltar logo. Ele parece estar com muita raiva dessa história toda... e do Jamie. — Joanna se ajeitou de novo, coçando a pele abaixo do olho. — Ele pensa que Connor e eu estamos sendo ridículos com todo esse... — Ela gesticulou para os equipamentos de Pip. — Arthur foi ao supermercado, mas deve chegar a qualquer momento.

— Está bem — disse Pip, fazendo uma anotação mental e mantendo a expressão neutra. — Vocês acham que ele falaria comigo?

— Não — respondeu Connor, firme. — Nem adianta perguntar.

A atmosfera no cômodo era tensa e desconfortável. Pip sentiu as axilas coçarem com suor.

— Tudo bem. Antes de começarmos, preciso ser sincera com vocês... Dar um aviso, acho.

Ambos assentiram, os olhares concentrados.

— Se querem que eu investigue e ajude a encontrar o Jamie, precisam concordar de antemão com aonde isso pode nos levar e precisam aceitar as consequências numa boa, ou eu não vou conseguir fazer nada. — Pip pigarreou. — É possível que a gente acabe descobrindo coisas desagradáveis sobre o Jamie, coisas constrangedoras ou nocivas, tanto para vocês quanto para ele. Segredos que ele talvez tenha guardado e não quisesse revelar. Concordo que falar sobre a investigação no meu podcast é o jeito mais rápido de chamar a atenção da mídia para o desaparecimento do Jamie e de encontrar testemunhas que talvez saibam algo relevante. Isso pode até atrair a atenção do Jamie, se ele deu mesmo uma escapada, e fazê-lo voltar. Mas vocês precisam aceitar que suas vidas privadas serão expostas. Nada ficará só entre nós, e pode ser difícil lidar com isso.

Era algo que Pip sabia melhor do que ninguém. Novas ameaças anônimas de morte e estupro chegavam toda semana, além de comentários e tweets a chamando de vadia, feia e detestável.

— O Jamie não está aqui para concordar com essas condições, então vocês precisam concordar, por ele também, com o fato de que estarão abrindo suas vidas para serem investigadas e que, quando eu começar a procurar respostas, talvez vocês descubram coisas que prefeririam nunca saber. Foi o que aconteceu da última vez, então eu... eu só quero ter certeza de que vocês estão prontos para isso.

Pip ficou em silêncio, sentindo a garganta seca e desejando ter pedido outra bebida quando rejeitou o chá.

— Eu aceito — disse Joanna, a voz crescendo a cada sílaba. — Qualquer coisa. Qualquer coisa para trazê-lo de volta para casa.

Connor fez que sim com a cabeça.

— Concordo. Precisamos encontrá-lo.

— Muito bem, ótimo — respondeu Pip, embora se perguntasse se os Reynolds tinham acabado de lhe dar permissão para destruir a família deles, como havia feito com os Ward e os Bell.

Os Reynolds tinham entregado a Pip a chave para suas vidas, mas não entendiam a destruição que ela trazia consigo, o caos que havia entrado de mãos dadas com ela na casa que parecia ter um sorriso dentuço.

Naquele momento, a porta se abriu, e eles ouviram passos pesados no carpete e o farfalhar de uma sacola de plástico.

Joanna deu um pulo, a cadeira se arrastando no piso.

— Jamie? — gritou ela, avançando em direção ao corredor. — Jamie?

— Sou só eu — respondeu uma voz masculina. Não era a de Jamie.

Na mesma hora Joanna murchou, parecendo perder metade de seu tamanho e se segurando na parede para evitar que o resto desaparecesse também.

Arthur Reynolds entrou na cozinha, com seu cabelo cacheado e ruivo, repleto de mechas grisalhas ao redor das orelhas, e o bigode grosso que se destacava contra a barba aparada. Diante da claridade das lâmpadas LED, seus olhos azuis pálidos pareciam quase sem cor.

— Comprei mais pão e... — Arthur parou de falar, e seus ombros caíram assim que avistou Pip com o notebook e os microfones. — Pelo amor de Deus, Joanna. Isso é ridículo.

Ele largou a sacola do mercado no chão, e uma lata de extrato de tomate rolou para baixo da mesa.

— Vou ver televisão — anunciou, marchando para fora da cozinha em direção à sala de estar.

A porta bateu, o impacto repercutindo nos ossos de Pip. De todos os pais dos seus amigos, ela diria que o de Connor era o mais assustador. Ou talvez o de Ant. Por outro lado, o pai de Cara sempre parecera o menos assustador, e olhe só no que tinha dado.

— Desculpe, Pip. — Joanna voltou para a mesa, pegando a lata caída antes de se sentar. — Ele vai ver que temos razão. Em algum momento.

— Eu deveria... — Pip hesitou. — Eu deveria mesmo estar aqui?

— Deveria, sim — respondeu Joanna, determinada. — Encontrar o Jamie é mais importante que aplacar a raiva do meu marido.

— Você tem...?

— Sim, tenho certeza — afirmou ela.

— Está bem, então. — Pip abriu a pasta verde e tirou duas folhas de papel. — Preciso que vocês assinem esses formulários de autorização antes de começarmos.

Ela entregou sua caneta a Connor, e Joanna pegou uma no balcão. Enquanto eles liam os documentos, Pip ligou o notebook, abriu o Audacity e conectou os microfones USB, ajustando os filtros de ruído.

Quando Connor rabiscou sua assinatura, os microfones ganharam vida, captando o arranhar da caneta, a onda sonora azul subindo a partir da linha central.

— Joanna, vou entrevistar você primeiro, tudo bem?

— Sem problemas.

Joanna lhe entregou o formulário assinado.

Pip deu um sorrisinho rápido e discreto para Connor. Ele apenas piscou devagar, sem entender o sinal dela.

— Connor, você tem que sair — disse ela com gentileza. — As testemunhas têm que ser entrevistadas separadamente, para que uma não influencie o relato da outra.

— Certo. Entendi — concordou o amigo, levantando-se. — Vou subir e continuar tentando ligar para o Jamie.

Ele fechou a porta da cozinha ao sair, e Pip ajeitou os microfones, colocando um na frente de Joanna.

— Vou fazer perguntas sobre ontem — explicou a garota —, para tentar criar uma linha do tempo do dia do Jamie. Mas também vou perguntar sobre como ele estava nas últimas semanas, caso haja alguma informação relevante. Responda com o máximo de sinceridade possível.

— Tudo bem.

— Está pronta?

Joanna respirou fundo e fez que sim com a cabeça. Pip colocou os fones de ouvido, acomodando-os nas orelhas, e guiou o cursor até o botão vermelho de gravar.

O mouse se demorou sobre ele.

Pip ficou pensando.

Pensando se já havia atravessado o momento decisivo, o que levaria a um caminho sem volta, ou se era aquele ali, com o cursor pairando acima do botão vermelho. De qualquer forma, para ela, não havia mais volta. Restava apenas avançar. Somente seguir em frente. Ela endireitou a postura e clicou no botão de gravar.

Nome do arquivo:

 Manual de assassinato para boas garotas 2ª TEMPORADA: Entrevista com Joanna Reynolds.wav

PIP: Certo, antes de começarmos as perguntas, Joanna, você poderia se apresentar e falar um pouco sobre o Jamie?

JOANNA: CLARO, MEU NOME É...

PIP: Com licença, Joanna, você não precisa falar tão perto do microfone. Ele vai captar bem sua voz se você ficar sentada normalmente.

JOANNA: Desculpe. Meu nome é Joanna Reynolds, sou a mãe do Jamie. Tenho três filhos, e Jamie é o mais velho, meu primeiro. Ele acabou de fazer vinte e quatro anos, o aniversário dele foi semana passada. Nós comemoramos aqui em casa, pedimos comida chinesa e aquele bolo de chocolate recheado em formato de lagarta. Connor deu um jeito de colocar vinte e quatro velas nele. Ah, os outros dois são: minha filha Zoe, que tem vinte e um anos e está na faculdade. E Connor, meu bebê, que tem dezoito anos e está no último ano do ensino médio. Desculpe, ficou péssimo, posso falar de novo?

PIP: Não, está tudo certo, foi ótimo. Esta é só a parte bruta da entrevista, vou editar tudo com explicações minhas no meio para você não ter que se preocupar com a consistência, com seu tom de voz ou qualquer coisa do tipo.

JOANNA: Está bem.

PIP: E é óbvio que já sei a resposta de algumas perguntas, mas preciso fazê-las para apresentarmos todas as informações no episódio. Por exemplo, vou perguntar: Jamie ainda mora com vocês?

JOANNA: Entendi. Certo. Sim, Jamie ainda mora comigo e com meu marido, Arthur, e com meu filho mais novo, Connor.

PIP: E ele está trabalhando atualmente?

JOANNA: Sim, você sabe que ele trabalha com a sua mãe, Pip.

PIP: Eu sei, mas preciso que você diga...

JOANNA: Ah, desculpe, me esqueci. Vou tentar de novo. Sim, atualmente Jamie é recepcionista de meio período em uma imobiliária local chamada Proctor e Radcliffe Imóveis. Já faz quase três meses que ele trabalha lá. Foi muito gentil da parte da sua mãe dar o emprego para ele, Pip, sou muito grata. Desde que abandonou a faculdade no primeiro ano, Jamie tem tido dificuldade para encontrar um emprego ou, quando consegue, para mantê-lo. Ele anda um pouco perdido nos últimos anos, não consegue decidir o que quer fazer da vida ou no que é bom. Tentamos ajudá-lo, mas quanto mais você empurra o Jamie em uma direção, mais ele resiste. É por isso que Arthur se frustra tanto com ele. Mas fico feliz, porque o Jamie parece estar gostando do emprego, pelo menos por enquanto.

PIP: E você diria que o Jamie tem dificuldade em se comprometer com as coisas? Foi por isso que ele largou a faculdade?

JOANNA: É, acho que isso é parte do problema. Ele tentou, tentou mesmo, mas achou que era muita pressão e decidiu trancar. Chegou a ter um ataque de pânico em uma das provas. Acho que algumas pessoas não foram feitas para o ambiente acadêmico. Jamie é um garoto... um homem... muito sensível. Quer dizer, você o conhece, Pip. Arthur se preocupa, acha que ele é sensível até demais, mas Jamie é assim desde pequeno. Um garotinho muito doce, era o que todas as outras mães diziam.

PIP: É, ele sempre foi legal comigo. Nunca foi o irmão mais velho assustador de Connor nem nada assim. E todo mundo parece gostar dele. Falando nisso, quem são os amigos mais próximos do Jamie? Alguém de Little Kilton?

JOANNA: Ele ainda conversa com um menino da faculdade de vez em quando, e acho que deve ter alguns amigos na internet também, porque está sempre naquele computador. Jamie nunca foi muito bom quando o assunto é amizade. Ele faz conexões profundas com algumas pessoas e sempre fica arrasado quando não dá certo. Eu diria que a amiga mais próxima dele, neste momento, é a Nat da Silva.

PIP: Conheço a Nat.

JOANNA: Sim, é claro. Não há muita gente da turma dele na escola que continue morando aqui em Little Kilton. Exceto pela Naomi Ward e pelo M-Max Hastings. Desculpe, eu não deveria falar dele. Mas Nat e Jamie parecem ter muito em comum. Ela também teve problemas na faculdade e abandonou o curso, e está com dificuldades para encontrar um emprego de que goste por causa da ficha criminal. Acho que os dois sentem que ficaram para trás nesta cidade, e é melhor sentir que não ficaram para trás sozinhos. Tudo o que aconteceu no ano passado também os uniu. Nat era amiga do Sal Singh, e Jamie era amigo da Andie Bell. Ele passou muito tempo com Andie por conta dos ensaios das peças da escola. Jamie e Nat estavam no meio de tudo o que aconteceu, e acho que se aproximaram por isso. Eles se tornaram muito amigos neste último ano, conversam o tempo todo. Talvez ela seja a única amiga de verdade dele no momento. Embora, verdade seja dita, acho que Jamie a enxerga de um jeito diferente.

PIP: Como assim?

JOANNA: Bem... Ai, meu Deus, Jamie vai ficar uma fera por eu falar isso, mas concordei que não guardaria segredos nesta gravação... Eu conheço meu filho muito bem, e ele nunca foi bom em esconder seus sentimentos. Eu sempre soube... pelo jeito como ele falava de Nat, por ele sempre encontrar maneiras de mencioná-la em todas as conversas... que ele estava bastante interessado nela. Apaixonado. Eles se falam no telefone quase todos os dias, vivem trocando mensagens. Mas, é claro, as coisas mudaram quando Nat apareceu com um namorado novo alguns meses atrás. Acho que Jamie não chegou a me contar o nome dele, mas ficou arrasado. Quando o encontrei chorando no quarto, Jamie explicou que estava com dor de estômago, mas eu sabia. Não era a primeira vez que eu o via daquele jeito. Eu sabia que era porque estava de coração partido, provavelmente por causa da Nat.

PIP: Isso faz quanto tempo?

JOANNA: Deve ter sido no começo de março. Acho que eles ficaram umas semanas sem se falar, mas ainda são amigos. Jamie está sempre mandando mensagens, e deve ser para ela, porque ele esconde o celular para nenhum de nós ver a tela. Eu também consigo ouvi-lo no telefone até altas horas de vez em quando. Pelo tom da voz dele, posso garantir que fica falando com a Nat.

PIP: Certo, obrigada, com certeza vou falar com a Nat o mais rápido possível. Então, Connor me disse que está mais preocupado com Jamie dessa vez porque o irmão vinha agindo de forma estranha nas últimas semanas. Estava distante e explodindo à toa. Você percebeu a mesma coisa?

JOANNA: Nas últimas duas semanas, ele não estava normal. Ficava acordado até tarde, chegava em casa de madrugada, dormia até quase perder a hora do trabalho. Brigava com o irmão, sendo que eles geralmente se dão bem. Acho que isso se devia em parte a essa história com a Nat, mas também, como eu disse antes, ao fato de ele estar se sentindo deixado para trás, vendo as pessoas com quem ele estudou no ensino médio e na faculdade começando carreiras de sucesso, casando, saindo da casa dos pais. Jamie é muito inseguro. Ele já me disse que muitas vezes se sente inútil, nunca bom o bastante. Além disso, ele vinha lutando contra a balança nos últimos seis meses. Eu já falei que isso não importa, desde que ele esteja saudável e confortável no próprio corpo, mas... Bem, você sabe que a sociedade tenta fazer com que qualquer pessoa que vista acima de determinado número sinta vergonha disso. Acho que Jamie estava infeliz nas últimas semanas porque fica se comparando com todo mundo e sente que nunca vai alcançar os outros. Mas eu sei que vai.

PIP: Desculpe, Joanna, não queria ter que perguntar isso, mas você acha... acha que existe algum risco de Jamie machucar a si mesmo?

JOANNA: Não, de jeito nenhum. Jamie nunca faria isso comigo, com a nossa família. Ele não faria algo assim. Não é isso o que está acontecendo, Pip. Ele desapareceu. Ele não morreu. E nós vamos encontrá-lo, onde quer que ele esteja.

PIP: Certo, sinto muito. Vamos seguir em frente. Jamie desapareceu ontem, sexta-feira, à noite. Você pode me falar como foi o dia de vocês?

JOANNA: Posso. Eu acordei umas nove horas. Às sextas entro no trabalho mais tarde, só às onze. Arthur já estava no escritório — ele trabalha longe —, e Connor já tinha ido para a escola a pé. Mas Jamie ainda estava dormindo, então avisei que ele acabaria se atrasando para o trabalho, e ele saiu de casa umas 9h20, falando que tomaria café da manhã no caminho. Então eu fui trabalhar. Arthur saiu do escritório mais cedo para dar tempo de ir ao memorial. Ele mandou mensagem por volta das cinco, quando chegou em casa. Saí do trabalho logo depois, passei no supermercado e voltei para casa umas seis, seis e meia. Eu me arrumei rapidinho, e nós quatro fomos para o memorial.

PIP: O que Jamie estava vestindo naquela noite? Não consigo me lembrar.

JOANNA: Ele estava usando calça jeans e a camisa favorita dele, uma bordô sem colarinho. Igual às daquela série *Peaky Blinders*, como ele sempre diz.

PIP: E os sapatos?

JOANNA: Ah, hm, tênis. Brancos.

PIP: Marca?

JOANNA: Puma, eu acho.

PIP: Vocês foram para o memorial de carro?

JOANNA: Sim.

PIP: E o Jamie estava agindo de forma estranha antes do memorial?

JOANNA: Não. Ele estava quieto, mas é provável que estivesse pensando na Andie e no Sal. Todos nós estávamos quietos, para ser sincera. Acho que ficamos em silêncio durante todo o trajeto. E, quando chegamos ao coreto, lá pelas sete horas, Connor foi encontrar os amigos. Jamie se afastou também, dizendo que ia ficar ao lado da Nat durante o memorial. Foi quando eu o vi pela última vez.

PIP: Eu o vi depois disso. Ele encontrou a Nat, estava com ela e Naomi. Depois disso, Jamie veio falar com Connor rapidinho. Em ambas as vezes, ele parecia bem. E mais tarde, durante o memorial, logo antes do discurso do pai do Ravi, o Jamie passou ali por trás e esbarrou em mim. Ele parecia distraído, talvez até nervoso. Não sei o que ele tinha visto para querer atravessar aquela multidão bem no meio da cerimônia. Mas devia ter algum motivo.

JOANNA: Que horas foi isso?

PIP: Talvez umas 20h10.

JOANNA: Então *você* foi a última pessoa que o viu.

PIP: Acho que sim, por enquanto. Você sabe se Jamie tinha planos para depois do memorial?

JOANNA: Não, achei que ele viria para casa. Mas hoje Connor me disse que Jamie mencionou que veria a Nat ou algo assim.

PIP: Certo, vou perguntar isso direto para Connor. E aonde você foi depois do memorial?

JOANNA: Arthur e eu fomos jantar no pub com alguns amigos: os Lowe, pais do Ant, os Davis e os Morgan. Você sabe, a sra. Morgan e o marido dela. Nós tínhamos marcado esse jantar havia séculos.

PIP: E quando vocês voltaram para casa?

JOANNA: Bem, nós não voltamos juntos. Eu estava dirigindo, então não bebi, mas alguns amigos que a princípio não pretendiam beber disseram que precisavam de algo mais forte depois do memorial. Então me ofereci para dar carona para os Lowe e os Morgan. É claro que o carro ficou cheio, mas Arthur não se incomodou de voltar para casa a pé, não é longe.

PIP: Que horas você saiu do pub? Era o King's Head?

JOANNA: Era. Acho que todos nós saímos pouco antes das onze. Estávamos cansados e não parecia certo ficarmos nos divertindo até tarde logo depois do memorial. Os Lowe moram aqui na cidade, como você sabe, mas os Morgan estão morando em Beaconsfield e, como o Arthur diz, tenho uma tendência a falar demais, então só cheguei à 00h15, talvez mais tarde. Connor e Arthur já estavam na cama. Mas Jamie, não. Mandei mensagem para ele antes de ir dormir. Vou ler para você: *Estou indo para a cama, meu bem, você já vem para casa? Beijocas.* Isso foi à 00h36. Olha. A mensagem nunca foi entregue.

PIP: A mensagem ainda não foi entregue?

JOANNA: Não. Isso é ruim, não é? O celular dele está desligado e deve ter sido desligado antes de 00h36... ou então algo ruim...

PIP: Fica calma, Joanna. Tudo bem, vamos parar por aqui.

Nome do arquivo:

 Manual de assassinato para boas garotas 2ª TEMPORADA: Entrevista com Connor Reynolds.wav

PIP: Gravando. Mas você precisa parar de roer as unhas, o microfone capta esse barulho.

CONNOR: Desculpe.

PIP: Então, queria focar no comentário que você fez mais cedo, sobre o Jamie estar agindo de forma estranha nas últimas semanas, explodindo à toa e distante. Você consegue me dar exemplos de situações e datas mais específicas?

CONNOR: Posso tentar. Na verdade, de uns dois meses para cá, o humor do Jamie começou a ficar meio imprevisível. Antes ele estava bem, o Jamie de sempre, até que no começo de março ficou muito infeliz e quieto, mal falava com a gente ou ninguém. Era como se tivesse uma "nuvem pairando sobre ele", nas palavras da minha mãe.

PIP: Sua mãe acha que Jamie ficou triste quando Nat da Silva arranjou um namorado, já que eles eram tão próximos. Isso poderia explicar o humor do Jamie?

CONNOR: É, talvez, deve ter sido na mesma época. Aí ele ficou desse jeito por algumas semanas e depois, de repente, estava bem de novo, sorrindo e brincando, passando um tempão no celular. Nós temos uma regra aqui de "nada de celular enquanto assistimos à Netflix", senão minha mãe se distrai no Facebook e precisamos voltar os programas sempre que ela perde alguma coisa. Mas reparei que o Jamie estava sempre no dele, e não só no Reddit. Parecia que ele estava digitando, falando com alguém.

PIP: E ele parecia estar de bom humor nesse período?

CONNOR: Com certeza. Durante, tipo, uma semana e meia, ele estava ótimo: falante, sorridente. O Jamie de sempre, sabe? E então o mau humor voltou do nada. Eu sei direitinho que dia foi, porque nossa família foi ver o filme novo de *Tomb Raider*: 30 de março. Antes de irmos, o Jamie saiu do quarto e avisou que não iria, e deu para perceber pela voz dele que estava tentando segurar o choro. Mas meu pai respondeu que ele tinha que ir, porque nós já tínhamos comprado os ingressos. Os dois discutiram um pouco, e, no final, o Jamie foi com a gente. Sentei ao lado dele e percebi que Jamie chorou durante o filme. Ele deve ter achado que não daria para ninguém ver no escuro.

PIP: Você sabe o que o deixou tão triste assim?

CONNOR: Não faço ideia. Ele ficou assim por alguns dias, se trancava no quarto logo depois de chegar do trabalho. Uma noite, resolvi perguntar para ele se estava tudo bem, e ele respondeu "aham, tudo certo", apesar de nós dois sabermos que aquilo não era verdade. Jamie e eu sempre contamos tudo um para o outro. Tudo. Pelo menos até pouco tempo atrás. Não sei o que aconteceu com a gente.

PIP: E depois desses dias?

CONNOR: Bom, depois ele meio que voltou ao normal. Ele parecia feliz. Não superfeliz, mas melhor do que estava antes. E passava o tempo todo no celular. Eu só queria que nós voltássemos a ser próximos, a brincar um com o outro como sempre. Foi por isso que, um dia, quando ele estava digitando no celular, passei correndo e peguei o aparelho da mão dele, perguntando: "Para quem você está mandando mensagem?" Foi só uma brincadeira, ele faz isso comigo direto, mas o Jamie não levou numa boa. Ele explodiu e me empurrou na parede até eu soltar o celular. Eu nunca olharia as mensagens, era só uma piada. Mas quando ele me empurrou daquele jeito, ele... ele não parecia mais o meu irmão. Depois Jamie se desculpou, disse algo sobre respeitar a privacidade, mas foi... Sabe, aquilo pareceu errado. E eu o ouvi falando até muito tarde no telefone. Na verdade, ouvi isso quase todas as noites das últimas duas semanas, mais ou menos. E, na semana passada, eu o ouvi saindo de fininho depois que meus pais foram dormir algumas vezes. Não sei aonde ele ia. Ele fez isso na noite do aniversário dele. Eu o ouvi saindo antes da meia-noite e esperei acordado, atento. Ele voltou umas duas da manhã, e quando mencionei isso no dia seguinte, Jamie falou que eu devia estar ouvindo coisas. E, na segunda-feira desta semana, eu acordei por acaso às três da manhã, e tenho certeza de que o que me acordou foi o barulho do Jamie chegando em casa.

PIP: Entendi.

CONNOR: Mas esse não é o comportamento normal do Jamie. Você o conhece, Pip. Em geral meu irmão é tão tranquilo, calmo. E agora está com o humor volátil. Guardando segredos, saindo de fininho à noite. Tendo rompantes de raiva. Sei que tem algo errado. Minha mãe mostrou a mensagem para você, não mostrou? Ela mandou para o Jamie lá pela 00h30 na noite passada e ainda não foi entregue. O celular dele está desligado desde antes disso. Ou então quebrou.

PIP: Ou ficou sem bateria, talvez?

CONNOR: Não. Estava quase completamente carregado. Sei disso porque, quando estávamos no carro, perguntei as horas para o Jamie e ele me mostrou a tela. Ele estava com 88% ou algo assim.

O aparelho dele até que é novo, a bateria não acabaria tão rápido. E por que ele desligaria o celular se estava na rua? Isso não faz sentido.

PIP: De fato, a mensagem não ter sido entregue na hora é significativo.

CONNOR: O que você acha que isso indica?

PIP: Não posso especular até saber mais detalhes.

CONNOR: Quer dizer que ele está correndo perigo, não é? Você só não quer admitir. Que alguém o machucou. Ou o sequestrou?

PIP: Connor, ainda não sabemos de nada. Não estou descartando nenhuma possibilidade, mas não podemos chegar a conclusões sem provas, não é assim que as coisas funcionam. Vamos voltar ao assunto. E ontem? Você pode me dizer como foi seu dia, suas interações com o Jamie? Qualquer coisa relevante?

CONNOR: Hm.

PIP: O quê?

CONNOR: Bom, teve uma coisa.

PIP: Connor...?

CONNOR: Você não vai contar para minha mãe, vai?

PIP: Você se lembra do que me pediu para fazer? Essa gravação será compartilhada com centenas de milhares de pessoas. Sua mãe vai ficar sabendo. O que quer que seja, você precisa me contar e depois contar para ela.

CONNOR: Merda, está bem. É só que... Tudo bem... Então, Jamie e minha mãe se dão muito bem. Sempre foi assim. Acho que meu irmão poderia até ser chamado de filhinho da mamãe, eles simplesmente combinam. Mas Jamie e meu pai têm um relacionamento complicado. Jamie já me falou que acha que nosso pai odeia ele, que vive decepcionado com ele. Os dois não conversam sobre nada, só deixam as coisas se acumularem até explodirem em grandes discussões. E, após a briga, voltam ao normal e o ciclo recomeça. Bom... eles tiveram uma dessas grandes discussões... ontem.

PIP: Que horas?

CONNOR: Lá pelas 17h30. Minha mãe estava no mercado. Acabou logo antes de ela voltar, então ela não sabe. Eu fiquei ouvindo da escada.

PIP: Sobre o que eles discutiram?

CONNOR: Sobre as mesmas coisas de sempre. Meu pai falou que Jamie precisa começar a se mexer e tomar um rumo na vida, que ele e minha mãe não vão estar sempre aqui para resolver tudo. Jamie disse que estava tentando, mas que meu pai nunca percebe isso porque acha que ele vai fracassar de qualquer forma. Não consegui ouvir a briga toda, mas lembro que meu pai disse algo tipo: "Nós não somos um banco, somos seus pais." Não sei bem a que ele estava se referindo, mas talvez meu pai tenha trazido à tona que ele acha que o Jamie deveria pagar aluguel para continuar morando aqui. Minha mãe acha a ideia ridícula e nunca vai permitir isso, mas meu pai vive falando: "De que outra forma ele vai aprender?" A última coisa que disseram um para o outro antes de a minha mãe chegar foi...

PIP: O quê?

CONNOR: Meu pai disse: "Você é um zero à esquerda." E o Jamie respondeu: "Eu sei."

PIP: Era por isso que todo mundo estava quieto no caminho para o memorial? Sua mãe percebeu o silêncio.

CONNOR: Sim. Ai, meu Deus, ela vai ficar tão chateada quando eu contar isso para ela.

PIP: Você deveria contar para Joanna hoje à noite, depois que eu for embora.

CONNOR: É, acho que sim.

PIP: Então, voltando para ontem à noite. Assim que sua família chegou no memorial, você foi encontrar nossos amigos e Jamie foi encontrar a Nat. Mas teve uma hora, quando Zach e eu estávamos conversando com os meus novos vizinhos, em que o Jamie veio falar com você.

CONNOR: Verdade.

PIP: O que ele disse?

CONNOR: Ele se desculpou por ter discutido com nosso pai. Jamie sabe que eu odeio quando eles brigam. Então me contou que, depois do memorial, tinha combinado de dar um pulo na casa da Nat da Silva e passar um tempo com ela. Na minha opinião, eles dois achavam que era a coisa certa a se fazer: ficar na companhia de outra pessoa que tinha sido próxima do Sal e da Andie. Mas meu irmão disse que voltaria para nossa casa à noite. E, quando foi embora, a última coisa que falou foi: "Até mais tarde." Não acho que ele mentiria para mim desse jeito se soubesse que não voltaria. Mas quando minha mãe e eu ligamos para Nat hoje de manhã, ela disse que não viu o Jamie depois do memorial. Também não sabe onde ele está.

PIP: E aonde você foi depois do memorial?

CONNOR: Bom, eu e Zach não queríamos ir à festa do apocalipse com Ant e Lauren, já que eles ignoram todo mundo ao redor quando estão juntos, então fui para a casa nova do Zach e nós... nós jogamos *Fortnite*. Pronto, agora todo mundo sabe disso. E depois Zach me deixou em casa de carro.

PIP: Que horas?

CONNOR: Nós saímos da casa do Zach pouco depois das 23h30, então eu devo ter chegado em casa mais ou menos meia-noite. Estava cansado, fui direto para a cama, nem escovei os dentes. Jamie não voltou para casa. Eu estava morrendo de sono, caí na cama sem pensar duas vezes nele. É tão estúpido como a gente presume que está tudo bem e acaba nem prestando atenção nas coisas. Eu fui tão burro. Achei que ele tinha voltado para casa. Ele deveria ter voltado para casa. Mas agora ele...

OITO

— Fotos?

— Isso, fotos recentes dele — confirmou Pip, olhando de um para o outro, o barulho do relógio da cozinha contando o silêncio. Os tiques pareciam lentos demais, como se Pip estivesse avançando mais rápido que o tempo. Era uma sensação que ela não sentia fazia um tempo, da qual sentira falta. — Por acaso vocês têm alguma foto do Jamie do dia do memorial, do que ele estava vestindo?

— Não — respondeu Joanna, desbloqueando o celular e procurando na galeria. — Mas tirei um monte no aniversário dele, na quinta-feira passada.

— Alguma com o rosto dele bem visível?

— Aqui, dê uma olhada. — Joanna deslizou o celular pela mesa. — Tem várias se você passar para a esquerda.

Connor chegou mais perto, para ver a tela por cima do ombro da amiga. Na primeira foto, Jamie estava sozinho, do outro lado da mesa da cozinha, com o cabelo loiro-escuro jogado para o lado. Seu sorriso era tão largo que esticava as bochechas rosadas, o queixo iluminado pelo brilho laranja das velas no bolo de aniversário em formato de lagarta. Na foto seguinte, ele estava curvado sobre o bolo, as bochechas infladas, soprando as chamas que tentavam escapar do vento. Pip passou para a próxima imagem. Jamie enfiava uma faca cinza comprida, com uma faixa de plástico vermelho entre o cabo e a lâmina, no pescoço da lagarta, partindo a casca de chocolate. Na próxima foto, a cabeça da lagarta estava separada do corpo, e Jamie sorria para a câmera. Na última, o bolo não aparecia mais. Jamie segurava um presente com o embrulho com detalhes em prateado meio rasgado.

— Ah, é. — Connor bufou. — Essa foi a cara do Jamie quando descobriu que o presente de aniversário que nosso pai tinha comprado para ele foi um relógio fitness para ajudá-lo a fazer exercício.

De fato, o sorriso de Jamie parecia forçado naquela imagem. Pip passou o dedo pela tela mais uma vez, e um vídeo começou a tocar quando seu polegar encostou nele. Connor aparecia na gravação. Os irmãos estavam juntos, o braço de Jamie sobre o ombro de Connor. A câmera balançava um pouco e havia sons de respiração ao fundo.

"Sorriam, meninos", disse Joanna, segurando o celular.

"Nós já estamos sorrindo", murmurou Jamie, tentando não atrapalhar a foto.

"O que está acontecendo aqui?", perguntou a voz de Joanna.

"Cara, ela está gravando outro vídeo sem querer", disparou Connor. "Não é isso?"

"Ai, mãe." Jamie riu. "De novo?"

"Não estou, não", insistiu a voz de Joanna. "Não apertei aquele botão, é esse celular idiota."

"A culpa é sempre do celular, não é?"

Jamie e Connor se entreolharam, e suas risadas se transformaram em gargalhadas estridentes, enquanto Joanna insistia que não tinha apertado o botão de gravar.

"Me deixe ver, Jo", pediu a voz de Arthur.

Então Jamie envolveu o pescoço de Connor com o braço, trazendo a cabeça do irmão mais novo para o peito e bagunçando seu cabelo com a mão. Connor protestava entre risos. A câmera virou para baixo e o vídeo terminou.

— Sinto muito — falou Pip, notando que Connor tinha ficado tenso na cadeira e que os olhos de Joanna estavam tão cheios de lágrimas que ela ficou encarando o chão. — Você pode me mandar tudo isso por e-mail, por favor, Connor? E qualquer outra foto recente?

O garoto tossiu.

— Aham, vou mandar.

— Beleza. — Pip se levantou, guardando o notebook e os microfones na mochila.

— Você já vai? — perguntou Connor.

— Só mais uma coisa antes de ir. Preciso dar uma olhada geral no quarto do Jamie. Posso?

— Pode. Sim, com certeza — aquiesceu Joanna, levantando-se. — Podemos ir também?

— Claro — concordou Pip, esperando Connor abrir a porta e levá-las ao andar de cima. — Vocês já fizeram isso?

— Na verdade, não — respondeu Joanna, seguindo-os escada acima. Ela ficou tensa ao ouvir Arthur tossir na sala. — Entrei lá mais cedo, quando percebemos que Jamie não estava em casa. Dei uma olhada rápida para ver se ele tinha dormido aqui na noite passada e saído de manhã cedo. Mas não, as cortinas ainda estavam abertas. E Jamie não é o tipo de pessoa que abre as cortinas de manhã ou que faz a cama. — Joanna parou em frente à porta do quarto escuro, que estava entreaberta. — Ele é meio bagunceiro — avisou, hesitante. — Está um pouco desarrumado lá dentro.

— Não tem problema — disse Pip, acenando com a cabeça para Connor ir na frente.

Ele empurrou a porta do quarto envolto em sombras. Quando Connor acendeu a luz, elas se tornaram uma cama desfeita, uma mesa bagunçada embaixo da janela e um guarda-roupa aberto vomitando roupas no chão, que pareciam ilhas no tapete azul-turquesa.

Desarrumado era um eufemismo.

— Posso, hm...?

— Claro, faça o que for preciso. Não é, mãe? — disse Connor.

— Claro — concordou Joanna baixinho, olhando o espaço que mais sentia a ausência do filho.

Pip foi direto para a mesa, passando por cima e por entre os montinhos de camisetas e cuecas samba-canção. Percorreu com o dedo o notebook fechado e o adesivo do Homem de Ferro descascando nas pontas. Com delicadeza, ela abriu o aparelho e clicou no botão do touchpad.

— Algum de vocês sabe a senha do Jamie? — perguntou enquanto a máquina ronronava e a tela azul de login aparecia.

Connor deu de ombros, e Joanna fez que não com a cabeça.

Pip se abaixou e digitou: *senha1*.

Senha incorreta.

12345678

Senha incorreta.

— Qual era o nome do seu primeiro gato? — perguntou Pip. — Aquele laranja.

— PeterPan — respondeu Connor. — Tudo junto.

Pip tentou. *Incorreta.*

Ela errou três vezes, o que fez a dica de senha aparecer. Jamie havia escrito: *Sai do meu computador, Connor.*

O irmão torceu o nariz ao ler.

— É muito importante que a gente consiga acessar o computador — explicou Pip. — No momento, essa é a melhor forma de entendermos o Jamie e o que ele andava fazendo.

— Talvez meu sobrenome de solteira? — sugeriu Joanna. — Tente Murphy.

Senha incorreta.

— Time de futebol? — perguntou Pip.

— Liverpool.

Incorreta. Idem substituindo algumas vogais por números e colocando 1 ou 2 no final.

— Você pode continuar tentando? — perguntou Joanna. — Não vai bloquear?

— Não, não tem limite de tentativas no Windows. Mas vai ser complicado adivinhar a senha exata, com os números e as letras maiúsculas nos lugares certos.

— Não podemos tentar de outro jeito? — sugeriu Connor. — Tipo resetar o computador?

— Se fizermos um reboot no sistema, vamos perder todos os arquivos. E, o mais importante, os cookies e as senhas do e-mail e das redes sociais, que ficam salvas no navegador. É a isso que mais precisamos ter acesso. Você não sabe mesmo a senha do e-mail vinculado ao Windows do Jamie?

— Não, desculpe. — A voz de Joanna falhou. — Eu deveria saber essas coisas. Por que eu não sei isso? Agora Jamie precisa de mim e não consigo ajudá-lo.

— Está tudo bem. — Pip se virou para ela. — Vamos continuar tentando até acertar. Se não conseguirmos, posso entrar em contato com um especialista em computação que talvez saiba dar um jeito.

Joanna abraçou os próprios ombros, parecendo encolher outra vez.

— Joanna — chamou Pip, levantando-se —, por que você não continua tentando descobrir a senha enquanto eu dou uma olhada no quarto? Pense nos lugares favoritos do Jamie, nas comidas favoritas, nas viagens que vocês fizeram. Qualquer coisa do tipo. E tente variações da mesma senha, com letras minúsculas, maiúsculas, letras substituídas por números, 1 ou 2 no final.

— Certo. — O rosto dela pareceu se iluminar um pouquinho por ter algo para fazer.

Pip prosseguiu, conferindo as duas gavetas de cada lado da escrivaninha. Em uma, havia apenas canetas e um bastão de cola velho e seco. Na outra, um bloco de papel A4 e uma pasta desbotada em que estava escrito *Trabalhos da facul.*

— Achou alguma coisa? — perguntou Connor.

Ela fez que não com a cabeça, ajoelhando-se para alcançar debaixo da mesa, contornando as pernas de Joanna e puxando a lixeira para perto.

— Me ajude com isso — pediu a Connor, apanhando os conteúdos da lixeira um por um.

Um frasco vazio de desodorante. Um recibo amassado, que Pip desdobrou e viu que era de um sanduíche de frango com maionese comprado na sexta-feira, dia 24, às 14h23, na Co-Op da High Street. Também encontrou um pacote de salgadinho Monster Munch sabor cebola. Grudado na gordura do lado de fora da embalagem havia um pedacinho de papel pautado. Pip o soltou e desdobrou. Escritas no papel com uma caneta esferográfica azul estavam as palavras: *Hillary F Weiseman esquerda 11.*

Ela o estendeu para Connor.

— Esta é a letra do Jamie?

O garoto assentiu.

— Hillary Weiseman — leu Pip. — Vocês sabem quem é?

— Não — disseram os dois ao mesmo tempo.

— Nunca ouvi esse nome — acrescentou Joanna.

— Bom, Jamie deve conhecê-la — presumiu Pip. — Parece que essa anotação é recente.

— Deve ser — concordou Joanna. — Temos uma faxineira que vem de quinze em quinze dias. Ela vai vir na quarta-feira, então tudo na lixeira é dos últimos dez, onze dias.

— Vamos procurar essa Hillary. Ela deve saber algo sobre o Jamie.

Pip pegou seu celular. Na tela, havia uma mensagem de Cara: *Pronta para ver stranger things daqui a pouco???* Droga. Pip se apressou em responder: *Desculpa, não posso hoje, estou na casa do Connor.*

O Jamie desapareceu. Explico amanhã. Desculpa, bjs. Pip enviou a mensagem e tentou ignorar a culpa enquanto clicava no ícone do navegador e abria o site 192.com para consultar o registro eleitoral. Ela digitou *Hillary Weiseman* e *Little Kilton* e pesquisou.

— Bingo! — exclamou quando o resultado da busca apareceu. — Tem uma Hillary F. Weiseman que mora em Little Kilton. Ela consta na lista eleitoral... ah... de 1974 a 2006. Espere aí.

Pip abriu outra aba e digitou o nome no Google, junto a *Little Kilton* e *obituário*. O primeiro resultado, do *Kilton Mail*, confirmou suas suspeitas.

— Não, essa não é a Hillary certa. Ela morreu em 2006 e tinha 84 anos. Deve ser outra pessoa. Vou procurar mais tarde.

Pip segurou o pedaço de papel aberto entre os dedos e tirou uma foto com o celular.

— Você acha que é uma pista? — perguntou Connor.

— Tudo é uma pista até ser descartado — respondeu ela.

Havia apenas mais uma item na lixeira: um saco de papel marrom amassado em uma bolinha.

— Connor, sem mexer muito nas coisas, você consegue ver se tem algo no bolso de todas as roupas do Jamie?

— Tipo o quê?

— Qualquer coisa.

Pip foi até o outro lado do quarto. Quando parou para olhar a cama com o edredom de estampa azul, seu pé esbarrou em algo no chão. Era uma caneca, com vestígios de chá e açúcar incrustados no fundo, mas ainda não estava mofado. A alça tinha quebrado e estava a poucos centímetros de distância. Pip pegou e mostrou para Joanna.

— Não está um pouco desarrumado — comentou Joanna, com afeição na voz. — Está é muito desarrumado.

Pip apoiou a caneca, com a alça dentro, na mesa de cabeceira, de onde devia ter caído.

— Apenas lenços e alguns trocados — informou Connor.

— Sem sorte por aqui — anunciou Joanna, digitando no computador, o estalo da tecla Enter mais alto e mais desesperado a cada tentativa.

Na mesa de cabeceira, ao lado da caneca quebrada, havia um abajur, um exemplar surrado de *A dança da morte*, de Stephen King, e um cabo de carregador de iPhone. Pip sabia que provavelmente era na gaveta acima das quatro pernas bambas que Jamie guardava seus itens mais pessoais. Só por precaução, ela se virou, de modo que suas costas bloqueassem o campo de visão de Connor e Joanna, antes de abrir a gaveta. Ficou surpresa ao descobrir que não havia camisinhas nem nada do tipo. Apenas o passaporte de Jamie, fones de ouvidos brancos com o fio emaranhado, um tubo de multivitaminas "com ferro", um marcador de páginas em formato de girafa e um relógio. A atenção de Pip foi imediatamente atraída para o último item pelo seguinte motivo: ele não pertencia a Jamie.

As delicadas tiras de couro eram de um rosa clarinho, e a caixa era de um ouro rosé brilhante, com um botão de flor de metal que subia até o lado esquerdo do mostrador. Pip passou o dedo pelo relógio, sentindo as pétalas em alto-relevo.

— O que é isso? — perguntou Connor.

— Um relógio feminino. — Ela se virou. — É seu, Joanna? Ou da Zoe?

Joanna se aproximou para inspecionar o objeto.

— Não, não é de nenhuma de nós. Nunca vi isso antes. Você acha que Jamie comprou para alguém?

Pip percebeu que Joanna tinha Nat em mente, mas se existia um relógio que não combinava em nada com Nat da Silva, era aquele.

— Não — respondeu Pip. — Não é novo. Olha, há arranhões na caixa.

— Bem, de quem é, então? Daquela Hillary? — sugeriu Connor.

— Não sei — falou Pip, devolvendo cuidadosamente o relógio à gaveta. — Pode ser relevante ou pode não significar nada. Temos que esperar para ver. Acho que acabamos por enquanto.

Ela endireitou a postura.

— Certo, e agora? — perguntou Connor, voltando seu olhar inquieto para a amiga.

— Isso é tudo que podemos fazer por hoje — anunciou Pip, desviando o rosto do semblante decepcionado de Connor.

Ele realmente achou que Pip resolveria o caso em apenas algumas horas?

— Quero que continuem tentando decifrar aquela senha. Anotem todas as possibilidades que testarem. Usem os apelidos do Jamie, livros e filmes favoritos, o lugar onde ele nasceu, qualquer coisa em que conseguirem pensar. Vou providenciar uma lista de componentes e combinações comuns em senhas para ajudar a reduzir as possibilidades. Entrego para vocês amanhã.

— Vou continuar tentando — prometeu Joanna. — Não vou parar.

— E continue de olho no seu celular — instruiu Pip. — Se aquela mensagem for entregue, quero saber na mesma hora.

— O que você vai fazer? — perguntou Connor.

— Vou escrever sobre as informações que temos até agora, editar e gravar algumas coisas e elaborar um rascunho da declaração para o site. Amanhã de manhã, todo mundo vai saber que Jamie Reynolds está desaparecido.

Na porta da frente, Pip recebeu abraços rápidos e desajeitados dos dois e saiu de encontro à noite. Enquanto caminhava, a garota olhou por cima do ombro. Joanna já tinha voltado para dentro de casa, sem dúvidas direto para o computador de Jamie. Mas Connor continuava na porta, observando-a se afastar, parecendo o garotinho assustado que Pip conhecera.

Nome do arquivo:

 Pedaço de papel encontrado na lixeira do Jamie.jpg

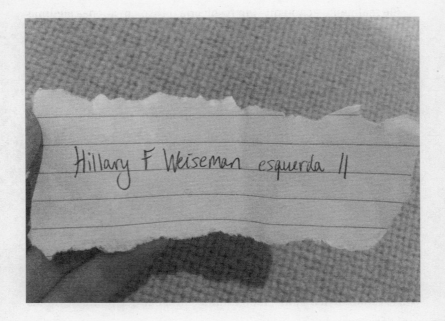

Nome do arquivo:

 Manual de assassinato para boas garotas 2ª TEMPORADA EPISÓDIO 1: Intro.wav

PIP: Fiz uma promessa. Para mim mesma. Para todo mundo. Prometi que nunca mais faria isso, que nunca mais bancaria a detetive nem me perderia no emaranhado de segredos dessa cidade. Essa não sou eu, não mais. E eu teria cumprido minha palavra, sei que teria. Mas algo aconteceu, e precisei quebrar minha promessa.

Uma pessoa desapareceu. Uma pessoa que eu conheço. Jamie Reynolds, de Little Kilton. Ele é o irmão mais velho de um dos meus melhores amigos, Connor. Gravo essas palavras no sábado, 28 de abril, às 23h27. Jamie está desaparecido há vinte e sete horas, e a polícia não está fazendo nada a respeito disso. Classificaram o desaparecimento de Jamie como de baixo risco e não dispõem de mão de obra suficiente para procurá-lo. Acham que ele está apenas ausente, não desaparecido. E, para ser sincera, espero que estejam certos. Espero que não seja nada, que não haja um caso aqui. Que Jamie tenha apenas ido ficar com um amigo por um tempo e deixado de mandar mensagens ou atender às ligações da família. Espero que ele esteja bem... Espero que ele volte para casa daqui a alguns dias, sem entender o porquê de todo esse estardalhaço. Mas não podemos contar com a esperança, não aqui, e se ninguém mais vai procurá-lo, eu preciso agir.

Então, bem-vindos à segunda temporada de *Manual de assassinato para boas garotas — O desaparecimento de Jamie Reynolds*.

DOMINGO
DESAPARECIDO HÁ 2 DIAS

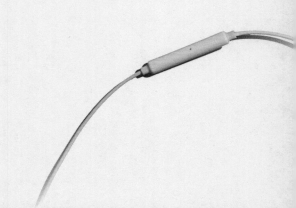

Nome do arquivo:

 Anotações do caso 1.docx

Ideias iniciais:

— O comportamento de Jamie nas últimas semanas parece relevante: as mudanças de humor, as duas escapadas tarde da noite na semana passada. O que ele tem feito? Tudo parece ter relação com o celular dele.

— Reflexão que não é apropriada para aparecer no podcast: o fato de Arthur Reynolds não querer participar da investigação não é suspeito? Ou é compreensível, tendo em vista o histórico de Jamie sumir sem avisar? A relação dos dois era tensa, e eles tiveram uma discussão pouco antes do memorial. Seria isso um padrão? Discussão com o pai → sumiço sem contatar ninguém por alguns dias.

— Mas Connor e Joanna estão convencidos de que Jamie NÃO sumiu de propósito. Também não acham que ele tentaria se machucar, apesar das mudanças repentinas de humor recentes.

— A mensagem não entregue de Joanna para Jamie à 00h36 é uma evidência importante. Indica que o celular dele está desligado pelo menos desde aquele horário e não foi ligado novamente. Isso põe em xeque a teoria de que ele "deu uma escapada": Jamie precisaria do celular para combinar de ficar na casa de um amigo ou para pegar o transporte público. Então, se algo aconteceu com o Jamie, se ele se machucou, deve ter sido por volta da 00h36.

— Movimentação da família Reynolds depois do memorial:

> Arthur voltou andando para casa do pub, sozinho, e chegou cerca de 23h15 (minha estimativa)

> Joanna voltou para casa de carro, chegou à 00h15 ou depois

> Zach Chen deixou Connor em casa aproximadamente à 00h

Lista de tarefas:

· Anunciar a 2ª temporada no site/nas redes sociais
· Fazer pôsteres de desaparecido
· Conseguir que um aviso seja impresso no *Kilton Mail* de amanhã
· Entrevistar Nat da Silva
· Pesquisar sobre Hillary F. Weiseman
· Gravar a descrição da busca no quarto do Jamie
· Ter *A Conversa* com meus pais

Nome do arquivo:

 Pôster de desaparecido.docx

DESAPARECIDO

ESPERANDO CONNOR ENVIAR A FOTO

JAMIE REYNOLDS

Idade: 24
Altura: 1,75 m
Peso: 82 kg
Cabelo loiro-escuro curto, olhos azuis.

Vestia uma camisa bordô sem colarinho, calça jeans e tênis brancos da Puma.

Visto pela última vez na sexta-feira, 27 de abril, cerca de **20h,** no memorial no **Parque de Little Kilton.**

APELO URGENTE: Se você viu Jamie depois do memorial ou tem alguma informação sobre seu paradeiro, por favor, ligue para **07700900382** ou mande um e-mail para **podcastMABG@gmail.com**

Por favor, para ajudar na investigação, envie todas as fotos e vídeos feitos no memorial de sexta-feira para o e-mail acima.

NOVE

Pip esperava na High Street, sob o sol amarelo-pálido e preguiçoso. Pássaros voavam devagar pelo céu da manhã, e até mesmo os carros que passavam pareciam meio adormecidos, os pneus fazendo barulho no asfalto.

Não havia pressa. Nenhum sinal de que algo estava errado. Tudo quieto demais, calado demais, até que Ravi virou a esquina da Gravelly Way, acenando e correndo até Pip.

Quando ele a abraçou, Pip enfiou o nariz debaixo do queixo de Ravi, no pescoço que por alguma razão estava sempre quente.

— Você está pálida — comentou Ravi, afastando-se. — Conseguiu dormir ontem à noite?

— Um pouco.

E, embora devesse estar exausta, Pip se sentia desperta pela primeira vez em meses, à vontade na própria pele, a cabeça vibrando daquele jeito de que sentira falta. O que havia de errado com ela? Sentiu um aperto desconfortável na barriga.

— Mas a cada hora que passa se torna estatisticamente menos provável que Jamie seja encontrado. As primeiras setenta e duas horas são decisivas...

— Ei, me escute. — Ravi inclinou o queixo de Pip para que ela o encarasse. — Você tem que se cuidar também. Não vai conseguir pensar direito sem dormir, e não vai ser capaz de ajudar o Jamie desse jeito. Tomou café da manhã?

— Bebi café.

— Comeu alguma coisa?

— Não.

Não adiantava mentir para ele, Ravi sempre percebia.

— Certo, bem, foi o que imaginei — comentou, tirando uma barrinha de cereal do bolso de trás da calça e depositando na mão dela. — Por favor, coma isso, senhora. Agora.

Pip se rendeu e abriu a embalagem barulhenta.

— Isso aí é um café da manhã digno de um rei — disse Ravi. — Saboroso e amolecido pelo calor do meu bumbum.

— Hmmm, que delícia — replicou Pip, dando uma mordida.

— Então, qual é o plano?

— Connor vai chegar daqui a pouco — explicou ela entre uma mordida e outra. — Cara também. Vocês três vão espalhar os pôsteres de desaparecido, e eu vou ao escritório do *Kilton Mail*. Com sorte, vai ter alguém lá.

— Quantos pôsteres você imprimiu?

— Duzentos e cinquenta. Demorou uma eternidade, e meu pai vai ficar uma fera quando descobrir que usei toda a tinta.

Ravi suspirou.

— Eu poderia ter ajudado você com isso. Lembre que não precisa fazer tudo sozinha. Nós somos um time.

— Eu sei. E confio em você para fazer tudo, *exceto* o pôster. Lembra aquele e-mail que você quase enviou para um escritório de advocacia com "agradeço desde já sua tesão", em vez de "atenção"?

Ravi não conseguiu conter um sorriso.

— Bom, é para isso que eu tenho uma namorada.

— Para revisar seus e-mails?

— É, só para isso.

Connor chegou alguns minutos depois com passos apressados e ruidosos na calçada, as bochechas mais vermelhas do que o normal.

— Desculpa — disse o garoto. — Estava ajudando minha mãe a ligar para os hospitais de novo. Nada ainda... Oi, Ravi.

— Ei — cumprimentou Ravi, dando um tapinha no ombro de Connor. Ele deixou a mão lá por alguns segundos, enquanto trocavam um olhar de compreensão. — Nós vamos encontrar Jamie — acrescentou de forma gentil, indicando Pip com a cabeça. — Essa aqui é teimosa demais para não dar um jeito nisso.

Connor tentou sorrir.

— Beleza, esses são para vocês. — Pip dividiu a pilha grossa de pôsteres e entregou metade para cada um. — Os que estão em saquinhos plásticos são para vitrines e áreas externas. Os só de papel devem ser colocados embaixo das portas. Espalhem-nos pela High Street inteira e pelas estradas perto do parque. E para todos os seus vizinhos, Connor. Você trouxe o grampeador?

— Trouxe, tenho dois e um rolo de fita durex.

— Ótimo. É melhor a gente começar — indicou Pip.

Ela acenou com a cabeça e se afastou, apanhando o celular para conferir as horas. A marca de trinta e sete horas desde o desparecimento tinha acabado de ser atingida, sem qualquer notícia de Jamie. O tempo estava deixando Pip para trás, e a garota acelerou o passo para acompanhá-lo.

Havia alguém ali, uma silhueta curvada e um chacoalhar de chaves na frente do pequeno escritório do *Kilton Mail*. Pip a reconheceu, era uma das voluntárias do jornal da cidade.

A mulher não percebeu que estava sendo observada enquanto se enrolava com o molho de chaves, tentando uma após outra.

— Oi — disse Pip, fazendo a mulher pular com o susto, como suspeitou que aconteceria.

— Ah! — O ganido da voluntária se tornou uma risada nervosa. — Ah, é você. Posso ajudar?

— Stanley Forbes está? — perguntou Pip.

— Deve estar. — Por fim, a mulher encaixou a chave certa na fechadura. — Precisamos terminar o texto sobre o memorial para a edição de hoje, e ele me pediu para vir ajudar.

Ela abriu a porta.

— Pode ir na frente — ofereceu.

Pip cruzou a soleira para a salinha da recepção.

— Meu nome é Pip — apresentou-se, seguindo a mulher.

Elas passaram por dois sofás gastos e se dirigiram ao escritório dos fundos.

— Sim, eu sei quem você é — respondeu a voluntária, tirando o casaco. Então acrescentou, em um tom um pouco menos frio: — Meu nome é Mary, Mary Scythe.

— Prazer te encontrar de novo — disse Pip, o que não era bem verdade.

A garota supunha que Mary fosse mais uma das pessoas que a culpavam por *toda aquela confusão* que acontecera em sua cidade pacata e aconchegante no ano anterior.

Mary empurrou a porta do escritório, revelando uma sala quadrada, tão apertada e claustrofóbica quanto Pip se lembrava, com quatro mesas de computador encostadas nas paredes. Pelo visto, aquela era a realidade do jornal local, sustentado, em grande parte, pelas doações da família que morava na mansão em Beechwood Bottom.

Stanley Forbes estava sentado à escrivaninha encostada na parede oposta à porta, de costas para as duas, o cabelo castanho-escuro caindo em mechas despenteadas por onde seus dedos deviam ter passado. Ele não prestou atenção nas recém-chegadas, inclinando-se para a tela do computador, que, a julgar pela interface branca e azul, estava aberto no Facebook.

— Oi, Stanley — cumprimentou Pip, baixinho.

Ele não se virou. Na verdade, nem sequer se mexeu, continuando a rolar a página do site. Não a ouvira.

— Stanley? — Pip tentou de novo.

Nada, nem mesmo uma reação involuntária. Ele não estava com fones de ouvido, estava? Pip não via nenhum.

— Francamente... — zombou Mary. — Ele faz isso o tempo todo. Tem a audição mais seletiva que eu já vi. Ele se desliga do resto do mundo. Ei, Stan! — gritou, e, por fim, Stanley desviou o olhar da tela, girando a cadeira para elas.

— Ah, desculpe, vocês estavam falando comigo? — perguntou Stanley, os olhos castanho-esverdeados saltando de Mary para Pip.

— Não tem mais ninguém na sala — retrucou Mary, irritada, largando a bolsa na mesa mais distante da de Stanley.

— Oi — falou Pip outra vez, cruzando a distância até ele em quatro passos largos.

— O-olá — cumprimentou Stanley, levantando-se.

Ele estendeu a mão, ao que tudo indicava para apertar a de Pip, mas então a baixou de volta. Em seguida, mudou de ideia com uma risada constrangida e ofereceu a mão outra vez. Stanley não devia saber qual era o jeito apropriado de cumprimentá-la, dado o histórico tenso entre os dois e o fato de ela ter dezoito anos e ele, quase trinta.

Pip apertou a mão do jornalista apenas para fazê-lo parar.

— Desculpe — disse Stanley, sem jeito.

Não havia sido apenas com os Singh que ele se retratara; Pip também recebera uma carta de Stanley, alguns meses antes, pedindo desculpas por não tê-la levado a sério e por Becca Bell ter pegado o número de Pip do celular dele para enviar ameaças. Na época, ele não sabia disso, mas ainda assim sentia muito. Pip se perguntava se era genuíno.

— Como posso...? — começou Stanley. — O que você...?

— Sei que o memorial deve ganhar muito destaque na edição do jornal de amanhã. Mas você conseguiria um espaço para publicar isso?

Pip apanhou na mochila o pôster de DESAPARECIDO que havia separado. Ela o entregou para Stanley, observando enquanto ele lia com a testa franzida e mordia a parte de dentro das bochechas.

— Desaparecido, é? — Ele se concentrou no papel. — Jamie Reynolds.

— Conhece?

— Acho que não. Talvez reconheça o rosto. Ele é de Little Kilton?

— Aham. A família dele mora na Cedar Way. Jamie frequentou o Colégio Kilton com Andie e Sal.

— Desaparecido desde quando? — perguntou Stanley.

— Está escrito aí. — Pip elevou o tom de voz, impaciente.

A cadeira de Mary rangeu quando ela se inclinou para ouvir a conversa.

— Ele foi visto pela última vez cerca de oito da noite no memorial. Pelo menos até eu descobrir mais sobre o que aconteceu — informou Pip. — Vi você tirando fotos. Poderia me mandar por e-mail?

— Hã... posso, claro. E a polícia? — perguntou Stanley.

— Preencheram o registro de desaparecimento. Até agora, a resposta da polícia é nula. Sendo assim, sou só eu. É por isso que preciso da sua ajuda. — Pip sorriu, fingindo que não se ressentia por precisar recorrer a ele.

— Desaparecido desde o memorial? — pensou Stanley em voz alta. — Quer dizer que só se passou um dia e meio, certo?

— Trinta e sete horas e meia.

— Não é muito tempo, é? — Ele abaixou o pôster.

— Desaparecido é desaparecido — rebateu Pip. — E as primeiras setenta e duas horas são críticas, ainda mais se há suspeita de um crime.

— Você suspeita de um crime?

— Sim — declarou a garota. — A família dele também. Então, você vai ajudar? Vai imprimir o pôster na edição do jornal de amanhã?

Stanley ergueu os olhos por um instante, arregalando-os, refletindo.

— Acho que posso adiar a reportagem sobre buracos na rua por uma semana.

— Isso é um sim? — perguntou Pip.

— É. Vou garantir que isso entre na edição. — Ele concordou com a cabeça, batendo no pôster. — Embora eu tenha certeza de que Jamie vai ficar bem.

— Eu agradeço, Stanley. — Ela retribuiu o sorriso educado. — De verdade.

Pip se virou para ir embora, mas a voz de Stanley a fez parar quando alcançou a porta.

— Os mistérios sempre parecem encontrar você, não é?

DEZ

A campainha soou estridente como um grito, estourando seus tímpanos. Pip afastou o dedo, restabelecendo o silêncio na casa geminada de tijolos brancos. Torcia para que aquela fosse a casa certa: Beacon Close, 13, porta vermelha-escura.

Havia uma BMW esportiva agressivamente branca estacionada ali na frente, refletindo o sol cegante da manhã nos olhos de Pip.

Ela estava prestes a tocar a campainha de novo quando ouviu um trinco correr. A porta foi aberta e um homem apareceu no vão, semicerrando os olhos diante da claridade. Aquele devia ser o novo namorado de Nat. Vestia um moletom branco com as faixas pretas da Adidas nos braços e um short de basquete escuro.

— Oi? — disse o homem com rispidez, a voz rouca como se ele tivesse acabado de acordar.

— Olá — respondeu Pip, com entusiasmo.

Ele tinha uma tatuagem no pescoço. A tinta cinza contrastava com a pele branca, formando um padrão geométrico que parecia um pouco com escamas. Uma revoada de pássaros emergia do desenho, voando pela lateral do rosto até o cabelo castanho raspado rente à cabeça. Pip o encarou.

— Hm, a Nat da Silva está? Acabei de passar na casa dos pais dela, e a mãe dela disse que a Nat devia estar aqui.

— É, está, sim. — Ele fungou. — Você é amiga dela?

— Sou — concordou Pip, o que era mentira, mas era mais simples do que dizer: *Não, ela ainda me odeia apesar das minhas tentativas de fazer com que não me odeie mais.* — Meu nome é Pip... Fitz--Amobi. Posso entrar? Preciso falar com ela sobre uma coisa meio urgente.

— Hm, acho que pode. Está meio cedo — comentou o homem, dando um passo para trás e gesticulando para que Pip o seguisse. — Meu nome é Luke. Eaton.

— Prazer.

Pip fechou a porta e seguiu Luke pela curva do corredor até a cozinha nos fundos.

— Nat, uma amiga sua — disse Luke quando eles entraram.

A cozinha era quadrada, com armários em forma de L de um lado e uma grande mesa de madeira do outro. Em uma das pontas da mesa, havia o que parecia ser um maço de dinheiro, com as chaves da BMW no topo. E, na outra, estava Nat da Silva com uma tigela de cereal, vestindo o que devia ser um dos moletons de Luke, seu cabelo platinado jogado para o lado.

Ela deixou a colher cheia de cereal cair com um estrépito na tigela.

— O que você está fazendo aqui? — disparou.

— Oi, Nat. — Pip ficou parada, sem jeito, entre Luke, que estava na porta, e Nat, na mesa.

— Você já disse o que queria me dizer no memorial — comentou Nat com desdém, pegando a colher outra vez.

— Ah, não, não é sobre o julgamento. — Pip deu um passo na direção dela.

— Que julgamento? — perguntou Luke.

— Não é nada — respondeu Nat, com a boca cheia. — O que foi, então?

— É sobre Jamie Reynolds — disse Pip.

Uma brisa entrou pela janela, agitando a cortina de renda e fazendo farfalharem os sacos de papel pardo na bancada. Provavelmente eram embalagens de delivery.

— Ele está desaparecido — acrescentou.

Nat franziu o cenho, escondendo seus olhos azuis nas sombras.

— Desaparecido? A mãe dele me ligou ontem, perguntando se eu tinha visto o Jamie. Ele ainda não apareceu?

— Não, e eles estão preocupados. Registraram o desaparecimento ontem, mas a polícia não vai fazer nada.

— Quer dizer o meu irmão?

Pip tinha dado aquela de bandeja para Nat.

— Bem, não, eu conversei com o detetive. Ele disse que não há nada que possam fazer. Então os Reynolds me pediram para investigar.

— Para o seu podcast? — Nat disse a última palavra cheia de rancor, endurecendo e afiando as consoantes.

— Hm, é.

Nat engoliu outra colherada de cereal.

— Que oportunista da sua parte.

Luke riu atrás dela.

— Eles me pediram — explicou Pip baixinho. — Mas acho que você não vai querer dar uma entrevista.

— E perspicaz também — retrucou Nat, o leite pingando na mesa enquanto outra colherada pairava entre sua boca e a tigela.

— Jamie falou para o irmão que iria para a sua casa, quer dizer, para a casa dos seus pais, depois do memorial, para passar um tempo com você.

— Era o plano. Mas ele nunca apareceu. — Nat fungou, olhando para Luke por um momento. — Nem mandou mensagem para avisar que não ia. Eu fiquei esperando. Tentei ligar para ele.

— Então o último contato que você teve com Jamie foi no memorial, pessoalmente?

— Isso. — Nat mastigou outro bocado. — Foi pouco depois do discurso das amigas da Andie, quando percebi que o Jamie estava encarando a multidão do outro lado, tentando enxergar algo. Perguntei o que estava acontecendo, e ele respondeu: "Acabei de ver uma pessoa."

— E aí? — interveio Pip quando Nat fez uma pausa longa.

— Ele saiu andando, suponho que para falar com quem quer que fosse.

Tinha sido quando Pip o vira pela última vez também. Empurrando-a ao atravessar a multidão, a expressão transmitindo uma intensidade estranha. Mas na direção de quem ele estava indo?

— Você tem alguma ideia de quem era essa pessoa que ele viu?

— Não — respondeu Nat, estalando o pescoço. — Não era alguém que eu conheço, senão ele teria dito o nome. Jamie deve estar com a tal *pessoa*. Ele vai voltar para casa. Ele é assim, muito oito ou oitenta.

— A família está convencida de que aconteceu algo com ele — argumentou Pip, as pernas começando a formigar por ficar tanto tempo em pé. — É por isso que preciso desvendar o que ele fez durante e depois do memorial, descobrir com quem ele interagiu na sexta à noite. Você tem alguma informação que possa ajudar?

Pip ouviu a respiração de Luke às suas costas antes que ele falasse.

— Nat tem razão, Jamie deve estar na casa de um amigo. Certeza de que isso é muito barulho por nada.

— Você conhece o Jamie? — Pip deu meia-volta para encará-lo.

— Não, não de verdade, só pela Nat. Eles são bons amigos. Se ela disse que Jamie está bem, então ele deve estar bem.

— Bem, eu... — Nat começou a falar.

— Você estava no memorial? — perguntou Pip para Luke. — Você o viu...?

— Não, não estava. — Luke estalou a língua. — Nunca conheci aqueles garotos. Então não, não vi Jamie. Eu nem saí de casa na sexta-feira.

Pip assentiu, então se voltou para a mesa da cozinha e viu a expressão de Nat. A jovem encarava Luke, sua mão congelada no ar, prestes a apanhar a colher, a boca ligeiramente aberta, como se ela tivesse começado a falar, mas então se esquecido de como fazê-lo. Quando Nat voltou os olhos para Pip, sua fisionomia mudou tão rápido que Pip ficou em dúvida sobre o que tinha visto, sobre o que aquilo significava.

— Então — prosseguiu ela, observando Nat com mais atenção —, Jamie estava agindo de forma estranha naquela noite ou nas semanas anteriores?

— Acho que não — respondeu Nat. — Não tenho falado muito com ele nos últimos tempos.

— Vocês têm trocado mensagens? Ligações tarde da noite? — indagou Pip.

— Bem, não...

De repente, Nat deixou o cereal de lado, recostando-se na cadeira com os braços cruzados.

— O que é isso? — perguntou, a voz entrecortada de raiva. — Você está me interrogando? Achei que estava apenas te contando o que aconteceu da última vez em que eu vi Jamie, mas agora parece que você me considera suspeita. De novo.

— Não, eu não estou...

— Bom, você estava enganada da última vez, não estava? Deveria ter aprendido com seus erros. — Nat empurrou a cadeira para trás, arranhando o piso de ladrilho. O barulho atravessou Pip. — Quem fez de você a vigilante dessa cidade de merda, hein? Todo mundo parece disposto a participar desse joguinho, mas eu, não. — Ela balançou a cabeça, os olhos azuis pálidos se concentrando no chão. — Sai daqui agora.

— Desculpe, Nat — disse Pip.

Não havia mais nada que ela pudesse dizer; qualquer coisa que tentasse apenas faria com que Nat a odiasse ainda mais. E a culpa era toda dela. Mas Pip não era mais assim, era? Sentiu algo se escancarando em sua barriga de novo.

Luke a guiou pelo corredor e abriu a porta da frente.

— Você mentiu para mim — acusou ele, com um leve toque de diversão na voz. — Disse que eram amigas.

Pip estreitou os olhos contra o brilho do carro de Luke, virou-se e deu de ombros.

— Pensei que eu fosse bom em perceber quando alguém está mentindo. — Ele apertou a porta com força. — Não sei no que você está metida, mas deixa a gente fora dessa. Entendeu?

— Entendi.

Algo fez Luke sorrir, e ele fechou a porta com um clique alto.

Ao se afastar da casa, Pip apanhou o celular para ver as horas. 10h41. Trinta e oito horas e meia desde o desaparecimento. Sua tela inicial exibia mais e mais notificações do Twitter e do Instagram, novas surgindo enquanto ela encarava o aparelho. O post programado em seu site e nas redes sociais tinha sido publicado às dez, anunciando a segunda temporada do podcast. Ou seja, todos já sabiam sobre Jamie Reynolds. Não havia mais volta.

Pip também recebera alguns e-mails. Mais uma empresa oferecendo patrocínio. Um de Stanley Forbes com vinte e um anexos e o assunto "fotos do memorial". E um, de dois minutos atrás, de Gail Yardley, que morava na sua rua.

Olá, Pippa, dizia o e-mail. *Acabei de ver os cartazes de desaparecido pela cidade. Não me lembro de ver Jamie Reynolds naquela noite, mas procurei nas minhas fotos do memorial e o encontrei. Talvez você queira dar uma olhada nisso.*

Nome do arquivo:

 Anotações do caso 2.docx

É o Jamie, sem sombra de dúvidas, na foto de Gail Yardley. Os metadados indicam que a foto foi tirada às 20h26, então eis o Jamie, não desaparecido, dez minutos depois da última vez que eu o vi.

Ele está quase olhando para a câmera, o que é o detalhe mais estranho da fotografia. Todas as outras pessoas, rostos e pares de olhos estão voltados para cima, observando a mesma coisa: as lanternas de Andie e Sal, que pairam logo acima do telhado do coreto durante a fração de tempo capturada.

Mas Jamie encara a direção errada.

Seu rosto pálido e sardento, quase na escuridão, está inclinado para a câmera de Gail, olhando para algo, ou alguém, atrás dela. Talvez para a mesma pessoa que ele mencionou a Nat da Silva.

E a expressão dele... não consigo decifrar. Ele não parece assustado, por assim dizer. Mas há uma emoção não muito diferente disso. Aflição? Preocupação? Nervosismo? Ele está de boca aberta, os olhos arregalados, uma sobrancelha um pouco arqueada, parecendo confuso. Mas quem ou o que provocou essa reação? Jamie disse para Nat que tinha visto alguém, mas o que poderia ser tão urgente a ponto de ele tentar atravessar a multidão no meio do memorial? E por que ele estava apenas parado ali, ao que tudo indica encarando a pessoa, em vez de ir se juntar a ela? Há algo de estranho nisso.

Analisei as fotos de Stanley Forbes. Jamie não aparece em nenhuma delas, mas as comparei com a foto de Gail, tentando encontrá-la na multidão para ver se consigo descobrir para quem Jamie estava olhando, ou pelo menos restringir as possibilidades. Stanley tem apenas uma foto daquele lado da multidão, tirada antes do início da cerimônia. Consigo ver os Yardley em uma das fileiras da frente à esquerda. Dei zoom nos rostos atrás deles, mas a foto foi tirada de certa distância e não é muito nítida. Pelos uniformes pretos da polícia e os quepes pontiagudos, consigo identificar Daniel da Silva e Soraya Bouzidi próximos aos Yardley. O borrão verde-escuro da jaqueta ao lado deles deve ser o detetive Richard Hawkins. Acho que reconheço alguns dos rostos pixelados por trás como colegas do meu ano na escola, mas é impossível saber para quem Jamie talvez estivesse olhando. Além disso, essa foto foi tirada uma hora antes do retrato de Jamie, e a multidão pode ter mudado nesse meio-tempo.

— Gravar essas observações mais tarde para o episódio 1.

A foto — somada às evidências fornecidas por Nat — trouxe um foco para a investigação. Quem era a "pessoa" que Jamie foi encontrar na multidão? Talvez ela tenha informações sobre o paradeiro dele naquela noite. Ou sobre o que aconteceu com ele.

Outras observações

– Jamie deve ter se distraído com algo ou alguém naquela noite, e por isso não foi para a casa de Nat, como planejado, nem mandou mensagem para ela avisando que não ia. O que vemos nessa foto é o início da tal *distração*?

– As recentes ligações tarde da noite e mensagens constantes do Jamie não foram com Nat da Silva, a menos que ela não quisesse mencionar isso na frente de Luke (ele é bastante intimidador).

– A expressão no rosto de Nat quando Luke disse que não tinha saído de casa na sexta-feira. Pode não ser nada. Pode ser uma "coisa de casal" entre eles que eu não entendo. Mas a reação dela me pareceu relevante. Não deve ter nada a ver com Jamie, mas preciso anotar tudo. (Não mencionar no podcast — a Nat já me odeia.)

ONZE

O sino na porta da cafeteria soou, ressoando na cabeça de Pip por mais tempo do que deveria. O eco indesejado atrapalhava os demais pensamentos, mas ela não podia trabalhar de casa, então tinha que ser ali mesmo. Àquela altura, seus pais já deviam ter visto os pôsteres pela cidade. Se Pip fosse para casa, precisaria ter *A Conversa*, e não havia tempo para isso. Ou talvez ela apenas não estivesse pronta.

Recebera mais e-mails com fotos do memorial e muitos milhares de notificações em resposta a sua declaração. Porém, depois que os trolls a encontraram, Pip as silenciara. *Eu matei o Jamie Reynolds*, dissera um perfil sem foto. Outro: *Quem vai investigar quando você desaparecer?*

O sino soou de novo, mas dessa vez foi acompanhado pela voz de Cara.

— Oi — cumprimentou a amiga, puxando a cadeira em frente a Pip. — Ravi disse que você estaria aqui. Esbarrei com ele quando eu terminava a estrada Chalk.

— Acabaram seus pôsteres? — perguntou Pip.

— Aham. Mas não é sobre isso que vim falar com você. — Cara baixou a voz, assumindo um tom conspiratório.

— O que foi? — sussurrou Pip, seguindo o exemplo da amiga.

— Então, enquanto eu colocava os pôsteres, encarando o rosto do Jamie e lendo a descrição do que ele estava vestindo, eu... Sei lá. — Cara se inclinou para a frente. — Sei que eu estava muito bêbada e não me lembro direito de tudo que aconteceu, mas tenho a sensação de que... Bem, acho que vi Jamie lá naquela noite.

— Como assim? — sibilou Pip. — Na festa do apocalipse?

Cara assentiu, inclinando-se tanto para a frente que saiu do assento.

— Quer dizer, não tenho uma lembrança clara disso. É como um *déjà-vu*. Mas, quando visualizo Jamie usando aquela roupa, posso jurar que o vi passando por mim na festa. Eu estava bêbada, então talvez não tenha estranhado na hora, ou talvez não tenha assimilado direito, mas... Ei, não me olhe desse jeito! Tenho certeza de que talvez eu tenha visto ele lá.

— Certeza de que talvez tenha visto ele lá? — repetiu Pip.

— Está bem, é óbvio que eu não tenho certeza. — Cara franziu a testa. — Mas acho que ele estava lá.

Cara por fim se recostou, arregalando os olhos para a amiga, incentivando-a a falar. Pip fechou o notebook.

— Certo, digamos que você *de fato* viu Jamie lá. O que ele estaria fazendo em uma festa cheia de gente de dezoito anos? Ele tem vinte e quatro, e nós, os amigos do Connor, devemos ser as únicas pessoas dessa idade que ele conhece.

— Sei lá.

— Ele estava conversando com alguém? — perguntou Pip.

— *Eu não sei* — respondeu Cara, levando os dedos às têmporas. — Só me lembro que ele passou por mim em algum momento.

— Se ele estivesse lá... — começou Pip, a voz se esvaindo conforme seus pensamentos se tornavam mais indistintos.

— ... seria muito estranho — completou Cara.

— Muito estranho.

A amiga fez uma pausa para tomar um gole do café de Pip, então perguntou:

— E o que vamos fazer a respeito disso?

— Bem, para nossa sorte, havia muitas testemunhas na festa que podem corroborar o que você acha que viu. E, se for verdade, então saberemos para onde Jamie foi depois do memorial.

Pip mandou mensagem para Ant e Lauren primeiro, perguntando se tinham visto Jamie na festa. A resposta de Ant veio poucos minutos depois. Era evidente que estavam juntos, porque ele respondeu pelos dois:

Não vimos, mas não ficamos lá por muito tempo. Por que Jamie teria ido pra lá? Bj

— Ant e Lauren com olhos só um para o outro, que novidade — comentou Cara, sarcástica.

Pip respondeu com: *Você tem o número do Stephen Thompson, né? Me manda, por favor. Urgente.* Sem beijo.

A festa tinha sido na casa do Stephen, e embora Pip não gostasse nada dele — no ano anterior, quando ela fora a uma festa do apocalipse em busca de informações sobre o traficante Howie Bowers, como parte de sua investigação, Stephen tentara beijá-la à força —, teria que deixar a antipatia de lado no momento.

Quando recebeu o número de Stephen, Pip terminou seu café e ligou, fazendo um sinal de silêncio para Cara. A amiga passou os dedos pelos lábios, como se os fechasse com um zíper, e chegou mais perto para ouvir a conversa.

Stephen atendeu no quarto toque.

— Alô? — Ele parecia confuso.

— Oi, Stephen. É a Pip. Fitz-Amobi.

— Ah, oi — cumprimentou Stephen, mudando de tom, a voz mais leve e grave.

Pip revirou os olhos para Cara.

— O que posso fazer por você? — perguntou ele.

— Não sei se você viu os pôsteres pela cidade...

— Ah, minha mãe acabou de falar que viu um. Reclamou que eram "desagradáveis". — Stephen soltou um barulho que Pip só poderia descrever como uma gargalhada. — Você tem alguma coisa a ver com isso?

— Aham — confirmou ela, expressando o máximo de animação possível. — Então, sabe o Connor Reynolds, da nossa escola? Bom, o irmão mais velho dele, Jamie, desapareceu na sexta à noite, e todo mundo está bastante preocupado.

— Que merda.

— Você deu uma festa do apocalipse na sua casa na sexta, não deu?

— Você veio? — quis saber Stephen.

— Infelizmente, não. — Quer dizer, Pip tinha ido buscar uma Cara bêbada e aos soluços. — Mas há boatos de que Jamie Reynolds esteve na festa, e eu queria saber se você se lembra de ter visto ele. Ou se ouviu alguém comentando que o viu.

— Você está fazendo, tipo, uma nova investigaçãozinha?

Ela ignorou a pergunta.

— Jamie tem vinte e quatro anos, cerca de um metro e setenta e cinco de altura, cabelo loiro-escuro quase castanho e olhos azuis. Ele estava usando...

— É. — Stephen a interrompeu. — Acho que vi, sim. Lembro de passar por um cara que eu não conhecia na sala. Ele parecia um pouco mais velho, achei que fosse namorado de uma das meninas. Ele estava com uma camisa vermelha-escura.

— Isso. — Pip endireitou-se, assentindo para Cara. — Parece ser o Jamie. Vou mandar uma foto para você agora. Pode me confirmar se foi essa pessoa que você viu?

Pip afastou o celular da orelha para encontrar a foto do Jamie, a mesma do pôster, e a enviou para Stephen.

— É ele — disse Stephen, a voz um pouco distante enquanto ele segurava o celular para olhar a tela.

— Você se lembra do horário em que o viu?

— Ah, na verdade, não. Acho que era cedo, talvez umas nove, dez horas, mas não tenho certeza. Só vi o cara aquela vez.

— O que Jamie estava fazendo? — perguntou Pip. — Conversando com alguém? Bebendo?

— Não, ele não estava falando com ninguém. Nem bebendo. Só estava lá, parado, observando. Pensando bem, foi meio sinistro.

Pip teve vontade de lembrar Stephen de que ele não tinha a menor moral para chamar outra pessoa de sinistra, mas segurou a língua.

— A que horas as pessoas chegaram na sua casa? O memorial terminou por volta das 20h30. A maioria foi direto para aí?

— Aham. Eu moro a menos de dez minutos do parque, então a maioria das pessoas veio andando direto para cá. Mas você disse que está, tipo, investigando, não é? Isso vai para o seu podcast? Porque... — Stephen baixou a voz a um sussurro. — Bem, minha mãe não sabe que eu dei uma festa. Ela estava viajando, passou o fim de semana num spa. Eu coloquei a culpa no nosso cachorro pelos vasos quebrados e pela bagunça. E a polícia acabou com a festa, tipo, uma da manhã. Algum vizinho deve ter reclamado do barulho. Mas não quero que minha mãe descubra sobre a festa, então, você poderia não...?

— Quem foi o policial que acabou com a festa? — interrompeu Pip.

— Ah, aquele da Silva. Só disse para todo mundo ir para casa. Então, você não vai mencionar a festa, vai? No podcast.

— Ah, não vou, pode deixar — mentiu Pip.

É óbvio que mencionaria a festa, e, se deixasse Stephen "Mão Boba" Thompson encrencado, melhor ainda.

Ela agradeceu pela ajuda e encerrou a chamada.

— Você estava certa — anunciou para Cara, largando o celular.

— Sério? Jamie estava lá? Eu ajudei?

— Sim, ele estava e, sim, você ajudou. — Pip sorriu para ela. — Bem, temos relatos de duas testemunhas oculares, ainda sem horário exato, mas acho que podemos ter certeza de que Jamie foi para lá depois do memorial. Agora precisamos encontrar evidências fotográficas e delimitar o intervalo de tempo em que ele talvez estivesse na festa do apocalipse. Qual é o melhor jeito de entrar em contato com todos que estavam presentes?

— Mandar mensagem para todo mundo do nosso ano na escola no grupo do Facebook? — sugeriu Cara, dando de ombros.

— Boa ideia. — Pip despertou o notebook. — Eu deveria contar isso para Connor primeiro. O que será que Jamie estava fazendo lá?

Quando o computador de Pip ganhou vida, o documento do pôster de desaparecido com o rosto de Jamie apareceu na tela. Seus olhos pálidos encararam os dela, prendendo a atenção de Pip enquanto um calafrio descia por sua nuca. Ela o conhecia, aquele era o Jamie. *Jamie.* Mas era possível conhecer uma pessoa de verdade? Pip observou os olhos dele, tentando desvendar os segredos que continham. *Onde você está?*, perguntou-lhe em silêncio.

Oi, gente,

Como vocês devem ter visto nos pôsteres pela cidade, Jamie Reynolds (o irmão mais velho do Connor) está desaparecido desde a noite de sexta-feira, depois do memorial. Descobri recentemente que o Jamie foi visto na festa do apocalipse na casa do Stephen Thompson, na Highmoor. Este é um pedido urgente para todos que estiveram lá me mandarem todos os vídeos e fotos que tiverem da festa (prometo que nada vai chegar até seus pais ou a polícia), inclusive publicações no Snapchat e *stories* do Instagram, caso estejam salvos. Por favor, envie-os o mais rápido possível para este e-mail. Postei uma foto do Jamie aqui. Se alguém se lembrar dele na festa ou tiver qualquer informação sobre seu paradeiro ou sobre para onde foi na sexta-feira à noite, por favor, entre em contato comigo por e-mail ou pelo número de celular acima.

Obrigada,
Pip

12:58

Nome do arquivo:

 Manual de assassinato para boas garotas 2ª TEMPORADA: Entrevista por telefone com George Thorne.wav

PIP: George, acabei de pressionar o botão de gravar. Vou pedir para você assinar um formulário amanhã na escola, mas, por enquanto, você permite que sua voz seja usada em um podcast?

GEORGE: Permito.

PIP: Beleza. Vim para o fundo da cafeteria, você consegue me ouvir melhor agora?

GEORGE: Consigo, está bem melhor.

PIP: Ótimo. Então, você viu minha mensagem no Facebook. Vamos recapitular o que você me contou. Pode voltar ao começo?

GEORGE: Aham, então, eu vi…

PIP: Desculpe, um pouco antes disso. Então, na sexta-feira à noite, onde você estava?

GEORGE: Ah, certo. Na sexta, depois do memorial, fui para a festa do apocalipse na casa do Stephen Thompson. Eu não bebi muito naquela noite, porque a gente tem um jogo de futebol importante na semana que vem, o Ant deve ter comentado isso com você. Então me lembro de tudo o que aconteceu. E vi Jamie Reynolds na sala. Ele estava encostado na parede, sem falar com ninguém. Eu me lembro de ter pensado "não conheço esse cara", e, você sabe, em geral é a galera de sempre da escola que vai para essas festas, então ele chamou a minha atenção. Mas não cheguei a conversar com ele.

PIP: Certo. Agora conte sobre quando você o viu mais tarde.

GEORGE: Então, um pouco depois disso eu saí para fumar. Tinha pouca gente na frente da casa. Jas e Katie M estavam conversando. A Katie estava chorando, não sei por quê. Jamie Reynolds estava lá fora também. Eu me lembro perfeitamente. Ele andava de um lado para o outro na calçada enquanto falava com alguém no celular.

PIP: Você pode descrever o comportamento dele durante a ligação?

GEORGE: Bem, ele parecia meio... agitado. Tipo zangado, mas não era bem isso. Talvez assustado? A voz dele tremia um pouco.

PIP: E você conseguiu ouvir o que ele estava dizendo?

GEORGE: Só um pouquinho. Enquanto eu estava acendendo o cigarro, lembro de ouvir ele dizer: "Não, eu não posso fazer isso." Ou algo assim. E ele repetiu algumas vezes, tipo: "Não posso fazer isso, não posso." E, àquela altura, eu estava curioso com a conversa, então fiquei ouvindo enquanto fingia mexer no celular. Depois de um tempo, o Jamie balançou a cabeça e disse algo do tipo: "Eu sei que prometi que faria qualquer coisa, mas...", e meio que parou de falar.

PIP: Ele percebeu que você estava por perto, ouvindo a conversa?

GEORGE: Acho que não. A atenção dele parecia estar voltada para a pessoa no outro lado da linha. Ele meio que tapou o ouvido livre para poder escutar melhor. Ficou quieto por um instante, como se estivesse só ouvindo, enquanto andava na calçada. Depois ele falou: "Eu poderia ligar para a polícia", ou algo assim. Eu me lembro, com certeza, de ouvir ele mencionar a polícia.

PIP: Quando ele disse isso, parecia que estava comprando uma briga ou oferecendo ajuda?

GEORGE: Não sei, é difícil dizer. Depois ele ficou quieto por um tempo, escutando outra vez, e pareceu ficar mais nervoso. Eu me lembro de ouvir alguma coisa sobre uma criança.

PIP: Uma criança? Que criança?

GEORGE: Não sei, só ouvi a palavra. E aí o Jamie olhou para o lado e acabamos fazendo contato visual. Ele deve ter percebido que eu estava prestando atenção, porque começou a andar para longe da casa, rua abaixo, e a última coisa que eu ouvi Jamie dizer foi algo do tipo: "Acho que não consigo fazer isso."

PIP: Para qual lado ele foi?

GEORGE: Tenho quase certeza de que para a direita, em direção à High Street.

PIP: E você não o viu voltar para a festa?

GEORGE: Não. Eu fiquei lá fora por mais, tipo, uns dez minutos. Ele tinha ido embora mesmo.

PIP: E você tem alguma ideia de que horas isso aconteceu?

GEORGE: Sei direitinho que horas eram, porque, uns trinta segundos depois, mandei mensagem para uma garota do Colégio Chesham com quem eu tenho conversado. Mandei um meme do Bob Esponja... Quer dizer, isso não importa. Mas meu celular diz que a mensagem foi enviada às 22h32, e mandei literalmente assim que Jamie foi embora.

PIP: 22h32? George, isso é perfeito. Muito obrigada. Você tem alguma ideia de quem era a pessoa com quem Jamie estava falando? Saberia dizer se era um homem ou uma mulher?

GEORGE: Não. Eu não sei de mais nada, só que Jamie não gostou muito do que estava ouvindo. Você... Você acha que o irmão do Connor está bem? Talvez eu devesse ter contado isso para alguém antes? Se eu tivesse mandado mensagem para Connor naquela noite...

PIP: Está tudo bem, você só ficou sabendo que Jamie está desaparecido a uma hora atrás. E a informação que você me deu foi incrivelmente útil. Connor vai ficar muito grato.

DOZE

Os dois estavam sentados na cozinha, separados pelos respectivos notebooks na ilha, o som das batidas nas teclas entrando e saindo do ritmo.

— Você está indo rápido demais — acusou Pip, encarando-o por cima da própria tela. — Precisamos estudar cada imagem com cuidado.

— Ah — retrucou Ravi, o tom sarcástico combinando com sua expressão. — Não sabia que estávamos procurando por pistas no céu noturno.

Ele virou o notebook, mostrando-lhe quatro fotos consecutivas de lanternas de papel voando na escuridão.

— Só estava comentando, resmungão.

— Esse é o apelido que *eu* dei para *você* — comentou Ravi. — Você não tem permissão para usá-lo contra mim.

Pip se voltou para a própria tela, passando por fotos e vídeos da festa do apocalipse enviadas por e-mail. Ravi estava verificando as fotos do memorial; já tinham recebido mais de duzentas.

— Essa é mesmo a melhor maneira de gastar nosso tempo? — perguntou Ravi, passando, apressado, por mais uma sequência de fotos. — Já sabemos que Jamie foi para a festa do apocalipse depois do memorial e sabemos que ele saiu de lá, são e salvo, às 22h30. Não deveríamos estar tentando descobrir o que ele fez depois disso?

— Sabemos que ele foi embora de lá, mas ainda não sabemos *por que* ele foi para a festa do apocalipse, o que é estranho por si só. E ainda por cima tem a conversa por telefone que o George ouviu. O comportamento do Jamie estava bem fora do normal. Você viu a cara do Connor quando eu contei da festa. É estranho. Não tem outra palavra para descrever o comportamento do Jamie depois do memorial. Isso deve ser relevante para o desaparecimento dele.

— É, acho que você tem razão. — Ravi voltou a se concentrar na tela do notebook. — Então, por enquanto acreditamos que Jamie viu "alguém" no memorial. Ele avistou quem quer que seja no meio da multidão e depois seguiu a pessoa quando ela andou até a Highmoor para a festa. O Stephen Mão Boba comentou que parecia que o Jamie só estava parado na sala, observando, não foi?

— Acho que sim. — Pip mordeu o lábio. — Isso faz mais sentido. O que significa que esse "alguém" deve ser da minha escola, do meu ano ou um ano abaixo, talvez.

— Por que Jamie seguiria uma pessoa da sua escola?

Pip percebeu a inquietação na voz de Ravi, por mais que ele tentasse disfarçar, e sentiu um instinto de defender Jamie, mas tudo o que podia responder era:

— Não faço ideia.

Nada naquela história dava uma boa impressão de Jamie. Pip estava aliviada por ter mandado Connor para casa com um questionário impresso de quatro páginas sobre elementos comuns em senhas, para ele e a mãe testarem no computador de Jamie. Era mais fácil falar sobre ele sem Connor por perto. Mas Pip também não conseguia assimilar tudo aquilo direito. Alguma informação devia estar passando despercebida, algo que explicaria o porquê de Jamie estar na festa e quem ele estava procurando. Tinha que ser algo importante para que ele desse um bolo em Nat e ignorasse as ligações dela. Mas o quê?

Pip olhou para a hora no canto inferior da tela. Já eram 16h30. E, com o novo horário em que Jamie havia sido visto-são-e-salvo-pela-última-vez sendo 22h32, ele estava desaparecido há quarenta e duas horas. Faltavam apenas seis horas para a marca de quarenta e oito horas, o período em que a maioria das pessoas desaparecidas retornava: era o que acontecia em quase 75% dos casos. Mas Pip tinha a sensação de que Jamie não seria um desses.

Também havia o problema seguinte: naquele instante, a família de Pip estava no supermercado, conforme sua mãe lhe avisara por mensagem. Pip evitara os pais o dia inteiro, e Josh tinha ido às compras com eles, o que significava que estava fadado a atrasar o retorno dos pais com suas aquisições por impulso (da última vez, ele havia convencido o pai a comprar dois pacotes de palitinhos de cenoura, que foram para o lixo porque depois ele lembrou que não gostava de cenoura). Porém, mesmo com as distrações de Josh, os pais dela chegariam em casa em breve, e era impossível não terem visto os pôsteres de desaparecido de Jamie.

Bem, não havia nada que Pip pudesse fazer. Teria que lidar com isso quando eles voltassem. Ou talvez pudesse evitar a conversa por mais algum tempo se insistisse para Ravi nunca ir embora... Era provável que não gritassem com ela na frente dele.

Pip passou por mais fotos enviadas por Katie C., uma das seis Katies em seu ano. Até aquele momento, Pip só havia encontrado indícios de Jamie em duas fotos das muitas dezenas que analisara. Na verdade, ainda estava na dúvida quanto a uma delas. Havia apenas a parte inferior de um braço, visível por trás de um grupo de meninos posando para uma foto no corredor. O braço vestia uma camisa bordô, e o relógio preto quadrado no pulso também correspondia ao de Jamie. Então era provável que fosse ele, mas a imagem não oferecia nenhuma informação relevante além do fato de que Jamie estava andando pela festa às 21h16. Talvez tivesse chegado naquela hora?

Na outra imagem, o rosto dele era visível ao fundo enquanto Jasveen, uma garota do ano de Pip, posava sentada em um sofá azul estampado. A câmera estava focada em Jas, que fazia um beicinho exagerado, provavelmente por causa da enorme mancha vermelha de bebida em sua blusa branca. Jamie estava alguns metros atrás dela, em pé na escuridão, ao lado de uma janela saliente. Sua fisionomia aparecia um pouco borrada, mas dava para identificar seus olhos, voltados para o lado esquerdo da imagem. Seu maxilar parecia tenso, como se ele estivesse cerrando os dentes. Devia ter sido o momento em que Stephen Thompson o viu. Jamie parecia encarar alguém. Os metadados indicavam que a foto tinha sido tirada às 21h38, então Jamie estava na festa havia pelo menos vinte e dois minutos. Ele ficara parado ali aquele tempo todo, observando?

Pip abriu outro e-mail, de Chris Marshall, que também estava na sua aula de inglês. Baixou o arquivo de vídeo em anexo, recolocou os fones de ouvido e apertou o play.

Era uma série de fotos e vídeos curtos: deviam ser os *stories* de Chris no Snapchat ou no Instagram, que ele salvara no rolo de câmera. Havia uma selfie dele com Peter-da-aula-de-política bebendo duas garrafas de cerveja, seguida por um vídeo curto de um cara que Pip não reconhecia plantando bananeira enquanto Chris o incentivava, a voz crepitando no microfone. Em seguida, uma foto da língua de Chris, que por algum motivo estava azul.

Mais um vídeo. O som explodiu nos ouvidos de Pip, fazendo-a se encolher. Vozes se sobrepunham aos gritos, algumas entoando "Peter, Peter", enquanto outras vaiavam, zombavam e riam. As pessoas estavam no que parecia uma sala de jantar, as cadeiras afastadas da mesa repleta de copos de plástico, arrumados em dois triângulos de cada lado.

Beer pong. Estavam jogando *beer pong*. Peter-da-aula-de-política se encontrava de um lado da mesa, um olho fechado, mirando com uma bolinha de pingue-pongue laranja. Com um movimento do punho, a bola voou de sua mão e aterrissou com um pequeno respingo em um dos copos mais afastados.

Os fones de ouvido de Pip vibraram com os gritos que irromperam, Peter rugindo com a vitória e uma garota do outro lado reclamando sobre ter que tomar a bebida. Mas então Pip reparou em outra coisa, seu olhar desviando para o fundo da cena. Ela pausou o vídeo. À direita das portas de vidro da sala de jantar, Cara aplaudia, boquiaberta, uma onda de líquido escuro escorrendo de seu copo naquele instante paralisado. E, fora isso, no corredor iluminado às suas costas, desaparecendo atrás da porta, havia um pé. Um pedaço de perna em uma calça jeans da mesma cor da que Jamie usava naquela noite e um tênis branco.

Pip voltou o vídeo quatro segundos, antes da vitória de Peter. Apertou o play e imediatamente pausou de novo. Era Jamie, no corredor. Sua silhueta estava borrada pelo movimento, mas só podia ser ele: cabelo loiro-escuro e camisa bordô sem colarinho. Ele olhava para um objeto escuro nas mãos. Parecia um celular.

Pip deu play e assistiu a Jamie caminhar apressado pelo corredor, os olhos fixos no aparelho, ignorando toda a comoção na sala de jantar. Cara estava com o rosto virado naquela direção, acompanhando o avanço dele por meio segundo, até a bola de pingue-pongue cair no copo e os gritos chamarem a atenção dela.

Quatro segundos.

Ele aparecia por apenas quatro segundos. Depois Jamie sumia, e o tênis branco era seu último vestígio.

— Eu o encontrei — anunciou Pip.

TREZE

Pip arrastou o cursor para voltar o vídeo e apertou o play para Ravi ver também.

— É ele — confirmou o namorado, apoiando o queixo pontudo no ombro dela. — Foi nessa hora que Cara viu Jamie. Olha.

— Quem precisa de câmeras de rua quando se tem *stories* do Snapchat? — Pip apertou o play outra vez, então se virou para Ravi. — Você acha que ele está indo para a porta da frente? Ou mais para os fundos?

— Pode ser qualquer um dos dois. É difícil avaliar sem saber como é a disposição da casa. Será que podemos visitar o Stephen para dar uma olhada?

— Duvido que ele iria nos deixar entrar. Ele não quer que a mãe saiba sobre a festa.

— Hm, podemos tentar encontrar a planta baixa em sites de imóveis — sugeriu Ravi.

O vídeo continuou para além do *beer pong* e foi seguido por outro clipe no qual Peter abraçava o vaso sanitário, vomitando, e Chris ria por trás da câmera, dizendo:

"Você está bem, campeão?"

Pip pausou para que eles não precisassem mais ouvir Peter vomitando.

— Você sabe que horas eram quando Jamie passou pelo corredor? — perguntou Ravi.

— Não. O Chris só me enviou o *story*, não tem a hora das partes separadas.

— Liga para ele e pergunta. — Ravi estendeu o braço e pegou o notebook dela. — Vou ver se consigo encontrar a casa do Stephen no Zoopla. Qual é o endereço de lá?

— Highmoor, número dezenove — informou Pip, girando na banqueta e apanhando o celular.

O número de Chris estava salvo na sua agenda por causa de um trabalho em grupo de alguns meses atrás. Arrá, ali estava: *Chris M*.

— Alô? — atendeu Chris, com um tom intrigado. Era óbvio que ele não tinha salvado o número dela.

— Oi, Chris. É a Pip.

— Ah, oi. Acabei de enviar um e-mail para você...

— Eu vi, muito obrigada. Na verdade, é sobre isso que eu queria falar com você. Esse vídeo aqui, do Peter jogando *beer pong*, você sabe que horas foi?

— Hum, não me lembro. — Chris bocejou do outro lado da linha. — Eu estava meio bêbado. Mas, espera... — A voz de Chris ficou mais distante e começou a fazer eco quando ele botou no viva-voz. — Eu salvei esse *story* para poder zoar o Peter, mas gravo os vídeos usando a câmera porque o Snapchat sempre me deixa na mão.

— Ah, seria ótimo se estivesse no seu rolo de câmera — comentou Pip. — Aí vai ter data e hora.

— Merda — sussurrou Chris. — Devo ter deletado tudo, desculpa.

Pip sentiu um frio na barriga, mas a sensação durou apenas um segundo, passando quando ela sugeriu:

— Talvez na pasta de deletados recentemente?

— Ah, boa ideia. — Pip conseguia ouvir os toques dos dedos de Chris no aparelho. — É, está aqui. O vídeo do *beer pong* foi gravado às 21h56.

— Às 21h56 — repetiu Pip, escrevendo o horário no bloco de notas que Ravi lhe ofereceu. — Perfeito. Muito obrigada, Chris.

Pip encerrou a ligação enquanto Chris ainda estava falando. Ela não era fã dos papos desconexos que acontecem no começo e no fim das conversas e não tinha tempo para fingir que se importava. Ravi às vezes se referia a Pip como sua escavadeirinha.

— Você conseguiu ouvir? — perguntou ela.

Ravi fez que sim e informou:

— Encontrei o antigo anúncio da casa do Stephen, vendida pela última vez em 2013. As fotos não mostram muita coisa, mas a planta baixa ainda está disponível.

Ravi virou a tela para Pip, exibindo um diagrama em preto e branco do andar térreo da casa de Stephen.

Ela tocou na tela para refazer o caminho de Jamie: contornou com o dedo o retângulo de 4,80 por 3,80 metros intitulado *Sala de jantar*, seguiu pelas portas duplas e virou à esquerda no corredor. O trajeto levava à porta principal.

— Isso — comemorou ela num sussurro. — Jamie com certeza estava saindo da casa às 21h56.

Pip copiou a imagem da planta baixa e colou num arquivo do Paint, então desenhou uma seta atravessando o corredor, em direção à porta, e escreveu: *Jamie sai às 21h56*.

— Ele estava olhando para o celular. Será que estava prestes a fazer a ligação que George presenciou?

— É provável — concordou Ravi. — Mas teria que ser uma ligação bem demorada. De pelo menos meia hora.

Pip desenhou um par de setas na planta baixa, indo e vindo diante da porta da frente, representando Jamie andando de um lado para o outro na calçada enquanto falava ao telefone. Ela anotou o intervalo de tempo da ligação e, em seguida, desenhou uma seta se afastando da casa, quando Jamie, por fim, foi embora.

— Já pensou em tentar a carreira de artista? — sugeriu Ravi, olhando por cima do ombro dela.

— Ah, fica quieto, dá para o gasto — defendeu-se Pip, cutucando a covinha no queixo dele.

Ravi proferiu um *booooop* robótico, fingindo que ela havia apertado um botão para deixar seu rosto sem expressão. Pip o ignorou.

— Inclusive, isso também pode ajudar com aquela outra foto em que Jamie aparece.

Ela selecionou a imagem de Jasveen com a blusa manchada e a arrastou para o lado, dividindo a tela entre a planta baixa e a selfie.

— Tem um sofá, então deve ser a sala, certo? — perguntou.

Ravi concordou e acrescentou:

— Também tem uma janela saliente.

— Verdade. Jamie está bem à direita da janela. — Pip apontou para o local na planta baixa. — Mas, se você observar os olhos dele, Jamie está concentrado em algo mais ao longe, à esquerda.

— Consegue resolver assassinatos, mas não consegue diferenciar esquerda e direita. — Ravi sorriu.

— Essa é a esquerda! — insistiu Pip. — Nossa esquerda, direita dele.

— Está bem, por favor, não me machuque.

Ravi ergueu as mãos, um sorriso torto se estendendo pelas bochechas. Por que ele gostava tanto de implicar com Pip? E por que ela gostava quando ele fazia aquilo? Era enlouquecedor.

Pip se virou para o notebook, colocando o dedo no ponto da planta baixa correspondente ao local onde Jamie estava na foto, então deslizou-o na direção em que Jamie olhava. Havia um quadrado preto desenhado na parede oposta.

— O que esse símbolo representa? — perguntou ela.

— Uma lareira. Então Jamie estava olhando para alguém que estava próximo à lareira às 21h38. Provavelmente a mesma pessoa que ele seguiu desde o memorial.

Pip assentiu, marcando novas setas e horários na planta.

— Então, se eu parar de procurar pelo Jamie e, em vez disso, procurar por fotos tiradas próximas à lareira por volta de 21h38, talvez consiga descobrir quem é essa pessoa.

— Bom plano, sargento.

— Volte ao trabalho — comandou ela, empurrando Ravi com o pé para o outro lado da ilha.

Ele foi, mas roubou a meia dela.

Pip ouviu apenas um clique do touchpad antes de Ravi sussurrar:

— Merda.

— Ravi, será que você pode parar de brincar...?

— Não estou brincando — garantiu ele, sem qualquer esboço de sorriso. — Merda — repetiu, mais alto, largando a meia de Pip.

— O que foi? — perguntou ela, descendo da banqueta e indo até Ravi. — Encontrou Jamie?

— Não.

— O "alguém" que ele avistou?

— Não, outro *alguém* — disparou Ravi, soturno, quando Pip enfim viu quem estava na tela.

A fotografia continha uma centena de rostos, todos voltados para o céu, observando as lanternas. As pessoas mais próximas estavam iluminadas por um brilho prateado fantasmagórico, seus olhos transformados em pontos vermelhos pelo flash da câmera. E, lá no fundo, onde a multidão rareava, se encontrava Max Hastings.

— Não.

A palavra continuou mesmo depois que o som se esvaiu, o ar expelido até Pip sentir o peito vazio.

Max estava sozinho, com uma jaqueta preta que se misturava com a escuridão da noite, um capuz cobrindo a maior parte de seu cabelo. Mas não havia como negar que era ele, os olhos com um brilho vermelho, o rosto inexpressivo e indecifrável.

Ravi deu um soco no mármore, fazendo o notebook e os olhos de Max estremecerem.

— Sério, por que ele estava lá? — Ravi fungou. — Ele sabia que não era bem-vindo. Por ninguém.

Pip apoiou a mão no ombro dele e sentiu a raiva irradiando de Ravi com um tremor.

— Porque ele é o tipo de pessoa que faz o que quer, doa em quem doer — respondeu.

— Eu não queria que ele estivesse lá — afirmou Ravi, encarando Max. — Ele não devia ter ido.

— Sinto muito, Ravi.

Pip deslizou a mão pelo braço do namorado, até encaixá-la na dele.

— E amanhã eu ainda vou ter que olhar para a cara dele o dia inteiro e ouvir mais mentiras da boca dele.

— Você não precisa ir ao julgamento — disse Pip.

— Preciso, sim. Não estou fazendo isso só por você. Quer dizer, estou fazendo isso por você, eu faria qualquer coisa por você. — Ravi olhou para o chão. — Mas estou fazendo isso por mim também. Se o Sal soubesse que o Max era esse tipo de monstro, teria ficado arrasado. Arrasado mesmo. Sal achava que eram amigos. Como ele *ousou* ir ao memorial?

Ravi fechou o notebook com um baque, tirando o rosto de Max de vista.

— Daqui a alguns dias, ele não vai poder ir a lugar algum. Por um bom tempo — lembrou Pip, apertando a mão de Ravi. — Só temos que esperar mais um pouco.

Ele abriu um sorriso fraco, esfregando o polegar nos nós dos dedos dela.

— É, eu sei.

Ravi foi interrompido pelo arranhar da chave abrindo a porta da casa. Em seguida, três pares de pés ressoaram nas tábuas do assoalho.

E então a voz da mãe de Pip ecoou, chegando à cozinha pouco antes de sua dona:

— Pip? — Ela olhou para a filha e arqueou as sobrancelhas, quatro linhas de irritação aparecendo na testa. Só deixou a expressão de lado por um segundo para oferecer um sorriso para Ravi, então retornou para Pip. — Eu vi os seus pôsteres. Quando você ia nos contar sobre isso?

— Ah... — a garota começou a dizer.

O pai entrou na cozinha, carregando quatro sacolas cheias e quebrando o contato visual entre Pip e a mãe ao largar as compras na bancada. Ravi aproveitou a oportunidade para se levantar e botar o próprio notebook debaixo do braço. Ele acariciou a nuca de Pip e desejou "boa sorte" antes de se dirigir à porta, despedindo-se da família de um jeito ao mesmo tempo charmoso e desajeitado.

Traidor.

Pip abaixou a cabeça, tentando sumir dentro de sua camisa xadrez e usando o notebook como escudo.

— Pip?

Nome do arquivo:

 Planta baixa da festa do apocalipse com anotações.jpg

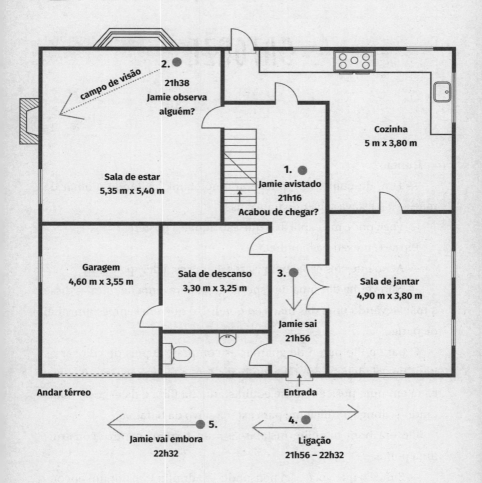

CATORZE

— E então?

— Hm, desculpe. — Pip fechou o notebook, evitando o olhar da mãe. — Só estava salvando uma coisa.

— Você pode me explicar o que são aqueles pôsteres?

Pip se remexeu na banqueta.

— Acho que eles estão bem claros. Jamie está desaparecido.

— Não venha dar uma de espertalhona para cima de mim — disse a mãe, levando uma das mãos ao quadril, o que era sempre um sinal de perigo.

O pai de Pip parou de guardar as compras, depois de colocar os itens de geladeira no seu devido lugar. Então ele se recostou na bancada em uma posição quase equidistante da filha e da esposa, mantendo-se longe o suficiente para estar a salvo da batalha.

Ele era bom naquilo: instalar-se num terreno neutro, construir uma ponte.

— Sim, é o que você está pensando — admitiu Pip, por fim encontrando o olhar da mãe. — Connor e Joanna estão muito preocupados. Eles acham que algo ruim aconteceu com Jamie. Então estou investigando o desaparecimento dele. E, sim, estou gravando a investigação para a segunda temporada do podcast. Eles pediram a minha ajuda, e eu concordei.

— Não estou entendendo — disse a mãe, embora tivesse entendido direitinho. Era outra de suas táticas. — Você tinha decidido parar com isso. Depois de tudo que passou da última vez. Do perigo em que se meteu.

— Eu sei... — começou Pip, mas a mãe a interrompeu.

— Você acabou no hospital, Pippa, com uma overdose. Tiveram que fazer uma lavagem estomacal em você. Você recebeu ameaças de um assassino condenado. — Atualmente, a mãe de Pip só se referia a Elliot Ward daquela maneira. Não podia chamá-lo do que ele de fato tinha sido: um amigo. Era difícil demais. — E o Barney...

— Mãe, eu sei — concordou Pip, a voz aguda e falhando por mais que tentasse controlá-la. — Eu sei de todas as coisas terríveis que aconteceram no ano passado por minha causa, não preciso que você fique me lembrando. Eu sei, está bem? Sei que fui egoísta, sei que fiquei obcecada, sei que fui irresponsável, e se eu pedisse perdão para você todos os dias, ainda não seria o bastante.

Pip sentiu o buraco em sua barriga se abrindo, prestes a engoli-la por inteiro.

— Desculpa — continuou ela. — Eu me sinto culpada o tempo todo, então não preciso que você me diga essas coisas. Estou cansada de saber meus próprios erros.

— Então por que escolheria passar por isso de novo? — perguntou a mãe, a voz mais doce, baixando o braço do quadril.

Pip não sabia se o gesto era um sinal de vitória ou derrota.

Uma risada alta e caricatural vinda da sala as interrompeu.

— Joshua. — O pai finalmente falou. — Abaixe o volume da TV, por favor!

— Mas é *Bob Esponja* e nem está tão alto — gritou uma vozinha de volta.

— Joshua...

— Tá bem, tá bem...

O barulho da TV diminuiu até Pip não conseguir mais escutá-lo em meio ao zumbido em seus ouvidos. O pai se acomodou de volta, gesticulando para que as duas continuassem.

— Por quê? — A mãe reiterou sua pergunta anterior, como se a sublinhasse com uma linha grossa.

— Porque eu preciso fazer isso. E, se você quer mesmo saber a verdade, eu tinha recusado. Estava decidida a não investigar. Tinha avisado ao Connor que não faria isso outra vez. Aí ontem fui falar com a polícia para tentar convencê-los a investigar o desaparecimento do Jamie. Achei que poderia ajudar dessa forma, pelo menos. Mas eles não vão fazer nada pelo Jamie, não têm condições. — Pip cruzou os braços. — A verdade é que não tive escolha depois que a polícia se recusou. Eu não queria fazer isso. Mas não posso ficar parada. A família do Jamie pediu minha ajuda. Eles me procuraram. E se eu tivesse dito não? E se Jamie nunca for encontrado? E se ele estiver morto?

— Pip, não é sua obrigação...

— Não é minha obrigação, mas sinto que é minha responsabilidade. Aposto que vocês dois têm milhares de argumentos para provar que isso não é verdade, mas é como me sinto. É minha responsabilidade porque eu comecei e agora não posso voltar atrás. Apesar das consequências para mim, para todos nós, eu ainda assim resolvi um caso de duplo homicídio no ano passado. Agora, tenho seiscentos mil seguidores e estou em condições de usar isso para ajudar os outros. Para ajudar Jamie. Por isso eu não tive escolha. Posso não ser a única pessoa capaz de ajudar, mas sou a única que está aqui agora. É o Jamie, mãe. Eu não conseguiria viver em paz se soubesse que algo aconteceu com ele e eu me recusei a ajudar porque era o caminho mais fácil. A escolha mais segura. A escolha que deixaria meus pais felizes. É por isso que estou investigando. Não porque quero, mas porque preciso. Eu já aceitei isso, e espero que vocês consigam aceitar também.

Com a visão periférica, Pip percebeu o pai concordar com um aceno de cabeça, a luz da cozinha refletindo listras amarelas em sua testa. Sua mãe também percebeu, virando-se para ele de cenho franzido.

— Victor... — disse a mãe.

— Leanne — respondeu o pai, avançando por um território nunca antes desbravado. — É óbvio que ela não está sendo inconsequente e que pesou muitas coisas antes de tomar essa decisão. Isso é tudo que podemos pedir que ela faça, porque a decisão é dela. Ela já tem dezoito anos.

Ele sorriu para Pip, os olhos brilhando daquele jeito característico. Era o mesmo brilho de quando ele olhava para a filha e contava a história de quando se conheceram. Pip, aos quatro anos, andando por aquela mesma casa em que estavam, que Victor na época considerava comprar. A garotinha acompanhara a mãe na visita porque a babá havia tido um imprevisto. Ela os seguira de cômodo em cômodo, em cada um contando para Victor um novo fato sobre animais, inclusive quando sua mãe pedira para Pip ficar quieta enquanto ela conversava com o *homem simpático* sobre a cozinha modernizada e de alto padrão. Ele sempre dizia que as duas roubaram seu coração naquele dia.

Pip retribuiu o sorriso, e o abismo em sua barriga se retraiu um pouco, liberando mais espaço para ela existir ao redor dele.

— E o perigo, Victor? — interveio a mãe de Pip, embora o tom de briga já tivesse quase se dissipado de sua voz.

— Tudo envolve algum perigo — argumentou ele. — Até atravessar a rua. Seria o mesmo caso se ela fosse jornalista ou policial. E nós a impediríamos de seguir uma dessas carreiras por conta dos possíveis riscos? E tem mais: eu sou um cara grande. Se alguém pensar em machucar minha filha, arranco a cabeça do sujeito.

Pip riu, e a boca de sua mãe se contraiu em um sorriso contido. O sorriso perdeu, pelo menos por enquanto, mas foi uma boa luta.

— Certo. Pip, eu não sou sua inimiga, sou sua mãe. Eu me importo com a sua segurança e com a sua felicidade, coisas que você perdeu da última vez. Minha função é protegê-la, você querendo ou não. Então está bem, aceito sua decisão. Mas vou ficar de olho para garantir que isso não se torne uma obsessão, e é bom você levar a sério quando digo que isso não vai servir de motivo para faltar a aulas nem negligenciar os estudos — prosseguiu, contando suas regras nos dedos. — Sei que está tudo bem, mas se houver qualquer sinal de perigo, por menor que seja, você vai nos contar imediatamente. Promete?

— Obrigada. — Pip fez que sim com a cabeça, sentindo o peito mais leve. — Não vai ser igual à última vez, prometo.

Pip não era mais aquela pessoa. Ela seria uma boa garota dessa vez. De verdade. As coisas seriam diferentes, insistiu Pip para a sensação do abismo que nunca a deixava. Então acrescentou:

— Mas preciso avisar que não acho que esteja tudo bem. Não acho que Jamie vai aparecer no trabalho amanhã de manhã.

A mãe corou e desviou o olhar, contraindo os lábios. De todas as suas expressões, Pip não sabia decifrar aquela.

— Bem — começou a mãe, baixinho —, só estou dizendo que é provável que Jamie esteja bem e que o sumiço não seja nada de mais. É por isso que não quero que você se dedique tanto ao caso.

— Torço para que não seja nada de mais — concordou Pip, pegando o saco de tangerinas que o pai lhe estendeu e guardando-as na fruteira. — Mas há alguns fatos preocupantes. O celular dele foi desligado na sexta à noite e não foi ligado até agora. E Jamie estava agindo de forma estranha naquele dia. Fora do normal.

A mãe depositou o pão de forma no devido cestinho.

— Talvez agir de forma estranha não seja tão fora do normal para o Jamie.

— Como assim? — Pip se virou, ignorando a caixa de mingau que o pai tentava entregar a ela.

— Ah, esquece — rebateu a mãe, ocupando-se com as latas de tomate. — Eu não devia ter dito nada.

— Sobre o quê? — insistiu Pip, o coração pulando da garganta ao perceber a inquietação da mãe. A garota estreitou os olhos. — Mãe? Você sabe alguma coisa sobre o Jamie?

Nome do arquivo:

.WAV **Manual de assassinato para boas garotas 2ª TEMPORADA: Entrevista com minha mãe.wav**

PIP: Mãe, calma, espera aí, já configurei os microfones. Você pode me contar o que estava prestes a dizer? Sobre o Jamie?

[INAUDÍVEL]

PIP: Mãe, você... você tem que se aproximar do microfone. Ele não consegue captar sua voz daí.

[INAUDÍVEL]

PIP: Por favor, pode se sentar e me contar o que quer que seja?

MÃE: [INAUDÍVEL] ... preciso começar o jantar.

PIP: Eu sei, eu sei. Só vai levar uns minutinhos. Por favor? O que você quis dizer com "agir de forma estranha não é tão fora do normal para o Jamie"? Você está se referindo a algo que aconteceu na imobiliária? Jamie trabalhou em um turno mais tarde na sexta-feira do memorial. Quer dizer que ele estava agindo de forma estranha naquele dia? Por favor, mãe, isso pode ajudar de verdade na investigação.

MÃE: Não... É... Ah, eu não deveria dizer nada. Não é da minha conta.

PIP: Jamie está desaparecido. Há quase dois dias inteiros. Ele pode estar em perigo. Eu não acho que ele iria se importar com isso agora.

MÃE: Mas Joanna...

PIP: Foi ela quem me pediu para investigar. Ela aceitou que, no processo, pode acabar descobrindo coisas sobre Jamie que preferiria não saber.

MÃE: Joanna... Joanna acha que Jamie ainda trabalha na Proctor e Radcliffe? Foi isso que ele disse para ela?

PIP: Foi, é claro. Do que você está falando? Ele trabalha lá. Ele foi para a imobiliária na sexta-feira antes de desaparecer.

MÃE: Ele... Jamie não trabalha mais na imobiliária. Ele saiu, acho que uma ou duas semanas atrás.

PIP: Ele *saiu*? Ele se demitiu? A família do Jamie não faz ideia, eles ainda acham que ele trabalha com você. Jamie estava indo para o trabalho todos os dias. Por que ele pediria demissão e depois esconderia isso?

MÃE: Ele... ele não pediu demissão.

PIP: O quê?

MÃE: Pip...

PIP: Mãe?

MÃE: Houve um incidente. Mas eu não quero falar sobre isso, de verdade, não tem a ver com nada. Eu só acho importante considerar que talvez o Jamie sumir não seja tão fora do normal, e não deveríamos criar problemas para ele quando...

PIP: Mãe, ele está desaparecido. Qualquer acontecimento das últimas semanas pode ser relevante. Qualquer um. Tenho certeza de que Joanna não vai ficar brava se você falar o que houve. Qual foi o incidente? Quando?

MÃE: Bom... Deve ter sido em uma quarta-feira, porque Todd não estava lá, e Siobhan e Olivia estavam, mas tinham saído para mostrar casas.

PIP: Quarta-feira, duas semanas atrás? Então foi dia... onze?

MÃE: Acho que sim. Eu tinha saído para almoçar, fui me encontrar com Jackie na cafeteria e deixei Jamie sozinho no escritório. E quando voltei para o trabalho... Bem, eu devo ter voltado antes do esperado, porque ele...

PIP: O quê? O que Jamie estava fazendo?

MÃE: Ele estava com minha chave... Devia ter tirado da minha bolsa mais cedo... E tinha destrancado a gaveta da minha mesa. Quando voltei da rua, eu o flagrei tirando o cartão de crédito da empresa da gaveta.

PIP: O quê?

MÃE: Ele entrou em pânico quando me viu. Começou a tremer. Tentou dar várias desculpas. Primeiro, disse que tinha pegado o cartão para encomendar mais envelopes, depois que Todd lhe pedira para fazer alguma tarefa. Mas eu sabia que era tudo mentira, e Jamie percebeu que eu não estava caindo na conversa dele. Então começou a se desculpar, repetidas vezes. Disse que sentia muito, que precisava mesmo do dinheiro e depois disse algo... algo parecido com: "Eu não teria feito isso se não fosse uma questão de vida ou morte."

PIP: "Vida ou morte"? Do que ele estava falando?

MÃE: Não sei. Acho que ele pretendia ir até um caixa eletrônico e sacar algumas centenas de libras. Ele sabia a senha porque já tinha comprado coisas para o chá com o cartão uma vez, a meu pedido. Não sei para que precisava do dinheiro, mas o desespero dele era evidente. Nós nunca tínhamos tido problemas com Jamie antes disso. Eu tinha oferecido aquela oportunidade para ajudá-lo, para ajudar Joanna e Arthur, porque Jamie estava com dificuldades de manter um emprego. Ele é um jovem muito gentil. Sempre foi, desde criança. O Jamie que eu encontrei naquela tarde parecia outra pessoa. Ele parecia tão assustado. Tão arrependido.

PIP: Ele devia estar desesperado, porque devia saber que, mesmo se conseguisse o dinheiro, você acabaria descobrindo. Por que ele precisava disso com tanta urgência?

MÃE: Eu não perguntei. Só avisei que, se ele colocasse o cartão de volta no lugar e devolvesse minha chave, eu não chamaria a polícia. Eu não queria criar mais problemas para ele. Parecia que ele já estava passando por dificuldades. E eu teria me sentido muito culpada se desse queixa do filho dos meus amigos para a polícia. Esse tipo de coisa não se faz. Então eu disse para o Jamie que não contaria aquilo para ninguém, mas que ele não poderia continuar trabalhando na Proctor e Radcliffe e que o contrato dele estava rescindido a partir daquele momento. Falei que ele precisava botar a vida em ordem, senão eu acabaria tendo que contar para a Joanna mais adiante. Jamie me agradeceu por não ter chamado a polícia, agradeceu pela oportunidade de emprego, depois foi embora. A última coisa que ele disse foi: "Eu sinto muito. Não teria feito isso se não precisasse."

PIP: Jamie precisava do dinheiro para quê?

MÃE: Ele não me disse. Mas, se estava disposto a roubar da empresa e correr o risco de ser pego, para o que seria senão algo... ilegal... ou criminoso?

PIP: Talvez. Mas isso não significa que o desaparecimento duas semanas depois não seja suspeito ou fora do normal para ele. Na verdade, isso me deixa mais certa de que Jamie está em apuros. De que ele se envolveu com algo perigoso.

MÃE: Eu nunca pensei que ele fosse do tipo que rouba. Nunca.

PIP: E a única explicação que ele deu para você era que se tratava de uma questão de vida ou morte?

MÃE: Sim, foi o que ele disse.

PIP: Vida ou morte de quem?

QUINZE

Pip viu o instante exato em que o coração de Joanna começou a se partir. Não foi quando contou a Joanna e Connor sobre a festa do apocalipse ou sobre a teoria de que Jamie havia seguido alguém até lá. Não foi quando disse que Jamie tinha saído da festa às 22h30 e que alguém o ouvira ao telefone, mencionando a polícia. Não foi quando lhes contou que Jamie mentira por semanas a respeito de ainda estar empregado, nem quando explicou por que ele tinha sido demitido. Não, foi no instante em que Pip proferiu as palavras "vida ou morte".

Algo em Joanna mudou: o ângulo da cabeça, o contorno dos olhos, a pele se tornando mais flácida e pálida, como se parte de sua vitalidade tivesse se esvaído no ar frio da cozinha. E Pip soube que tinha acabado de dar voz ao maior medo de Joanna. Pior ainda, aquelas palavras tinham vindo do próprio Jamie.

— Mas não sabemos o que ele quis dizer com isso. Talvez estivesse exagerando para tentar amenizar a situação na qual tinha se metido, ou para fazer minha mãe ficar com pena — argumentou Pip, seu olhar alternando entre Connor e a expressão abalada de Joanna.

Arthur Reynolds não estava presente. Pelo que disseram, ele tinha ficado fora a maior parte do dia, não sabiam onde. *Foi se distrair* era o palpite de Joanna.

— Vocês têm alguma ideia de por que Jamie precisava daquele dinheiro?

— Quarta-feira, duas semanas atrás? — perguntou Connor. — Não tínhamos nenhum aniversário nem ocasiões especiais que fariam com que ele precisasse de dinheiro.

— Não acho que Jamie roubaria dinheiro para comprar presentes de aniversário — respondeu Pip, da forma mais gentil que conseguiu.

— Vocês sabem se ele tinha alguma dívida que precisava pagar? Talvez a conta do celular? Já que ele não largava o aparelho nas últimas semanas.

— Acho que não — respondeu Joanna, por fim. — Ele tinha um salário bom na imobiliária, com certeza ganhava bem mais do que o necessário para pagar a conta de celular. E não é como se ele estivesse gastando muito. É raro Jamie comprar qualquer coisa para si mesmo, até roupas e coisas assim. Acho que a maior despesa dele era com o almoço.

— Certo, vou investigar isso.

— Para onde Jamie ia quando nos dizia que ia trabalhar? — perguntou Connor.

— Também vou investigar isso — prometeu Pip. — Talvez ele só estivesse saindo de casa para não ter que contar para ninguém o que aconteceu. Talvez estivesse procurando um novo emprego antes de contar que perdeu o da imobiliária. Sei que esse assunto era motivo de briga entre Jamie e o pai, então talvez ele quisesse evitar outra discussão.

— É — comentou Joanna, coçando o queixo. — Arthur teria ficado zangado com ele por ter perdido mais um emprego. E Jamie odeia briga.

Pip mudou de assunto.

— Voltando à festa do apocalipse... Vocês têm ideia de quem poderia estar naquela ligação com o Jamie? Ou de alguém que poderia ter pedido para ele fazer alguma coisa?

— Não sei. Não era nenhum de nós — respondeu Joanna.

— Zoe, talvez? — sugeriu Pip.

— Não, Zoe não teve contato com Jamie naquele dia. A única pessoa para quem sei que Jamie liga com frequência é Nat da Silva. Ou pelo menos costumava ligar.

— Não era ela — falou Pip. — Nat me contou que Jamie não apareceu na casa dela como tinham combinado e que ignorou todas as mensagens e ligações.

— Então não sei. Desculpe — disse Joanna baixinho, como se sua voz também estivesse se esvaindo.

— Não tem problema — falou Pip, usando um tom animado para compensar. — Acho que vocês já teriam me contado se tivesse acontecido, mas conseguiram descobrir a senha do computador?

— Ainda não — respondeu Connor. — Estamos seguindo aquele questionário e testando variações com a substituição de letras por números. Nada até agora. Fizemos uma lista de todas as possíveis senhas, e acho que já passamos de seiscentas tentativas erradas.

— Certo, bem... continuem tentando. Amanhã depois da escola vou ver se consigo falar com alguém que talvez saiba resolver a questão da senha sem comprometer os dados do computador.

— Pode deixar — garantiu Connor, os dedos inquietos.

Havia um pacote de cereal aberto na bancada e duas tigelas usadas. Pip presumiu que aquele tivesse sido o jantar da família.

— Tem mais alguma coisa que nós possamos fazer, além de testar as senhas? Qualquer coisa? — perguntou ele.

— Hum, tem, claro — respondeu Pip, esforçando-se para pensar em algo. — Ainda estou analisando todos os vídeos e as fotos que recebi da festa do apocalipse. Como expliquei mais cedo, quero identificar as pessoas que estavam perto da lareira entre 21h38 e 21h50. O mais perto que cheguei foi com uma foto tirada às 21h29. Há cerca de nove pessoas na direção da lareira, algumas do nosso ano, outras mais novas. Talvez essa foto tenha sido tirada cedo demais para nos ajudar a descobrir quem Jamie estava observando, mas isso é algo que eu... que *nós* podemos checar amanhã na escola. Connor, vou enviar os arquivos por e-mail para você dar uma olhada também, pode ser?

— Claro. — Ele endireitou a postura. — Vou ajudar.

— Perfeito.

— As pessoas têm me mandado mensagens — interveio Joanna. — Amigos e vizinhos que viram os pôsteres. Eu ainda não saí de casa, tenho passado os dias inteiros testando as senhas no computador do Jamie e ligando para o celular dele. Posso ver a foto que você usou no pôster?

— Pode, claro.

Pip passou o dedo pelo touchpad para acordar o notebook. Ela abriu os arquivos recentes, clicou na fotografia e virou a tela para Joanna.

— Escolhi essa aqui. Dá para ver o rosto dele com nitidez, e o sorriso não está muito grande. Tenho a impressão de que as pessoas ficam um pouco diferentes quando estão sorrindo forçado. Essa foi a que você tirou antes de acenderem as velas no bolo de aniversário, então não tem a iluminação estranha. Está boa?

— Está — respondeu Joanna baixinho, cobrindo a boca com o punho. — Está, está perfeita.

Os olhos dela se encheram de lágrimas. Joanna percorreu o retrato do filho com o olhar, como se tivesse medo de deixar sua atenção se fixar em um ponto por tempo demais. O que ela achava que veria caso se demorasse? Ou estaria estudando o rosto de Jamie, tentando memorizar cada detalhe?

— Vou dar um pulinho no banheiro — avisou em uma voz distante, levantando-se, trêmula, da cadeira.

Assim que Joanna fechou a porta da cozinha, Connor suspirou e começou a puxar as cutículas.

— Ela foi lá para cima chorar. Tem sido assim o dia inteiro. Sei o que ela está indo fazer, e ela deve saber que eu sei. Mas minha mãe não chora na minha frente.

— Sinto muito.

— Talvez ela ache que eu vou perder as esperanças se a vir chorando.

— Sinto muito, Connor. — Pip estendeu a mão para tocar o braço do amigo, mas ele estava longe demais do outro lado da mesa. Então, ela puxou o notebook, trazendo o rosto de Jamie de volta para si. — Mas fizemos progresso hoje, de verdade. Temos mais informações sobre a linha do tempo do Jamie naquela noite, além de algumas pistas para investigar.

Connor deu de ombros, checando a hora no celular.

— Ele foi visto pela última vez às 22h32, não é? Isso quer dizer que o marco de quarenta e oito horas é daqui a cinquenta e sete minutos. — Connor ficou quieto por um instante. — Jamie não vai voltar nos próximos cinquenta e sete minutos, vai?

Pip não sabia o que responder. Tinha algo que ela deveria dizer, que já deveria ter dito a Connor no dia anterior: para não tocar na escova de dentes ou no pente de Jamie ou em qualquer objeto que pudesse conter o DNA dele, caso uma amostra fosse necessária mais adiante. Mas aquele não era o momento certo. Pip não tinha certeza de que havia um momento certo. Aquele era um limite que, depois de ultrapassado, não tinha volta.

Em vez disso, Pip encarou a foto na tela, o meio sorriso de Jamie, os olhos dele fixos nos dela, como se não houvesse dez dias separando os dois. Foi então que ela percebeu: na foto, Jamie estava sentado no lugar em frente ao dela na mesa da cozinha. Pip estava bem ali e Jamie esteve bem ali, como se houvesse uma fenda temporal no meio da superfície de madeira polida. Tudo na cozinha era igual ao fundo da fotografia: a porta da geladeira com uma coleção de ímãs bregas de souvenir, a persiana bege abaixada até um pouco acima da pia, a tábua de cortar de madeira apoiada no mesmo lugar, atrás do ombro esquerdo de Jamie, e o cilindro do porta-facas preto atrás do ombro direito, as seis facas de tamanhos variados com faixas de cores diferentes nos cabos, para indicar a finalidade de cada uma.

Bom, na verdade... Pip olhou da imagem na tela para a cozinha. O jogo de facas atrás de Jamie na foto estava completo, com todas em seus devidos lugares: a roxa, a laranja, a verde-clara, a verde-escura, a vermelha e a amarela. Mas, no balcão, uma faca estava faltando. A com a faixa amarela.

— Para o que você está olhando? — perguntou Connor.

Pip não tinha percebido que o amigo estava atrás dela, encarando a tela por cima de seus ombros.

— Ah, nada. Estava só vendo essa foto e percebi que uma das facas não está no lugar. Não é nada — repetiu Pip, abanando a mão para descartar a ideia.

— Deve estar no lava-louça.

Connor andou até a máquina e a abriu.

— Hum — disse ele, indo até a pia.

Conforme ele mexia nas coisas, o som de porcelana batendo em porcelana fez Pip se encolher.

— Alguém deve ter colocado em uma das gavetas sem querer. Faço isso o tempo todo — comentou o amigo, mas havia algo de frenético em sua voz.

Connor puxou as gavetas, chacoalhando seu conteúdo, abrindo-as até estarem escancaradas.

Pip devia ter sido contagiada pelo pavor dele, pois seu coração disparava a cada utensílio batendo contra outro, e uma sensação fria tomou conta de seu peito. Connor continuou, em frenesi, até que todas as gavetas estivessem abertas, parecendo dentes mordendo a cozinha.

— Não está aqui — anunciou ele, desnecessariamente.

— Talvez você devesse perguntar para sua mãe — sugeriu Pip, levantando-se.

— Mãe! — gritou Connor, voltando a atenção para os armários e abrindo cada porta até que a cozinha parecesse estar de cabeça para baixo.

Pip também se sentia assim: o estômago se revirando, os pés tropeçando.

Ela ouviu os passos pesados de Joanna conforme a mãe do amigo descia as escadas.

— Calma, Connor. — Pip tentou tranquilizá-lo. — Deve estar por aqui.

— E se não estiver? — indagou ele de joelhos, olhando o armário debaixo da pia. — O que isso significa?

O que isso significava? Talvez Pip não devesse ter compartilhado aquela observação tão cedo.

— Significa que uma das facas sumiu.

— O que sumiu? — perguntou Joanna, correndo porta adentro.

— Uma das facas, a que tem a faixa amarela — respondeu Pip, virando o notebook para mostrar para Joanna. — Está vendo? A faca aparece na foto tirada no aniversário do Jamie, mas não está ali agora.

— Não está em lugar nenhum — acrescentou Connor, sem fôlego. — Procurei na cozinha inteira.

— Percebi — comentou Joanna, fechando alguns dos armários.

Ela procurou de novo em cima da pia, tirando todas as canecas e os copos de lá, e checou no armário ali embaixo. Procurou no escorredor, embora Pip conseguisse ver de longe que estava vazio. Connor tirou cada faca do porta-facas, como se a amarela pudesse estar escondida sob as outras.

— Bem, perdemos a faca — concluiu Joanna. — Não está em nenhum dos lugares em que deveria estar. Vou perguntar para Arthur quando ele voltar.

— Vocês se lembram de ter usado a faca amarela recentemente? — perguntou Pip, passando pelas fotos do aniversário de Jamie. — Jamie usou a faca vermelha para cortar o bolo no aniversário dele, mas você se lembra de, depois daquele dia, usar a amarela?

Joanna desviou o rosto para a direita, os olhos inquietos em movimentos minúsculos enquanto tentava se lembrar.

— Connor, em que dia dessa semana eu fiz mussaca?

O peito de Connor subia e descia com a respiração acelerada.

— Hum, foi no dia em que eu cheguei mais tarde, depois da aula de guitarra, não foi? Então, quarta-feira.

— Isso, quarta-feira. — Joanna se virou para Pip. — Eu não lembro se de fato usei essa faca, mas é a que eu sempre uso para cortar beringela, porque é a mais larga e afiada. Eu teria notado se tivesse sumido, com certeza.

— Tudo bem, tudo bem — disse Pip, tentando ganhar tempo para pensar. — Então é provável que a faca tenha sumido nos últimos quatro dias.

— O que isso significa? — perguntou Joanna.

— Talvez não signifique nada — respondeu Pip delicadamente. — Pode não ter correlação com o Jamie. A faca pode aparecer em algum lugar da casa onde vocês não olharam. Por enquanto, é só uma informação sobre algo fora do comum, e eu quero saber tudo que estiver fora do comum. Só isso.

Pip realmente não deveria ter compartilhado a observação inicial, o pânico no olhar de Joanna e Connor confirmava isso. A garota estudou as facas, tentando ser discreta ao tirar uma foto com o celular da prateleira do armário e da fenda vazia.

Voltando ao notebook, ela pesquisou a marca e encontrou no site uma imagem de todas as facas com suas faixas coloridas dispostas em uma fileira.

— É, são essas — confirmou Joanna atrás dela.

— Certo. — Pip fechou o notebook e o guardou na mochila. — Vou mandar os vídeos e as fotos da festa do apocalipse para você, Connor. Pretendo ficar analisando os arquivos até tarde, então se achar alguma coisa, pode me mandar mensagem na mesma hora. A gente se vê na escola amanhã. Boa noite, Joanna. Durma bem.

"Durma bem"? Que coisa estúpida de se dizer. Era óbvio que Joanna não dormiria bem.

Pip deu um sorriso tenso, de lábios fechados, e torceu para que nenhum dos dois conseguisse ler em seu rosto algum indício do pensamento que acabara de lhe ocorrer. O pensamento surgira antes que Pip pudesse contê-lo, enquanto olhava para a foto com as seis facas coloridas enfileiradas, concentrada na amarela. O pensamento era que, se alguém quisesse usar uma daquelas facas como arma, a amarela seria a mais apropriada. A que havia sumido.

Nome do arquivo:

 Fotos do jogo de facas na quinta-feira passada e hoje.jpg

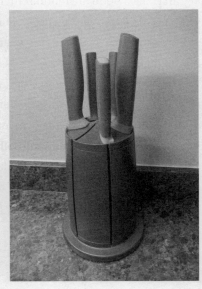

Nome do arquivo:

 Anotações do caso 3.docx

A FACA DESAPARECIDA:

Pode ser irrelevante, torço desesperadamente para que seja. Senão, esse caso já tomou um rumo sinistro que não quero seguir. Mas o timing parece relevante: tanto Jamie quanto a faca desapareceram na mesma semana. Como se perde pela casa uma facona daquelas (uma faca de chef de quinze centímetros, de acordo com o site)? Esse tipo de coisa não é normal. A faca deve ter sido retirada da casa em algum momento após a noite de quarta-feira.

COMPORTAMENTO ESTRANHO:

Tentar roubar dinheiro da empresa da minha mãe é, com certeza, algo fora do normal para o Jamie que eu conheço. A família Reynolds também acha, disseram que ele nunca havia roubado nada antes. Qual seria o plano dele? Usar o cartão num caixa eletrônico e sacar o máximo de dinheiro possível (de acordo com o Google, a quantia pode variar entre duzentas e cinquenta e quinhentas libras)? E por que Jamie estava tão desesperado por dinheiro? Pensamento aleatório: será que isso tem a ver com o relógio feminino que encontrei na mesa de cabeceira dele? Não parecia novo, mas talvez Jamie tivesse comprado de segunda mão? Ou talvez tivesse roubado também?

E o comentário do Jamie sobre ser uma questão de "vida ou morte"? Fico arrepiada só de pensar nisso, levando em conta o desaparecimento. Será que Jamie estava se referindo a si mesmo ou a outra pessoa? (Obs.: comprar um relógio feminino de segunda mão provavelmente não é uma questão de "vida ou morte".)

Jamie não ter contado à família sobre a demissão não me parece um comportamento suspeito por si só. É óbvio que ele queria esconder o motivo pelo qual foi demitido, mas também faria sentido ele querer esconder o fato de que estava desempregado outra vez, ainda mais porque o atrito entre Jamie e o pai se deve em grande parte ao fato de ele não se dedicar, ficar pulando de emprego em emprego e não ter ambição e motivação.

Por falar em comportamento estranho, onde Arthur Reynolds esteve o dia inteiro? Tudo bem, entendo que ele não acredita que Jamie tenha desaparecido de verdade, acha que o filho foi embora depois da discussão que tiveram e que vai voltar são e salvo daqui a alguns dias. O histórico de Jamie sustenta essa hipótese. Mas com a esposa e o filho mais novo tão convencidos de que algo está errado, ele não deveria começar a cogitar essa possibilidade? É evidente que Joanna está angustiada. Mesmo que Arthur não acredite que haja perigo, ele não deveria ficar por perto para apoiá-la? Ele ainda não quer se envolver com a investigação. Talvez mude de ideia em breve, agora que a marca de quarenta e oito horas passou.

FESTA DO APOCALIPSE:

O que Jamie estava fazendo lá? Estou trabalhando com a hipótese de a pessoa que ele viu ser alguém do meu ano ou de um ano abaixo do meu na escola. Jamie a avistou no memorial e depois a seguiu enquanto caminhava (presumo que com um grupo de amigos) até a Highmoor, para a festa do apocalipse na casa de Stephen Thompson. Suspeito que Jamie tenha entrado de penetra (ele foi visto às 21h16) porque quisesse falar com essa pessoa. Senão, por que a seguiria? Às 21h38, acredito que Jamie estivesse observando a tal pessoa, que se encontrava perto da lareira. Uma foto de 21h29 mostra nove pessoas ao redor da lareira.

Do último ano: Elspeth Crossman, Katya Juckes, Struan Copeland, Joseph Powrie, Emma Thwaites e Aisha Bailey.

Do penúltimo: Yasmin Miah, Richard Willett e Lily Horton.

A foto não é do mesmo horário em que Jamie foi visto, mas é o mais perto que consegui. Vou falar com todos eles na escola amanhã e ver se sabem de alguma coisa.

PISTAS EM ABERTO:

· Mais fotos/vídeos da festa do apocalipse recebidos — analisar.

· Hillary F. Weiseman — a única Hillary F. Weiseman que consegui encontrar é a que morreu em Little Kilton em 2006, aos 84 anos. O obituário informa que ela deixou uma filha e dois netos, mas não consigo achar outros Weiseman. Por que Jamie escreveu o nome dela num papel na última semana e meia? Qual a conexão?

· Com quem Jamie estava falando no celular às 22h32? Conversa longa — cerca de trinta minutos? A mesma pessoa com quem ele trocou mensagens/para quem ligou nas últimas semanas? Não é Nat da Silva.

· A identidade da pessoa na multidão e por que Jamie a seguiu até a festa do apocalipse

· Roubar dinheiro — por quê? Vida ou morte?

SEGUNDA-FEIRA
DESAPARECIDO HÁ 3 DIAS

DEZESSEIS

Pip não se sentava mais na frente. Costumava ser o lugar que ela ocupava naquela mesma sala de aula, naquele mesmo período, enquanto Elliot Ward lhes ensinava sobre os efeitos econômicos da Segunda Guerra Mundial.

Agora, quem fazia isso era o sr. Clark, o novo professor de história que substituíra o sr. Ward depois do Natal. Ele era jovem, talvez nem tivesse chegado aos trinta, com cabelo castanho cortado em camadas e uma barba aparada que era quase toda ruiva. Parecia ansioso e bastante entusiasmado quando o assunto eram transições de slides no PowerPoint. E efeitos de som também. No entanto, uma segunda-feira de manhã não era o melhor momento para o barulho de explosões de granadas.

Não que Pip estivesse de fato prestando atenção. Seu novo lugar era no canto do fundo, ao lado de Connor: aquilo não havia mudado. Exceto que o amigo havia chegado atrasado e mexia a perna sem parar, também sem conseguir se concentrar.

O livro didático de Pip estava aberto na página 237 em cima da mesa, mas ela não fazia anotações. Era apenas um escudo, escondendo-a do olhar do sr. Clark. Pip apoiara o celular na página, com os fones de ouvido conectados e o cabo ocultado dentro do suéter, o fio serpenteando pela manga para que os fones saíssem em sua mão. Um disfarce perfeito. O sr. Clark devia pensar que Pip estava descansando o queixo na mão enquanto anotava datas e porcentagens, mas na verdade a garota estava vendo os arquivos da festa do apocalipse.

Uma nova onda de e-mails com anexos chegara na noite anterior e naquela manhã. A notícia sobre o desaparecimento de Jamie devia ter começado a se espalhar. Mas ainda não havia fotos do local certo nos horários necessários. Pip olhou para o relógio da sala de aula: cinco minutos para o sinal, tempo suficiente para abrir mais um e-mail.

Era de Hannah Ravens, da aula de inglês.

Ei Pip. Hoje de manhã me disseram que você está procurando pelo irmão mais velho do Connor e que ele estava na festa do apocalipse na sexta. Esse vídeo é superconstrangedor — enviei para meu namorado às 21h49 quando já estava superbêbada... Por favor, não mostre para ninguém. Mas tem um cara no fundo que eu não reconheço. Vejo você na escola, beijinho

Pip sentiu um arrepio subir por sua nuca. Era o horário certo, e havia um cara que Hannah não reconhecia. Ela poderia estar prestes a fazer uma grande descoberta. Clicou no arquivo anexado e apertou o play.

O som retumbou em seus ouvidos: música alta, uma horda de vozes tagarelando e explosões de vaias e aplausos que deviam vir do jogo de *beer pong* na sala de jantar. Mas o vídeo havia sido filmado na sala de estar. Hannah apontava o celular para si mesma com um braço estendido, seu rosto ocupando a maior parte da tela. Ela estava recostada em um sofá que ficava de frente para o sofá no qual Jasveen se sentara às 21h38. A ponta do outro móvel mal era visível ao fundo.

Hannah estava sozinha, e o filtro de cachorro do Instagram fazia com que orelhas marrons pontudas acompanhassem seu balançar de cabeça. Ela mexia a boca no ritmo da nova música de Ariana Grande, que tocava ao fundo, com uma interpretação *muito* dramática. Hannah agarrava o ar e fechava os olhos quando a canção exigia.

Aquilo não era uma pegadinha, era? Pip continuou assistindo, estudando a cena atrás da cabeça de Hannah. Ela reconheceu dois rostos: o de Joseph Powrie e o de Katya Juckes. E, a julgar pela posição dos sofás, os dois deviam estar em frente à lareira, que não aparecia no enquadramento. Joseph e Katya conversavam com outra garota, que se encontrava de costas para a câmera. Ela tinha cabelo escuro liso e usava calça jeans. Poderia ser qualquer uma das dezenas de meninas que Pip conhecia.

O vídeo já estava quase acabando, e a linha azul rastejava ao longo da barra. Faltavam seis segundos. Foi aí que duas coisas aconteceram ao mesmo tempo. A garota de cabelo longo se virou e começou a se afastar da lareira, rumo à câmera de Hannah. Simultaneamente, do outro lado do enquadramento, alguém cruzou a sala em direção à garota, tão apressado que só dava para ver o borrão da camisa e uma cabeça flutuando acima dela. Era uma camisa bordô.

Quando os dois estavam prestes a colidir, Jamie estendeu a mão para dar um tapinha no ombro da garota.

O vídeo acabou.

— Merda — sussurrou Pip na manga do moletom, chamando a atenção de Connor.

Ela sabia muito bem quem era a garota.

— O quê? — sibilou o amigo.

— A pessoa.

— Hein?

O sinal tocou. O som metálico atravessou Pip, fazendo-a estremecer. Sua audição ficava mais sensível quando não dormia o suficiente.

— Corredor — instruiu, guardando o livro e se desvencilhando dos fones de ouvido.

Ela se levantou e levou a mochila ao ombro. Se o sr. Clark estivesse passando dever de casa, Pip não saberia.

Sentar no fundão significava ser a última a sair, esperando impacientemente todos os outros alunos deixarem a sala de aula. Connor seguiu Pip até o corredor, e ela o guiou até a parede oposta.

— O que foi? — perguntou.

Pip desenrolou os fones de ouvido e os enfiou nas orelhas do amigo.

— Ai, você pode tomar um pouquinho de cuidado? — reclamou ele.

Quando Pip ergueu o celular e deu play, Connor apertou os fones com força para abafar o som do corredor. Um sorrisinho despontou em seu rosto.

— Nossa, que vergonha alheia — comentou depois de alguns segundos. — É por isso que você queria me mostr...?

— Lógico que não. Veja até o final.

Assim que o vídeo terminou, Connor estreitou as pálpebras e perguntou:

— Stella Chapman?

— Aham. — Pip puxou os fones de ouvido com força, fazendo Connor soltar mais um "ai". — Stella Chapman deve ser a pessoa que Jamie viu no memorial e seguiu até a festa.

Connor assentiu.

— Então, o que fazemos agora?

— Vamos falar com ela no almoço. Perguntar como eles se conheceram, sobre o que conversaram. Por que Jamie a seguiu.

— Certo, ótimo — concordou Connor. Sua expressão mudou, como se os músculos do rosto tivessem relaxado. — Isso é bom, não é?

— É — assegurou Pip, embora *bom* talvez não fosse a palavra certa. Mas pelo menos estavam chegando a algum lugar.

— Stella?

— Ah, oi — respondeu a garota, a boca cheia de Twix.

Stella estreitou os olhos castanhos e as maçãs do rosto perfeitas estavam ainda mais nítidas graças ao pó bronzeador aplicado na pele já bronzeada.

Pip sabia direitinho onde encontrá-la. As duas eram vizinhas de armário, Chapman a apenas seis portas de Fitz-Amobi. Elas se cumprimentavam quase todas as manhãs, trocando olás em meio ao terrível rangido da porta do armário de Stella. Pip se preparou para o barulho quando Stella a abriu para guardar alguns livros.

— E aí? — perguntou Stella, desviando o olhar para Connor, parado atrás de Pip.

Ele estava com uma pose ridícula, as mãos nos quadris como se fosse um guarda-costas. Pip lançou um olhar raivoso para o amigo até ele recuar.

— Está indo almoçar? — perguntou Pip a Stella. — Queria saber se eu podia falar com você sobre um assunto.

— Hm... Sim, estou indo para o refeitório. Aconteceu alguma coisa?

— Não — disse Pip, casualmente, acompanhando Stella pelo corredor. — Só queria alguns minutinhos do seu tempo. Quem sabe aqui? — sugeriu Pip, abrindo a porta de uma sala de matemática vazia; ela já havia conferido.

— Por quê? — O tom de suspeita era evidente na voz de Stella.

— Meu irmão desapareceu — intrometeu-se Connor, levando as mãos de volta aos quadris.

Se Connor estava tentando parecer intimidador, não funcionou nem um pouco. Pip lhe lançou outro olhar ameaçador. Em geral, ele era bom em decifrar olhares.

— Você deve ter ouvido que estou investigando o desaparecimento dele — comentou Pip. — Queria te fazer algumas perguntas sobre Jamie Reynolds.

— Desculpe. — Stella trocou o peso de um pé para o outro e brincou com as pontas do cabelo, desconfortável. — Eu não o conheço.

— Mas... — começou Connor.

Pip o interrompeu.

— Jamie estava na festa do apocalipse na sexta-feira. Foi a última vez que ele foi visto, pelo menos até o momento. Encontrei um vídeo que mostra Jamie indo falar com você na festa. Só quero saber sobre o que conversaram, como se conheceram. Só isso.

Stella não respondeu, mas seu rosto disse tudo: os olhos se arregalaram e marcas de expressão perturbaram sua testa lisa.

— Nós precisamos mesmo encontrá-lo, Stella — incentivou Pip, gentilmente. — Jamie pode estar em perigo, perigo de verdade. Qualquer coisa que tenha acontecido naquela noite pode nos ajudar a descobrir aonde ele foi. É... é uma questão de vida ou morte — acrescentou, recusando-se a olhar na direção de Connor.

Stella mordeu o lábio, os olhos desfocados enquanto se decidia.

— Tudo bem.

Nome do arquivo:

 Manual de assassinato para boas garotas 2ª TEMPORADA: Entrevista com Stella Chapman.wav

STELLA: Assim está bom?

PIP: Está ótimo, consigo escutar você perfeitamente. Então, podemos ir direto para como você conheceu Jamie Reynolds?

STELLA: Eu... hum, eu... não o conheço.

CONNOR: [INAUDÍVEL]

PIP: Connor, você não pode falar enquanto estivermos gravando.

CONNOR: [INAUDÍVEL]

STELLA: Hum... eu... eu...

PIP: Na verdade, Connor, por que você não vai almoçar? Encontro você no refeitório.

CONNOR: [INAUDÍVEL]

PIP: Ah, sério mesmo, eu insisto. *Connor*. Encontro você lá. Pode ir. Ah, fecha a porta, por favor. Obrigada. Desculpe por isso, ele só está preocupado com o irmão.

STELLA: Tudo bem, faz sentido. Eu só não queria falar sobre o irmão na frente dele, sabe? É estranho.

PIP: Eu entendo. Assim é melhor. Então, como você conhece o Jamie?

STELLA: Eu não o conheço. De verdade. A primeira vez que falei com ele foi na sexta-feira. Não sabia quem ele era até ver os pôsteres no caminho para a escola hoje de manhã.

PIP: Vou mostrar um vídeo para você. Ignora a cara da Hannah e repara no fundo. Você se afasta da Katya, aí Jamie se aproxima.

STELLA: É, ele fez isso. E foi, hum... estranho. Muito estranho. Acho que deve ter acontecido um mal-entendido. Ou ele estava confuso.

PIP: Como assim? Sobre o que ele queria falar com você?

STELLA: Bom, como dá para ver, ele deu um tapinha no meu ombro, daí eu me virei, e ele disse: "Laila, é você." E eu fiquei tipo: "Não, meu nome é Stella." Mas ele insistiu, tipo: "Laila, é você mesmo", e não estava ouvindo quando eu repetia "Não, não me chamo Laila".

PIP: Laila?

STELLA: É. Ele foi muito insistente, então depois eu falei "Desculpe, não conheço você" e comecei a me afastar, e ele disse algo do tipo: "Laila, sou eu, o Jamie. Eu quase não te reconheci porque você mudou o cabelo." Daí nessa hora eu fiquei muito confusa, e ele me perguntou o que eu estava fazendo em uma festa do ensino médio. Mas ele já estava me assustando um pouco, então eu respondi: "Meu nome não é Laila, meu nome é Stella. Eu não sei quem você é nem sobre o que você está falando. Me deixe em paz, ou vou gritar." Aí saí andando. Foi isso. Ele não disse mais nada nem me seguiu. Na verdade, ele ficou bem triste quando fui embora, mas não sei por quê. Ainda não entendi o que aconteceu. Se foi alguma cantada estranha, sei lá. Ele é mais velho, não é?

PIP: É, ele tem vinte e quatro anos. Então, deixa eu ver se entendi direito: ele te chamou de Laila várias vezes, disse "Sou eu, o Jamie" quando você não deu indícios de saber quem ele era. Aí ele comentou que você mudou o cabelo...

STELLA: Sendo que eu não mudei, meu cabelo é o mesmo desde, tipo, sempre.

PIP: Beleza, aí ele também perguntou: "O que você está fazendo em uma festa do ensino médio?"

STELLA: É, foi quase nessas mesmas palavras. Por quê? No que você está pensando?

PIP: Stella... Nas suas redes sociais, você posta muitas fotos? Quer dizer, selfies ou fotos em que só você aparece?

STELLA: Aham, posto. A maioria das minhas fotos é assim. O que tem de errado nisso?

PIP: Nada. Quantas fotos postou em que apenas você aparece?

STELLA: Não sei, muitas. Por quê?

PIP: Quantos seguidores você tem?

STELLA: Não muitos. Uns oitocentos. Por quê, Pip? Qual o problema?

PIP: Eu, hum, eu acho... Parece que o Jamie estava falando com um *fake*.

STELLA: Um *fake*?

PIP: Alguém que usa as suas fotos e diz se chamar Laila.

STELLA: Ah. Nossa, isso faz muito sentido. É, parecia mesmo que o Jamie achava que me conhecia, e, pelo modo como ele falava, era como se esperasse que eu o reconhecesse também. Como se já tivéssemos nos falado várias vezes antes. Mas é óbvio que isso nunca tinha acontecido na vida real.

PIP: É. E se for realmente um *fake*, pode ser que tenham editado as suas fotos, daí o comentário dele sobre você ter "mudado seu cabelo". Acho que Jamie avistou você no memorial... Bem, ele avistou quem pensava ser a Laila... e foi a primeira vez que a viu na vida real, mas ficou confuso porque sua aparência era diferente. Acho que depois disso Jamie seguiu você até a festa do apocalipse, esperando por uma oportunidade de falar com você. Mas ele também ficou confuso por você estar em uma festa de ensino médio, se divertindo com pessoas de dezoito anos, então suspeito que essa Laila tenha dito para ele que era mais velha, que tinha vinte e poucos.

STELLA: É, isso faz todo o sentido. Tudo se encaixa. Um *fake*. É tão óbvio agora. Ai, meu Deus, estou me sentindo mal por ter sido tão grossa com ele, agora que sei que Jamie não tinha más intenções. E ele ficou tão arrasado depois. Deve ter descoberto, não é? Percebido que a Laila não era real, que estava mentindo para ele?

PIP: Ao que tudo indica, sim.

STELLA: Aí ele desapareceu depois disso? Tipo, está desaparecido *de verdade*?

PIP: É, Jamie está desaparecido *de verdade*. E sumiu logo depois de descobrir que foi enganado por um perfil *fake*.

De: harryscythe96@yahoo.com
Para: podcastMABG@gmail.com
14h41
Assunto: Eu vi Jamie Reynolds

Cara Pippa Fitz-Amobi,

Olá, meu nome é Harry Scythe. Sou um grande fã do seu podcast — parabéns pelo ótimo trabalho com a primeira temporada! Então, eu moro em Little Kilton e atualmente trabalho numa livraria (de onde estou mandando este e-mail). Trabalhei na sexta-feira à tarde e, depois de fecharmos a loja, eu e alguns colegas fomos ao memorial (não conhecia a Andie nem o Sal, mas acho um gesto legal comparecer a esse tipo de coisa). Depois nós fomos para a casa de um amigo meu na estrada Wyvil para pedir comida e tomar cerveja.

Enfim, estávamos saindo de lá mais tarde naquela noite quando tenho quase certeza de que vi esse Jamie Reynolds andando na rua. Tenho, tipo, 98% de certeza de que era ele. E desde que vi seus pôsteres de manhã, falei com os meus amigos e eles também acham que era. Então pensei que deveria contar para você o mais rápido possível. Eu e outros dois amigos que também o viram estamos trabalhando agora, então fique à vontade para nos contatar/vir conversar se essa informação for útil para a sua investigação.

Atenciosamente,
Harry

DEZESSETE

O Celeiro dos Livros se destacava na High Street. Era assim desde que Pip se entendia por gente. E não apenas porque aquele tinha sido o lugar preferido dela, para onde a menina arrastava a mãe pelo braço quando *precisava* de só mais um livro. Não, a loja se destacava de fato, porque o dono pintara a fachada de um roxo vivo e forte, enquanto o resto da rua era uniforme, com fachadas brancas e vigas de madeira cruzadas. Diziam que a decisão tinha provocado um alvoroço dez anos antes.

Connor estava ficando para trás na calçada. Ainda não se convencera, em suas palavras, da "tal teoria do perfil *fake*". Nem mesmo quando Pip argumentara que tinha sido Connor quem falara que Jamie tinha ficado no celular o tempo todo nas últimas semanas.

— Essa teoria se encaixa com tudo o que sabemos até agora — insistiu Pip, aproximando-se da livraria. — Ligações tarde da noite. E as tentativas de esconder a tela do celular, o que me faz pensar que o relacionamento dele com a Laila tem um fundo romântico. Jamie devia estar se sentindo vulnerável depois de toda a situação com Nat da Silva. Dá para entender como seria fácil para ele se apaixonar por alguém na internet. Ainda mais alguém usando as fotos da Stella Chapman.

— É, pode ser. Só não é o que eu esperava.

Connor abaixou a cabeça num gesto que poderia ser tanto um aceno afirmativo quanto um dar de ombros.

Investigar na companhia do amigo não era a mesma coisa. Ravi sempre sabia exatamente o que dizer, em quais pontos focar e como incentivar Pip a pensar com mais clareza. E ele mergulhava com ela, de mãos dadas, até mesmo nas conclusões mais malucas. Era apenas o jeito deles, um implicando com o outro e fazendo com que dessem o seu melhor, sabendo quando falar e quando ficar quieto.

Ravi ainda estava no tribunal, mas Pip havia ligado para ele mais cedo, depois da entrevista com Stella, enquanto ele esperava o início da defesa de Max após a acusação ter encerrado a sua parte. Os dois haviam conversado sobre Jamie e Laila até as peças se encaixarem. Mas aquela era a terceira vez que Pip explicava a teoria para Connor, e ele sempre dava de ombros, fazendo dúvidas se espalharem na mente dela. Não havia tempo para dúvidas, então Pip tentava fugir, andando com pressa pela calçada enquanto Connor se esforçava para acompanhá-la.

— É a única explicação condizente com as evidências que temos. Os palpites têm que seguir as evidências, é assim que funciona. — Ela parou diante da porta do Celeiro dos Livros. — Quando terminarmos de conversar com as pessoas que talvez tenham visto o Jamie, vamos voltar para minha casa e ver se conseguimos encontrar essa Laila na internet para confirmar a teoria. — Pip se virou para Connor. — Ah, e me deixa conduzir a conversa, por favor. É melhor assim.

— Beleza, tudo bem. Eu já pedi desculpas pelo lance com a Stella.

— Eu sei. E sei que você só está preocupado. — Ela suavizou a própria expressão. — Deixa comigo. É para isso que estou aqui.

Um sino soou acima da porta de vidro quando Pip entrou na livraria. Ela adorava o cheiro do ambiente: meio antigo, obsoleto e atemporal. Era fácil se perder ali dentro, um labirinto de estantes de mogno escuro sinalizadas com letras de metal douradas. Desde criança, Pip sempre parava diante da prateleira de livros policiais.

— Oi — disse uma voz grossa atrás do balcão. Então emendou: — Ah, é você. Olá.

O homem contornou a mesa do caixa e se aproximou. Ele parecia deslocado, tão alto e quase tão largo quanto as prateleiras mais altas, com os braços grossos e musculosos e o cabelo preto preso em um pequeno coque.

— Eu sou o Harry — cumprimentou, estendendo a mão para Pip. — Scythe — acrescentou. — Fui eu quem mandou o e-mail para você.

— Sim, muito obrigada por ter feito isso — agradeceu Pip. — Vim o mais rápido que pude. Nós saímos correndo depois do sinal.

Uma tábua do assoalho rangeu sob os pés de Connor.

— Este é Connor Reynolds, irmão do Jamie.

— Olá — disse Harry, cumprimentando-o também. — Sinto muito pelo seu irmão, cara.

Connor murmurou meias palavras.

— Posso fazer algumas perguntas sobre o que você viu na sexta--feira à noite? — interveio Pip. — E se importaria se eu gravasse a conversa?

— Que isso, sem problemas. Ei, Mike. — Harry chamou um funcionário que colocava livros nas prateleiras dos fundos. — Vá buscar a Soph no escritório! Nós três estávamos juntos quando o vimos — explicou para Pip.

— Perfeito. E posso posicionar os microfones aqui? — Ela indicou a mesa ao lado da caixa registradora.

— Claro, claro. A loja é sempre tranquila das quatro até a hora de fechar.

Harry moveu uma pilha de sacolas de papel pardo a fim de abrir espaço para Pip apoiar a mochila. Ela tirou o notebook e dois microfones USB.

Soph e Mike saíram do escritório dos fundos. Pip sempre tivera curiosidade de saber o que havia lá atrás, o tipo de fascinação que morre um pouco mais a cada ano que se envelhece.

Mais cumprimentos e apresentações, e Pip instruiu os três livreiros a se reunirem ao redor de um microfone. Ela teve que elevá-lo sobre uma pilha de livros para compensar a altura de Harry.

Com tudo pronto, Pip apertou o botão de gravar e fez um aceno com a cabeça.

— Então, Harry, depois do memorial, você falou que foi para a casa de um amigo. Onde era?

— Era a minha casa — explicou Mike, coçando a barba com força e fazendo a linha azul do áudio atingir um pico na tela de Pip. Ele parecia mais velho que os outros dois, devia ter pelo menos trinta anos. — Na estrada Wyvil.

— Em qual número você mora?

— No número cinquenta e oito, na metade da curva da estrada.

Ela sabia direitinho onde era.

— Então vocês todos passaram a noite juntos?

— Aham — respondeu Soph. — Nós e mais uma amiga, Lucy. Ela não veio hoje.

— E vocês saíram da casa do Mike ao mesmo tempo?

— É, eu estava dirigindo — explicou Harry. — Dei carona para a Soph e para a Lucy antes de ir para casa.

— Certo. Algum de vocês se lembra da hora exata em que foram embora? — perguntou Pip.

— Era, tipo, umas 23h45, não era? — estimou Harry, olhando para os amigos. — Tentei calcular a partir do horário em que cheguei em casa.

Mike balançou a cabeça.

— Acho que foi um pouco antes disso. Eu já estava deitado às 23h45, vi o horário no celular quando coloquei o despertador. Fui direto para a cama depois que vocês saíram e só demoro uns cinco minutos para me arrumar para dormir, então acho que foi perto das 23h40.

— Então 23h40? Isso é ótimo, obrigada — disse Pip. — E vocês podem me contar sobre Jamie? Onde ele estava? O que estava fazendo?

— Ele estava andando muito rápido... — informou Harry, afastando algumas mechas de cabelo rebeldes do rosto. — Como se estivesse com pressa. Ele vinha pela calçada do lado da casa do Mike, mas atravessou a poucos metros atrás de nós. Ele nem sequer olhou na nossa direção. Parecia totalmente focado.

— Para que direção ele estava indo?

— Subindo a estrada Wyvil — respondeu Mike —, no sentido oposto ao centro da cidade.

— Ele seguiu até o final da estrada Wyvil? Ou poderia ter virado em outra via, como na rua Tudor? — perguntou Pip, segurando os fones de ouvido e olhando para trás para ver como Connor estava.

Ele observava tudo com atenção, o olhar acompanhando cada um que falava.

— Não sei — respondeu Harry. — Não o vimos depois que ele passou por nós, fomos para o outro lado até meu carro. Desculpe.

— E você tem certeza de que era o Jamie Reynolds?

— Sim, tenho certeza de que era ele — garantiu Soph, inclinando-se instintivamente em direção ao microfone. — Não havia mais ninguém andando por lá naquela hora, então eu acabei prestando mais atenção nele, se é que faz sentido. Tive certeza assim que Harry me mostrou o seu pôster. Eu fui a primeira a sair da casa para a rua, então vi o Jamie andando na nossa direção e me virei para me despedir do Mike.

— O que ele estava vestindo? — perguntou Pip.

Não era exatamente um teste, mas ela precisava ter certeza.

— Uma camisa vermelha-escura, meio roxa — disse Soph, buscando um olhar de confirmação dos amigos.

— É, era meio bordô — concordou Harry. — Calça jeans. Tênis.

Pip desbloqueou o celular, procurando pela foto em que Jamie aparecia nitidamente no memorial. Quando ela ergueu o aparelho, Soph e Harry assentiram. Mas somente Soph e Harry.

— Sei lá — opinou Mike, erguendo um lado da boca. — Eu podia jurar que ele estava usando uma roupa mais escura. Quer dizer, eu só o vi por alguns segundos, e estava de noite. Mas pensei que estivesse usando um capuz. Lucy acha a mesma coisa. E juro que não consegui ver as mãos dele porque estavam nos bolsos de um casaco ou algo do tipo. Se ele vestia uma camisa, onde estavam as mãos? Mas eu fui o último a ir até a porta, então só o vi de costas.

Pip virou a tela do celular de volta para si, concentrando-se em Jamie outra vez.

— Era isso o que ele estava usando quando desapareceu — informou.

— Ah, acho que não consegui ver direito, então — admitiu Mike, dando meio passo para trás.

— Tudo bem. — Pip sorriu de um jeito tranquilizador. — É difícil se lembrar de detalhes quando não se sabia que seriam importantes. Vocês conseguem se lembrar de qualquer outra coisa sobre Jamie? Sobre o comportamento dele?

— Nada que tenha chamado atenção — respondeu Harry, acima da cabeça de Soph. — Quer dizer, notei que ele estava respirando com dificuldade. Mas ele parecia um cara com pressa para chegar em algum lugar.

Com pressa para chegar em algum lugar. A mente de Pip repetiu as palavras, acrescentando: *e agora não está em lugar algum.*

— Certo. — Ela clicou para encerrar a gravação. — Muito obrigada pelo tempo de vocês.

DEZOITO

Pip se concentrou no papel em sua mão, percorrendo a lista que rabiscara havia meia hora.

Laila

Layla

Lyla

Lailla

Laylla

Lailah

— Isso é impossível — comentou Connor, derrotado, afastando-se da escrivaninha de Pip e se sentando numa cadeira que ela havia trazido da cozinha.

Pip girou com impaciência na própria cadeira, deixando a brisa balançar a lista que segurava.

— É muito irritante a pessoa por trás do *fake* ter escolhido um nome com tantas variações — concordou ela.

Os dois tentaram pesquisar o nome no Facebook e no Instagram, mas sem um sobrenome — ou sequer a grafia correta do primeiro nome — os resultados das pesquisas eram numerosos e inúteis. Nem a pesquisa reversa de imagem de todas as fotos do Instagram de Stella Chapman levara a algum lugar. Era evidente que as versões usadas por Laila haviam sido manipuladas o bastante para que o algoritmo não as localizasse.

— Nunca vamos encontrá-la — anunciou Connor.

Uma batida tripla soou na porta do quarto de Pip.

— Vai embora! — gritou ela, deslizando o cursor por várias Layllas no Instagram.

A porta se abriu, revelando Ravi. Ele franziu a boca como se estivesse ofendido, uma sobrancelha arqueada.

— Ah, não era com você. — Pip olhou na direção dele, sorrindo. — Achei que fosse o Josh de novo. Desculpe. Oi.

— Oi — devolveu Ravi com um meio sorriso divertido, erguendo as sobrancelhas num cumprimento a Connor.

Ele andou até a mesa e sentou-se no móvel ao lado do notebook. Então apoiou um pé na cadeira de Pip, colocando-o sob a coxa da namorada.

— Como foi o resto do julgamento hoje? — perguntou ela, enquanto Ravi mexia os dedos dos pés debaixo de sua perna em um olá secreto.

— Foi de boa. — Ele semicerrou os olhos para enxergar melhor o que estava na tela do notebook de Pip. — A última vítima depôs hoje de manhã. E apresentaram o celular descartável de Andie Bell numa tentativa de provar que Max era o cliente que comprava flunitrazepam dela com frequência. A defesa começou depois do intervalo do almoço e chamou a mãe do Max para depor primeiro.

— Ah, e como foi? — perguntou Pip.

— Epps perguntou a ela sobre a infância do Max, sobre quando ele quase morreu de leucemia aos sete anos. A mãe dele falou sobre a coragem do filho ao enfrentar a doença, sobre como Max era *sensível* e *carinhoso* e *gentil*. Como ele se tornou quieto e tímido na escola depois que recebeu alta porque tinha ficado um ano atrasado em relação aos colegas. Disse que ele manteve essas características na vida adulta. Ela foi muito convincente.

— Claro, porque ela *de fato* está muito convencida de que o filho não é um estuprador — retrucou Pip. — Epps deve estar em êxtase.

Isso é como encontrar uma mina de ouro. Nada melhor do que câncer infantil para humanizar o seu cliente.

— Pensei a mesma coisa. Vamos gravar a atualização do podcast mais tarde, não é? — perguntou Ravi. — O que estamos fazendo agora, procurando o responsável pelo perfil *fake*? Não é assim que se escreve Lyla — acrescentou, apontando para a tela.

— É uma das muitas formas. — Pip suspirou. — Estamos dando de cara com a parede.

— E aquela história do cara da livraria que viu Jamie? — perguntou Ravi.

— Acho que é verdade — disse ela. — Foi às 23h40 subindo a estrada Wyvil. Quatro testemunhas oculares.

— Bem — interveio Connor baixinho —, eles não concordaram em tudo.

— Não? — perguntou Ravi.

— Relatos um pouco conflitantes a respeito das roupas que Jamie estava vestindo — explicou Pip. — Dois o viram com uma camisa bordô, os outros dois acham que ele estava com um casaco com capuz. — Ela se virou para Connor. — É normal haver pequenas inconsistências ao se tratar de testemunhas oculares. A memória humana não é infalível. Por outro lado, temos relatos compatíveis de quatro pessoas jurando que viram seu irmão. Podemos confiar nisso.

— Às 23h40... — pensou Ravi em voz alta. — É mais de uma hora depois da última vez que Jamie tinha sido visto. E não leva uma hora para andar da Highmoor até a estrada Wyvil.

— Não, não leva. — Pip seguiu sua linha de raciocínio. — Ele deve ter parado em algum lugar no meio do caminho. E aposto que isso tem a ver com Layla.

— Você acha mesmo? — indagou Connor.

— Jamie falou com a Stella na festa do apocalipse — recapitulou Pip. — Descobriu que Lailah estava o enganando. Depois foi visto ao celular do lado de fora da festa, parecendo agitado e cogitando chamar a polícia. Jamie deve ter ligado para a tal Lailla e a confrontado com o que tinha acabado de descobrir. Estaria se sentindo triste e enganado, o que bate com o que o George falou sobre o comportamento dele. O que aconteceu em seguida, independente do lugar para onde Jamie estivesse indo, deve estar relacionado a isso. A Laylla.

— Pip já teve que explicar tudo isso mais de uma vez, consigo sentir — comentou Ravi para Connor, em tom conspiratório. — Cuidado: ela odeia fazer isso.

— Percebi — retrucou Connor.

Pip lançou um olhar zangado para o namorado. Pelo menos ele sabia decifrar seus olhares e reagiu de imediato.

— Mas ela também tem a mania irritante de estar sempre certa, então...

— Certo, novo plano — interrompeu Pip. — Criar um perfil no Tinder.

— Acabei de dizer que você está sempre certa! — respondeu Ravi, a voz estridente e brincalhona.

— Para encontrar a pessoa por trás do perfil *fake*. — Pip o acertou no joelho. — Não vamos achar a Laila procurando pelo nome dela aleatoriamente. Pelo menos no Tinder podemos restringir a busca pela localização. Segundo a Stella, Jamie não parecia surpreso por vê-la em Little Kilton, apenas por ela estar na festa do apocalipse. Isso me faz pensar que Lylla disse que era daqui, mas que ela e Jamie nunca tinham se encontrado pessoalmente porque, bem... era alguém o enganando.

Pip baixou o aplicativo do Tinder no celular e clicou para criar um perfil, o polegar pairando sobre o campo do nome.

— Qual nome devemos escolher? — indagou Ravi.

Pip o encarou, a resposta evidente nos olhos dela.

— Você quer criar um perfil *meu* em um aplicativo de namoro? — questionou ele. — Você é uma namorada esquisita.

— É mais fácil porque já tenho fotos suas. Vamos deletar logo.

— Está bem. — Ravi sorriu. — Mas você não pode usar isso contra mim em nenhuma discussão no futuro.

— Combinado — disse Pip, escrevendo a bio. — *Gosta de coisas másculas como futebol e pesca.*

— Ahá, olha o golpe aí — brincou Ravi.

— Vocês dois... — repreendeu Connor, olhando de um para o outro como se assistisse a uma partida de tênis.

Pip clicou nas configurações para alterar as preferências.

— Vamos restringir pela localização, vou deixar um raio de cinco quilômetros. Queremos que o aplicativo nos mostre mulheres — comentou ela, deslizando o botão para essa opção. — E a faixa etária... Bem, sabemos que Jamie achava que Lailah tinha mais de dezoito anos, então que tal entre dezenove e vinte e seis?

— É, parece bom — concordou Connor.

— Beleza. — Pip salvou as configurações. — Vamos nessa.

Ravi e Connor vieram olhar o aplicativo por cima do ombro de Pip. Ela deslizou os *matches* em potencial para a esquerda. Soph da livraria apareceu. Então, algumas pessoas depois, Naomi Ward também sorriu para eles.

— Não vamos contar isso para ela — avisou Pip, continuando.

Até que lá estava. Pip não achou que seria tão rápido. O perfil apareceu de repente, e ela quase passou batido, o polegar parando o movimento pouco antes de encostar na tela.

Layla.

— Ai, meu Deus! — exclamou. — Layla, com A e Y. Vinte e cinco anos. A menos de um quilômetro e meio.

— Menos de um quilômetro e meio? Bizarro — opinou Connor, aproximando-se para ver melhor.

Pip passou pelas quatro imagens no perfil de Layla. Eram fotos de Stella Chapman, roubadas do Instagram, mas que haviam sido cortadas, viradas e alteradas com filtros. A maior diferença era o cabelo de Layla, loiro-acinzentado. A edição estava muito bem-feita, Layla devia ter brincado com matizes e camadas no Photoshop.

— *Leitora. Aprendiz. Viajante.* — Ravi leu a bio dela em voz alta. — *Amo cachorros. E, acima de tudo: gosto de cafés da manhã reforçados.*

— Parece amigável — comentou Pip.

— É, ela sabe o que diz — declarou Ravi. — Café da manhã é demais.

— Você estava certa, é mesmo um perfil *fake* — gaguejou Connor, inspirando profundamente. — Stella, mas loira? Por quê?

— Parece que as loiras se divertem mais — brincou Pip, passando pelas fotos de Layla de novo.

— Bem, você é morena e odeia diversão, então deve ser verdade — afirmou Ravi, coçando carinhosamente a nuca de Pip.

— Ahá! — Ela apontou para o finalzinho da bio, onde estava escrito: *Insta @LaylaylaylaM.* — O Instagram dela.

— Entra nele — pediu Connor.

— É pra já.

Pip entrou no aplicativo e digitou o nome de usuário na barra de pesquisa. O rosto editado de Stella apareceu como primeiro resultado, e Pip clicou no perfil.

Layla Mead. 32 publicações. 503 seguidores. 101 seguindo.

A maioria das fotos tinha sido roubada do perfil de Stella, o cabelo editado em um tom loiro-acinzentado natural, mas o sorriso penetrante e os olhos perfeitos num tom de mel foram preservados. Havia outras fotos sem Stella: uma imagem com filtros em excesso do pub de Little Kilton, parecendo excêntrico e convidativo, e, mais abaixo, outra das colinas gramadas próximas à casa de Ravi, um pôr do sol alaranjado no céu acima.

Pip foi conferir a postagem mais antiga, uma foto de Stella/Layla abraçando um filhote de beagle. Na legenda, estava escrito: *Renovação: nova estética e ah... um cachorrinho!*

— A primeira publicação é de 17 de fevereiro.

— Então foi nesse dia que Layla *nasceu* — concluiu Ravi. — Pouco mais de dois meses atrás.

Pip olhou para Connor, e, dessa vez, ele conseguiu adivinhar o que a amiga diria antes que ela abrisse a boca.

— É — concordou Connor. — Faz sentido. Meu irmão deve ter começado a falar com ela em meados de março, na época em que o humor dele mudou. Jamie pareceu estar feliz de novo, sempre no celular.

— Ela ganhou muitos seguidores nesse meio-tempo. — Pip verificou a lista. — Ah, Jamie está aqui. Mas parece que a maioria são bots ou contas inativas. Ela deve ter comprado seguidores.

— Layla não brinca em serviço — observou Ravi, colocando o notebook de Pip no colo e digitando alguma coisa.

— Espera — disse Pip, reparando em outro nome entre os seguidores de Layla. — Adam Clark.

Ela se virou para Connor, e os dois arregalaram os olhos. Ravi percebeu o espanto e perguntou:

— O que foi?

— É o nosso professor de história — explicou Connor enquanto Pip clicava no nome para conferir se era ele mesmo.

O perfil aparecia como privado, mas de fato era o professor na foto de perfil, com um sorriso largo e pequenos enfeites de Natal presos à barba ruiva.

— Acho que Jamie não é o único com quem Layla tem conversado — concluiu Pip. — Stella não está na minha aula de história e o sr. Clark é jovem, então, se ele estiver trocando mensagens com Layla, talvez não saiba que é um perfil *fake*.

— Ahá! — comemorou Ravi, girando o notebook nas mãos. — Layla Mead tem Facebook também. As mesmas fotos, e a primeira também foi postada em 17 de fevereiro. — Ele virou a tela de volta para si. — Ela fez uma postagem naquele dia dizendo: *Nova conta porque esqueci a senha da antiga.*

— Uma desculpa plausível, Layla — comentou Pip, voltando-se para o perfil e encarando o sorriso brilhante da Stella-que-não-era-a-Stella. — Deveríamos tentar mandar mensagem para ela, certo? — Não era uma pergunta de verdade, e os outros dois entenderam isso. — É provável que ela saiba o que aconteceu com Jamie. Onde ele está.

— Você acha que ela é mesmo uma garota? — perguntou Connor.

— Acho. Jamie tem falado com ela por telefone.

— Ah, é. Que mensagem você vai mandar, então?

— Bem... — Pip mordeu o lábio, pensativa. — Não pode vir de mim, do Ravi ou do podcast. Nem de você, Connor. Se ela tem alguma coisa a ver com o Jamie, deve saber que estamos investigando o desaparecimento. É melhor a gente tomar cuidado: se aproximar dela como um estranho que só quer conversar e ver se consegue descobrir aos poucos quem ela é de verdade ou o que sabe sobre Jamie. Mas aos poucos. Gente que cria perfil *fake* para enganar outras pessoas não quer ser desmascarada.

— Podemos criar uma nova conta, mas aí ela suspeitaria da falta de seguidores — argumentou Ravi.

— Droga, você tem razão — murmurou Pip. — Hum...

— Tenho uma ideia — disse Connor, com entonação de pergunta, o final da frase agudo e incerto. — É que, bem, eu tenho outra conta no Instagram. Anônima. Eu, hum, eu gosto de tirar fotos. Em preto e branco — explicou, envergonhado, dando de ombros. — Não de pessoas, mas de pássaros, construções e coisas assim. Nunca contei para ninguém porque sei que Ant encheria meu saco.

— É sério? — perguntou Pip. — Pode funcionar. Quantos seguidores você tem?

— Uma quantidade boa, e eu não sigo nenhum de vocês, então ela não vai ligar uma coisa à outra.

— Isso é perfeito, boa ideia. — Pip sorriu, oferecendo-lhe o celular. — Pode logar aqui?

— Posso.

Connor pegou o aparelho, digitou algo e devolveu para ela.

— *An.On.In.Frame.* — Pip leu o nome da conta, os olhos varrendo as postagens mais recentes. Não foi mais para baixo do que isso, caso Connor não quisesse compartilhar. — Suas fotos são ótimas, Con, de verdade.

— Obrigado.

Pip voltou ao perfil de Layla Mead e clicou no ícone de mensagem, abrindo uma conversa privada, vazia, à espera.

— Então, o que eu digo? Que vocabulário as pessoas usam ao flertar por DM?

Ravi riu.

— Não olha para mim. Eu nunca mandei esse tipo de DM, nem antes de você.

— Connor?

— Hum. Não faço ideia. Talvez só um *Oi, tudo bem?*.

— É, pode ser — concordou Ravi. — Algo inocente até sabermos de que jeito ela gosta de conversar com as pessoas.

— Está bem — disse Pip, digitando a mensagem e tentando ignorar o tremor nos dedos. — Devo usar o *Oiii* de flerte, com vários Is?

— Iiisso — confirmou Ravi, e Pip entendeu de cara o trocadilho dele ao prolongar a letra.

— Certo. Todo mundo pronto? — Ela olhou para os outros dois. — Posso apertar o botão de enviar?

— Aperta — encorajou Connor, e Ravi levantou o polegar em confirmação.

Pip hesitou, o dedo pairando sobre o botão de enviar enquanto relia as palavras. Ela as repetiu em sua mente até que perdessem o sentido.

Então, respirou fundo e pressionou enviar.

A mensagem saltou para o topo da tela, envolta em um balão acinzentado.

— Enviei — anunciou, exalando e deixando o celular cair no colo.

— Ótimo, agora é só esperar — comentou Ravi.

— Não por muito tempo — informou Connor, inclinando-se para olhar a tela. — Já apareceu *visto*.

— Droga — exclamou Pip, pegando o celular outra vez. — A Layla visualizou. Ai, meu Deus. — Enquanto ela observava a tela, outra coisa apareceu. A palavra *digitando...* no canto esquerdo. — Agora está digitando. Socorro, ela já está digitando.

A voz de Pip saiu tensa e apavorada, como se não coubesse na própria garganta.

— Fica calma — pediu Ravi, abaixando-se para ver a tela também.

O *digitando...* desapareceu.

Uma nova mensagem surgiu.

Pip leu, e seu coração parou.

Olá Pip.

Era só isso.

— Caramba. — Ravi endureceu o aperto no ombro da namorada. — Como ela sabe que é você? Como ela sabe?

— Não estou gostando nada disso — acrescentou Connor, balançando a cabeça. — Tenho um pressentimento ruim.

— Shhh — sussurrou Pip, e depois não conseguiu mais saber se os dois continuavam falando em meio às marteladas em seus ouvidos. — A Layla está digitando outra vez.

digitando...

E desapareceu.

digitando...

E desapareceu.

digitando...

Uma segunda mensagem apareceu abaixo da primeira, envolta num balão branco.

Você está mais perto :)

DEZENOVE

Pip sentiu um aperto na garganta, prendendo sua voz, encurralando as palavras até elas desistirem de sair e se dispersarem. Só conseguia encarar as mensagens, tentando desmembrá-las e juntá-las até que fizessem algum sentido.

Olá Pip.

Você está mais perto :)

Connor foi o primeiro a recuperar a voz.

— Que merda é essa? O que isso significa? Pip?

Ela estranhou o próprio nome, como se não lhe pertencesse, como se tivesse sido esticado a ponto de perder a forma e não se encaixasse mais nela. Pip encarou aquelas três letras, irreconhecíveis nas mãos daquela desconhecida. Uma desconhecida que estava a menos de um quilômetro e meio de distância.

— Hum. — Foi tudo o que conseguiu dizer.

— Ela sabe que é você — acrescentou Ravi, sua voz convencendo Pip a voltar para si mesma. — Ela sabe quem você é.

— O que "você está mais perto" quer dizer? — perguntou Connor.

— Que estou chegando perto de encontrar Jamie — respondeu Pip.

Ou de descobrir o que aconteceu com ele, pensou, o que parecia ser quase a mesma coisa, mas era algo muito, muito diferente. E Layla sabia. Quem quer que fosse, Layla sabia de tudo. Pip tinha certeza disso.

— Mas aquela carinha sorridente... — Ravi estremeceu, e Pip sentiu o tremor que emanava dos dedos do namorado.

Quando o choque enfim diminuiu, ela entrou em ação.

— Preciso responder. Agora.

Quem é você? Cadê o Jamie?, digitou.

Não adiantava mais fingir, Layla estava um passo à frente.

Pip apertou o botão de enviar, porém uma caixa de erro apareceu na tela.

Não foi possível enviar a mensagem. Usuário não encontrado.

— Não — sussurrou Pip. — Nãonãonãonão.

Ela voltou para o perfil de Layla. A foto de perfil e a bio ainda apareciam, mas as fotos haviam sumido, substituídas pelas palavras *Ainda não há nenhuma publicação*, e uma faixa dizia *Usuário não encontrado* no topo da tela.

— Não! — Pip rosnou de frustração, um som bruto e raivoso. — Ela desativou a conta.

— O quê? — disse Connor.

— Ela sumiu.

Ravi voltou correndo para o notebook, atualizando a página do Facebook de Layla Mead. *Esta página não está disponível.*

— Droga. Ela desativou o Facebook também.

— E o Tinder — acrescentou Pip, verificando o aplicativo. — Ela sumiu. Nós a perdemos.

O silêncio que tomou conta do quarto não era uma ausência de som, e sim uma coisa viva, sufocando o espaço entre eles.

— Ela sabe, não sabe? — perguntou Ravi, a voz gentil contornando o silêncio em vez de rompê-lo. — Layla sabe o que aconteceu com Jamie.

Connor segurava a cabeça, balançando-a.

— Não gosto nada disso — insistiu, fitando o chão.

Pip o observou, hipnotizada pelo movimento.

— Nem eu.

Ela abriu um sorriso falso para o pai ao acompanhar Ravi até a porta da frente.

— Já terminou a atualização do julgamento, picles? — perguntou Victor, dando um tapinha gentil nas costas de Ravi.

Aquele era o jeito especial de seu pai dizer tchau para ele.

— Aham. Acabei de postar — informou Pip.

Connor tinha ido para casa havia mais de uma hora, depois que os três ficaram sem novas maneiras de reformular as mesmas perguntas uns para os outros. Não havia mais nada que pudessem fazer naquela noite. Layla Mead tinha sumido, mas a pista não se perdera. Não de todo. No dia seguinte, na escola, Pip e Connor perguntariam ao sr. Clark o que ele sabia sobre Layla. Aquele era o plano. E, após Ravi partir, Pip gravaria um relato sobre o que tinha acabado de acontecer, terminaria de editar as entrevistas sobre Jamie e então postaria o primeiro episódio da segunda temporada do podcast.

— Obrigado pelo jantar, Victor — agradeceu Ravi, virando-se para se despedir de Pip com um dos gestos secretos dos dois: um leve franzido de sobrancelha.

Ela piscou de volta e ele abriu o trinco da porta.

— Ah — disse uma voz.

Havia alguém parado no degrau do lado de fora, a mão pairando no ar prestes a bater.

— Ah — respondeu Ravi, e Pip se inclinou para ver quem era.

Charlie Green, que morava a quatro casas de distância, com o cabelo cor de ferrugem penteado para trás.

— Oi, Ravi, Pip — cumprimentou Charlie com um aceno desajeitado. — Boa noite, Victor.

— Olá, Charlie — respondeu o pai de Pip com sua voz animada e exibida, o tom estrondoso que sempre usava com quem considerava visita. Ravi deixara de ser considerado visita havia um tempo, graças a Deus. — Podemos ajudar?

— Desculpe o incômodo — começou Charlie, um leve nervosismo na voz e nos olhos verde-claros. — Sei que está ficando tarde e que é dia de semana, mas... — Ele hesitou, encarando Pip. — Bem, eu vi o pôster de desaparecido no jornal, Pip. E acho que tenho informações sobre Jamie Reynolds. Tem uma coisa que eu queria mostrar para você.

Vinte minutos fora o tempo que seu pai concedera, e Charlie tinha garantido que seriam suficientes. Pip e Ravi o seguiam pela rua escura, a luz alaranjada dos postes formando sombras compridas e monstruosas aos seus pés.

— Então... — disse Charlie, olhando para os dois por cima do ombro, enquanto atravessavam o caminho de cascalho até a porta da casa dele. — Flora e eu temos uma dessas campainhas com câmera. Nós nos mudamos muito, e antes morávamos em Dartford. Durante o tempo que passamos lá, nossa casa foi arrombada algumas vezes. Aí instalamos a câmera para deixar Flora mais tranquila, e trouxemos a campainha na mudança para Kilton. Achei que não custava nada ter uma segurança a mais, mesmo que seja uma boa cidade, sabe?

O homem apontou para a câmera, um pequeno dispositivo preto acima da campainha de metal desbotado.

— Ela tem um sensor de movimento, então vai nos gravar agora.

Ele deu um pequeno aceno antes de destrancar a porta e convidá-los para entrar.

Pip já conhecia a casa da época em que Zach e a família dele moravam ali. Ela seguiu Charlie para a antiga sala de jogos dos Chen, que agora parecia um escritório. Havia estantes e uma poltrona perto das janelas salientes e uma vasta mesa branca na parede mais distante, com dois grandes monitores.

— Aqui — indicou Charlie, apontando para o computador.

— Equipamento maneiro — comentou Ravi, observando as telas como se entendesse do assunto.

— Ah, eu trabalho de casa. Com web design. Freelancer.

— Da hora — disse Ravi.

— É, ainda mais porque dá para trabalhar de pijama. — Charlie riu. — Meu pai provavelmente diria: "Você já tem vinte e oito anos, arranje um emprego de verdade."

— Gerações mais velhas simplesmente não entendem o apelo de ficar de pijama — comentou Pip, em tom de desaprovação. — Então, o que queria nos mostrar?

— Olá — cumprimentou outra voz no cômodo.

Pip se virou e viu Flora na porta, o cabelo preso e uma mancha de farinha na frente da camiseta larga. Ela segurava um pote com quatro fileiras de quadradinhos de bolo de aveia empilhados.

— Acabei de assar esse bolo para a turma do Josh amanhã. Mas pensei que vocês poderiam estar com fome. Não tem uva-passa, prometo.

— Oi, Flora. — Pip sorriu. — Na verdade, não estou com fome, obrigada.

Seu apetite ainda não voltara. Ela havia forçado o jantar goela abaixo.

Um sorriso largo e torto tomou conta do rosto de Ravi quando ele se aproximou para pegar um bolo do meio, dizendo:

— Quero, sim, por favor. Parece maravilhoso.

Pip suspirou; Ravi gostava de qualquer pessoa que o alimentasse.

— Mostrou para eles, Charlie? — perguntou Flora.

— Ainda não, ia fazer isso agora. Venham aqui — pediu ele, mexendo no mouse para trazer uma das telas de volta à vida. — Então, como eu estava dizendo, temos essa campainha com câmera que começa a gravar quando detecta movimento e também manda uma notificação para meu celular. Todas as gravações ficam salvas na minha conta na nuvem por sete dias antes de serem apagadas. Quando acordei na última terça-feira de manhã, vi uma notificação do aplicativo que tinha sido enviada no meio da noite. Fui dar uma olhada na entrada daqui de casa e tudo parecia normal, não reparei em nada fora do lugar ou faltando, então presumi que tinha sido apenas mais uma raposa.

— Certo — disse Pip, aproximando-se enquanto Charlie percorria a lista de arquivos.

— Mas, ontem, a Flora percebeu que algo dela tinha sumido. Não estava conseguindo achar em lugar nenhum, então pensei em checar a filmagem da câmera, só por precaução, antes que fosse apagada. Não esperava encontrar nada, mas...

Charlie clicou duas vezes num arquivo de vídeo, e o reprodutor de mídia abriu. Ele colocou em tela cheia e apertou o play.

Era uma vista de cento e oitenta graus da frente da casa, incluindo o caminho de cascalho do jardim até o portão pelo qual tinham acabado de passar e as janelas salientes que ladeavam a porta. Tudo era verde, verde-claro ou verde brilhante, contrastando com o verde mais escuro do céu noturno.

— Visão noturna — explicou Charlie, ao observar a expressão deles. — Isso foi gravado às 3h07 da madrugada de terça.

Houve um movimento no portão. O que quer que fosse, havia acionado a câmera.

— Desculpe, a resolução não é muito boa — acrescentou Charlie.

Um vulto verde avançou pelo caminho, os braços e as pernas perdendo nitidez conforme ele se aproximava da câmera. Ao chegar à porta da frente, um rosto surgiu. Um rosto que Pip reconhecia, exceto pelos pontos pretos ausentes dos olhos. Ele parecia assustado.

— Eu não o conheço e só vi a foto dele no *Kilton Mail* de hoje, mas esse é o Jamie Reynolds, não é?

— É — confirmou Pip, a garganta apertando de novo. — O que ele está fazendo?

— Bem, a janela à esquerda é esta aqui, a do cômodo em que estamos agora. — Charlie apontou na tela. — Devo ter aberto a janela durante o dia para entrar uma brisa e achado que fechei direito depois. Mas olha aqui no vídeo: ainda está aberta, só alguns centímetros, na parte de baixo.

Quando Charlie disse isso, o Jamie na tela também notou, curvando-se na frente da janela e enfiando os dedos sob a abertura. Não dava para ver a parte de trás da cabeça dele, porque um capuz escuro cobria o cabelo. Pip o observou levantar a vidraça até que a abertura se tornasse grande o suficiente.

— O que ele está fazendo? — perguntou Ravi, aproximando-se da tela, o bolo já esquecido. — Está invadindo a casa de vocês?

A pergunta se tornou redundante meio segundo depois, quando Jamie abaixou a cabeça e passou pela janela, as pernas por último, restando apenas uma abertura vazia e verde-escura.

— Ele só passou 41 segundos dentro da nossa casa — informou Charlie, avançando o vídeo para o instante em que a cabeça verde-clara de Jamie reaparecia na janela.

Ele se arrastou para fora, saltando em um pé instável. Mas tinha a mesma aparência de quando entrou: assustado, sem nada nas mãos. Jamie se voltou para a janela e se apoiou nos cotovelos para fechá-la completamente, até o parapeito. Então se afastou da casa, começando a correr quando alcançou o portão e desaparecendo na noite verde.

— Ah — disseram Pip e Ravi ao mesmo tempo.

— Só descobrimos isso ontem — relatou Charlie. — E conversamos sobre o assunto. É culpa minha por ter esquecido a janela aberta. Não vamos prestar queixa nem nada, porque parece que já tem coisa demais acontecendo com esse tal de Jamie. E o que ele pegou, bem, o que *achamos* que ele pegou não era tão valioso, tinha só valor sentimental, então...

— O que ele pegou? — perguntou Pip, virando para Flora, sua atenção indo de forma instintiva para os punhos vazios da mulher. — O que Jamie roubou?

— Meu relógio — respondeu a mulher, apoiando o pote com bolo na mesa. — Eu lembro que o deixei aqui no fim de semana retrasado, porque vivia prendendo no livro que eu estava lendo. Não o encontrei desde então. E é a única coisa que sumiu.

— O relógio é de ouro rosé, com tiras de couro rosa-claro e flores de metal de um dos lados? — indagou Pip.

Charlie e Flora trocaram um olhar na mesma hora, inquietos.

— Isso — confirmou Flora. — É exatamente assim. Não é caro, mas o Charlie me deu no nosso primeiro Natal juntos. Como você...?

— Eu vi o relógio — interrompeu Pip. — Está no quarto do Jamie Reynolds.

— A-ah — gaguejou Charlie.

— Posso garantir que será devolvido imediatamente.

— Isso seria ótimo, mas não precisa ter pressa. — Flora lhe ofereceu um sorriso gentil. — Sei que você deve estar muito ocupada.

— Mas é estranho... — Charlie atravessou o cômodo, passando por um Ravi atento até a janela por onde Jamie havia entrado uma semana antes. — Por que ele só pegou o relógio? Dá para perceber que não é valioso. E eu tinha deixado minha carteira bem aqui, com dinheiro dentro. E os meus equipamentos e o computador também não são nada baratos. Por que o Jamie ignorou todo o resto? Por que só pegou um relógio que não valia quase nada? Entrou e saiu em quarenta segundos só com isso?

— Não sei, é estranho mesmo. Não consigo explicar. Sinto muito. Esse... — Pip pigarreou. — Esse não é o Jamie que eu conheço.

Charlie encarou o parapeito da janela, por onde os dedos de Jamie haviam se esgueirado.

— Algumas pessoas são muito boas em esconder quem de fato são.

Nome do arquivo:

 Manual de assassinato para boas garotas 2ª TEMPORADA: Episódio 1 Outro.wav

PIP: Há algo inevitável que me atormenta neste caso, algo com que não precisei lidar da última vez. É o tempo. Conforme ele passa, cada minuto e cada hora, as chances de Jamie voltar para casa são e salvo diminuem. É o que mostram as estatísticas. Quando eu tiver postado esse episódio e você estiver ouvindo, mais um prazo importante terá passado: a marca de setenta e duas horas desde que Jamie foi visto pela última vez. Em uma operação policial padrão, ao investigar um desaparecimento de alto risco, a marca de setenta e duas horas é uma linha tênue após a qual se aceita discretamente que talvez não se esteja mais em busca de uma pessoa, mas sim de um corpo. O tempo é quem manda aqui, não sou eu, e isso é aterrorizante.

Mas preciso acreditar que Jamie está bem, que ainda temos tempo. A probabilidade é apenas isso: provável. Nada é garantido. E estou mais perto de encontrá-lo hoje do que estava ontem, tendo descoberto novos pontos e feito novas conexões. Acho que tudo está interligado. E, se for isso mesmo, então todos os caminhos levam a uma pessoa: Layla Mead. Uma pessoa que não existe de verdade. Continuem nos acompanhando.

59.17MB de 59.17MB carregados

Manual de assassinato para boas garotas: O desaparecimento de Jamie Reynolds

2ª Temporada, Episódio 1 carregado com sucesso no SoundCloud.

TERÇA-FEIRA
DESAPARECIDO HÁ 4 DIAS

VINTE

É óbvio que Jamie Reynolds está morto.

As palavras entravam e saíam de foco enquanto Connor segurava o celular na altura dos olhos de Pip.

— Olha isso — exigiu ele.

Sua voz estava trêmula, talvez pelo esforço de acompanhar Pip pelo corredor, talvez por outro motivo.

— Já vi — retrucou ela, desacelerando para desviar de um grupo de tagarelas do sétimo ano. — Qual era a regra importante que eu passei para você, Con? — Pip o encarou. — Nunca leia os comentários. Jamais. Está bem?

— Eu sei — admitiu o amigo, voltando-se para o celular. — Mas é uma resposta ao seu tweet com o link do episódio, e já tem 109 curtidas. Isso quer dizer que 109 pessoas acham mesmo que meu irmão está morto?

— Connor...

— E tem esse aqui, do Reddit — prosseguiu ele, sem dar ouvidos a Pip. — Essa pessoa acha que Jamie pegou a faca da nossa casa na sexta à noite para se defender, e que portanto ele devia saber que alguém tentaria atacá-lo.

— Connor.

— O quê? — retrucou ele, na defensiva. — *Você* lê os comentários.

— É verdade, eu leio. Caso haja alguma pista ou caso alguém tenha percebido algo que deixei passar. Mas sei que a grande maioria dos comentários é inútil e que a internet está cheia de idiotas — acrescentou ela, subindo o primeiro lance de escada aos saltos. — Você viu Jamie carregando uma faca enorme pelo memorial? Ou em alguma das fotos da festa do apocalipse? Não. Porque isso não era possível. Ele estava usando uma camisa e calça jeans. Não há onde esconder uma lâmina de quinze centímetros naquela roupa.

— Você atrai vários trolls, né? — Connor a seguiu enquanto ela empurrava as portas duplas para o andar da sala de história. — *Eu matei Jamie e vou matar você também, Pip.*

Uma aluna um ano mais nova estava passando bem naquele momento. Ela ficou boquiaberta e saiu correndo na direção oposta.

— Eu só estava lendo em voz alta! — gritou Connor para explicar, mas desistiu quando a garota desapareceu pelas portas do outro lado.

— Certo — disse Pip, parando em frente à sala do sr. Clark e olhando pelo vidro da porta.

Ele estava lá dentro, sentado à mesa, embora fosse o intervalo. Pip supôs que, como ele era novo na escola, uma sala de aula vazia ainda lhe parecesse mais acolhedora que a sala dos professores.

— Venha comigo, mas se eu lançar um olhar para você, isso significa que precisa sair. Entendeu?

— Entendi. Agora eu já sei — retrucou Connor.

Pip abriu a porta e acenou para o sr. Clark.

Ele se levantou.

— Olá, Pip, Connor — disse o professor, animado, sem saber direito o que fazer com as mãos. Uma foi para o cabelo castanho ondulado, e a outra se acomodou no bolso. — Como posso ajudar? É sobre a prova?

— Hum, na verdade, é sobre outra coisa.

Pip se encostou em uma das mesas na frente da sala de aula, descansando o peso de sua mochila.

— O quê? — perguntou o sr. Clark.

Sua expressão mudou, os traços se reorganizando sob as sobrancelhas grossas.

— Não sei se o senhor soube, mas o irmão do Connor, Jamie, está desaparecido desde sexta-feira e estou investigando o caso. Ele é um ex-aluno daqui.

— Sim, sim, eu vi no jornal da cidade ontem. Sinto muito mesmo, Connor. Deve estar sendo muito difícil para você e para sua família. Tenho certeza de que o orientador da escola ficaria...

— Então — cortou Pip. Havia apenas quinze minutos de intervalo restantes, e tempo não era algo que ela tinha de sobra. — Estamos investigando o desaparecimento do Jamie e uma pista nos levou a uma pessoa. E, bem, achamos que o senhor conhece essa pessoa. Talvez possa fornecer algumas informações sobre ela.

— Bem, eu... não sei se tenho permissão... — balbuciou o professor.

— Layla Mead — disse Pip, observando a reação do sr. Clark.

Ele reagiu ao nome, embora tentasse lutar contra o impulso, livrar-se dele. Mas não conseguiu esconder o lampejo de pânico em seus olhos.

— Então, o senhor a conhece?

— Não. — Ele mexeu no colarinho, como se de repente estivesse apertado demais. — Desculpe, nunca ouvi esse nome antes.

Então era assim que ele queria lidar com a situação?

— Ah, tudo bem. Engano meu. — Pip se levantou, indo em direção à porta. Às suas costas, ouviu o sr. Clark suspirar de alívio. Foi nesse instante que ela parou e se virou. — É só que... — acrescentou, coçando a cabeça como se estivesse confusa. — É estranho, então.

— Como assim? — disse o sr. Clark.

— Quer dizer, é estranho o senhor nunca ter ouvido esse nome antes quando segue Layla Mead no Instagram e curtiu várias postagens dela. — Pip olhou para o teto, como se procurasse por uma explicação. — Talvez o senhor tenha se esquecido?

— Eu... Eu... — gaguejou o professor, observando a aproximação de Pip com cautela.

— É, o senhor deve ter se esquecido mesmo. Porque eu tenho certeza de que não mentiria sobre algo que poderia salvar a vida de um ex-aluno.

— O meu irmão — interveio Connor.

Por mais que Pip odiasse admitir, o comentário do amigo foi perfeito. E seu olhar vidrado, de quem estava implorando, tinha sido um acerto em cheio.

— Hum, eu... eu não acho que essa conversa seja apropriada — apontou o sr. Clark, um rubor aparecendo acima do colarinho. — Você sabe como as coisas estão rígidas agora, depois do que aconteceu com o sr. Ward e Andie Bell? Com todas as medidas de proteção, eu nem deveria ficar sozinho com um aluno.

— Bem, não estamos sozinhos. — Pip gesticulou para Connor. — E a porta pode ficar bem aberta, se o senhor preferir. Minha única preocupação é encontrar Jamie Reynolds vivo. E, para isso, preciso que me conte tudo o que sabe sobre Layla Mead.

— Pare — disparou o sr. Clark, a vermelhidão se espalhando por suas bochechas. — Sou seu professor. Por favor, pare de tentar me manipular.

— Ninguém está manipulando ninguém aqui — declarou Pip com frieza, olhando para Connor. Ela sabia muito bem o que estava prestes a fazer, e aquele abismo em sua barriga foi preenchido pela culpa. *Ignore o sentimento, apenas ignore.* — Embora eu esteja, sim, me perguntando se o senhor sabia que Layla usava fotos de uma aluna do Colégio Kilton. Stella Chapman?

— Eu não sabia disso na época — respondeu o sr. Clark, aos sussurros. — Não dou aula para ela, só descobri faz algumas semanas, quando vi Stella no corredor, e isso foi depois que eu e Layla já tínhamos parado de conversar.

— Mesmo assim... — Pip fez uma careta, cerrando os dentes e respirando fundo. — Eu me pergunto se isso o colocaria em maus lençóis, caso alguém descobrisse.

— Perdão?

— Vou fazer uma sugestão... — começou Pip, abrindo um sorriso inocente. — O senhor grava uma entrevista comigo, e depois eu uso um programa para distorcer sua voz. Seu nome nunca será mencionado, e vou omitir qualquer informação que possa vir a identificá-lo. Mas o senhor vai me dizer tudo o que sabe sobre Layla Mead. Se fizer isso, tenho certeza de que ninguém vai ficar sabendo de nada que o senhor não gostaria que soubessem.

O sr. Clark hesitou, mordendo o interior da bochecha, olhando para Connor como se o garoto pudesse ajudá-lo.

— Isso é uma chantagem?

— Não, senhor — garantiu Pip. — É apenas persuasão.

Nome do arquivo:

 Manual de assassinato para boas garotas 2ª TEMPORADA: Entrevista com Adam Clark.wav

PIP: Então, vamos começar por como você e Layla se conheceram.

ANÔNIMO: [DISTORCIDO] Nós nunca nos conhecemos. Não pessoalmente.

PIP: Certo, mas qual foi a primeira vez que vocês se falaram pela internet? Quem iniciou o contato? Vocês deram *match* no Tinder?

ANÔNIMO: Não, não, eu não tenho Tinder. Foi no Instagram. Minha conta está privada porque [-------------BIP-------------]. Um dia, acho que no final de fevereiro, essa mulher, Layla, mandou uma solicitação para me seguir. Olhei o perfil dela e achei legal. Dava para ver que ela era de Little Kilton, porque tinha fotos da cidade. Só faz alguns meses que eu moro aqui, então ainda não tive a oportunidade de conhecer pessoas fora do [--BIP--]. Achei que seria bom conhecer gente nova, então aprovei a solicitação e a segui de volta. Curti algumas fotos.

PIP: Vocês começaram a trocar mensagens?

ANÔNIMO: Começamos. Recebi uma DM da Layla, algo como: "Ei, obrigada por me seguir de volta." Ela comentou que achava que já tinha me visto antes, perguntou se eu morava em Little Kilton. Mas não vou entrar em detalhes de todas as nossas conversas particulares.

PIP: Certo. Então, só para esclarecer, você diria que a natureza das suas conversas com Layla era... romântica? Sedutora?

ANÔNIMO: ...

PIP: Tudo bem, não precisa responder. Já entendi. Não quero que você faça um relatório de todas as conversas, só quero saber coisas que podem me ajudar a identificar quem Layla é de verdade. Você já falou com ela por telefone?

ANÔNIMO: Não. Só pelo Instagram. E, sério mesmo, nós só nos falamos por alguns dias. Uma semana, no máximo. Não foi grande coisa.

PIP: E Layla disse onde morava?

ANÔNIMO: Sim, em Little Kilton. Não chegamos a trocar endereços, é óbvio. Mas ela parecia conhecer bem a cidade, falou sobre beber no King's Head.

PIP: Ela disse alguma coisa sobre si mesma?

ANÔNIMO: Disse que tinha vinte e cinco anos. Que morava com o pai e que trabalhava no RH de alguma empresa em Londres, mas tinha tirado licença porque estava doente.

PIP: Doente? Como assim?

ANÔNIMO: Não perguntei. Nós mal nos conhecíamos, seria falta de educação.

PIP: Isso me parece uma fala clássica de quem usa perfil *fake* para enganar outas pessoas. Em algum momento você suspeitou de que ela não fosse quem dizia ser?

ANÔNIMO: Não. Não fazia ideia, não até eu ver Stella Chapman [------------BIP------------]. Fiquei surpreso por ter caído num golpe desses. Pelo menos não durou muito tempo.

PIP: Então vocês só conversaram por uma semana? Sobre o que falaram? Os assuntos menos privados.

ANÔNIMO: Ela fez várias perguntas sobre mim. Muitas mesmo. Achei bem agradável encontrar alguém tão interessado em mim, para variar.

PIP: Jura? Que tipo de coisas ela perguntou?

ANÔNIMO: Não parecia que ela estava me entrevistando nem nada do tipo, as perguntas ocorriam de maneira natural durante a conversa. Logo no início, ela quis saber quantos anos eu tinha. Respondi que tinha vinte e nove, e depois ela perguntou quando eu faria trinta e se eu planejava dar uma festona de aniversário. Ela era assim, gostava de puxar assunto. Simpática. E estava interessada na minha família também, perguntou se eu morava com algum parente, se tinha irmãos, como meus pais eram. Mas ela meio que evitava responder quando eu devolvia a pergunta. Parecia mais interessada em falar sobre mim. Isso me fez pensar que talvez ela não tivesse uma vida muito boa em casa.

PIP: Parece que vocês estavam se dando bem. Por que pararam de se falar depois de uma semana?

ANÔNIMO: Ela parou de me responder do nada.

PIP: Ela deixou você no vácuo?

ANÔNIMO: É, foi vergonhoso. Continuei mandando mensagens, tipo "Olá? Para onde você foi?", mas ela nunca mais me respondeu.

PIP: Você tem ideia de por que ela fez isso? Alguma coisa que você possa ter dito?

ANÔNIMO: Acho que não. Sei qual foi a última coisa que falei antes do sumiço. Ela me perguntou com o que eu trabalhava, e eu disse que era [-----BIP-----] no [----BIP----]. Depois disso, ela nunca mais respondeu. Talvez seja uma daquelas pessoas que não quer sair com um [--BIP--]. Talvez ela se sentisse superior, algo assim.

PIP: Eu sei que você não sabia que ela estava te enganando na época, mas, em retrospecto, Layla deixou alguma coisa escapar, alguma pista sobre sua verdadeira identidade? Talvez a idade? Alguma gíria fora de moda que possa ter usado? Ela mencionou Jamie Reynolds para você? Ou alguém com quem interagia na vida real?

ANÔNIMO: Não, nada disso. Acreditei que ela era exatamente quem me disse que era. Não cometeu nenhum deslize. Então, se é alguém aplicando um golpe, a pessoa é muito boa nisso.

VINTE E UM

Connor não estava comendo. Ele arrastava o macarrão de um lado para o outro no prato, perfurando a massa com as pontas do garfo de plástico.

Zach, sentado do outro lado da mesa, também havia notado. Pip sem querer havia chamado a atenção dele ao observar Connor em silêncio em meio ao refeitório ensurdecedor. Eram os comentários, ela tinha certeza disso. Desconhecidos na internet cheios de teorias e opiniões. *Jamie Reynolds deve estar morto.* E também: *Com certeza ele foi assassinado, mas parece que ele meio que merecia.* Pip avisou para Connor ignorá-los, mas era óbvio que o amigo não conseguia fazer isso. As palavras o atacavam na surdina, deixando marcas.

Cara estava sentada ao seu lado, perto o bastante para que seu cotovelo volta e meia cutucasse as costelas de Pip. Também havia percebido o silêncio de Connor, por isso tentou trazer à tona o assunto preferido dele: conspirações da Área 51.

Os únicos que não tinham notado eram Ant e Lauren. Ant, que deveria ser o melhor amigo de Connor, estava de costas para ele, sentado de lado no banco para ficar juntinho de Lauren, com quem ria de alguma coisa. Aquilo não era surpresa para Pip. Ant não parecera tão preocupado com Connor no dia anterior, tendo mencionado Jamie apenas uma vez. Pip sabia que era uma situação delicada e que a maioria das pessoas não sabia o que dizer, mas era comum falar, pelo menos uma vez, que sentia muito. É o que se faz em casos assim.

Quando Lauren deu uma risadinha abafada em resposta a um sussurro de Ant, Pip sentiu uma onda de raiva fervilhando em sua pele, mas mordeu o lábio e se conteve. Não era hora de começar uma briga. Em vez disso, ela observou Cara puxar um KitKat da bolsa e deslizá-lo devagar pela mesa até que Connor o visse. Isso despertou o amigo de seu transe. Connor olhou para Cara, os cantos da boca se contorcendo em um breve sorriso. Ele abandonou o garfo e estendeu a mão para pegar o chocolate.

Cara abriu um sorriso para Pip. Ela parecia cansada. Três noites haviam se passado, e Pip estivera ocupada demais para ligar para Cara e conversar até a amiga adormecer. Pip sabia que Cara devia ter passado a noite em claro; suas olheiras informavam isso. E o rosto dela informou outra coisa naquele momento, os olhos se arregalando e se movendo para cima quando Pip sentiu alguém dar um tapinha em seu ombro. Ela se virou e encontrou Tom Nowak parado ali, acenando de forma desajeitada. Era o ex-namorado de Lauren. Eles tinham terminado no último verão.

— Oi — cumprimentou ele por cima do barulho do refeitório.

— Aff — bufou Lauren, se intrometendo no mesmo instante. Ah, então agora ela estava prestando atenção. — O que você quer?

— Nada — disse Tom, afastando o cabelo comprido dos olhos. — Só preciso conversar com Pip sobre uma coisa.

— Aham, claro. — Ant atacou dessa vez, endireitando-se para parecer mais alto, colocando um braço na frente de Lauren para segurar a mesa com força. — Qualquer desculpa para vir até aqui, não é?

— Nada disso, eu só... — Tom deixou a frase pela metade com um dar de ombros, voltando-se para Pip. — Tenho uma informação.

— Ninguém quer você aqui. Dá o fora — interveio Ant.

Um sorriso entretido se espalhou pelo rosto de Lauren, que enlaçou o braço no do namorado.

— Não estou falando com você — retrucou Tom, voltando a olhar para Pip. — É sobre Jamie Reynolds.

Connor ergueu o rosto, piscando para afastar a expressão assombrada e conseguir focar em Pip. Ela ergueu a mão e balançou a cabeça, um pedido para que ele a deixasse conduzir aquela conversa sozinha.

— Ah, claro — ironizou Ant, com um sorriso de deboche.

— Fica na sua, Ant. — Pip se levantou e apoiou a mochila pesada no ombro. — Ninguém está achando isso bonito, só a Lauren.

Pip saiu do banco de plástico e indicou para Tom segui-la. Ela se dirigiu às portas que levavam ao pátio, sabendo que Connor estaria observando. Quando chegaram lá fora, indicou o muro baixo e disse:

— Vamos conversar aqui.

Havia chovido de manhã, e os tijolos ainda estavam um pouco úmidos quando Pip se sentou, molhando sua calça. Tom usou a própria jaqueta para forrar o muro antes de se juntar a ela.

— Então, que informações você tem sobre Jamie?

— É sobre a noite em que ele desapareceu — explicou Tom, fungando.

— Sério? Você ouviu o primeiro episódio? Eu postei ontem à noite.

— Não, ainda não.

— Só perguntei porque construí uma linha do tempo dos lugares por onde Jamie passou na sexta à noite. Sei que ele estava na festa do apocalipse desde as 21h16 e foi embora cerca de 22h32, se foi lá que você o viu.

Tom a encarou sem entender.

— Só estou dizendo que eu já tenho essa informação — enfatizou Pip —, se era isso o que você ia me contar.

Ele balançou a cabeça.

— Hum, não, era outra coisa. Eu não fui à festa do apocalipse, mas vi Jamie. Depois.

— Você o viu? — indagou Pip. — Depois de 22h32?

Os sentidos dela se aguçaram de repente, deixando-a muito mais consciente do entorno: os gritos dos meninos do primeiro ano jogando futebol, uma mosca que acabara de pousar em sua mochila, a pressão do muro contra seus ossos.

— É — confirmou Tom. — Foi depois disso.

— Quanto tempo depois?

— Hum, uns quinze ou vinte minutos, talvez. — Ele franziu o rosto, concentrado.

— Então, umas 22h50?

— É. Acho que foi isso.

Pip se inclinou para a frente, esperando que Tom continuasse. Ele não continuou.

— E? — insistiu Pip, começando a ficar irritada sem querer. — Onde você estava? Onde você o viu? Foi perto da Highmoor, onde foi a festa?

— Aham, foi naquela rua, hum, qual o nome...? Ah, Cross Lane.

Cross Lane. Pip só conhecia uma pessoa que morava naquela rua, na casa com a porta azul brilhante e uma entrada com placas de concreto: Nat da Silva e seus pais.

— Você viu Jamie na Cross Lane às 22h50?

— É, ele estava com uma camisa bordô e tênis brancos. Eu me lembro disso pacificamente.

— Você se lembra *especificamente* — corrigiu Pip, estremecendo ao ouvir Tom massacrando aquela palavra. — Por que você estava lá naquela hora?

Ele deu de ombros.

— Estava indo para a casa de um amigo.

— E o que Jamie estava fazendo? — perguntou Pip.

— Andando. Ele passou por mim.

— Certo. E ele estava no celular quando passou por você?

— Não, acho que não. Não vi nenhum celular.

Pip suspirou. Tom não estava facilitando as coisas.

— Certo, o que mais você viu? Parecia que ele estava indo para algum lugar? Talvez para a casa de alguém?

— É. — Tom assentiu.

— É o quê?

— Uma casa. Ele estava andando até uma casa — explicou ele. — Tipo, no meio da rua, mais ou menos.

A casa de Nat da Silva era mais ou menos no meio da rua. Aquele pensamento se intrometeu na mente de Pip, exigindo sua atenção. Ela sentiu os batimentos acelerarem, provocando um zumbido no pescoço. As palmas de sua mão estavam molhadas, e não era por causa da chuva.

— Como você sabe que ele estava indo para uma casa?

— Porque eu o vi. Numa casa.

— Entrando? — A palavra saiu mais alta do que o pretendido.

— Entrando.

Ele parecia exasperado, como se *ela* estivesse dificultando as coisas.

— Qual casa?

— Ah — disse Tom, coçando a cabeça e repartindo o cabelo para o outro lado. — Era tarde, eu não estava olhando para os números. Não vi.

— Bem, você pode descrever a casa? — Pip se agarrou ao muro, a superfície arranhando as pontas dos seus dedos. — Qual era a cor da porta da frente?

— Hum. — Ele a encarou. — Acho que era branca.

Pip soltou o ar. Ela se afastou um pouco de Tom, afrouxando os dedos e olhando para baixo. Não era a casa de Nat da Silva, então. Ótimo.

— Espera — emendou Tom de repente, os olhos pousando nela de novo. — Na verdade, acho que não era branca. Não, agora eu lembrei... Era az-azul. É, azul.

O coração de Pip reagiu na mesma hora. A pulsação em seus ouvidos eram dísticos rápidos que quase soavam como *Nat-da Sil-va, Nat-da Sil-va, Nat-da Sil-va*.

Ela se forçou a fechar a boca, então voltou a abri-la para perguntar:

— Uma casa de tijolos brancos? Com trepadeiras de um lado?

Tom confirmou com a cabeça, o rosto mais enérgico.

— É, essa mesmo. Vi Jamie entrar nessa casa.

— Você viu mais alguém? Quem estava na porta?

— Não. Só o vi entrando.

Na casa de Nat da Silva.

Aquele era o combinado, afinal: Jamie iria para a casa de Nat depois do memorial. Tinha sido isso o que ele dissera para Connor. Tinha sido isso o que Nat dissera para Pip. Só que Nat também contara que Jamie não havia aparecido. Que o vira pela última vez quando ele se afastou na multidão para ir atrás de alguém.

Mas Tom tinha visto Jamie entrando na casa de Nat às 22h50. Depois da festa do apocalipse.

Alguém estava mentindo.

E quem teria motivos para isso?

— Tom, podemos repetir essa mesma conversa numa entrevista gravada?

— Claro. Sem problemas.

r/PodcastManualDeAssassinatoParaBoasGarotas

enviado por u/hedeteccheprotecc há 47 minutos

E a pista da Hillary F. Weiseman?

Sei que Pip anda ocupada tentando descobrir onde Jamie esteve naquela noite. Mas acho que seria um erro ignorar o bilhete na lixeira dele. Sabemos que a faxineira dos Reynolds vai quinzenalmente às quartas-feiras, então o bilhete que Pip encontrou deve ter sido escrito/jogado fora nos dez dias anteriores ao desaparecimento, coincidindo com a época em que Jamie estava agindo de forma estranha (roubando, saindo escondido à noite).

Pip só encontrou uma Hillary F. Weiseman: uma senhora de 84 anos que morava em Little Kilton e morreu há 12 anos. Então, sim, é muito estranho Jamie ter escrito recentemente o nome dessa senhora falecida. Mas me ocorreu que o bilhete talvez não se refira a uma pessoa, mas a um local. Acho que, se a Hillary morreu em Little Kilton, ela deve ter sido enterrada num cemitério da cidade. E se o bilhete não estiver se referindo à própria Hillary, mas ao seu túmulo como um local de encontro? Prestem atenção no que está escrito no bilhete: *Hillary F Weiseman esquerda 11*. E se isso significar: o túmulo de Hillary F. Weiseman no lado esquerdo do cemitério às 11 horas? Um local e um horário de encontro. O que acham?

● 59 Comentários ★ Premiar ↗ Compartilhar 🗎 Salvar •••

VINTE E DOIS

Pip tentou não olhar. Porém, por mais que desviasse a atenção, havia algo naquela casa que a atraía. Nunca seria uma casa normal, não depois de tudo que acontecera ali dentro. Tinha uma aparência quase sobrenatural, como se a morte pairasse no ar ao redor da construção, conferindo-lhe um brilho que não deveria ter, com seu telhado torto e a fachada de tijolos tomada pela hera.

A casa dos Bell. Onde Andie havia morrido.

Pela janela da sala, dava para ver a parte de trás da cabeça de Jason Bell e a TV piscando do outro lado do cômodo. Ele devia ter ouvido os passos na calçada, porque se virou e a encarou. Jason e Pip estabeleceram contato visual apenas por um instante, mas a expressão do homem azedou quando a reconheceu. Pip se contraiu e baixou a cabeça, continuando a andar e deixando a casa para trás. Mas ainda se sentia marcada pelo olhar de Jason.

— Então... — disse Ravi, sem perceber o ocorrido. Era evidente que não sentira a mesma necessidade de observar a casa. — Você tirou essa ideia de um post no Reddit? — perguntou, enquanto subiam a estrada que terminava na igreja no topo da colina.

— Sim, e é uma boa teoria. Eu deveria ter pensado nisso antes.

— Teve alguma outra dica desde que o episódio foi lançado?

— Não — respondeu, a colina íngreme roubando seu fôlego.

Eles dobraram uma esquina e a velha igreja surgiu ao longe, aninhada entre as copas das árvores.

— A menos que você conte como pista "Eu vi o Jamie em um McDonald's em Aberdeen" — continuou Pip. — Ou o avistamento no Louvre, em Paris.

Pip e Ravi atravessaram a passarela. O barulho dos carros que cruzavam a estrada em alta velocidade era tão alto que parecia que estavam apostando corrida dentro de seus ouvidos.

— Certo — retomou Pip quando se aproximaram.

O cemitério se dividia em dois, uma parte de cada lado do prédio principal, com um caminho largo as separando.

— A pessoa do Reddit acha que "esquerda" no bilhete se refere ao lado, então vamos por ali.

Ela conduziu Ravi em direção ao extenso gramado que contornava a colina. Para onde quer que olhassem, havia placas lisas de mármore e lápides em fileiras díspares.

— Hillary...? — começou Ravi, em tom de pergunta.

— Hillary F. Weiseman, falecida em 2006.

Pip estreitou os olhos, estudando os túmulos.

— Então, você acha que Nat da Silva mentiu? — questionou ele, enquanto lia os nomes nas lápides.

— Não sei. Mas um dos dois não está dizendo a verdade, porque os relatos se contradizem. Então ou Nat da Silva ou Tom Nowak mentiram. E não posso deixar de pensar que Nat teria mais motivos para mentir. Talvez Jamie tivesse ficado um pouquinho na casa dela na sexta à noite, e Nat só não quisesse admitir na frente do namorado. Ele parece ser bem assustador.

— Qual o nome dele mesmo? Luke?

— Luke Eaton. Ou talvez Nat só não quisesse me dizer que viu Jamie para não participar da investigação. Eu não a tratei muito bem da última vez. Ou ela pode estar envolvida de alguma forma. Tive uma sensação estranha quando perguntei o que haviam feito na sexta à noite, como se eles não estivessem me contando a história toda.

— Mas Jamie foi visto andando na estrada Wyvil quase uma hora depois disso. Então, mesmo que tenha ido para a casa da Nat, ele estava bem quando saiu de lá.

— Eu sei — concordou Pip. — Então por que mentir? O que Nat tem a esconder?

— Tom pode estar mentindo — sugeriu Ravi, curvando-se para ver mais de perto as letras desbotadas em uma plaquinha.

— Pode ser que sim. — A garota suspirou. — Mas por quê? E como ele saberia que aquela casa pertence a alguém... bem... suspeita?

— Você vai falar com Nat outra vez?

— Não sei ainda. — Pip percorreu mais uma fileira de sepulturas. — Eu deveria, mas talvez ela não esteja disposta. Nat me odeia de verdade. E esta semana já está sendo difícil o bastante para ela.

— E se eu falar com ela? Depois do final do julgamento do Max.

— É, talvez — respondeu Pip, mas considerar que Jamie ainda poderia estar desaparecido àquela altura a deprimiu. Ela acelerou o passo. — Estamos indo muito devagar. Vamos nos separar.

— Não, eu gosto mesmo de você.

Pip conseguia sentir o sorrisinho de Ravi com a piada, embora não estivesse olhando para ele.

— Estamos em um cemitério. Comporte-se.

— Eles não conseguem me ouvir — argumentou Ravi, esquivando-se da carranca de Pip. — Está bem, vou olhar desse lado.

Ele subiu até o outro lado do gramado, começando na direção oposta e avançando devagar rumo à namorada.

Pip o perdeu de vista após alguns minutos, atrás de uma cerca viva descuidada. Foi como se estivesse sozinha no meio daquele mar de nomes. Não havia mais ninguém por ali, e o silêncio era digno da calada da noite, embora ainda fossem seis da tarde.

Quando alcançou o final de mais uma fileira sem qualquer sinal de Hillary, ouviu um grito. A voz de Ravi chegou fraca, carregada pelo vento, mas Pip viu as mãos dele acenando por cima da cerca viva e correu até lá.

— Você encontrou? — perguntou, sem fôlego.

— "Em memória de Hillary F. Weiseman" — leu Ravi, de pé ao lado de uma placa de mármore preto com letras douradas. — Falecida em 4 de outubro de 2006. "Mãe e avó querida. Sentiremos muita saudade."

— É ela — confirmou Pip, olhando ao redor. Aquela parte do cemitério era bem isolada, envolta por uma fileira de cercas vivas de um lado e por um aglomerado de árvores do outro. — Essa área fica praticamente escondida. Não dá para ver ninguém aqui por nenhum dos lados, só pelo caminho lá em cima.

Ravi concordou com um aceno de cabeça.

— É um bom ponto de encontro secreto.

— Mas com quem? Sabemos que Jamie nunca encontrou Layla pessoalmente.

— E aquilo ali?

Ravi apontou para um pequeno buquê que repousava ao lado do túmulo. As flores estavam mortas, tão secas que pétalas se soltaram quando Pip pegou a embalagem de plástico.

— Dá para ver que foi deixado várias semanas atrás — comentou Pip, tirando um pequeno cartão branco do meio das flores.

A tinta azul escorrera pelo papel por causa da chuva, mas as palavras ainda eram legíveis. Ela leu para Ravi:

— "Querida mamãe, feliz aniversário! Sentimos a sua falta todos os dias. Com amor, Mary, Harry e Joe."

— Mary, Harry e Joe — repetiu Ravi, pensativo. — Sabemos quem são essas pessoas?

— Não. Mas pesquisei no registro eleitoral e não encontrei nenhum residente de Little Kilton com o sobrenome Weiseman.

— Então eles não devem ter o mesmo sobrenome.

Passos arrastados soaram no cascalho do caminho acima, aproximando-se de Pip e Ravi.

Os dois se viraram para ver quem vinha. Pip sentiu um aperto no peito, como se tivesse sido pega no flagra onde não deveria estar, quando observou um homem aparecer por trás da copa do salgueiro que balançava com o vento. Era Stanley Forbes, que pareceu tão chocado quanto eles com o encontro, estremecendo ao se deparar com os dois escondidos nas sombras.

— Que inferno, vocês me assustaram! — exclamou Stanley, levando uma das mãos ao peito.

— Pode falar essas coisas perto de uma igreja? — Ravi sorriu, quebrando a tensão na mesma hora.

— Desculpe — disse Pip, ainda segurando as flores mortas. — O que você está fazendo aqui?

Ela considerava aquela uma pergunta muitíssimo válida. Não havia mais ninguém no cemitério, e Pip e Ravi não estavam ali pelos motivos que seriam de se esperar.

— Eu, é... — Stanley pareceu surpreso. — Estou aqui para falar com o padre sobre uma matéria para o jornal da próxima semana. Por quê? Por que vocês estão aqui?

Depois de devolver a pergunta, Stanley forçou a vista para ler a sepultura em que os dois estavam. Bem, ele já os havia pego no flagra, Pip poderia ao menos tentar pedir a ajuda dele.

— Ei, Stanley, você conhece a maioria das pessoas na cidade, não é? Por causa do jornal. Você conhece a família de uma mulher chamada Hillary Weiseman? Uma filha chamada Mary e dois filhos ou netos chamados Harry e Joe?

Ele estreitou os olhos, como se aquela fosse uma das coisas mais estranhas que duas pessoas com quem ele esbarrou em um cemitério já tivessem lhe perguntado.

— Bem, sim, conheço. Você também. É a Mary Scythe, que é voluntária no jornal comigo. Harry e Joe são os filhos dela.

Assim que ele disse isso, uma peça se encaixou.

— Harry Scythe. Ele trabalha no Celeiro dos Livros? — perguntou Pip.

— Acho que sim — disse Stanley, arrastando os pés. — Isso tem algo a ver com o desaparecimento que você está investigando, do Jamie Reynolds?

— Talvez.

Ela deu de ombros, vendo algo que remetia a decepção na expressão dele quando não lhe ofereceu mais detalhes.

Bem, que pena. Pip não queria que o jornalista voluntário de uma cidadezinha começasse a investigar o caso e a atrapalhasse. Mas talvez aquilo não fosse justo. Stanley havia publicado o pôster de desaparecido no *Kilton Mail* como ela pedira, o que lhe trouxera informantes.

— Hum, queria agradecer por você ter publicado o aviso no jornal, Stanley — acrescentou Pip. — Você não precisava ter feito isso, e nos ajudou muito. Então, é. Obrigada. Por isso.

— Sem problema. — Stanley sorriu, olhando dela para Ravi. — E espero que você o encontre. Quer dizer, tenho certeza de que vai encontrar. — Ele deu uma puxadinha no punho da camisa para ver as horas. — Preciso ir, não quero deixar o padre esperando. Hum. É. Certo. Tchau.

Ele lançou um pequeno aceno desajeitado, com a mão abaixo da cintura, e caminhou em direção à igreja.

— Harry Scythe foi uma das testemunhas oculares na estrada Wyvil — sussurrou Pip para Ravi, observando Stanley ir embora.

— Hum, jura? Que cidade pequena.

— É *mesmo* uma cidade pequena — concordou Pip, pousando as flores mortas ao lado do túmulo de Hillary.

Ela não sabia se aquilo era mais do que uma mera coincidência. Também não sabia se a vinda ao cemitério ajudara a desvendar o bilhete na lixeira de Jamie, exceto por confirmar que ele tinha ido se encontrar com alguém ali, sob aquelas sombras. Mas ainda era algo incerto e vago demais para ser uma pista concreta.

— Vamos. Temos que terminar a atualização do julgamento para depois podermos nos concentrar nisso — lembrou Ravi, pegando a mão de Pip e entrelaçando os dedos nos dela. — Além disso, mal consigo acreditar que você disse "obrigada" para Stanley Forbes.

Ele fez uma careta, como se estivesse paralisado por conta do choque.

— Para. — Pip o cutucou.

— Você foi simpática com alguém. — Ele manteve a careta ridícula. — Muito bem. Uma estrelinha para você, Pip.

— Cala a boca.

VINTE E TRÊS

A casa dos Reynolds a encarava de cima, as janelas superiores amarelas e sem piscar. Mas durou apenas um segundo. A porta se abriu, e Joanna Reynolds apareceu na soleira.

— Você chegou. — Ela convidou Pip para entrar, e Connor logo surgiu no corredor. — Obrigada por vir tão rápido.

— Sem problemas — respondeu Pip, se livrando da mochila e dos sapatos.

Ela e Ravi tinham acabado de gravar a atualização mais recente do julgamento de Max Hastings, que consistia numa discussão a respeito de duas testemunhas de defesa, quando Joanna telefonara.

— Parecia que era urgente — comentou a garota, olhando de um para o outro.

Dava para ouvir o barulho da televisão através da porta fechada da sala de estar. Arthur Reynolds provavelmente se encontrava lá dentro, se recusando a participar da investigação. Mas Jamie já estava desaparecido havia quatro dias. Quando o pai dele iria ceder? Pip entendia que era difícil sair do buraco quando se estava com os pés plantados nele. Mas Arthur devia estar começando a ficar preocupado, não?

— É, sim, acho que sim. — Joanna gesticulou para Pip segui-la pelo corredor, virando-se para subir as escadas atrás de Connor.

— É o computador dele? — perguntou Pip. — Conseguiram entrar?

— Não, ainda não — rebateu Joanna. — Estamos insistindo. Já testamos mais de setecentas senhas até agora. E nada.

— Tudo bem. Mandei um e-mail para dois especialistas em computação ontem, vamos ver o que eles dizem. — Pip galgou os degraus, tentando não pisar nos calcanhares de Joanna. — Então, o que aconteceu?

— Já ouvi várias vezes o primeiro episódio que você postou ontem à noite — começou Joanna, apressada, ficando sem fôlego no meio da escada. — Na parte da entrevista que você fez com as testemunhas oculares da livraria, que viram Jamie na estrada Wyvil às 23h40, fiquei com uma pulga atrás da orelha, até finalmente perceber o que era.

Joanna levou Pip para o quarto caótico de Jamie, onde Connor esperava por elas com as luzes acesas.

— É o Harry Scythe? — perguntou Pip. — Você o conhece?

Joanna balançou a cabeça.

— Não, é aquela parte em que falam sobre as roupas do Jamie. Duas testemunhas acham que o viram com a camisa bordô, que nós sabemos que ele estava usando quando saiu de casa. Foram os primeiros a vê-lo, e o Jamie estaria andando em direção a eles. As outras duas testemunhas chegaram até a porta depois, quando Jamie já havia passado, então o viram de costas. E acham que ele não estava usando uma camisa bordô, mas algo mais escuro com capuz e bolsos, porque não conseguiam ver suas mãos.

— É verdade, tem essa discrepância — admitiu Pip. — Mas isso é comum em detalhes de relatos de testemunhas oculares.

Joanna fixou os olhos incandescentes no rosto de Pip.

— Certo, e nosso instinto foi acreditar nos dois que o viram de camisa bordô, porque partimos do pressuposto de que era isso que o Jamie estava vestindo. Mas e se os outros dois também estiverem certos, os que o viram com um casaco preto? Jamie tem um assim, com zíper. Ele usa o tempo todo. Se estivesse aberto, talvez de frente não desse para ver o casaco direito e a camisa chamasse mais atenção.

— Mas ele não estava usando um casaco preto quando saiu de casa na sexta — argumentou Pip, virando-se para Connor. — E ele não levou o casaco, porque não estava de mochila nem nada.

— Não, tenho certeza de que ele não estava usando o casaco — comentou Connor. — Foi o que falei a princípio. Mas...

Ele indicou a mãe.

— Mas procurei em todos os lugares — retomou Joanna. — Todos. No guarda-roupa, nas gavetas, nas pilhas de roupas, no cesto de roupas para lavar, nos armários do nosso quarto, no quarto do Connor e no da Zoe. O casaco preto do Jamie não está aqui. Não está em casa.

Pip sentiu a respiração ficar presa em seu peito.

— Não está aqui?

— Nós conferimos, tipo, três vezes, em todos os lugares em que poderia estar — garantiu Connor. — Passamos as últimas horas procurando. Não está aqui.

— Então — emendou Joanna —, se aquelas duas testemunhas estiverem certas e realmente viram Jamie vestindo um casaco preto, isso quer dizer que...

— Quer dizer que Jamie voltou para casa — completou Pip, sentindo um calafrio percorrer seu corpo. — Entre a festa do apocalipse e a hora em que foi visto na estrada Wyvil, Jamie voltou para casa. Para cá.

Pip observou o quarto com novos olhos: as pilhas de roupas no chão, talvez do momento em que Jamie procurava freneticamente pelo casaco. A caneca quebrada perto da cama, talvez um acidente devido à pressa. A faca desaparecida da cozinha. Se Jamie *de fato* a pegou, talvez aquele fosse o verdadeiro motivo para ele ter voltado para casa.

— Exatamente — concordou Joanna. — Foi o que eu pensei. Jamie voltou para casa.

Ela disse aquilo com tanta esperança na voz, com uma alegria tão indisfarçável diante da ideia do seu menino voltando para casa, que era como se nem o que acontecera depois pudesse tirar aquela felicidade dela: o fato de que Jamie saiu de novo e desapareceu.

— Então, se ele voltou e pegou o casaco... — elaborou Pip, evitando mencionar a faca desaparecida — ... deve ter sido entre 22h45, depois de voltar da Highmoor, e cerca de 23h20, porque levaria pelo menos quinze minutos para chegar no meio da estrada Wyvil.

Joanna assentiu, prestando atenção em cada palavra.

— Mas... — Pip hesitou e recomeçou, dirigindo a pergunta a Connor. Era o jeito mais fácil. — Mas seu pai não chegou em casa do pub umas 23h15?

De qualquer forma, foi Joanna quem respondeu.

— Sim, ele chegou mais ou menos nessa hora. É claro que Arthur não viu Jamie, então ele deve ter entrado e saído antes de meu marido voltar.

— Você conversou com Arthur sobre isso? — questionou Pip, hesitante.

— Sobre o quê?

— Sobre o que ele fez naquela noite?

— Claro — disparou Joanna sem rodeios. — Ele chegou do pub umas 23h15, como você disse. Sem sinal do Jamie.

— Então Jamie deve ter voltado para casa mais cedo, certo? — ponderou Connor.

— Certo — concordou Pip, mas não era naquilo que estava pensando.

Ela estava pensando em Tom Nowak, que disse ter visto Jamie indo para a casa de Nat da Silva na Cross Lane às 22h50. Dava tempo de fazer as duas coisas? Visitar a Nat, ir andando para casa e sair de novo? Não, na verdade, não, não sem a linha do tempo de Jamie se cruzar com a de Arthur. Mas Arthur disse que chegou em casa às 23h15 e não viu Jamie. Algo não estava batendo.

Ou Jamie não visitou Nat, voltou para casa mais cedo e saiu antes do pai chegar às 23h15... Ou Jamie *foi* até Nat, não se demorou muito lá, depois voltou na hora em que seu pai chegou, aí ou Arthur não percebeu que Jamie estava em casa, ou Jamie já tinha ido embora... ou Arthur *percebeu* e, por algum motivo, mentiu sobre isso.

— Pip? — repetiu Joanna.

— Desculpe, o que foi? — perguntou Pip, abandonando sua linha de raciocínio para voltar ao momento presente.

— Eu disse que, quando estava procurando pelo casaco do Jamie, encontrei outra coisa. — Joanna se aproximou do cesto de roupas brancas de Jamie, seus olhos perdendo o brilho. — Procurei aqui — disse, abrindo a tampa e pegando algo do topo. — E isso estava mais ou menos na metade do cesto.

Joanna segurou a peça pelas costuras dos ombros para mostrar a Pip. Era um suéter de algodão cinza. Na frente, cerca de quinze centímetros abaixo do colarinho, havia gotas marrom-avermelhadas de sangue seco. Sete manchas ao todo, todas menores que um centímetro. E um longo borrão de sangue no punho de uma das mangas.

— Merda. — Pip se aproximou para ver melhor.

— Este é o suéter que Jamie usou no aniversário dele — informou Joanna.

Pip o reconheceu dos pôsteres espalhados pela cidade.

— Você o ouviu sair de fininho naquela noite, não ouviu? — perguntou Pip para Connor.

— Ouvi.

— E ele não se machucou em casa naquela noite, sem querer?

Joanna balançou a cabeça.

— Quando ele foi para o quarto, estava bem. Feliz.

— Parece que o sangue pingou de cima, não são respingos — comentou Pip, fazendo um círculo com o dedo na frente do suéter. — A manga parece ter sido usada para limpar a área que estava sangrando.

— Jamie estava sangrando? — perguntou Joanna. Seu rosto perdeu a cor.

— É possível. Você notou se ele tinha algum corte ou hematoma no dia seguinte?

— Não — disse Joanna baixinho. — Nada visível.

— Pode ser o sangue de outra pessoa. — Pip pensou em voz alta e imediatamente se arrependeu.

A expressão de Joanna desmoronou. Uma lágrima solitária escapou e serpenteou por suas bochechas.

— Desculpe, Joanna — acrescentou Pip. — Eu não deveria ter...

— Não, não é sua culpa. — Joanna chorava, devolvendo o suéter ao cesto com cuidado. Duas lágrimas apostaram corrida até o queixo. — É só essa sensação de que não conheço meu filho.

Connor abraçou a mãe. Ela havia se encolhido e desapareceu nos braços dele, soluçando em seu peito, um som horrível e visceral que machucou Pip só de ouvir.

— Está tudo bem, mãe — sussurrou Connor no cabelo dela, olhando para Pip, que também não sabia como melhorar a situação.

Joanna se afastou dele com uma fungada, enxugando os olhos em vão.

— Não sei se o reconheço. — Ela encarou o suéter de Jamie. — Tentando roubar a sua mãe, sendo demitido e mentindo para nós por semanas. Invadindo a casa dos outros de madrugada para roubar um relógio de que não precisava. Saindo escondido. Voltando com sangue nas roupas. Eu não reconheço esse Jamie — declarou Joanna, fechando os olhos como se conseguisse imaginar o filho que conhecia à sua frente. — Isso não é coisa dele, o que ele fez. Jamie não é essa pessoa. Ele é meigo, atencioso. Faz chá para mim quando chego do trabalho, pergunta como foi meu dia. Conversamos sobre como ele está se sentindo, sobre como estou me sentindo. Nós dois somos um time, desde que ele nasceu. Eu sei tudo sobre ele... só que não sei mais nada.

Pip também encarava o suéter ensanguentado, incapaz de desviar o olhar.

— Ainda resta muito mais para descobrir além do que sabemos até agora — lembrou a garota. — Tem que haver um motivo por trás de tudo o que aconteceu. Jamie não mudou do dia para a noite, depois de vinte e quatro anos. Há um motivo, e eu vou descobrir. Prometo.

— Eu só quero ele de volta. — Joanna apertou a mão de Connor, olhando nos olhos de Pip. — Quero nosso Jamie de volta. O que ainda me chama de Jomamãe porque sabe que o apelido me faz sorrir. Ele começou com isso quando tinha três anos e descobriu que eu tinha um nome além de "mamãe". Ele inventou Jomamãe para que eu tivesse meu próprio nome, mas continuasse sendo a mãe dele. — Joanna fungou, e o som reverberou por seu corpo, fazendo os ombros tremerem. — E se eu nunca mais ouvir ele me chamar assim?

Mas os olhos dela permaneceram secos, como se Joanna já tivesse chorado todas as suas lágrimas e se encontrasse vazia. Oca. Pip reconheceu a expressão de Connor quando passou um braço em volta da mãe: era medo. Ele a apertou com força, como se aquela fosse a única forma de impedir que Joanna desmoronasse.

Não era um momento para Pip observar ou se intrometer. Seria melhor respeitar isso e deixá-los a sós.

— Obrigada por me ligar para avisar do casaco — disse, afastando-se devagarzinho em direção à porta do quarto de Jamie. — Qualquer informação, por menor que seja, ajuda. Preciso voltar para casa para gravar e editar. Talvez correr atrás dos especialistas em computação. — Quando chegou à porta, Pip se concentrou por um instante no notebook fechado de Jamie. — Vocês têm um daqueles sacos de Ziploc grandes?

Connor fez uma careta, confuso, mas confirmou com um aceno da cabeça.

— Coloque esse suéter dentro de um deles — instruiu Pip. — E deixe em um lugar fresco, longe da luz do sol.

— Está bem.

— Tchau — sussurrou ela, o som saindo baixinho ao se afastar pelo corredor.

Após três passos, ela parou. Uma fração de pensamento circulava rápido demais para ser entendida. Quando sua mente enfim se acalmou, Pip retornou à porta do quarto.

— Jomamãe? — disse ela.

— Sim. — Joanna ergueu o olhar para Pip como se o movimento exigisse uma força que ela não tinha.

— Quer dizer... vocês tentaram Jomamãe?

— O quê?

— Desculpe. Para a senha do Jamie — explicou Pip.

— N-não — gaguejou Joanna, virando-se para Connor com um olhar horrorizado. — Quando você disse para testarmos apelidos, achei que fossem os apelidos que usamos para o Jamie.

— Não tem problema. Pode ser qualquer coisa — disse Pip, caminhando até a mesa. — Posso me sentar?

— Claro.

Enquanto Pip abria o notebook, Joanna parou atrás dela, com Connor do outro lado. A tela espelhava seus rostos esticados, deixando os três parecidos com fantasmas. Pip apertou o botão de ligar e a tela azul de login apareceu, o campo branco de inserção de senha a encarando.

Ela digitou *Jomamãe*, as letras se transformando em pequenos círculos pretos dentro do retângulo. Pip permaneceu imóvel, o dedo pairando sobre a tecla Enter até o quarto ficar silencioso demais. Joanna e Connor prenderam a respiração.

Ela pressionou, e na mesma hora apareceu:

Senha incorreta.

Atrás dela, os dois suspiraram, despenteando o cabelo de Pip.

— Desculpe — disse ela, sem querer olhar para trás, sem querer encará-los. — Achei que valia a pena tentar.

Tinha valido a pena, e talvez valesse a pena tentar mais algumas vezes, pensou Pip.

Ela substituiu a letra "o" por um zero.

Senha incorreta.

Tentou com "1" no final. Depois com "2". E depois "123" e "1234". Alternando o zero e o "o" a cada vez.

Senha incorreta.

"J" maiúsculo. "J" minúsculo.

"M" maiúsculo para escrever "Mamãe". "M" minúsculo.

Pip abaixou a cabeça, suspirando.

— Tudo bem. — Connor pousou a mão no ombro da amiga. — Você tentou. Os especialistas vão dar um jeito, certo?

Sim, assim que respondessem ao e-mail dela. Ainda não deviam ter tido tempo, o que era absurdo, porque eles tinham todo o tempo do mundo, enquanto Pip estava sem tempo. Jamie estava sem tempo.

Mas desistir era difícil, e Pip nunca tinha sido boa naquilo. Então decidiu testar mais uma possibilidade.

— Joanna, em que ano você nasceu?

— Ah, 1966. Mas duvido que Jamie saiba disso.

Pip digitou *Jomamãe66* e apertou Enter.

Senha incorreta, zombou a tela, e a garota sentiu uma onda de raiva crescer dentro de si, as mãos coçando para atirar o notebook contra a parede. Era aquela sensação quente e primitiva que, até um ano antes, Pip nem sequer sabia que existia. Connor chamava seu nome, mas aquela palavra não pertencia mais à pessoa sentada na cadeira. Entretanto, ela se controlou e suprimiu o sentimento. Mordendo a língua, voltou a martelar as teclas.

JoMamãe66.

Senha incorreta.

Droga.

Jomamãe1966.

Incorreta.

Merda.

JoMamãe1966.

Incorr...

Porra.

J0Mamãe66.

Bem-vindo.

O quê? Pip encarou o local na tela onde deveria estar escrito *Senha incorreta*. Mas só havia o círculo do sistema sendo carregado, girando e girando e refletindo na pupila de Pip. Então aquelas duas palavras: *Bem-vindo.*

Pip pulou da cadeira e soltou, meio numa tosse, meio num riso:

— Entramos!

— Entramos?! — Joanna repetiu a palavra com incredulidade.

— J0Mamãe66! — exclamou Connor, levantando os braços em vitória. — É isso. Conseguimos!

Pip não soube como aconteceu, mas, de repente, após um momento confuso, os três estavam se abraçando em um aperto caótico, os sons do notebook de Jamie sendo iniciado ao fundo.

VINTE E QUATRO

— Vocês têm certeza de que querem estar presentes para ver isso? — perguntou Pip, olhando para Joanna em especial. Seu dedo pairava acima do touchpad, prestes a abrir o histórico de navegação de Jamie no Google Chrome. — Não sabemos o que podemos encontrar.

— Estou ciente disso — respondeu Joanna, sem se afastar, a mão agarrada ao encosto da cadeira.

Pip trocou um olhar rápido com Connor. O amigo indicou com um aceno da cabeça que também não tinha problema com o que viria a seguir.

— Tudo bem.

A garota clicou no touchpad, e o histórico de Jamie apareceu numa nova guia. O registro mais recente era de sexta-feira, 27 de abril, às 17h11. Ele assistira a um vídeo de acidentes engraçados no YouTube. Outros sites do mesmo dia: Reddit, mais YouTube, várias páginas da Wikipédia que iam de Ordem dos Templários até Slender Man.

Nos registros de quinta-feira, o dia anterior ao desaparecimento, algo chamou a atenção de Pip: Jamie visitara o Instagram de Layla Mead duas vezes. Também pesquisara *nat da silva julgamento estupro max hastings*, o que o levara ao site podcastmanualdeassassinatoparaboasgarotas.com. Pelo visto, Jamie escutara a atualização que ela e Ravi gravaram sobre o julgamento daquele dia.

Os olhos de Pip varreram os dias, todas as páginas do Reddit e da Wikipédia e maratonas de Netflix. Ela estava procurando por qualquer coisa que parecesse estranha. Estranha *de verdade*, não apenas verbetes estranhos da Wikipédia. Ela passou de segunda-feira para a semana anterior, até que algo a fez parar: um item na quinta-feira, dia 19, aniversário de Jamie. Ele havia pesquisado *o que é considerado agressão?*. E então, depois de consultar alguns resultados, *como lutar*.

— Isso é estranho — comentou Pip, apontando para os resultados.

— Essas pesquisas são de 22h30 na noite do aniversário dele. A noite em que você o ouviu sair de fininho, Connor. A noite em que ele voltou com sangue no suéter.

Pip olhou de esgueira para o suéter cinza amassado no cesto de roupas e continuou:

— Parece que Jamie sabia que se meteria numa briga naquela noite. É como se ele estivesse se preparando para isso.

— Mas Jamie nunca brigou antes — argumentou Connor. — Quer dizer, isso é óbvio, já que ele teve que pesquisar o assunto.

Pip tinha mais a dizer sobre isso, porém outro resultado mais abaixo chamou sua atenção. Na segunda-feira, 16, Jamie havia pesquisado sobre *pai controlador*. Ela sentiu a respiração entalar na garganta, mas controlou sua reação, avançando pela lista antes que os outros vissem.

Mas a garota não conseguia desver aquilo nem parar de pensar nas discussões explosivas ou no descaso quase total de Arthur com o desaparecimento do filho mais velho ou na possível sobreposição das linhas do tempo de Jamie e do pai na noite em que ele sumiu. De repente, Pip ficou muito ciente de que Arthur Reynolds se encontrava na sala abaixo dela naquele instante. Sentia a presença dele infiltrando-se pelo carpete.

— O que é isso? — perguntou Connor repentinamente, assustando a amiga.

Ela deslizava a barra de rolagem distraidamente, mas parou na hora, acompanhando o dedo de Connor com o olhar. Na terça-feira, 10 de abril, à 1h26, havia uma série de pesquisas estranhas no Google, a começar por *câncer cerebral*. Jamie clicara em duas páginas do Serviço Nacional de Saúde, uma sobre *Tumores cerebrais*, outra sobre *Câncer cerebral maligno*. Alguns minutos depois, Jamie voltara ao Google, digitando *tumor cerebral inoperável*, e clicara na página de uma instituição de caridade para pessoas com câncer. Depois, pesquisara uma última coisa naquela noite: *Estudos clínicos de câncer cerebral*.

— Hum — murmurou Pip. — Eu pesquiso todo tipo de coisa na internet, e está óbvio que Jamie também, mas essa não parece uma pesquisa aleatória. Parece... específica, intencional. Você conhece alguém que esteja com câncer no cérebro? — perguntou Pip para Joanna.

— Não.

— Jamie já mencionou algum conhecido com isso? — Ela dirigiu a pergunta a Connor.

— Não, nunca.

Pip queria perguntar outra coisa, mas não podia: será que Jamie estava pesquisando sobre tumores cerebrais porque havia descoberto que tinha um? Não, impossível. Jamie nunca conseguiria esconder algo assim da mãe.

Ela tentou continuar deslizando a barra de rolagem, mas havia chegado ao fim dos resultados. Jamie devia ter apagado o histórico antes dali. Ela estava prestes a prosseguir com a investigação quando dois itens saltaram a seus olhos, aninhados discretamente entre os resultados sobre tumores cerebrais e vídeos de cachorros andando nas patas traseiras. Nove horas depois da pesquisa sobre câncer, provavelmente ao acordar no dia seguinte, Jamie buscara *como ganhar dinheiro rápido* no Google e clicara num artigo intitulado *Onze maneiras de ganhar dinheiro rápido*.

Não era surpreendente encontrar aquilo no computador de uma pessoa de vinte e quatro anos que ainda morava com os pais, mas a data da pesquisa era relevante. Um dia depois daquela busca, a mãe de Pip pegara Jamie tentando roubar o cartão de crédito da empresa. As duas coisas tinham que estar relacionadas. Mas por que Jamie acordara na terça-feira, 10, desesperado por dinheiro? Algo devia ter acontecido na segunda.

Cruzando os dedos, Pip digitou *Instagram* na barra de endereço. O mais importante era ter acesso às mensagens privadas entre Jamie e Layla, para identificar a pessoa por trás do perfil *fake*. *Por favor, que as senhas do Jamie estejam salvas no navegador, por favor, por favor, por favor.*

Quando a página inicial carregou, estava conectada ao perfil de Jamie Reynolds.

— Eba — sussurrou, mas um zumbido a interrompeu.

Seu celular, no bolso de trás, vibrou alto contra o assento da cadeira. Ao pegá-lo, Pip viu que sua mãe estava ligando e, ao checar o horário, soube muito bem o porquê. Já passava das dez da noite e era um dia de semana. A garota suspirou. Estava encrencada.

— Você tem que ir, querida? — perguntou Joanna, que devia ter lido a tela por cima do ombro de Pip.

— Hum, é. Você... se importa se eu levar o notebook do Jamie comigo? Aí posso passar um pente-fino em tudo hoje à noite, conferir as redes sociais dele, e amanhã conto para vocês o que descobri.

Além disso, ela suspeitava de que Jamie não gostaria que sua mãe e seu irmão mais novo lessem as mensagens dele com Layla. Não se fossem... bem... inapropriadas para os olhos de uma mãe e um irmão.

— Sim, sim, é claro, sem problemas — concordou Joanna, passando a mão pelo ombro de Pip. — É você quem sabe de fato o que está fazendo aqui.

Connor concordou com um "tá" baixinho, embora Pip soubesse que ele queria ir junto, que desejava que a vida real não os atrapalhasse tanto. Escola, pais, tempo.

— Mando mensagem *assim* que descobrir algo relevante — prometeu ela, minimizando a janela do Chrome e fazendo a tela inicial azul com tema de robô reaparecer.

O computador rodava o Windows 10, e Jamie havia configurado o sistema no modo de aplicativo. Isso confundira Pip a princípio, antes de encontrar o aplicativo do Chrome escondido ao lado do ícone quadrado do Microsoft Word. Ao esticar a mão para fechar o notebook, ela passou os olhos pelos demais aplicativos: Excel, 4OD, Sky Go, Fitbit.

Algo a deteve antes de fechar o notebook por completo, um breve esboço de uma ideia, ainda incompleta.

— Fitbit? — perguntou, olhando para Connor.

— É, lembra que meu pai deu esse relógio de aniversário para ele? Mas ficou bem óbvio que ele não gostou, não é? — comentou Connor, dirigindo-se à mãe.

— Bem, sabe, é difícil comprar presentes para Jamie. Seu pai tentou dar algo útil. Achei uma ideia legal — explicou Joanna, na defensiva, sua entonação cada vez mais aguda.

— Eu sei, só estava comentando. — Connor se virou para Pip. — Meu pai configurou a conta para ele e fez o download do aplicativo no celular e no notebook, porque achava que Jamie nunca faria isso sozinho, o que é verdade. E Jamie *de fato* passou a usar o Fitbit desde então, acho que mais para meu pai não encher o saco... Quer dizer, para deixar meu pai feliz — corrigiu ele, olhando para a mãe de soslaio.

— Calma aí — disse Pip, a ideia já formada e sólida em seu cérebro.

— O relógio preto que Jamie estava usando na noite em que desapareceu era o Fitbit?

— Era — respondeu Connor devagar, percebendo que havia um intuito por trás da pergunta de Pip, mas sem ter alcançado a linha de raciocínio dela ainda.

— Ai, meu Deus! — exclamou a garota, a voz embargada. — Qual tipo de Fitbit? Tem GPS?

Joanna recuou, como se o entusiasmo de Pip a tivesse empurrado para trás.

— Ainda tenho a caixa, espere aí — anunciou, e saiu correndo do quarto.

— Se tiver GPS, podemos descobrir onde ele está? — indagou Connor, sem fôlego, embora não estivesse correndo.

Era uma pergunta retórica. Pip não perdeu tempo respondendo, só clicou no aplicativo do Fitbit. Um painel colorido se expandiu na tela.

— Não. — Joanna voltou para o quarto, lendo o texto numa caixa de plástico. — É um Charge HR, não fala nada de GPS. Só monitora a frequência cardíaca, as atividades físicas e a qualidade do sono.

Pip já tinha descoberto aquilo por conta própria. O painel no computador de Jamie exibia ícones para contagem de passos, frequência cardíaca, calorias perdidas, sono e minutos ativos. Porém, abaixo de cada ícone, estava escrito: *Dados não autorizados. Sincronize e tente novamente.* Os dados eram referentes ao dia atual, terça-feira, 1º de maio. Pip clicou no ícone de calendário no topo do painel e selecionou a véspera. Dizia a mesma coisa: *Dados não autorizados. Sincronize e tente novamente.*

— O que isso significa? — perguntou Connor.

— Que ele não está usando o Fitbit agora — explicou Pip. — Ou que não está próximo do celular para sincronizar os dados.

Contudo, quando ela ignorou o final de semana e selecionou a sexta-feira do desaparecimento, os ícones ganharam vida, formando círculos em faixas grossas de verde e laranja. O aviso também sumiu, substituído por números: 10.793 passos dados naquele dia, 1.649

calorias queimadas. Havia um gráfico de frequência cardíaca que subia e descia em blocos brilhantes.

Pip sentiu o próprio coração reagir e assumir o controle, pulsando em seus dedos e movendo-os pelo touchpad. Ela clicou no ícone de contagem de passos, e uma nova tela se abriu, com um gráfico de barras informando os passos de Jamie ao longo do dia.

— Ai, meu Deus! — exclamou, a visão concentrada no final do gráfico. — Tem os dados da última vez em que Jamie foi visto. Olha.

Pip apontou para a tela, e Joanna e Connor se aproximaram ainda mais, os olhos arregalados.

— Jamie estava andando até meia-noite. Depois das 23h40, mais ou menos, quando foi visto na estrada Wyvil, ele deu... — Pip selecionou as colunas entre 23h30 e meia-noite para exibir o número específico — ... 1.828 passos.

— Quantos quilômetros isso dá? — perguntou Joanna.

— Estou pesquisando — disse Connor, digitando no celular. — Pouco menos de um quilômetro e meio.

— Por que ele parou à meia-noite de repente? — quis saber Joanna.

— Os dados passam a ser classificados como pertencendo ao dia seguinte — explicou Pip, apertando a seta de voltar para o painel de sexta-feira.

Antes de ir para os dados de sábado, ela percebeu algo no gráfico do coração de Jamie e deu zoom.

Parecia que a frequência cardíaca em repouso dele ficava em torno de oitenta batimentos por minuto, que era a constante da maior parte do dia. Então, às 17h30, houve uma série de picos até mais ou menos cem batimentos por minuto. Havia sido quando Jamie e seu pai discutiram, de acordo com Connor. A frequência diminuiu de novo por algumas horas, mas voltou a subir, atingindo cerca de noventa batimentos por minuto enquanto Jamie seguia Stella Chapman até a festa, esperando para falar com ela. Em seguida, acelerou ainda mais durante o período em que George viu Jamie no celular do lado de fora da festa, provavelmente falando com Layla. Continuou no mesmo nível, pouco acima dos cem batimentos por minuto, enquanto Jamie caminhava. Depois das 23h40, quando ele foi visto na estrada Wyvil, seu coração passou a bater cada vez mais rápido, a frequência chegando a 103 à meia-noite.

Por que havia acelerado? Será que Jamie estava correndo? Ou com medo?

As respostas estariam nos dados da madrugada de sábado.

Pip passou para o dia seguinte e percebeu de imediato que a página estava incompleta em comparação à anterior, os círculos coloridos mal preenchidos. Apenas 2.571 passos no total. Ao abrir o menu de contagem de passos, ela sentiu um frio na barriga. Todos aqueles passos tinham sido dados entre meia-noite e cerca de 00h30, e depois... nada. Nenhum dado. O gráfico caía por completo: uma linha inteira de zeros.

Mas havia um breve período, dentro desse intervalo de tempo, no qual parecia que Jamie não dera passo algum. Devia ter ficado sentado ou em pé. Isso foi nos minutos logo após a meia-noite. Porém, à 00h05 ele já estava em ação de novo, e continuou andando até os dados pararem, logo antes da 00h30.

— Simplesmente para — comentou Connor, com aquele olhar distante outra vez.

— Mas isso é incrível — insistiu Pip, tentando trazer os olhos do amigo de volta ao presente. — Podemos usar esses dados para tentar identificar aonde ele foi, onde ele estava antes da 00h30. A contagem de passos revela quando o incidente, o que quer que tenha sido, aconteceu. Isso também bate com o que você falou, Joanna, sobre a sua mensagem de 00h36 não ter sido entregue. E também pode nos ajudar a determinar *onde* o incidente aconteceu. Então, a partir das 23h40, quando ele foi visto na estrada Wyvil, Jamie andou um total de

2.024 passos antes de parar por alguns minutos. Em seguida, andou mais 2.375, e, onde quer que ele tenha parado, esse foi o lugar no qual o incidente aconteceu. Nós podemos usar esses números para traçar um perímetro, usando como ponto de partida a última vez em que ele foi visto, na estrada Wyvil, e depois procurar, dentro do perímetro, por qualquer sinal de Jamie ou para onde ele foi. Isso é bom, prometo.

Connor tentou dar um sorrisinho, que logo esmaeceu. Joanna também parecia receosa, mas seus lábios estavam crispados numa expressão determinada.

O celular de Pip vibrou em seu bolso outra vez. Ela ignorou, navegando de volta ao painel do Fitbit para checar a frequência cardíaca de Jamie nesse intervalo. Já começou alta, acima dos cem, e, surpreendentemente, durante os minutos em que não se mexeu, seu coração acelerou cada vez mais. Logo antes de ele voltar a andar, atingiu 126 batimentos por minuto. Enquanto Jamie caminhava aqueles 2.375 passos, a frequência cardíaca diminuiu, mas apenas um pouco. E depois, nos últimos dois minutos antes de 00h30, o coração dele atingiu o pico de 158 batimentos.

Aí, uma linha reta.

Caiu de 158 para zero, e não bateu mais depois disso.

Joanna devia ter pensado a mesma coisa, porque uma arfada infeliz e gutural a atravessou. Suas mãos se chocaram contra o rosto numa tentativa de conter tudo aquilo. Connor foi atingido pela mesma ideia, seu queixo caindo, o peito vibrando, enquanto os olhos tremulavam sobre aquela queda acentuada no gráfico.

— O coração dele parou — sussurrou o garoto, tão baixinho que Pip quase não o ouviu. — Ele está... Ele está...?

— Não, não — declarou Pip com firmeza, erguendo as mãos, embora fosse mentira. Por dentro, ela sentia o mesmo pavor, mas precisava esconder o próprio medo. Era por isso que estava ali. — Não é o que o gráfico indica. O Fitbit só não está mais monitorando os batimentos cardíacos do Jamie. Ele deve ter tirado o relógio. Deve ser isso que os dados estão nos mostrando. Por favor, não pensem em outra coisa.

Mas Pip conseguia ver no rosto deles que não estavam mais escutando, os olhares fixos naquela linha plana, seguindo-a rumo ao nada. E aquela ideia era como um buraco negro, engolindo toda a esperança que restava, e nada que Pip dissesse, nada que pensasse em dizer, seria capaz de preenchê-lo.

Nome do arquivo:

 Anotações do caso 4.docx

Quase tive um treco quando lembrei que não dá para ver as DMs na versão do Instagram para desktop, só no aplicativo para celular. Mas deu tudo certo: o e-mail do Jamie ainda estava aberto no notebook, então consegui mandar uma solicitação para redefinir a senha do Instagram e depois entrei na conta dele pelo meu celular. Fui direto para as DMs com Layla Mead. Não havia *muitas*, só ao longo de oito dias, mais ou menos. Pelo contexto, parece que os dois se conheceram no Tinder, depois Jamie passou a conversar com ela no Instagram e então eles migraram para o WhatsApp, ao qual eu não tenho acesso. O começo da conversa é o seguinte:

> Te achei...

achou mesmo. mas eu não estava me escondendo de você :)

como foi seu dia?

> Ah, foi bom, obrigado por perguntar. Acabei de fazer o melhor jantar que o mundo já viu e talvez eu seja o melhor chef que existe.

O mais humilde também. Fala, o que você fez?

Talvez você possa cozinhar pra mim algum dia.

> Posso ter exagerado um pouquinho. Era só macarrão com queijo.

A maioria das interações entre eles era assim: longas rodadas de conversa/flerte. No terceiro dia de conversa, os dois descobriram que ambos amavam a série *Peaky Blinders*, e Jamie declarou que sempre teve vontade de ser um gângster dos anos 1920. Layla parecia muito interessada em Jamie, vivia fazendo perguntas para ele. Mas percebi alguns momentos estranhos:

> você não disse que seu aniversário estava chegando?

> Sim, está

> TRINTANDO

> E aí, o que você vai fazer?

> Dar uma festa? Convidar a família?

> Na real, não sou muito de fazer festa. Acho que vou ficar de boa, sair com uns amigos

Essa em particular chamou minha atenção. Fiquei confusa por Layla achar que Jamie era seis anos mais velho do que sua idade real: que ele tinha vinte e nove e estava fazendo trinta. A explicação vem mais adiante na conversa, mas quando li essas mensagens pela primeira vez, não pude deixar de pensar que foi muito parecido com o que o sr. Clark descreveu: que Layla foi direta ao perguntar sua idade e trouxe o assunto à tona algumas vezes. E, curiosamente, o sr. Clark também tinha vinte e nove anos, prestes a completar trinta. Pode ser uma coincidência, mas achei que era digno de nota.

Outra coisa esquisita é que Jamie (e Layla) fazem referências ao fato de ele morar sozinho em uma casinha em Little Kilton, o que não é verdade. Mas isso também foi explicado quando cheguei ao final da conversa deles no Insta:

> espero que a gente possa se encontrar algum dia.

É, com certeza. Eu ia adorar :)

> **Olha só, Layla. Tenho que te contar uma coisa. Não é fácil dizer isso, mas eu gosto mesmo de você. Mesmo. Eu nunca senti isso por alguém antes, então preciso ser sincero com você. Não tenho vinte e nove anos, vou fazer vinte e quatro daqui a algumas semanas. E não sou um gestor de carteira bem-sucedido em uma empresa do setor financeiro em Londres, isso não é verdade. Trabalho como recepcionista em um emprego que uma amiga da minha família me ajudou a conseguir. E não tenho casa própria, ainda moro com meus pais e meu irmão. Desculpe, nunca foi minha intenção enganar ninguém, muito menos você. Nem sei direito por que inventei todas essas mentiras. Criei meu perfil quando estava muito mal, me sentindo muito inseguro em relação a mim mesmo e à minha vida (ou à falta dela), então acho que inventei a pessoa que eu queria ser em vez do meu eu real. Foi errado, me desculpe. Mas prometo me tornar aquele homem um dia, e conhecer alguém como você me faz querer tentar. Sinto muito, Layla, e entendo se você estiver brava comigo. Mas, se puder, queria continuar conversando com você. Você torna tudo melhor.**

Isso é muuuuuito interessante. Sendo assim, Jamie meio que enganou a pessoa que o estava enganando ao mentir no perfil do Tinder a respeito da sua idade, do seu emprego e da sua condição de vida. Ele mesmo explicou o motivo: estava inseguro. Eu me pergunto se não foi consequência do que aconteceu com Nat da Silva, se Jamie não estava sentindo que perdeu alguém importante por causa de um cara mais velho como Luke Eaton. Na verdade, eu me pergunto se *Luke* não tem vinte e nove anos e se não foi por isso que Jamie escolheu essa idade, para se sentir mais confiante, caso considere esse um dos motivos pelo qual Nat escolheu Luke em vez dele.

Depois dessa mensagem longa, Layla ficou sem respondê-lo por três dias. Nesse meio-tempo, ele continuou tentando falar com ela até encontrar algo que incitou uma resposta:

> Layla, fala comigo, por favor.

> Me deixa explicar

> Eu sinto muito de verdade

> Nunca quis magoar você

> Vou entender se você não falar mais comigo.

> Mas você não me bloqueou, então talvez tenha alguma chance?

> Layla, fala comigo, por favor

> Eu me importo muito com você.

> Faria qualquer coisa por você

Qualquer coisa?

> Ai meu deus oi. Sim. Qualquer coisa. Eu faria qualquer coisa por você. Eu juro. Eu prometo

ok

ei qual o seu celular? Vamos nos falar por WhatsApp

> Estou tão feliz por você estar falando comigo.
> Meu número é 07700900472

Sei lá, tem algo nessa interação que me dá calafrios. Ela o ignora por três dias e então volta com "Qualquer coisa?". É bizarro, mas talvez esses sejam apenas meus sentimentos após minha breve conversa com Layla. *Quem é ela?* Nada aqui ajuda a identificá-la. Layla é bem cuidadosa, boa em dar respostas vagas na medida certa. Se pelo menos ela tivesse passado o próprio celular para Jamie, em vez de perguntar o dele, eu estaria em outra posição agora: conseguiria ligar direto para Layla ou pesquisar o número dela. Mas continuo aqui, presa a estas duas questões: quem é Layla de verdade? E como ela está envolvida no desaparecimento do Jamie?

OUTRAS OBSERVAÇÕES

Pesquisei sobre a frequência cardíaca, só para ter alguns valores de referência e entender melhor os gráficos. Mas agora eu preferiria não ter feito isso. A frequência cardíaca do Jamie aumentou para 126 no período em que estava parado à 00h02, e para 158 logo antes de os dados serem interrompidos. Mas essa faixa de batimentos por minuto, de acordo com os especialistas, é a frequência cardíaca de alguém que está passando por uma reação de estresse aguda, ou seja, que precisa decidir entre lutar ou fugir.

Nome do arquivo:

 Mapa com os locais onde o Jamie foi visto e a área de busca.jpg

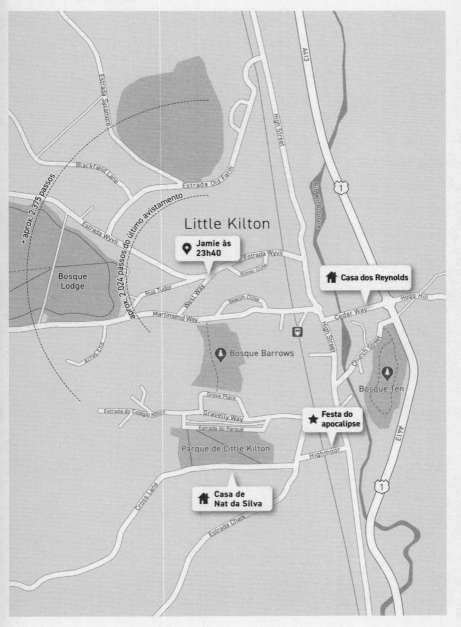

QUARTA-FEIRA
DESAPARECIDO HÁ 5 DIAS

2 DE MAIO   **Grupo de busca voluntário por Jamie Reynolds (desaparecido)**

Privado: Organizado por Pip Fitz-Amobi

| ★ Interessado | ✓ Eu vou | ••• |

🕐 Hoje às 16h30

📍 Colégio de Little Kilton, Estrada do Colégio Kilton, Little Kilton, HP16 0BM

👥 Pip Fitz-Amobi convidou você

---

81 vão • **12 talvez** • **33 convidados**

Olá a todos,

Como vocês já devem saber, o irmão mais velho do Connor Reynolds, Jamie, está desaparecido há cinco dias, e estou investigando o caso no meu podcast.

Mas preciso da ajuda de vocês! Descobri informações que permitem traçar uma área aproximada do último paradeiro do Jamie. É necessário procurar nessa área por qualquer sinal ou pista sobre o lugar exato em que Jamie esteve na sexta-feira à noite e o que aconteceu com ele. Mas a área é bem grande, então preciso de voluntários para ajudar na busca.

Se você gostaria de oferecer uma mãozinha, por favor, me encontre hoje depois da aula, às 16h30, no final do estacionamento para receber mais instruções. Se tivermos voluntários suficientes, vamos nos dividir em três grupos de busca, liderados por mim, Connor Reynolds e Cara Ward. Por favor, fale com um de nós para ser alocado em um dos grupos.

Obrigada e, por favor, me avise caso pretenda participar.

Beijos

VINTE E CINCO

Cada passo que ela dava era pensado e meticuloso, encarando o chão da floresta e a lama que se acumulava ao redor de seus sapatos. Um registro de sua presença lá, uma trilha de pegadas que a seguia pela floresta. Mas Pip procurava rastros deixados por outra pessoa: as linhas verticais irregulares das solas dos tênis Puma que Jamie usava quando desapareceu.

E todos ali faziam o mesmo, os rostos voltados para baixo, percorrendo o solo em busca de qualquer sinal mencionado por Pip nas instruções. Oitenta e oito voluntários haviam aparecido depois da aula, a maioria da turma dela, mas alguns do ano abaixo também. Naquele momento, as trinta pessoas no grupo de Connor estavam vasculhando os campos atrás da escola e batendo nas portas das casas do final da Martinsend Way, da Acres End e da parte mais baixa da rua Tudor para perguntar aos moradores se tinham visto Jamie entre 00h02 e 00h28 da sexta-feira à noite. As vinte e nove pessoas no grupo de Cara, que se encontrava mais ao norte, estavam verificando os campos e as plantações perto da estrada Old Farm e da Blackfield Lane. E havia vinte e nove pessoas ali com Pip, parecendo uma longa fileira de formigas, avançando de dois em dois metros de uma extremidade à outra do bosque Lodge.

Bem, havia trinta pessoas desde que Ravi se juntara ao grupo. O julgamento de Max tinha terminado mais cedo. Fora a vez de Max depor, e — Ravi contara à namorada com relutância e um brilho nos olhos que parecia ódio — ele e seu advogado fizeram um bom trabalho. Os dois tinham respostas prontas para tudo que a promotoria lançou contra Max no interrogatório. As observações finais de ambos os lados se seguiram e, logo depois, o juiz encaminhara o júri para deliberar.

— Mal posso esperar para ver a cara dele quando se ferrar amanhã. Queria poder gravar para você — comentou Ravi, usando o pé para checar um arbusto de azevinho, o que fez Pip se lembrar da vez em que eles reconstruíram o assassinato de Andie Bell naquela mesma floresta para provar que Sal não teria tido tempo de matá-la.

Ela olhou para o outro lado e trocou um sorrisinho tenso com Stella Chapman. Mas o rosto de Layla Mead a encarou de volta, provocando um arrepio. O grupo já estava ali há mais de uma hora, e até então só havia encontrado uma sacola amarrada com cocô de cachorro e um pacote amassado de salgadinhos de camarão.

— Jamie! — chamou alguém da fila.

Aquilo começara fazia algum tempo. Pip não sabia quem tinha sido o primeiro a gritar o nome, mas a ideia acabou vingando e se espalhou por toda a fileira. Gritos esporádicos soavam enquanto o grupo de busca se embrenhava pelo bosque.

— Jamie! — gritou ela em resposta.

Parecia inútil, literalmente um grito no vazio. Era impossível Jamie ainda estar ali. Caso estivesse, não teria mais condições de ouvir seu nome. Mas pelo menos aquilo lhes dava a impressão de estarem ajudando de alguma forma.

Pip parou por um momento, ficando para trás ao se abaixar para checar sob a raiz de árvore mais elevada. Nada.

Seu celular apitou em meio ao barulho dos pés esmagando folhas caídas. Era uma mensagem de Connor: *Nos dividimos em trios para bater nas portas das casas, acabamos de terminar a rua Tudor e vamos seguir para os campos. Encontraram alguma coisa? Bjo*

— Jamie!

Pip se sentia aliviada por não precisar procurar na rua Tudor, onde Max Hastings morava, embora a casa dele ficasse fora da zona de busca. E, de qualquer forma, ninguém estaria na residência, já que ele e os pais haviam se hospedado em um hotel caro perto do Tribunal da Coroa durante o julgamento. Ainda assim, ela estava grata por não ter que se aproximar daquela casa.

Nada ainda, escreveu em resposta a Connor.

— Jamie!

Mas, assim que pressionou enviar, sua tela foi tomada por uma ligação de Cara.

— Ei — respondeu Pip, quase sussurrando.

— Oi, então... — começou Cara, o microfone transmitindo o rugido do vento. — Hum, uma pessoa do meu grupo acabou de encontrar uma coisa. Eu pedi para todos se afastarem e estabeleci um perímetro, como você tinha dito. Mas, hum, você precisa vir para cá. Agora.

— O que é? — perguntou Pip, o pânico dominando e distorcendo sua voz. — Onde vocês estão?

— Na casa de fazenda. A casa de fazenda abandonada na estrada Sycamore. Você sabe qual é.

Pip sabia muito bem qual era.

— Estou indo.

Ela e Ravi correram e viraram a esquina da estrada Sycamore, a casa de fazenda surgindo ao longe na pequena colina. Os tijolos pintados de branco desbotado eram preenchidos por remendos de madeira enegrecida, e o telhado parecia se curvar para dentro de um jeito anormal, como se não conseguisse mais sustentar o céu. Atrás da construção abandonada, num lugar fora de vista, estava o local onde Becca Bell havia escondido o corpo da irmã por cinco anos e meio. Andie estivera ali o tempo todo, se decompondo na fossa séptica.

Pip tropeçou ao passar do cascalho para a grama. Por instinto, Ravi estendeu a mão e segurou a dela para equilibrá-la. Quando se aproximaram do local, ela viu a aglomeração do grupo de Cara, um salpicado de roupas coloridas contra os tons desbotados da casa de fazenda e do amplo terreno negligenciado, repleto de tufos altos de grama que agarravam seus pés.

Todos estavam posicionados estabelecendo um perímetro meio falho, os olhares fixos no mesmo lugar: um pequeno conjunto de árvores ao lado da casa, com os galhos tão próximos à construção que pareciam se estender para reivindicá-la.

Cara se encontrava na frente do grupo, com Naomi, e acenou para Pip enquanto gritava para todos se afastarem.

— O que foi? — perguntou Pip, sem fôlego. — O que vocês acharam?

— Está ali, na grama alta ao pé daquelas árvores. — Naomi apontou.

— É uma faca — acrescentou Cara.

— Uma faca? — ecoou Pip, os pés seguindo seu olhar em direção às árvores.

E ela sabia. Antes mesmo de ver a faca, sabia qual seria.

Ravi se pôs ao lado de Pip quando ela se abaixou para investigar. E ali estava, caída e parcialmente escondida pela grama: uma faca de lâmina prateada com uma faixa amarela no cabo.

— Essa é a faca que sumiu da cozinha dos Reynolds, não é? — perguntou Ravi.

Pip não precisava responder; sua expressão já dizia tudo.

Ela estudou o objeto, sem se atrever a chegar mais perto. A uma distância de poucos metros, a faca parecia limpa. Talvez com algumas manchas de terra, mas não de sangue. Pelo menos não o bastante para ser visível. Ela fungou, pegando o celular para tirar uma foto da faca, então recuou, acenando para Ravi acompanhá-la.

— Certo — disse ela, o pânico se consolidando em algo parecido com receio. Mas Pip conseguia controlar o receio, fazer uso dele.

— Cara, você pode ligar para o Connor e dizer para ele liberar todas as pessoas do grupo dele e vir para cá agora?

— Pode deixar — concordou a amiga, o celular a meio caminho da orelha.

— Naomi, quando Cara terminar essa ligação, você pode pedir para ela ligar para o Zach e falar para ele dispensar meu grupo de buscas também?

Ela e Ravi haviam deixado o grupo deles aos cuidados de Zach e Stella Chapman. Mas os voluntários não encontrariam nada na floresta, porque Jamie fora para a casa de fazenda. Ele estivera bem ali, carregando uma faca que devia ter pegado em casa. Ali, bem no limite da zona de busca, o que significava que sua breve parada ocorrera em outro lugar, antes de ele chegar ali a pé. E havia sido ali, à 00h28, que o Fitbit parou de registrar a frequência cardíaca e a contagem de passos dele. E havia uma faca.

A faca era uma prova. E provas tinham que ser tratadas de maneira adequada, sem desrespeitar a cadeia de custódia. Ninguém ali havia tocado na faca, e ninguém faria isso até a polícia chegar.

Pip discou o número da delegacia de Amersham e se afastou da aglomeração, cobrindo a orelha livre contra o vento.

— Alô, Eliza. Sim, é a Pip Fitz-Amobi. Isso. Tem alguém na delegacia? Aham. Você pode me fazer um favor e perguntar se alguém está livre para vir até a casa de fazenda na estrada Sycamore, em Little Kilton? Sim, foi onde a Andie B... Não, é sobre um caso aberto de desaparecimento. Jamie Reynolds. Encontrei uma faca que está conectada ao caso, e ela precisa ser recolhida e documentada enquanto prova. Eu sei que deveria ligar para o outro número... Você pode me fazer esse favor, Eliza? Eu juro, só esse. — Pip fez uma pausa, ouvindo do outro lado da linha. — Obrigada, obrigada.

Em seguida, ela se juntou a Ravi e avisou:

— Quinze minutos.

Poderiam muito bem aproveitar esse tempo para descobrir por que Jamie tinha ido até lá.

— Você pode manter todo mundo longe dessas árvores? — pediu Pip a Naomi.

— Posso, claro.

— Vem cá.

Pip guiou Ravi até a porta de entrada da casa de fazenda, pintada de vermelho e pendurada nas dobradiças como um queixo caído. Quando entraram, o interior da casa os envolveu em uma iluminação fraca. As janelas estavam sujas de musgo, e o velho carpete manchado estalava sob seus pés. Até o cheiro era de abandono: ferrugem, mofo e poeira.

— Quando nos mudamos? — disse Ravi, olhando ao redor com asco.

— Como se seu quarto fosse muito melhor que isso.

Os dois seguiram pelo corredor, onde o velho papel de parede azul desbotado descascava em rolos, expondo o branco por baixo, como pequenas ondas quebrando contra as paredes. Um arco se abria para um grande espaço que outrora devia ter sido uma sala de estar. Havia uma escada do outro lado, amarelando e descascando, e janelas com cortinas frouxas e desbotadas pelo sol que em outra vida poderiam ter estampas florais. Dois velhos sofás vermelhos se encontravam no meio, pincelados de cinza pela poeira.

Ao se aproximar, Pip percebeu uma lacuna na camada de poeira em uma das almofadas do sofá: uma mancha circular mais clara no tecido. Como se alguém tivesse se sentado ali recentemente.

— Olha.

Ravi chamou a atenção dela para o centro da sala, onde havia três lixeirinhas de metal viradas de cabeça para baixo, como bancos, e embalagens de comida espalhadas ao redor: pacotes de biscoitos e de batatinhas, as embalagens vazias de Pringles, garrafas de cerveja e bitucas de cigarros enrolados à mão.

— Talvez não esteja tão abandonada — comentou Ravi, abaixando-se para pegar uma das bitucas e levando-a ao nariz. — Tem cheiro de maconha.

— Ótimo, agora você deixou suas impressões digitais numa possível cena de crime.

— Ah, é — disse Ravi, cerrando os dentes com um olhar culpado. — Melhor levar essa para minha casa e jogar fora lá. — Ele guardou a bituca no bolso e se levantou.

— Por que alguém viria aqui para fumar e passar o tempo? — questionou Pip, perguntas surgindo de todos os cantos conforme estudava a cena. — Isso é, no mínimo, mórbido. Por acaso não sabem que o corpo da Andie foi encontrado aqui?

— Isso deve fazer parte do charme — opinou Ravi, mudando o tom de voz, como se estivesse narrando o trailer de um filme: — *Um antigo matadouro abandonado, o lugar perfeito para fumar e fazer um lanche.* Parece que esse pessoal vem aqui com frequência, e acho que é uma atividade noturna. Talvez valha a pena voltarmos mais tarde, ficarmos de tocaia e ver quem aparece? A pessoa pode estar conectada ao desaparecimento do Jamie, ou talvez tenha visto algo na última sexta.

— Ficar de tocaia? — Pip sorriu. — Certo, sargento.

— Ei, *você* é a sargento aqui. Não use os apelidos que eu criei contra mim.

— A polícia chegou! — gritou Naomi para dentro da casa de fazenda.

Pip e Ravi estavam mostrando para Connor e Cara o que haviam encontrado.

— Vou lidar com eles — disse Pip.

Ela se apressou pelo corredor e saiu da casa, semicerrando os olhos enquanto se ajustavam à claridade. Uma viatura parou na estrada de cascalho, e as portas da frente se abriram. Daniel da Silva saiu do lado do motorista, endireitando o quepe, e Soraya Bouzidi, do banco do passageiro.

— Oi — cumprimentou Pip, caminhando até eles.

— Eliza avisou que foi você — falou Daniel, sem conseguir esconder o desdém em sua expressão. Ou sem sequer tentar.

Daniel não gostava de Pip desde que ela o considerara um suspeito do assassinato de Andie. Mas não tinha problema, porque Pip também não ia com a cara dele.

— Sim, fui eu. A causa de todos os problemas de Little Kilton desde 2017 — retrucou, sem rodeios, vendo Soraya abrir um breve sorriso. — Venham, é por aqui.

Ela os guiou pela grama e apontou para o pequeno amontoado de árvores.

Daniel e Soraya avançaram pela grama alta até as raízes. Ela observou os dois se inclinarem na direção da faca e depois um para o outro.

— O que é isso? — perguntou Daniel para Pip.

— É uma faca — respondeu ela. Em seguida, explicou melhor: — A mesma faca que havia sumido da casa dos Reynolds. Jamie Reynolds, lembra, que está desaparecido? Amigo da sua irmã?

— Sim, eu...

— Caso número quatro, nove, zero, zero, um, cinco, dois...

— Certo, tudo bem. O que é tudo isso?

Daniel gesticulou para os estudantes, que estavam mais afastados da casa de fazenda.

— Esse é o nosso grupo de busca. Quando a polícia não faz nada, precisamos recorrer aos alunos do ensino médio.

Daniel da Silva mordeu a língua, os músculos nas suas bochechas se contraindo.

— Certo! — gritou ele, surpreendendo-a, e bateu palmas três vezes, bem alto. — Todo mundo embora! Já!

Na mesma hora, os estudantes se dispersaram em grupinhos, sussurrando entre si. Conforme passavam pela polícia e seguiam em direção à estrada, Pip lançou-lhes um aceno de cabeça em agradecimento. Mas as irmãs Ward não partiram, nem Connor ou Ravi, que estavam na entrada da casa de fazenda.

— Essa faca é prova essencial para um caso de desaparecimento — argumentou Pip, tentando recuperar o controle. — Ela precisa ser recolhida, documentada adequadamente e registrada por um perito criminal.

— É, eu sei como evidências funcionam — retrucou Daniel, soturno. Ele apontou para a faca. — Você colocou isso aqui?

— Não — respondeu Pip, aquela sensação quente e primitiva surgindo de novo. — É óbvio que não. Eu nem estava aqui quando foi encontrada.

— Vamos levar a faca — interveio Soraya, posicionando-se de forma apaziguadora entre os dois. Os olhos dela eram tão diferentes dos de Daniel: cheios de gentileza e confiança. — Vou me certificar de que será registrada da maneira correta, não se preocupe.

— Obrigada — disse Pip.

Soraya retornou à viatura. Quando a parceira se encontrava fora do alcance de sua voz, Daniel falou outra vez, sem olhar para Pip.

— Se eu descobrir que isso não é verdade... que você está desperdiçando o tempo da polícia...

— É verdade — interrompeu a garota, as palavras esmagadas para passar por entre seus dentes cerrados. — Jamie Reynolds está desaparecido de verdade. A faca estava aqui de verdade. E eu sei que a polícia não tem recursos para priorizar todos os casos, mas, por favor, me escute. Conte para Hawkins que algo ruim aconteceu aqui. Tenho certeza disso.

Daniel não respondeu.

— Você me ouviu? — insistiu Pip. — Um crime. Alguém pode estar morto. E vocês não estão fazendo nada. Alguma coisa aconteceu com

Jamie bem aqui. — Ela indicou a faca. — Tem a ver com uma pessoa com quem ele vinha conversando pela internet. Uma mulher chamada Layla Mead, mas esse não é o nome real del...

Pip gaguejou até se calar, os olhos percorrendo o rosto à sua frente. Porque, assim que ouviu o nome de Layla, a reação de Daniel foi imediata. Ele fungou, dilatando as narinas, e baixou os olhos como se quisesse escondê-los. Um pequeno rubor se espalhou por suas bochechas enquanto uma mecha do cabelo castanho-claro ondulado caía sobre a testa.

— Você conhece a Layla — declarou Pip. — Está conversando com ela também?

— Não faço ideia do que você está falando.

— Você conhece a Layla. Você sabe quem ela é de verdade?

— Não conversei com ninguém — rebateu Daniel, em um silvo baixo e estridente que provocou arrepios na nuca de Pip. — Ninguém, entendeu? E se eu ouvir mais uma palavra sua sobre isso...

O policial terminou a frase ali, deixando Pip preencher a lacuna por conta própria. Ele se afastou e mudou sua expressão quando Soraya voltou do carro, as mãos em luvas de plástico azul carregando um saco de papel para evidências.

Nome do arquivo:

 Foto da faca nos arredores da casa de fazenda abandonada.jpg

Nome do arquivo:

 Anotações do caso 5.docx

A FACA

Encontrada em um local que corresponde aos dados de contagem de passos de Jamie, antes de o Fitbit parar de funcionar e o celular ser desligado. Acho que isso confirma que foi Jamie quem pegou a faca, o que significa que ele *precisou* passar em casa, para buscar o casaco e a faca, entre a festa do apocalipse e a hora em que foi visto na estrada Wyvil. Mas por que ele precisava de uma arma? O que o deixou com tanto medo?

Se a teoria é que Jamie de fato voltou para casa, como isso se encaixa na linha do tempo de Arthur Reynolds? Como Jamie teria tempo suficiente para passar na casa de Nat da Silva e ainda andar até a própria casa para pegar o casaco e a faca, tudo antes de seu pai voltar às 23h15? Não se trata apenas de um horário apertado, seria quase impossível. Algo na minha linha do tempo não está batendo, o que quer dizer que alguém está mentindo. Eu deveria tentar falar com Nat de novo. Talvez ela seja mais sincera comigo sobre Jamie sem o namorado por perto?

DANIEL DA SILVA

Ele tem conversado com Layla Mead, a reação ao nome deixou isso óbvio. Será que ele sabe quem ela é de verdade? Daniel com certeza estava tentando esconder sua conexão com Layla. Seria porque sabe de alguma coisa? Ou seria só porque não quer que essa informação chegue até sua esposa, que cuida do bebezinho deles enquanto Daniel — supostamente — tem conversas inapropriadas com outra mulher na internet? No ano passado, tive a impressão de que esse tipo de comportamento pode ser típico dele.

Mais uma observação. Agora sabemos de três pessoas com quem Layla Mead vinha conversando: Jamie, Adam Clark e Daniel da Silva. E tem um detalhe um pouco estranho: todos esses homens estão na faixa dos vinte e nove ou trinta anos recém-completados (bem, exceto Jamie, mas era isso que o perfil dele dizia a princípio). E há semelhanças físicas entre os três: brancos com cabelo castanho. É mera coincidência ou há algo a mais por trás disso?

A CASA DE FAZENDA

Jamie foi lá na sexta-feira à noite. Bem, pelo menos esteve do lado de fora. E é óbvio que a casa não está tão abandonada quanto se imaginaria. Precisamos descobrir quem costuma ir para lá e por quê. Se essa pessoa está ligada ao desaparecimento de Jamie.

TOCAIA HOJE À NOITE

Vou buscar Ravi pouco antes da meia-noite e Connor e Cara vão nos encontrar lá. Só tenho que esperar meus pais dormirem. Estacionei meu carro mais adiante na rua e disse que o deixei na escola, para não ouvirem quando eu sair. Preciso me lembrar de não pisar no terceiro degrau da escada, é o que range.

55.86MB de 55.86MB carregados

**Manual de assassinato para boas garotas:
O desaparecimento de Jamie Reynolds**

2ª Temporada, Episódio 2 carregado com sucesso no SoundCloud.

VINTE E SEIS

Connor já havia chegado quando eles estacionaram, seus olhos brilhando diante da luz dos faróis de Pip. Estavam na estrada Old Farm, pouco antes da curva que levava à estrada Sycamore. Ravi entregou a mochila para Pip, suas mãos demorando-se sobre as dela, então saíram do carro.

— Oi — sussurrou Pip para Connor, o vento da meia-noite dançando em seu cabelo e jogando-o em seu rosto. — Conseguiu sair de casa sem problemas?

— Consegui. Acho que minha mãe ainda não tinha dormido, dava para ouvi-la chorando. Mas ela não percebeu nada.

— Cadê a Cara? — questionou Pip, encarando o carro estacionado a dez metros deles.

— Está no carro, conversando com a irmã por telefone. Naomi deve ter percebido que ela saiu. Não acho que Cara se deu ao trabalho de sair de fininho, porque, nas palavras dela, "meus avós são praticamente surdos".

— Ah, entendi.

Ravi se posicionou ao lado de Pip, um escudo entre ela e o vento cortante.

— Você viu os comentários? — perguntou Connor, a voz endurecendo.

Será que ele estava bravo? Estava quase escuro demais para ter certeza.

— Ainda não — respondeu Pip. — Por quê?

— Faz, tipo, três horas que você lançou o episódio, e uma teoria já viralizou no Reddit.

— Que teoria é essa?

— Acham que meu pai matou Jamie. — É, Connor estava bravo, com certeza. Havia um tom cortante em sua voz enquanto se dirigia a ela. — Estão dizendo que ele pegou a faca da nossa casa e seguiu Jamie pela estrada Wyvil. Matou ele, limpou a faca, depois a largou e botou o corpo do meu irmão num esconderijo temporário. Que meu pai ainda estava fora quando eu cheguei em casa à meia-noite, porque não o vi "com meus próprios olhos". E que ele saiu de casa no fim de semana para se livrar do corpo de Jamie de uma maneira mais definitiva. O motivo do crime: meu pai odeia Jamie porque ele é "uma decepção do caralho".

— Eu disse para você não ler os comentários — lembrou Pip calmamente.

— É difícil não ler quando as pessoas estão acusando meu pai de ser um assassino. Ele não machucou o Jamie. Ele nunca faria isso!

— Eu nunca disse que ele faria. — Pip abaixou a voz, esperando que Connor fizesse o mesmo.

— Bem, as pessoas estão comentando o que ouviram no *seu* podcast. De onde estão tirando essas ideias?

— Você me pediu para fazer isso, Connor. Você aceitou os riscos envolvidos. — Pip sentiu o silêncio esmagador da noite. — Eu só apresentei os fatos.

— Bem, *os fatos* não têm nada a ver com meu pai. Se alguém está mentindo, é a Nat da Silva. Não ele.

— Tudo bem. — Pip ergueu as mãos. — Não vou brigar com você. Só estou tentando encontrar o Jamie, está bem? É só isso que estou fazendo.

Mais à frente, Cara tinha acabado de sair do carro. Ela ergueu a mão num cumprimento silencioso ao se aproximar.

Mas Connor não percebeu.

— É, eu sei. — Ele também não percebeu quando Pip levantou as sobrancelhas em advertência. — Mas encontrar o Jamie não tem nada a ver com meu pai.

— Con... — Ravi tentou interromper.

— Não, meu pai não é um assassino! — exclamou Connor.

Cara estava bem atrás dele. Seus olhos ficaram tristes e os lábios se contraíram, abertos em torno de palavras não ditas. Tarde demais, Connor percebeu que a amiga estava ali e coçou o nariz numa tentativa de preencher o momento desconfortável. De repente, Ravi ficou interessadíssimo nas estrelas e Pip gaguejou, tentando encontrar o que dizer. Mas demorou apenas alguns segundos para um sorriso trêmulo tomar o rosto de Cara, vibrando com uma tensão que apenas Pip era capaz de notar.

— Não posso dizer o mesmo — comentou a amiga, fazendo pouco caso, com um dar de ombros exagerado. — Não temos que ficar de tocaia? Ou vamos continuar aqui que nem baratas tontas?

Era uma expressão que ela aprendera nas últimas semanas com a avó. E um jeito fácil de sair daquela situação constrangedora. Pip aproveitou a deixa:

— É, vamos lá.

Seria melhor para todos os envolvidos esquecer os trinta segundos anteriores, como se nunca tivessem acontecido.

Connor caminhou rígido ao lado de Cara enquanto desciam a estrada de cascalho. Pararam de frente para a casa de fazenda abandonada, do outro lado do gramado. Havia mais uma coisa ali, algo que Pip não esperava. Um carro estacionado de qualquer maneira perto da construção.

— Tem alguém aqui? — perguntou ela.

A resposta veio segundos depois, quando um feixe de luz branco brilhou por trás das janelas imundas da casa. Alguém estava lá dentro com uma lanterna.

— Qual a estratégia? — perguntou Ravi para ela. — Abordagem direta ou indireta?

— Qual a diferença? — indagou Connor, a voz de volta ao normal.

— Indireta seria ficar aqui, escondido, e esperar para ver quem é quando a pessoa sair da casa — explicou Ravi. — Direta seria, bem, entrar lá agora, ver quem é e ter uma conversinha. Eu sou mais de ficar escondido, mas tem alguém aqui que gosta de encarar as coisas de frente, então...

— Direta — anunciou Pip, decidida, confirmando o que Ravi já esperava. — Não temos tempo a perder. Vamos. Em silêncio — acrescentou, porque a abordagem direta não era sinônimo de abrir mão do efeito surpresa.

Os quatro caminharam juntos em direção à casa, os passos sincronizados.

— Somos o time dos sonhos ou não somos? — sussurrou Ravi para Pip.

Cara ouviu e soltou um riso que mais parecia um ronco.

— Eu disse *em silêncio* — repreendeu Pip. — Nada de piadas nem de risadas de porco.

Era assim que aqueles dois reagiam em caso de nervosismo.

Pip foi a primeira a alcançar a porta aberta. O luar prateado e espectral nas paredes do corredor iluminava o caminho, guiando-os à sala de estar. Pip deu um passo para dentro da casa e parou quando gargalhadas ecoaram à frente. Havia mais de uma pessoa. E, pelo coro de risos, pareciam ser dois garotos e uma garota, jovens e talvez drogados, considerando que os risos se prolongaram por muito mais tempo que o esperado.

Pip avançou alguns passos silenciosos. Ravi a seguiu de perto, prendendo o fôlego.

— Acho que consigo colocar, tipo, vinte e sete na boca de uma vez — disse uma das vozes.

— Sem chance, Robin.

Pip hesitou. Robin? Era o Robin que ela conhecia, que estava um ano abaixo do dela e jogava futebol com Ant? O que Pip tinha visto comprando drogas de Howie Bowers no ano anterior?

Ela entrou na sala de estar. Três pessoas estavam sentadas nas lixeiras viradas para baixo. Havia luz suficiente para que não fossem meras silhuetas se destacando contra a escuridão, graças a uma lanterna que descansava na gaveta de cima do aparador de madeira torto, com a luz prateada apontada para o teto. E havia três pontinhos amarelos brilhantes das pontas dos cigarros acesos de cada um.

— Robin Caine — chamou Pip, fazendo os três pularem.

Ela não reconheceu os outros, mas a garota gritou e quase perdeu o equilíbrio em cima da lixeira, e o segundo garoto deixou o cigarro cair.

— Cuidado para não causar um incêndio — continuou Pip, observando o garoto tentar recuperar o cigarro enquanto puxava o capuz para esconder o rosto.

Robin enfim pousou os olhos nela, então soltou:

— Aff. Você não, porra.

— Sinto muito, mas *sou eu, porra*. E trouxe companhia — acrescentou Pip, os outros três se amontoando atrás dela na sala.

— O que você está fazendo aqui?

Robin deu uma longa tragada em seu baseado. Longa demais, na verdade, e seu rosto foi ficando vermelho à medida que ele lutava para não tossir.

— O que *você* está fazendo aqui? — rebateu Pip.

Robin ergueu o baseado.

— Essa parte eu já tinha entendido. Você... vem sempre aqui? — perguntou ela.

— Isso é uma cantada? — retrucou Robin, mas se encolheu assim que Ravi se endireitou ao lado de Pip.

— O lixo que você deixou para trás responde a minha pergunta, de qualquer forma. — Pip gesticulou para o monte de embalagens e garrafas de cerveja vazias. — Vocês sabem que estão deixando rastros numa possível cena de crime, não sabem?

— Andie Bell não foi morta aqui — disse Robin, voltando a atenção para o baseado.

Seus amigos permaneciam num silêncio fúnebre, tentando olhar para qualquer lugar, menos para os intrusos.

— Não é disso que estou falando. — Pip mudou o peso de um pé para o outro. — Jamie Reynolds está desaparecido há cinco dias. Ele veio para cá logo antes de sumir. Vocês sabem algo sobre o assunto?

— Não — respondeu Robin, os outros se apressando para concordar com ele.

— Vocês estavam aqui na sexta à noite?

— Não. — Robin checou a hora em seu celular. — Olha, de verdade, você tem que ir embora. Estamos esperando alguém daqui a pouco, e você não pode estar aqui quando ele chegar.

— Quem?

— Óbvio que não vou contar — zombou Robin.

— E se eu me recusar a sair até você contar? — argumentou Pip, chutando uma lata de Pringles vazia para que deslizasse entre o trio.

— Você, em especial, não vai querer estar aqui — garantiu Robin. — Ele deve odiar você mais do que a maioria das pessoas, por ter praticamente botado Howie Bowers na cadeia.

Pip ligou os pontos.

— Aaaaah. Então é algo relacionado a drogas. Você está traficando agora, é isso? — indagou, reparando na bolsa preta estufada de coisas encostada na perna de Robin.

— Não, eu não vendo. — Ele fez uma careta.

— Bem, isso aí parece muito mais do que uso *pessoal*. — Ela apontou para a bolsa que Robin tentava esconder atrás das pernas.

— Eu não vendo, está bem? Eu só pego de uns caras de Londres e trago para cá.

— Então você é, tipo, um aviãozinho — sugeriu Ravi.

— Eles me dão maconha de graça. — A voz de Robin ficou mais aguda, na defensiva.

— Uau, você é um homem de negócios — comentou Pip. — Então alguém treinou você para transportar drogas pelas fronteiras da cidade.

— Não, vai se foder, eu não sou treinado. — Ele checou o celular de novo, o pânico tomando conta de seus olhos, rodopiando na escuridão de suas pupilas. — Por favor, ele vai chegar a qualquer momento. Ele já está puto essa semana porque alguém deu um calote nele, novecentas libras que ele nunca vai recuperar ou sei lá o quê. Você tem que ir embora.

Assim que a última palavra saiu da boca de Robin, todos ouviram o som de pneus no cascalho, o zumbido baixo de um carro parando e sendo desligado, o motor ainda roncando, um barulho que perfurava a noite.

— Alguém chegou — disse Connor, sem necessidade.

— Ah, merda! — exclamou Robin, apagando o baseado na lixeira em que estava sentado.

Mas Pip já estava se virando, passando entre Connor e Cara e atravessando o corredor até a porta da frente escancarada. Ela parou na soleira com um pé no degrau, na noite lá fora, e forçou a vista, tentando esculpir silhuetas reconhecíveis a partir de um bloco de escuridão. Havia um carro de uma cor mais clara parado em frente ao de Robin, mas...

Depois disso Pip não conseguiu ver mais nada, cegada pelo branco feroz dos faróis altos do carro.

Ela cobriu os olhos com as mãos enquanto o motor acelerava — e então o carro disparou pela estrada Sycamore, desaparecendo em uma nuvem de poeira e espalhando cascalho por todos os lados.

— Gente! — chamou Pip. — Meu carro. Agora. Corram!

Ela entrou em ação, avançando pela grama até a poeira rodopiante da estrada. Ravi a ultrapassou na virada, gritando:

— Chaves!

Pip as tirou do bolso da jaqueta e jogou para ele.

Ravi destrancou o Fusca e se enfiou no lado do passageiro. Quando Pip se lançou no banco do motorista, a chave já estava na ignição. Ela a girou e acendeu os faróis, iluminando Cara e Connor correndo em sua direção.

Pip acelerou assim que eles entraram no carro, antes mesmo de Cara bater a porta.

— O que você viu? — perguntou Ravi quando Pip virou a esquina, perseguindo o outro veículo.

— Nada. — Ela pressionou o pedal, ouvindo o cascalho bater nas laterais de seu carro. — Mas ele deve ter me visto na porta. E agora está fugindo.

— Por que ele fugiu? — perguntou Connor, agarrando o encosto de cabeça de Ravi.

— Não sei. — Pip acelerou quando a estrada desceu uma colina. — Mas fugir é o que culpados costumam fazer. Aquelas são as lanternas traseiras dele? — Ela tentou enxergar à distância.

— São — confirmou Ravi. — Meu Deus, ele está indo rápido. Você precisa acelerar.

— Já estou a setenta e dois quilômetros por hora — disse Pip, mordendo o lábio e pressionando um pouco mais o acelerador.

— Esquerda, ele virou à esquerda ali. — Ravi apontou.

Pip dobrou a esquina, entrando em mais uma rua não asfaltada.

— Vai, vai, vai! — incentivou Connor.

Pip estava se aproximando do outro carro, a carroceria branca visível contra as cercas vivas ao redor da estrada.

— Preciso chegar perto o suficiente para ler a placa — avisou Pip.

— Ele está acelerando de novo — anunciou Cara, o rosto enfiado entre os bancos de Pip e Ravi.

Ela acelerou, o velocímetro passando de oitenta quilômetros e subindo cada vez mais, diminuindo a distância entre os veículos.

— Direita! — exclamou Ravi. — Ele foi para a direita.

Era uma curva fechada. Pip tirou o pé do acelerador e segurou o volante com mais força. Eles viraram a esquina em alta velocidade, mas havia algo errado.

Pip sentiu o volante escapar, escorregando de suas mãos.

O carro estava derrapando.

Ela tentou girá-lo, corrigir a trajetória.

Mas estava rápido demais e continuou indo. Alguém gritou, mas Pip não conseguia identificar quem era por cima do barulho dos pneus. Eles derraparam para a esquerda e para a direita, antes de girar em círculos.

Todos estavam gritando enquanto o carro girou até parar, com a frente do automóvel virada para a contramão, o capô parcialmente cravado nas plantas ao redor da estrada.

— Merda — xingou Pip, dando um soco no volante e fazendo a buzina soar por uma fração de segundo. — Todo mundo bem?

— Aham — respondeu Connor, a respiração pesada e o rosto corado.

Ravi se virou e trocou um olhar com Cara, que estava abalada, antes de se voltar para Pip. Ela sabia o que aquele olhar significava, o segredo que os três guardavam e que Connor nunca poderia descobrir: que Max Hastings e Naomi, a irmã de Cara, haviam se envolvido em um acidente de carro quando tinham a mesma idade que eles, e Max convencera os amigos a abandonar um homem gravemente ferido na estrada. Aquele tinha sido, de fato, o começo de tudo, de como Sal acabou sendo assassinado.

E eles, de maneira imprudente, passaram perto de algo assim.

— Foi uma ideia idiota — disse Pip, aquela coisa em sua barriga aumentando para consumir uma parte maior dela. Aquilo era culpa, não era? Ou vergonha. Ela não deveria agir assim de novo, perdendo o controle mais uma vez. — Desculpe.

— É minha culpa. — Os dedos de Ravi apertaram os dela. — Eu falei para você ir mais rápido. Desculpe.

— Alguém viu a placa? — perguntou Connor. — Só consegui ver a primeira letra, era um N ou um H.

— Não vi — disse Cara —, mas era um carro esportivo. Um carro esportivo branco.

— Uma BMW — acrescentou Ravi, e Pip se retesou, os dedos apertando os do namorado. Ravi se virou para ela. — O quê?

— Eu... Eu conheço uma pessoa que tem um carro daqueles — comentou ela baixinho.

— Bem, é, eu também — disse Ravi. — Mais de uma pessoa, provavelmente.

— É. — Pip exalou. — Mas a pessoa que eu conheço é o novo namorado da Nat da Silva.

QUINTA-FEIRA
DESAPARECIDO HÁ 6 DIAS

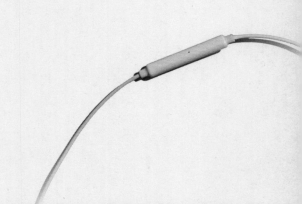

VINTE E SETE

Um bocejo irrompeu enquanto Pip encarava a torrada diante de si. Sem fome.

— Por que você está tão cansada hoje de manhã? — perguntou a mãe, observando-a por cima de sua xícara de chá.

Pip deu de ombros, cutucando a torrada no prato. Josh estava sentado na frente dela, cantarolando enquanto enfiava cereal na boca e balançando as pernas debaixo da mesa até dar um chute na irmã acidentalmente de propósito. Pip não reagiu, apenas encolheu os joelhos e se sentou de pernas cruzadas na cadeira. Ao fundo, o rádio estava sintonizado na BBC Three Counties, como sempre. A música estava no fim, os apresentadores falando por cima do som da bateria desvanecendo.

— Você está se envolvendo demais com essa coisa do Jamie? — questionou a mãe.

— Não é uma coisa, mãe — retrucou Pip, percebendo que estava se irritando, o sentimento quente e instável se espalhando sob sua pele. — É a vida dele. Um bom motivo para ficar cansada.

— Tudo bem, tudo bem — disse a mãe, recolhendo a tigela vazia de Josh. — Tenho o direito de me preocupar com você.

Pip queria que a mãe não se preocupasse. Ela não precisava da preocupação de ninguém. Jamie, sim.

Uma mensagem de Ravi apareceu no celular dela. *Saindo para o tribunal esperar a deliberação. Como você está? Beijos*

Pip se levantou e pegou o aparelho, carregando o prato com a outra mão e deslizando a torrada para dentro da lixeira. Sentiu o olhar da mãe a acompanhando.

— Ainda não estou com fome — explicou. — Vou levar uma barra de cereal para a escola.

Ela só tinha dado alguns passos pelo corredor quando a mãe a chamou de volta.

— Só vou ao banheiro! — rebateu.

— Pip, vem aqui agora! — gritou a mãe.

Foi um grito de verdade, um som que Pip quase nunca ouvia da boca dela, áspero e desesperado.

No mesmo instante, Pip gelou, qualquer expressão sumindo de seu rosto. Ela deu meia-volta e correu para a cozinha, as meias deslizando no chão de carvalho.

— O que, o que, o quê? — perguntou, os olhos passando do irmão confuso para a mãe, que aumentava o volume do rádio.

— Ouça.

— *... um passeador de cães encontrou um corpo por volta das seis da manhã de ontem no bosque ao lado da A413, entre Little Kilton e Amersham. Os policiais ainda estão no local. O falecido ainda não foi identificado, mas foi descrito como um homem branco de vinte e poucos anos. Por enquanto, a causa da morte é desconhecida. Um porta-voz da Polícia do Vale do Tâmisa disse que...*

— Não. — A palavra devia ter saído dela, mas Pip não se lembrava de tê-la dito. Não se lembrava de mexer a boca, nem de sentir o som raspar no nó em sua garganta. — Não não nãonãonão.

Ela não sentia nada além de um entorpecimento, seus pés parecendo tão pesados que afundavam no chão, as mãos caindo de seu corpo dedo por dedo.

— P... i... p?

O mundo ao seu redor se mexia muito devagar, como se o cômodo estivesse flutuando, ela e o espaço pausados no centro daquele pânico.

— Pip!

E então tudo entrou em foco outra vez, o tempo voltou a andar, e ela ouviu o próprio coração batendo nos ouvidos. Pip se virou para a mãe, que estava com o mesmo olhar aterrorizado que ela.

— Vai — instruiu a mãe, virando Pip pelos ombros com pressa. — Vai! Eu ligo para a escola e aviso que você vai chegar atrasada.

— *A próxima é uma das minhas músicas favoritas dos anos 1980, "Sweet Dreams"...*

— Ele, ele não pode estar...

— Vai — repetiu a mãe, empurrando Pip pelo corredor enquanto seu celular começava a vibrar com uma ligação de Connor.

Foi o amigo quem abriu a porta para ela, com os olhos vermelhos e um tremor nervoso no lábio superior. Pip entrou na casa sem dizer uma palavra. Só agarrou o braço de Connor por um longo momento. Então o soltou e perguntou:

— Cadê sua mãe?

— Aqui. — A voz de Connor saiu fraca e áspera.

Ele conduziu Pip até a sala de estar fria.

A luz do dia parecia inadequada ali: agressiva demais, brilhante demais, viva demais. E Joanna se encontrava encolhida contra a claridade, enrolada em um cobertor velho no sofá, o rosto enterrado em um lenço de papel.

— Pip está aqui — avisou Connor, a voz pouco acima de um sussurro.

Joanna levantou a cabeça. Seus olhos estavam inchados, e ela parecia diferente, como se algo em seu rosto tivesse se partido.

Ela não falou nada, apenas estendeu os braços, e Pip cambaleou para se sentar no sofá. Joanna a envolveu, e a garota a abraçou de volta, sentindo o coração da mulher bater contra o próprio peito.

— Nós precisamos ligar para o detetive Hawkins na delegacia de Amersham — disse Pip, recuando. — Perguntar se a polícia já identificou o...

— Arthur está no telefone com eles agora.

Joanna se arrastou para abrir um espaço para o filho entre elas. Quando Connor se sentou, a perna dele apertada contra a de Pip, a garota ouviu a voz de Arthur se aproximar, saindo da cozinha.

— É — disse ele, entrando na sala com o telefone na orelha. O olhar de Arthur recaiu sobre Pip. Seu rosto parecia cinza, a boca era uma linha tensa. — Jamie Reynolds. Não, *Reynolds*, com um R. Número do caso? Hum...

Arthur se voltou para Joanna.

Ela começou a se levantar do sofá, mas Pip a interrompeu:

— Quatro, nove, zero — respondeu, e Arthur repetiu os números no telefone. — Zero, um, cinco. Dois, nove, três.

Arthur acenou para Pip com a cabeça.

— Isso. Desaparecido desde a última sexta-feira. — Ele mordeu o polegar. — O corpo encontrado perto da A413, já sabem de quem é? Não. Não, não me coloquem em espera de no...

Ele se recostou na porta e deixou a cabeça pender sobre um dedo até formar vincos na testa. Esperando.

E esperando.

Foi a pior espera da vida de Pip. Ela sentia um aperto tão grande no peito que precisava forçar o ar para dentro e para fora pelo nariz. A cada respiração, parecia que estava prestes a vomitar, e tinha que engolir a bile.

Por favor, pedia em pensamento, sem fazer ideia de para quem. Para qualquer um. *Por favor, por favor, não deixe que seja Jamie. Por favor.* Ela havia prometido para Connor. Prometido que encontraria o irmão dele. Prometido que o salvaria. *Por favor. Por favor, ele não.*

Os olhos de Pip deslizaram de Arthur para o amigo ao seu lado.

— Eu deveria estar aqui? — perguntou sem emitir som, só mexendo os lábios.

Connor indicou que sim com a cabeça e segurou a mão dela, as palmas dos dois úmidas e grudentas. Ele pegou a mão de Joanna do outro lado.

Esperando.

Arthur estava de olhos fechados, pressionando as pálpebras com tanta força que devia machucar, o peito subindo em movimentos entrecortados.

Esperando.

Até que...

— Sim? — atendeu ele, arregalando os olhos.

Os batimentos cardíacos de Pip estavam tão altos e acelerados que parecia que ela era apenas um coração e a pele ao redor.

— Olá, detetive — cumprimentou Arthur. — Sim, estou ligando por isso. Sim.

Connor apertou a mão de Pip, quase esmagando seus ossos.

— Sim, eu entendo. Então, é...? — A mão livre de Arthur tremia ao lado do corpo. — Sim, eu entendo.

Ele ficou quieto, prestando atenção ao outro lado da linha.

Então sua expressão se desmanchou.

Partida ao meio.

Arthur se dobrou para a frente, seus dedos afrouxando ao redor do telefone. Ele cobriu o rosto com a outra mão e gritou nela, um som alto e desumano que atravessou seu corpo.

A mão de Connor que segurava a de Pip perdeu a força. O queixo dele caiu.

Arthur se endireitou, lágrimas escorrendo até a boca aberta.

— Não é o Jamie — anunciou.

— O quê? — Joanna se levantou, levando as mãos ao rosto.

— Não é o Jamie — repetiu Arthur, engasgando com um soluço e largando o aparelho. — É outra pessoa. A família acabou de identificar. Não é o Jamie.

— Não é o Jamie? — ecoou Joanna, como se mal pudesse acreditar.

— Não é ele — respondeu Arthur, cambaleando para envolvê-la num abraço, chorando com o rosto enfiado no cabelo da esposa. — Não é nosso menino. Não é o Jamie.

Connor soltou Pip e se juntou aos pais, as bochechas coradas e cheias de lágrimas. Os três se abraçaram e choraram um choro de alívio, dor e confusão. Eles o tinham perdido por um tempo. Durante alguns minutos, para eles e para Pip, Jamie Reynolds estivera morto.

Mas não era ele.

Pip levou a manga do suéter aos olhos, as lágrimas quentes escorrendo e ensopando o tecido.

Obrigada, pensou ela para a entidade invisível em sua cabeça. *Obrigada*.

Eles tinham mais uma chance.

Ela tinha uma última chance.

Nome do arquivo:

 Manual de assassinato para boas garotas 2ª TEMPORADA: Entrevista com Arthur Reynolds.wav

PIP: Certo, gravando. O senhor está bem?

ARTHUR: Estou. Estou pronto.

PIP: Então, por que não queria ser entrevistado nem se envolver na investigação antes?

ARTHUR: Sinceramente? Eu estava com raiva. Na minha cabeça, eu estava convencido de que Jamie tinha fugido de novo. E ele sabe como ficamos preocupados da primeira vez. Eu não queria ceder à ideia da Joanna e do Connor de que Jamie estava mesmo desaparecido porque eu não achava que fosse verdade. Não queria acreditar que havia algo errado. Acho que, em vez disso, preferi ficar zangado com ele. Mas eu estava errado. Tempo demais já se passou. E se Jamie estivesse por aí, a essa altura já teria ouvido falar do seu podcast. Ele teria voltado para casa se pudesse.

PIP: E por que o senhor achou que Jamie tinha fugido de novo? Foi porque vocês discutiram pouco antes do memorial?

ARTHUR: Foi. Não gosto de discutir com Jamie, só quero o que é melhor para ele. Quero incentivá-lo a tomar boas decisões, a fazer algo que ama. Sei que ele é capaz disso. Mas, nos últimos anos, Jamie parecia estar empacado. Talvez eu tenha tentado do jeito errado. Só que não sei como ajudá-lo.

PIP: E sobre o que vocês discutiram na última sexta?

ARTHUR: Era só... Era algo que vinha ganhando força há algum tempo. Ele tinha me pedido um monte de dinheiro emprestado recentemente, e sei lá... ele disse algo que me fez pensar sobre dinheiro e responsabilidade e encontrar uma carreira. Mas Jamie não queria ouvir falar disso.

PIP: Quando foi que ele pediu dinheiro emprestado?

ARTHUR: Ah, foi... Joanna estava jogando badminton, então deve ter sido na terça. É, terça-feira, 10 de abril.

PIP: Ele disse por que precisava do dinheiro?

ARTHUR: Não, era essa a questão. Ele não queria me contar. Só falou que era muito importante. Então, é claro, eu disse que não. Era uma quantia inacreditável.

PIP: Se o senhor não se importar, pode dizer quanto o Jamie pediu emprestado?

ARTHUR: Novecentas libras.

PIP: Novecentas?

ARTHUR: Isso.

PIP: Exatamente novecentas?

ARTHUR: Isso. Por quê? Qual é o problema?

PIP: É só que... ouvi esse número recentemente, sobre outra pessoa. Um cara chamado Luke Eaton mencionou ter perdido novecentas libras essa semana. Acho que ele está envolvido com dro... Enfim, é algo que vou investigar. Então, depois que o senhor saiu do pub na sexta à noite, a que horas chegou em casa?

ARTHUR: Não me lembro de olhar o horário exato, mas com certeza era antes das 23h30. Talvez 23h20.

PIP: E a casa estava vazia, certo? O senhor não viu Jamie?

ARTHUR: Não, eu estava sozinho. Fui para a cama, mas ouvi Connor chegar mais tarde.

PIP: E não teria como Jamie ter entrado de fininho antes disso? Tipo, logo depois de o senhor ter chegado?

ARTHUR: Não. Eu fiquei sentado aqui na sala de estar por um tempo. Eu teria ouvido a porta da frente.

PIP: Nós achamos que Jamie voltou aqui para pegar o casaco e a faca, então ele deve ter entrado e saído de novo antes de o senhor chegar em casa. O senhor sabe algo a respeito disso?

ARTHUR: Não. Eu nem sabia que a faca tinha sumido até Joanna me contar.

PIP: Então, onde esteve no último fim de semana inteiro, quando Jamie já havia desaparecido? Connor falou que o senhor não parou muito em casa.

ARTHUR: Estava dirigindo, procurando por ele. Achei que ele pudesse estar em algum lugar, espairecendo, e pensei em conversar com ele, consertar as coisas, fazê-lo voltar para casa. Mas não achei Jamie em lugar algum.

PIP: O senhor está bem, sr. Reynolds?

ARTHUR: Não. Estou apavorado. Apavorado porque a última coisa que eu fiz foi discutir com meu filho. As últimas palavras que falei para ele foram ditas com raiva. Eu nunca disse a ele que o amava muito, e estou com medo de nunca mais ter essa oportunidade. Jamie veio até mim, me pediu ajuda, e eu recusei. *Vida ou morte*, foi o que ele falou para a sua mãe sobre o dinheiro, não foi? E eu disse não. Eu sou o pai dele, Jamie deveria ser capaz de contar comigo para qualquer coisa. Ele me pediu ajuda e eu neguei. E se isso tudo for culpa minha? Se eu tivesse dito sim para ele, talvez... talvez...

VINTE E OITO

As árvores da Cross Lane balançavam acima de Pip, perseguindo a sombra da garota projetada pelo sol da manhã, sem nunca alcançá-la.

Ela dera carona para Connor até a escola depois que todos se acalmaram, mas não entrou com ele. Sua mãe já havia avisado para a direção que ela chegaria atrasada, então Pip decidiu fazer bom uso disso. Não dava mais para evitar: ela precisava falar com Nat da Silva. Naquele momento, todas as estradas levavam a Nat.

Inclusive a estrada em que Pip se encontrava no momento.

Seu olhar permanecia fixo na porta da frente pintada de azul enquanto ela subia o caminho de concreto. Pip permaneceu nele no ponto em que virava rumo à casa.

Ela respirou fundo, reunindo forças, e apertou a campainha em duas breves explosões mecânicas. Então esperou, mexendo com nervosismo no cabelo despenteado, o coração ainda acelerado.

Uma silhueta surgiu por trás do vidro fosco, borrada e lenta ao se aproximar.

A porta foi aberta com um estalo, e ali estava Nat, com seu cabelo platinado afastado do rosto e linhas de delineador sustentando os olhos azuis pálidos.

— Olá — cumprimentou Pip, com o máximo de animação que conseguiu.

— Que inferno. O que você quer agora?

— Queria perguntar algumas coisas para você, sobre o Jamie.

— Já contei tudo o que eu sabia. Não sei onde Jamie está e ele ainda não entrou em contato comigo. — Nat fez menção de fechar a porta.

— Encontraram um corpo — disparou Pip, tentando impedi-la. Funcionou. — Não era o Jamie, mas poderia ser. Já faz seis dias, Nat, e nada dele. Jamie está mesmo em apuros. E você deve ser a pessoa que melhor o conhece. Por favor. — A voz de Pip falhou. — Não por mim. Sei que você me odeia e entendo o motivo. Mas, por favor, me ajude, pelo bem dos Reynolds. Acabei de vir da casa deles, e durante vinte minutos achamos que Jamie estava morto.

Foi sutil, quase sutil demais para se notar, mas a expressão de Nat se tornou mais suave. Algo cintilou em seus olhos, deixando-os vidrados e tristes.

— Você...? — começou ela, devagar. — Você acha que Jamie está correndo perigo?

— Estou tentando manter a esperança, pela família dele. Mas... não sei.

Nat relaxou um pouco o corpo, mordendo o lábio.

— Você e Jamie andavam conversando nas últimas semanas? — perguntou Pip.

— Aham, um pouco.

— Ele mencionou uma pessoa chamada Layla Mead para você?

Nat olhou para cima, pensando, mordendo ainda mais o lábio, os dentes pressionando a pele.

— Não. Nunca ouvi esse nome.

— Tudo bem. E eu sei que você disse que ele não veio para cá, mas por acaso Jamie passou na sua casa depois do memorial, como planejado? Umas 22h40?

— Não. — Nat inclinou a cabeça, o cabelo quase branco curto caindo sobre a vista. — Eu já falei isso, a última vez que o vi foi no memorial.

— É que... Bem, uma testemunha ocular viu Jamie entrar na sua casa por volta dessa hora. Disse que o viu na Cross Lane e descreveu sua casa de maneira muito precisa.

Nat piscou, e seu olhar voltou a endurecer.

— Bom, eu não me importo com o que a droga da sua testemunha ocular falou. Ela está errada. Jamie não veio para cá.

— Certo, desculpe. — Pip ergueu as mãos. — Era só uma pergunta.

— Você já me perguntou isso e eu já respondi. Mais alguma coisa? — Nat apertou a beirada da porta de novo.

— Uma última coisa — respondeu Pip, encarando os dedos de Nat. Da última vez que aquilo acontecera, Nat tinha batido a porta na cara dela. *Tome cuidado, Pip.* — Bem, é sobre o seu namorado, Luke Eaton.

— É, eu sei o nome dele — cuspiu Nat. — O que tem ele?

— É que, hum... — Pip não sabia como abordar o assunto, então decidiu falar rápido. — Hum, então, acho que Luke está envolvido com drogas. Tem um garoto que pega a mercadoria de uma gangue de Londres, e acho que ele distribui para vários traficantes na cidade.

A expressão de Nat se enrijeceu.

— E o lugar onde ele as distribui... é a casa de fazenda onde o corpo de Andie foi encontrado. Só que esse também é o último lugar onde Jamie esteve antes de algo acontecer com ele. Portanto, há uma possível conexão com Luke.

Nat se mexeu, os dedos ficando brancos de tanto apertar a porta.

— E tem mais... — continuou Pip, sem deixar brecha para Nat falar. — O garoto que Luke usa para trazer as drogas disse que ele estava irritado essa semana porque perdeu novecentas libras. E essa é a exata quantia que Jamie pediu emprestado para o pai há duas semanas...

— Aonde você quer chegar com isso? — perguntou Nat, inclinando a cabeça e deixando que seus olhos fossem tomados pelas sombras.

— Fiquei pensando que talvez Luke também empreste dinheiro para as pessoas e que talvez ele tenha emprestado para Jamie, mas

Jamie não conseguiu pagar de volta, então pediu para o pai, e estava desesperado o bastante para tentar roubar do trabalho, alegando que era uma questão de vida ou morte... — Pip fez uma pausa, ousando encarar Nat. — E, quando conversamos antes, você pareceu ter estranhado quando Luke afirmou que tinha ficado em casa a noite toda na sexta-feira, então eu fiquei na dúvida se...

— Ah, você ficou na dúvida, é? — O lábio superior de Nat tremeu, e Pip conseguia sentir a raiva exalando dela como uma onda de calor. — Qual é o seu problema? Você não pode sair por aí brincando com a vida das pessoas.

— Não estou brincando, é para...

— Eu não tenho nada a ver com o Jamie. Nem o Luke! — gritou Nat, dando um passo para trás. — Droga, Pip, só me deixe em paz. Por favor, me deixe em paz. — Sua voz tremeu.

Então a porta se fechou e o rosto de Nat desapareceu, o som ecoando no abismo da barriga de Pip enquanto ela se afastava da casa.

Foi quando Pip virou na Gravelly Way, a caminho da escola, que teve aquela sensação pela primeira vez. Algo parecido com estática subindo por seu pescoço. Ela sabia o que era, já sentira aquilo antes. Um olhar. Alguém a observava.

Pip parou na rua, espiando por cima do ombro. Não havia ninguém atrás dela na estrada Chalk além de um homem desconhecido empurrando um carrinho de bebê, com os olhos voltados para baixo.

Ela se voltou para a frente, estudando as janelas das casas que ladeavam a rua. Não havia rostos encostados em nenhuma delas, embaçando o vidro com sua respiração. Então examinou os carros estacionados na rua. Nada. Ninguém.

Pip jurava que tinha sentido alguém a observando. Talvez estivesse apenas enlouquecendo.

Ela seguiu rumo à escola, apertando as alças da mochila. Levou algum tempo para perceber que não estava ouvindo apenas os próprios passos. Havia os passos fracos de mais alguém no intervalo entre os dela, o som vindo da direita. Pip se virou naquela direção.

— Bom dia — chamou uma voz do outro lado da rua.

Era Mary Scythe, do *Kilton Mail*, passeando com um labrador preto.

— Bom dia — cumprimentou Pip, mas as palavras soaram ocas até para seus ouvidos.

Por sorte, naquele momento seu celular tocou. A garota deslizou o dedo pela tela para atender.

— Pip — começou Ravi.

— Ai, meu Deus — disse ela, mergulhando e se aconchegando na voz dele. — Você não vai acreditar no que aconteceu hoje de manhã. Saiu uma notícia dizendo que um corpo tinha sido encontrado, um homem branco na casa dos vinte anos. Eu entrei em pânico e fui para a casa do Connor, mas o pai dele falou com a polícia e não era Jamie, era outra pessoa...

— Pip?

— E Arthur finalmente aceitou conversar comigo sobre a investigação. Ele me contou que Jamie pediu novecentas libras emprestadas, a quantia exata que Robin disse que Luke tinha perdido esta semana...

— Pip?

— Seria coincidência demais, não é? Então fui visitar Nat, e ela insiste que Jamie não passou lá depois da festa...

— Pip, eu realmente preciso que você pare de falar e me escute — interrompeu Ravi, seu tom de voz penetrante de um jeito inédito.

Pip prestou atenção.

— O que houve? Desculpe. O que houve? — perguntou ela, os pés diminuindo o ritmo até pararem.

— O júri acabou de dar o veredito.

— Já? E aí?

Ravi não disse mais nada, e ela conseguiu ouvir a respiração dele entalar na garganta.

— Não. — Antes que sua mente conseguisse processar a falta de resposta, o coração de Pip acelerou ao ouvir aquilo. — Ravi? O que aconteceu? Não me diga que... Não é possível...

— O júri o considerou inocente de todas as acusações.

Pip não conseguiu entender o que ele disse em seguida. Todo o sangue foi para seus ouvidos, produzindo um som de vendaval preso em sua cabeça. A mão dela encontrou uma parede, e Pip se apoiou, abaixando-se para sentar na calçada de concreto fria.

— Não — sussurrou ela, porque, se elevasse um pouco o tom de voz, acabaria gritando.

Talvez gritasse mesmo assim. Sentia o grito arranhando suas entranhas, lutando para sair. Pip segurou o rosto e fechou a boca, cravando as unhas nas bochechas.

— Pip — disse Ravi, gentil. — Sinto muito. Não consegui acreditar. Ainda não acredito. Não é justo. Não está certo. Se eu pudesse fazer qualquer coisa para mudar isso, eu faria. Qualquer coisa. Pip? Você está bem?

— Não — respondeu, cobrindo a boca com a mão.

Ela nunca mais ficaria bem. Era a pior coisa que poderia ter acontecido. Ela cogitara aquela possibilidade, tivera pesadelos a respeito, mas sabia que, no fundo, não poderia acontecer de verdade. Não aconteceria. Mas havia acabado de acontecer. E a verdade não importava mais.

Max Hastings, inocente. Embora ela tivesse uma gravação de áudio em que ele admitia tudo. Embora ela soubesse que ele era culpado, sem sombra de dúvidas. Mas não, ela e Nat da Silva e Becca Bell e todas aquelas mulheres da universidade passaram a ser as mentirosas. E um estuprador em série estava livre.

Sua mente se voltou para Nat.

— Ai, meu Deus, Nat! — exclamou Pip, afastando a mão do rosto. — Ravi, eu tenho que ir, tenho que voltar para a casa dela. Ver como ela está.

— Está bem, eu te a... — começou ele, mas era tarde demais.

Pip já havia apertado o botão vermelho e se posto de pé, caminhando de volta pela Gravelly Way. Ela sabia que Nat a odiava. Mas também sabia que não deveria estar sozinha quando recebesse a notícia. Ninguém deveria estar sozinho em um momento daqueles.

Pip correu, os tênis batendo desconfortavelmente na calçada, fazendo seu corpo estremecer. Seu peito doía como se o coração quisesse parar, desistir. Mas ela correu e se forçou a ir mais rápido ao virar a esquina na Cross Lane, até a porta pintada de azul.

Ela bateu dessa vez, esquecendo-se da campainha porque sua mente estava ocupada repassando os últimos minutos. Aquilo não podia ter acontecido de verdade, podia? Não podia ser real. Não parecia real.

A silhueta de Nat surgiu por trás do vidro fosco, e Pip tentou decifrá-la, estudá-la, para descobrir se seu mundo já havia sido destruído.

Nat abriu a porta, cerrando o maxilar assim que viu Pip parada ali.

— Chega, eu já disse para você...

Então ela reparou na respiração entrecortada de Pip. No horror estampado em seu rosto.

— O que foi? — perguntou Nat, abrindo a porta por completo. — Jamie está bem?

— V-você ficou sabendo? — disse Pip, e não reconheceu a própria voz. — Do veredito?

— O quê? — Nat franziu o cenho. — Não, ninguém me ligou ainda. Já terminaram? O quê...?

Pip viu o momento em que a ficha caiu, o momento em que Nat decifrou o que estava estampado em seu rosto. O momento em que os olhos dela perderam o brilho.

— Não — disse Nat. Foi mais o ar saindo de sua boca do que uma palavra.

Ela cambaleou para trás, afastando-se da porta e levando as mãos ao rosto, arfando, os olhos vidrados.

— Não! — Dessa vez, a palavra foi um grito estrangulado, sufocando-a.

Nat bateu com as costas na parede do corredor. Um porta-retrato caiu do gancho e rachou ao atingir o chão.

Pip disparou para dentro da casa, puxando Nat pelos braços enquanto a outra deslizava pela parede. Mas Pip perdeu o equilíbrio e as duas tombaram, Nat até o chão, ela de joelhos.

— Sinto muito. Sinto muito, muito mesmo — disse Pip.

Nat começou a chorar, e a maquiagem arruinada manchou sua pele, lágrimas escuras escorrendo pelas bochechas.

— Não pode ser verdade. Não pode ser verdade. PORRA!

Pip se sentou de frente para ela e a abraçou, mesmo achando que Nat fosse se afastar, ou empurrá-la. Mas Nat não fez isso. Ela se aproximou de Pip, envolveu seu pescoço com os braços e se segurou ali. Com força.

Nat enterrou o rosto no ombro de Pip e gritou, o som embrenhando-se no suéter dela. Sua respiração quente e irregular se espalhava pela pele de Pip. Então o grito se libertou e Nat chorou, a intensidade de sua dor sacudindo as duas.

— Sinto muito mesmo — sussurrou Pip.

VINTE E NOVE

O grito de Nat não abandonou Pip. Ela ainda o sentia se esgueirando sob sua pele. E o sentiu ferver quando entrou na aula de história dezoito minutos atrasada e o sr. Clark comentou:

— Ah, Pip. Resolveu nos prestigiar com sua presença? Por acaso acha que seu tempo é mais valioso que o meu?

— Não, senhor, desculpe, senhor — respondeu, baixinho, quando tudo o que queria era gritar que sim, o tempo dela provavelmente era mais valioso.

Ela se sentou ao lado de Connor no fundo da sala e segurou a caneta com tanta força que a quebrou, pedaços de plástico estourando entre seus dedos.

Quando o sinal do almoço tocou, os dois saíram da sala. Cara já havia contado o veredito para Connor — a amiga soubera por Ravi, que havia mandado uma mensagem para ela, preocupado, quando não teve resposta de Pip.

— Sinto muito. — Foi a única coisa que Connor disse enquanto caminhavam até o refeitório.

Era a única coisa que ele podia dizer, a única que Pip podia dizer também, mas nenhum "sinto muito" consertaria aquela situação.

Eles encontraram os amigos na mesa de sempre, e Pip se sentou ao lado de Cara, apertando sua mão de leve.

— Você contou para a Naomi? — perguntou.

Cara assentiu.

— Ela está arrasada, não consegue acreditar.

— É, uma merda isso — comentou Ant bem alto, intrometendo-se enquanto abria seu segundo sanduíche.

Pip se virou para ele.

— Onde vocês estavam ontem, quando organizamos os grupos de busca?

Ele ergueu as sobrancelhas, adotando um ar ofendido enquanto engolia um pedaço do sanduíche.

— Era quarta, eu estava no futebol — respondeu, sem olhar para Connor.

— Lauren? — chamou Pip.

— O q...? Minha mãe me fez ficar em casa estudando francês — explicou a garota, com a voz aguda e na defensiva. — Não sabia que vocês esperavam que todos nós participássemos.

— O irmão do seu melhor amigo desapareceu — reiterou Pip, sentindo Connor ficar tenso ao seu lado.

— É, eu sei. — Ant abriu um breve sorriso para Connor. — Sinto muito, mas não acho que Lauren ou eu podemos mudar isso.

Pip queria continuar pegando no pé deles, continuar alimentando o grito em seu interior, mas foi distraída por alguém atrás de Ant. Pip se levantou, seguindo seu olhar até Tom Nowak, que ria alto com os amigos em outra mesa.

— Licença — pediu Pip, embora já tivesse se afastado e contornado a mesa deles, atravessando o caos barulhento do refeitório. — Tom — chamou, e em seguida repetiu o nome, mais alto que as gargalhadas.

Tom largou a garrafa aberta de Coca-Cola e se virou para ela. Pip percebeu alguns amigos dele, sentados do lado oposto da mesa, sussurrando e dando cotoveladas uns nos outros.

— Oi, e aí? — cumprimentou Tom, as bochechas com covinhas graças a um sorriso descontraído.

Pip explodiu ao ver aquela expressão.

— Você mentiu para mim, não foi? — acusou, mas não era uma pergunta de verdade, e ela não esperou por uma resposta.

Pelo menos ele parou com o sorriso falso.

— Você não viu Jamie Reynolds na sexta à noite — continuou Pip. — Duvido que sequer estivesse próximo da Cross Lane. Só mencionou essa rua porque era perto da festa do apocalipse, e o resto foi culpa minha. Eu sem querer conduzi a testemunha. Você percebeu minhas reações ao ouvir o nome da rua e a cor da porta da frente, e usou isso para me manipular. Você me fez acreditar em algo que nunca aconteceu!

As pessoas nas mesas mais próximas assistiam à cena, os olhares causando um formigamento na pele de Pip.

— Jamie não foi para a casa da Nat da Silva naquela noite e você nunca foi uma testemunha real. Não passa de um mentiroso. — Ela arreganhou os lábios, mostrando os dentes. — Ótimo, bom trabalho, Tom, você conseguiu participar de um podcast. O que você esperava ganhar com isso?

O garoto gaguejou, levantando o dedo enquanto procurava a resposta certa.

— Fama na internet, é isso? — adivinhou Pip, cuspindo as palavras. — Você tem um SoundCloud que quer divulgar ou algo do tipo? Qual é o seu problema, hein? Uma pessoa está desaparecida. A vida do Jamie corre perigo, e você decide desperdiçar meu tempo.

— Eu não...

— Você é patético. E quer saber de uma coisa? Você já assinou o formulário de autorização me permitindo usar seu nome e sua imagem, então isso aqui também vai entrar no podcast. Boa sorte sendo odiado mundialmente por toda a internet.

— Espera, você não tem permissão para... — começou Tom.

Mas a raiva se apossou da mão de Pip, induzindo-a a pegar a garrafa de Coca-Cola de Tom. E, sem pensar duas vezes — sem pensar nem mesmo uma vez —, ela virou o líquido na cabeça dele.

Uma cascata de refrigerante se derramou sobre o garoto, encharcando seu cabelo e molhando seu rosto. Ele fechou os olhos para protegê-los. O refeitório foi tomado por suspiros e risadinhas. Alguns segundos se passaram até que Tom conseguisse reagir após o choque.

— Sua piranha! — Ele se levantou, passando as mãos nos olhos para limpá-los.

— Não me provoque de novo — alertou Pip, largando a garrafa vazia aos pés de Tom.

O barulho ecoou pelo refeitório, que se encontrava quase silencioso. Ela saiu andando, sacudindo as gotas de refrigerante da mão. Uma centena de olhares a seguiam, mas nenhum deles ousava cruzar com o seu.

Cara esperava por ela no lugar de sempre, nas portas duplas perto da sala de literatura, a penúltima aula do dia. Mas quando cruzou o corredor em direção à amiga, Pip percebeu que, por onde passava, as vozes se silenciavam e os estudantes se reuniam em grupinhos para encará-la e cochichar. Bem, não era possível que *todo aquele pessoal* estivesse no refeitório no horário do almoço. E, de qualquer forma, Pip não se importava com a opinião deles. Era sobre Tom Nowak que deveriam estar sussurrando, não sobre ela.

— Oi — cumprimentou, aproximando-se de Cara.

— Oi, hum... — Mas a amiga também estava estranha, franzindo a boca como costumava fazer quando havia algo errado. — Você já viu isso?

— Isso o quê?

— A matéria do WiredRip. — Cara encarou o celular na mão. — Alguém colocou o link no evento do Facebook que você fez para o Jamie.

— Não vi. O que diz?

— Hum, diz que... — Cara hesitou. Ela baixou o rosto, encostou os polegares na tela do celular e estendeu o aparelho para Pip. — Acho que é melhor você mesma ler.

WIREDRIP.com

Notícias > Testes > Filmes & TV > Vídeos > Popular > Mais ˅

Em alta

A segunda temporada do podcast *Manual de assassinato para boas garotas* pode não ser o que parece...

Manual de assassinato para boas garotas fez um retorno explosivo aos nossos ouvidos esta semana, com o lançamento do primeiro episódio de um novo mistério na terça-feira. Jamie Reynolds, um jovem de vinte e quatro anos, desapareceu na cidade da apresentadora Pip Fitz-Amobi. A polícia não ia procurar por ele, então Pip se encarregou do caso, postando episódios com o progresso de sua investigação.

Mas será que existe um bom motivo para a polícia não estar procurando por Jamie?

Uma fonte próxima a Pip nos disse, com exclusividade, que essa temporada do podcast é, na verdade, uma armação. Jamie Reynolds é o irmão mais velho de um dos melhores amigos de Pip, e nossa fonte nos contou que o desaparecimento dele foi planejado pelos três para criar uma nova temporada emocionante para o podcast e lucrar com publicidade. Jamie concordou em participar do esquema por motivos financeiros, já que Pip prometeu aos irmãos uma bolada quando a temporada fosse ao ar e ela conseguisse novos patrocínios.

O que vocês acham: será que Jamie Reynolds está mesmo desaparecido? Ou estamos sendo enganados pela rainha adolescente do *true crime*? Deixe sua opinião nos comentários.

TRINTA

Outro corredor cheio de olhos a rodeava.

Pip manteve a cabeça baixa ao cambalear até seu armário. Já estava no fim do dia, e era óbvio que tempo suficiente se passara para a matéria se espalhar por toda a escola.

Mas ela não conseguiu chegar até o armário. Um grupo de estudantes do primeiro ano estava parado lá na frente, conversando em um círculo apertado, as mochilas se esbarrando umas nas outras. Pip ficou parada os encarando, até que uma das garotas notou sua presença. Ela arregalou os olhos e deu cotoveladas nos amigos para silenciá-los. Na mesma hora, o grupo se dispersou, calando os sussurros e as risadinhas.

Pip abriu o armário e guardou o livro da aula de ciência política lá dentro. Ao afastar a mão, notou um papel dobrado que devia ter sido empurrado pela fresta acima da porta.

Ela o desdobrou e leu em letras grandes e impressas em tinta preta: *Este é o último aviso, Pippa. Desista.*

O grito dentro de Pip lampejou outra vez, subindo por seu pescoço. Que criativo, o mesmo bilhete que Elliot Ward deixara em seu armário em outubro do ano anterior.

A garota fechou a mão, deixou a bola de papel amassado cair no chão e bateu a porta do armário com violência.

Cara e Connor estavam ali, esperando por ela.

— Tudo bem? — perguntou Cara, seu rosto afável demonstrando preocupação.

— Sim — respondeu Pip, virando-se para caminhar com eles pelo corredor.

— Você viu? — indagou Connor. — As pessoas na internet estão acreditando na matéria e dizendo que acharam mesmo o caso elaborado demais. Que parecia ter um roteiro.

— Eu te avisei — retrucou Pip. Sua voz saiu sombria, alterada pela raiva. — Nunca leia os comentários.

— Mas...

— Ei! — chamou a voz de Ant assim que viraram a esquina do bloco de química.

Ant, Lauren e Zach estavam logo atrás deles, vindos da outra direção. Ela, Cara e Connor esperaram os outros os alcançarem, e os dois grupos se misturaram, os passos de Ant se alinhando com os de Pip.

— A escola inteira está falando de você — comentou ele.

Com o canto do olho, Pip reparou que Ant observava sua reação.

— Bem, a escola inteira está cheia de idiotas — rebateu Cara, apressando-se para andar do outro lado de Pip.

— Talvez. — Ant deu de ombros, lançando um olhar para Lauren. — Mas estávamos pensando que, sei lá, parece meio conveniente.

— O que parece conveniente? — questionou Pip, e havia um rosnado em sua voz. Talvez ninguém mais conseguisse ouvi-lo, mas ela conseguia.

— Bom, essa coisa toda do Jamie. — Foi a vez de Lauren falar.

— Ah, jura? — Pip lançou um olhar de advertência para a garota, desejando socá-la com os olhos. — Connor, foi conveniente para você o seu irmão ter desaparecido?

Connor abriu a boca, mas não sabia ao certo o que dizer, soltando um resmungo entre *sim* e *não*.

— Você me entendeu — prosseguiu Ant. — Tipo, essa coisa toda de perfil *fake*, golpe, aí você não tem que dar o nome do culpado, porque é alguém que nem existe. Tudo ter acontecido na noite do memorial para Andie e Sal. A faca desaparecida, que você por acaso encontrou naquela casa de fazenda assustadora. É tudo meio... conveniente, não?

— Cala a boca, Ant — interveio Zach, baixinho, recuando para aumentar a distância entre eles, como se sentisse que algo estava prestes a acontecer.

— Que merda é essa?! — Cara encarava Ant, incrédula. — Diga a palavra "conveniente" mais uma vez e eu acabo com a sua raça.

— Uou. — Ant deu um risinho, erguendo as mãos. — Só estou comentando.

Mas Pip não conseguia escutar o que Ant *só estava comentando*, porque seus ouvidos zumbiam, tomados por um chiado parecido com estática, interrompido por sua própria voz perguntando: *Você plantou a faca? Você poderia ter plantado a faca? Jamie está mesmo desaparecido? Layla Mead é real? Alguma coisa nessa história toda é verdade?*

Ela não sabia como continuava andando, porque não conseguia mais sentir os pés. Só conseguia sentir uma coisa. O grito havia se enrolado em sua garganta, apertando-a cada vez mais, exigindo ser libertado.

— Não vou ficar zangado — garantiu Ant. — Para ser sincero, se isso tudo *for* inventado, é uma ideia genial. O problema é que, bom, vocês foram pegos. E não contaram para mim e para Lauren.

Cara perdeu o controle:

— Então você está chamando Connor e Pip de mentirosos? Vê se cresce, Ant, e para de agir que nem um babaca o tempo todo.

— Ei! — intrometeu-se Lauren. — *Você* está sendo babaca.

— Ah, jura?

— Gente... — interveio Connor, mas a palavra se perdeu assim que ele a pronunciou.

— Então, *cadê* o Jamie? — insistiu Ant. — Escondido em algum hotel qualquer?

Pip sabia que o garoto estava só enchendo o saco dela, mas não conseguia se conter, não conseguia...

As portas duplas se abriram no final do corredor, e a diretora, a sra. Morgan, as atravessou. Ela forçou a vista e depois seus olhos ficaram animados.

— Ah, Pip! — gritou ela. — Preciso falar com você, urgente, antes de ir embora.

— Pegaram você — sussurrou Ant, fazendo Lauren soltar uma risadinha pelo nariz. — Anda logo, já acabou. É melhor nos contar a verdade de uma vez.

Por trás dos olhos de Pip, tudo se incendiou.

Ela se virou.

Seus braços pegaram impulso.

A garota plantou as mãos no peito de Ant e o empurrou com toda a força para o outro lado do corredor, até ele se chocar contra a fileira de armários.

— Mas o que...?

Pip ergueu o cotovelo e pressionou o antebraço contra o pescoço de Ant, imobilizando-o. Seus olhos encontraram os dele, embora os de Pip tivessem queimado até se tornarem cinzas, e ela enfim libertou aquilo.

Soltou o grito bem na cara dele. O berro partiu sua garganta e atingiu seus olhos, alimentando-se do abismo sem fim em sua barriga.

Pip gritou, e tudo o que existia eram eles dois. Só ela e o grito.

TRINTA E UM

— Suspensa?

Pip afundou na banqueta da cozinha, evitando os olhos do pai.

— Isso — confirmou sua mãe do outro lado do cômodo. Pip estava no meio, e os dois conversavam por cima da cabeça da filha. — Por três dias. E Cambridge, Pippa?

— Quem era o outro aluno? — perguntou o pai, a voz se tornando mais branda conforme a da mãe endurecia.

— Anthony Lowe.

Pip ergueu o olhar e captou a expressão do pai: os lábios crispados e os olhos enrugados, como se ele não estivesse surpreso.

— Que cara é essa? — perguntou a mãe.

— Nenhuma. — O pai deu de ombros. — É só que nunca gostei muito daquele garoto.

— E qual é a relevância disso agora, Victor? — retrucou a mãe.

— Desculpe, nenhuma relevância — disse ele, trocando um olhar rápido com Pip.

Foi o bastante para a garota se sentir um pouco menos sozinha.

— Por que você fez isso, Pip? — perguntou o pai.

— Não sei.

— Você não sabe? — repetiu a mãe. — Você empurrou Ant contra o armário e o enforcou com um dos braços. Como você não sabe como isso aconteceu? A sua sorte é que Cara, Connor e Zach estavam lá para defender você e dizer para a sra. Morgan que Ant provocou você, senão teria sido expulsa.

— Como ele provocou você, picles? — indagou o pai.

— Ele me chamou de mentirosa. A internet inteira acha que eu menti. Um júri de doze pessoas acha que eu menti. Meus próprios amigos acham que eu menti. Então, devo ser mesmo mentirosa, e Max Hastings deve ser o mocinho.

— Sinto muito pelo veredito — consolou-a o pai. — Deve estar sendo bem difícil para você.

— Mais difícil ainda para quem ele drogou e estuprou — rebateu Pip.

— É verdade, isso é injusto e horrível — concordou a mãe, com a testa franzida. — Mas não é desculpa para seu comportamento agressivo.

— Não estou inventando uma desculpa. Não estou pedindo perdão — declarou Pip, indo direto ao ponto. — Aconteceu e eu não me sinto culpada. Ele merecia.

— Como assim? Você não é de fazer isso.

— E se eu for? — Pip se levantou da banqueta. — E se esse for o tipo de coisa que é bem a minha cara?

— Pip, não grite com a sua mãe — interveio o pai, indo até a esposa e abandonando a filha no meio da cozinha.

— Gritos? Jura? — insistiu Pip, começando a gritar de verdade. — É nisso que vamos prestar atenção? Um estuprador em série foi absolvido hoje. Jamie desapareceu há seis dias e talvez esteja morto. Ah, mas o problema é que eu estou *gritando*!

— Acalme-se, por favor — pediu ele.

— Não! Não consigo mais me acalmar! Por que eu me acalmaria?

A tela de seu celular estava virada para o chão. Fazia uma hora que Pip não checava o aparelho. Ela havia se sentado embaixo da mesa, os dedos das mãos enroscados nos dedos dos pés, a cabeça encostada na madeira fria da perna do móvel, os olhos se escondendo da luz.

Ela não descera para jantar, explicando que não estava com fome, embora o pai tivesse subido e dito que não precisavam falar sobre aquilo, não na frente de Josh. Mas Pip não queria se sentar à mesa em uma falsa trégua quando estavam no meio de uma discussão. Uma discussão que nunca acabaria, porque Pip não estava arrependida, tinha certeza disso. Mas era arrependimento que a mãe queria dela.

Pip ouviu alguém bater na porta da frente, num ritmo conhecido: *forte-fraco-forte*. A porta foi aberta e fechada, e então passos conhecidos soaram: o arrastar do tênis de Ravi no piso de madeira antes de ele tirá-los e colocá-los de maneira metódica ao lado do capacho.

Em seguida, Pip ouviu a voz de sua mãe pelas escadas.

— Ela está no quarto. Veja se consegue botar juízo na cabeça dela.

Ao entrar no cômodo, Ravi não conseguiu encontrá-la. Só quando Pip sussurrou:

— Estou aqui embaixo.

Ele se curvou, os joelhos estalando, e seu rosto apareceu no campo de visão dela.

— Por que você não atende o celular?

Pip olhou para o aparelho virado para baixo, fora do alcance de seu braço.

— Você está bem? — perguntou Ravi.

E Pip queria, mais do que qualquer coisa, responder que não, sair debaixo da mesa e se atirar nos braços do namorado. Ficar ali, deixando que o olhar dele a envolvesse, e nunca mais voltar a pôr os pés na rua. Então Ravi lhe diria que tudo ficaria bem, mesmo que os dois não tivessem certeza disso. Ela queria apenas ser a Pip que foi com Ravi por um tempo. Mas aquela Pip não estava ali agora. E talvez ela tivesse ido embora de vez.

— Não — respondeu ela.

— Seus pais estão preocupados com você.

— Não preciso da preocupação deles. — Pip fungou.

— Eu estou preocupado com você.

Ela encostou a cabeça no pé da mesa outra vez.

— Também não preciso da sua.

— Você pode sair daí e falar comigo? — perguntou ele, gentilmente. — Por favor?

— Ele sorriu? — indagou Pip. — Ele sorriu quando disseram "inocente"?

— Não consegui ver o rosto dele.

Ravi ofereceu a mão para ajudá-la a sair de baixo da mesa.

Pip não aceitou, arrastando-se para fora sozinha e se levantando.

— Aposto que sorriu. — Ela correu o dedo pela borda afiada da mesa e pressionou até que doesse.

— Por que isso importa?

— Importa — insistiu ela.

— Desculpe. — Ravi tentou manter contato visual com Pip, mas os olhos dela insistiam em se afastar. — Se eu pudesse fazer qualquer coisa para mudar isso, eu faria. Qualquer coisa. Mas não há nada que eu possa fazer agora. E você ser suspensa porque ficou tão brava por conta do Max... Ele não vale a pena.

— Então ele apenas sai ganhando?

— Não, eu...

Ravi abandonou a frase e andou até Pip, estendendo os braços para abraçá-la. Talvez porque o rosto anguloso de Max apareceu em sua mente, ou talvez por não querer que Ravi chegasse perto demais do pós-grito que ainda latejava dentro dela, Pip se afastou.

— O qu...? — Ele deixou os braços caírem ao lado do corpo, e seus olhos escureceram e baixaram. — O que você está fazendo?

— Não sei.

— Então você quer odiar o mundo todo agora, inclusive a mim?

— Talvez.

— Pip...

— Bom, de que adianta? — questionou Pip, sua voz engasgando na garganta seca. — De que adianta tudo o que fizemos no ano passado? Na época, pensei que estava agindo em nome da verdade. Mas quer saber? A verdade não importa. Nem um pouco! Max Hastings é inocente e eu sou mentirosa e Jamie Reynolds não está desaparecido. *Essa* é a verdade agora. — Os olhos dela se encheram de lágrimas. — E se eu não conseguir salvá-lo? E se eu não for boa o bastante para salvá-lo? Eu não sou boa, Ravi, eu...

— Nós vamos encontrá-lo.

— Eu *preciso*.

— E você acha que eu não? — retrucou Ravi. — Posso não conhecer Jamie como você, e não consigo explicar direito, mas preciso que ele esteja bem. Ele conhecia meu irmão, era amigo de Sal e de Andie na escola. É como se tudo estivesse acontecendo outra vez seis anos depois, mas agora eu tenho uma oportunidade real, mesmo que pequena, de ajudar a salvar o irmão do Connor da situação que não pude salvar o meu. Sei que Jamie não é o Sal, mas sinto como se essa fosse uma segunda chance para mim. Você não está sozinha nisso, então pare de afastar as pessoas. Pare de me afastar.

Pip agarrou a mesa, os ossos das mãos empurrando sua pele. Ravi precisava manter distância caso ela não conseguisse controlar o grito de novo.

— Quero ficar sozinha.

— Tudo bem — concordou Ravi, coçando um comichão fantasma em sua nuca. — Eu vou embora. Sei que você só está dando patadas porque está com raiva. Estou com raiva também. E você não quer isso de verdade, você sabe que não. — Ele suspirou. — Me avise quando você lembrar quem eu sou. Quem você é.

Ravi foi até a porta. Ele hesitou com a mão pairando no ar, a cabeça um pouco inclinada.

— Eu te amo — disse ele com raiva, sem olhar para Pip.

Então girou a maçaneta com força e saiu, a porta tremendo ao se fechar.

TRINTA E DOIS

Me dá nojo.

Era o que dizia a mensagem de Naomi Ward.

Pip sentou-se na cama, clicando na foto que Naomi enviou junto.

Era um print do Facebook de uma postagem de Nancy Peitaria, o nome do perfil de Max Hastings. Uma foto de Max com a mãe, o pai e o advogado, Christopher Epps. Os quatro estavam reunidos em torno de uma mesa num restaurante luxuoso, com pilares brancos e uma gaiola gigante azul-clara ao fundo. Max segurava o celular para enquadrar todos na selfie. E sorria. Os quatro sorriam, com taças de champanhe na mão.

Ele marcou a localização no Hotel Savoy em Londres, e a legenda acima da imagem dizia: *comemorando...*

No mesmo instante, Pip sentiu o quarto começar a encolher, comprimindo-a. As paredes se aproximaram, e as sombras nos cantos se esticaram para pegá-la. Ela não aguentaria ficar ali dentro. Precisava sair antes que sufocasse.

Ela saiu aos tropeços, o celular na mão, passando em frente ao quarto de Josh na ponta dos pés até chegar à escada. O irmão já estava na cama, mas a visitara mais cedo.

— Achei que você podia estar com fome — sussurrara ele, deixando um pacote de batatinhas em formato de ursinho que havia pegado escondido na cozinha para ela. — Shhh, não conte pra mamãe nem pro papai.

Pip ouviu o barulho dos pais assistindo à televisão na sala, esperando o programa de que gostavam começar às nove. Estavam conversando, as palavras abafadas pela porta, mas ela conseguia reconhecer o próprio nome com nitidez.

Em silêncio, ela calçou os tênis, apanhou as chaves e saiu de fininho, fechando a porta sem fazer barulho.

Estava chovendo forte, respingando no chão e em seus tornozelos. Mas isso não a incomodava. Pip precisava sair, desanuviar a mente. E talvez a chuva ajudasse a diminuir sua raiva até que ela não estivesse mais ardendo em chamas, deixando apenas a parte carbonizada para trás.

Ela correu pela rua até a floresta, do outro lado. Estava um breu, mas as árvores a protegiam da intensidade da chuva. E a escuridão também não a incomodava, até que tomou um susto quando algo que não conseguia ver se agitou pela vegetação rasteira. Pip voltou para a rua, andando na calçada iluminada pela lua, encharcada. Ela devia estar com frio — estava tremendo —, mas não conseguia senti-lo. Também não sabia para onde ir. Só queria andar, ficar ao ar livre, onde nada a aprisionasse. Então caminhou até a Martinsend Way e voltou, se virando antes de chegar em casa e pegando a estrada outra vez. Indo e voltando várias vezes, perseguindo seus pensamentos e tentando descobrir aonde a levariam.

Seu cabelo já estava pingando na terceira vez em que se aproximou de casa. Ela parou ao notar um movimento. Havia alguém andando em frente à casa de Zach. Mas aquela não era mais a casa de Zach, e quem estava andando ali era Charlie Green, carregando um saco preto cheio até a lixeira perto da entrada.

Ele deu um pulo quando viu Pip emergindo da escuridão.

— Ah, Pip, desculpe — disse, rindo e deixando o saco cair na lixeira. — Você me assustou. Você está...? — Charlie fez uma pausa, olhando para ela. — Meu Deus, você está ensopada. Por que não está usando um casaco?

Ela não tinha uma explicação.

— Bem, você está quase chegando em casa. Aperte o passo e se seque — instruiu ele, gentilmente.

— E-eu... — gaguejou Pip, batendo os dentes. — Não posso voltar para casa. Ainda não.

Charlie inclinou a cabeça, seus olhos analisando os dela.

— Ah, tudo bem — comentou ele, desconfortável. — Bem, quer ficar um pouco aqui em casa?

— Não, obrigada — respondeu Pip, apressada. — Não quero ficar em nenhum lugar fechado.

— Certo. — Charlie hesitou, olhando para sua casa. — Bom... Você quer se sentar na varanda, sair da chuva?

Pip estava prestes a rejeitar o convite, mas talvez estivesse mesmo com frio. Ela assentiu.

— Certo, claro — disse Charlie, acenando para que ela o seguisse até a casa. Quando passaram pelos degraus da frente, secos graças à cobertura, ele parou por um instante. — Quer uma bebida? Alguma outra coisa? Uma toalha?

— Não, obrigada — disse Pip, sentando-se no degrau do meio.

— Tudo bem. — Charlie afastou o cabelo meio ruivo do rosto. — Então, hum, você está bem?

— Eu... — começou Pip. — Eu tive um dia ruim.

— Ah. — Ele se sentou no degrau abaixo do dela. — Quer conversar?

— Não sei bem como falar sobre isso.

— Eu, hum, ouvi seu podcast e os novos episódios sobre Jamie Reynolds. Você é muito boa mesmo no que faz. E corajosa. O que quer que esteja incomodando você, tenho certeza de que vai dar um jeito.

— Max Hastings foi declarado inocente hoje.

— Ah. — Charlie suspirou, esticando as pernas. — Merda, isso não é bom.

— Para dizer o mínimo. — Pip fungou, enxugando a água da chuva da ponta do nariz.

— Sabe, na minha opinião — disse Charlie —, o Judiciário deveria nos prover do senso de certo e errado, de bem e mal. Mas, às vezes, acho que o sistema erra tanto quanto acerta. Tive que aprender essa lição também, e é difícil de aceitar. O que fazer quando as pessoas que deveriam proteger você te deixam na mão assim?

— Fui tão ingênua. Praticamente entreguei Max Hastings de bandeja para eles, depois de tudo que foi divulgado no ano passado. Acreditei de coração que isso era uma vitória, que o mal seria punido. Porque era verdade, e a verdade era a coisa mais importante para mim. Era no que eu acreditava: descobrir a verdade a qualquer custo. E a verdade era que Max era culpado e justiça seria feita. Mas justiça não existe, a verdade não importa no mundo real, e agora ele está livre de novo.

— Ah, a justiça existe — afirmou Charlie, observando a chuva. — Talvez não o tipo que acontece em delegacias e tribunais, mas existe. E, quando você para para pensar, estas palavras, bem e mal, certo e errado, não importam muito no mundo real. Quem decide o que elas significam: aquelas pessoas que entenderam tudo errado e inocentaram o Max? Não. — Charlie balançou a cabeça. — Acho que cada um de nós tem que decidir por conta própria o que bem e mal, certo e errado significam para nós, não o que nos mandaram aceitar. Você não fez nada de errado. Não se martirize pelo erro dos outros.

Pip se virou para Charlie, sentindo um aperto no estômago.

— Nada disso importa agora. Max saiu ganhando.

— Ele só ganha se você deixá-lo ganhar.

— Mas o que eu posso fazer?

— Só de ouvir o seu podcast, acho que não há muito que você não consiga fazer.

— Não encontrei Jamie. — Ela cutucou as cutículas. — E agora as pessoas acham que ele nem está desaparecido, que eu inventei tudo. Que eu sou mentirosa e não sou boa e...

— Você se importa? Você se importa com a opinião das pessoas, quando sabe que está certa?

Ela hesitou, sua resposta escorregando de volta para a garganta. Por que ela se importava? Estivera prestes a dizer que não se importava nem um pouco, mas aquela sensação na boca do estômago o tempo todo não era um sinal de que se importava? O abismo que vinha crescendo em sua barriga nos últimos seis meses. A culpa que sentia pelo que fez da última vez, por seu cachorro ter morrido, por não ser boa, por colocar sua família em risco e ver a decepção nos olhos de sua mãe todos os dias. O mal-estar que sentia por guardar segredos para proteger Cara e Naomi. Ela *era* uma mentirosa, aquilo era verdade.

E pior, para se consolar, Pip havia dito que não era mais aquela pessoa e que dali em diante seria diferente... Boa. Que quase havia perdido a si mesma e que aquilo não iria se repetir. Mas não era bem verdade, era? Pip não havia quase se perdido. Talvez tivesse se encontrado pela primeira vez. E estava cansada de se sentir culpada por isso. Cansada de sentir vergonha por ser quem era. Ela apostava que Max Hastings nunca havia se envergonhado de ser quem era nem um dia sequer.

— Você está certo — concordou. E, quando endireitou a postura, Pip percebeu que o abismo em sua barriga, aquele que a engolia de dentro para fora, começou a diminuir. Foi sendo preenchido até quase desaparecer. — Talvez eu não tenha que ser boa, ou o que as outras pessoas consideram boa. Talvez eu não precise ser agradável. — Ela se virou para Charlie, seus movimentos rápidos e leves, apesar das roupas encharcadas. — Foda-se essa história de ser agradável. Sabe quem é agradável? Gente como Max Hastings, que entra em um tribunal com óculos falsos e fica fazendo charme. Não quero ser assim.

— Então não seja. E não desista por causa dele. A vida de alguém pode depender de você, Pip. E eu sei que você consegue encontrá-lo, encontrar Jamie. — Charlie sorriu para ela. — As outras pessoas podem não acreditar em você, mas, se vale alguma coisa, seu vizinho que mora quatro casas depois da sua acredita.

Ela sentiu um sorriso tomar seu rosto. Pequeno, oscilando por um momento, mas estava lá. E era real.

— Obrigada, Charlie.

Pip estava precisando ouvir aquilo. Tudo aquilo. E talvez não tivesse escutado se viesse de alguém mais próximo. Havia raiva demais, culpa demais, vozes demais. Mas, naquele momento, estava escutando.

— Obrigada — repetiu.

Era um agradecimento sincero. E a voz em sua cabeça agradeceu a ele também.

— Sem problemas.

Pip se levantou, caminhando em direção à tempestade e erguendo a cabeça para a lua, sua claridade instável por causa da chuva.

— Preciso fazer uma coisa.

TRINTA E TRÊS

Pip estava sentada em seu carro, na metade da rua Tudor. Não na frente da casa dele, mas um pouquinho adiante, para que ninguém a visse. Clicando na tela do celular, ela deu play no áudio uma última vez:

"Max, na festa do apocalipse de março de 2012, você drogou e estuprou Becca Bell?"

"O quê? Claro que não, porra."

"Max! Não minta para mim ou eu juro por Deus que vou acabar com você! Você colocou flunitrazepam na bebida da Becca e transou com ela?"

"Foi, mas, tipo... não foi estupro. Ela não disse que não."

"Porque você a drogou, sua gárgula desprezível! Você não tem ideia do que fez."

Seus ouvidos zumbiram, tentando afastar a voz dele para ouvir a sua própria. Bem e mal não importavam. Havia apenas ganhadores. E Max só ganharia se Pip deixasse. Isso era justiça.

Então ela partiu para a ação.

Apertou o botão para carregar o áudio daquele telefonema em seu site, depois repostou no Twitter do podcast. Junto ao áudio, ela escreveu: *Última atualização do julgamento de Max Hastings. Não importa a decisão do júri: ele é culpado.*

Pronto, estava feito.

Não tinha mais como voltar atrás. Pip era aquela pessoa, e estava tudo bem.

Ela deixou o celular cair no banco do passageiro e pegou a lata de tinta que havia tirado da garagem, enfiando o pincel no bolso de trás. Abriu a porta e pegou o último objeto de que precisava, o martelo do kit de ferramentas de seu pai, antes de sair do carro silenciosamente.

A garota avançou pela rua, passando por uma, duas, três, quatro casas até chegar à propriedade dos Hastings, com sua porta branca. A família inteira tinha saído para o jantar chique no Savoy. E Pip estava ali, diante da casa vazia.

Ela passou pela garagem, depois pelo grande carvalho, e parou em frente à porta. Depositou a lata de tinta no chão e se curvou para abrir a tampa com a unha do martelo. A lata estava pela metade. Pip mergulhou o pincel na tinta verde fosca, tirando o excesso na borda.

Não tinha mais como voltar atrás. Ela respirou fundo, então aproximou o pincel da porta. Esticando o braço, deu voltas para cima e para baixo, agachando-se para molhar o pincel de novo quando as linhas secaram.

As letras estavam trêmulas e a tinta escorria, espalhando-se da porta para os tijolos claros de cada lado. Ela reforçou as palavras, pintando-as mais fortes e mais escuras. Quando terminou, deixou o pincel cair no chão, causando um pequeno respingo de tinta. Então apanhou o martelo, girando-o entre os dedos para se acostumar com o peso.

Pip se dirigiu ao lado esquerdo da fachada. Preparou o braço e o martelo, então golpeou a janela com força total.

O vidro se estilhaçou. Os cacos se espalharam para dentro e para fora da casa, como purpurina, como chuva, polvilhando o tênis de Pip. Ela apertou o martelo com mais força, triturando o vidro sob seus pés, e se aproximou da janela seguinte. Tomou impulso e a estilhaçou, o som do vidro tilintando se perdendo em meio à chuva. Depois foi até a janela seguinte. No primeiro golpe, o vidro rachou. No segundo, explodiu. Ela passou pela porta da frente e pelas palavras que pintara ali e se dirigiu às janelas do outro lado da casa. Uma. Duas. Três. Até que todas as seis janelas da fachada da casa estivessem destruídas. Abertas, expostas.

Pip sentiu sua respiração acelerar e seu braço direito doer enquanto caminhava de volta à rua. Seu cabelo, emaranhado e molhado, açoitava o rosto enquanto ela observava a destruição. Sua destruição.

E pintadas no mesmo tom de verde-floresta do novo galpão do jardim dos Amobi, estavam as palavras:

ESTUPRADOR
VOU ACABAR COM VOCÊ

Pip leu e releu o recado. Admirou tudo o que fizera.

E parou para checar, em seu interior, mas não conseguiu encontrá-lo. O grito não estava mais lá. Ela o tinha vencido.

Você pode vir aqui fora? Pip mandou a mensagem para ele com a chuva batendo na tela. O celular não reconhecia mais sua impressão digital.

Alguns segundos depois, a palavra *lida* apareceu sob a mensagem.

Ela observou a luz do quarto de Ravi se acender e um vulto afastar a cortina por um instante.

Pip acompanhou os movimentos dele quando a luz do corredor surgiu na janela superior do meio. Depois a luz do corredor do térreo brilhou pelo vidro da porta da frente, revelando a silhueta de Ravi cada vez mais perto.

Ravi abriu a porta e ficou parado ali, tapando a luz, vestindo só uma camiseta e calça de moletom azul-marinho. Ele olhou para Pip, então para a chuva no céu, e saiu de casa, os pés descalços no chão da área externa.

— Noite agradável — comentou ele, apertando os olhos contra as gotas que caíam em seu rosto.

— Desculpe. — Pip o encarou, o cabelo grudando no rosto em longas mechas escuras. — Desculpe por ter descontado em você.

— Está tudo bem.

— Não, não está. — Pip balançou a cabeça. — Eu não tinha o direito de estar zangada com você. Acho que estava zangada comigo mesma. E não só por tudo que aconteceu hoje. Quer dizer, tem isso, mas eu também venho mentindo para mim mesma há algum tempo, tentando separar quem eu sou da pessoa que tinha ficado obcecada com encontrar o assassino de Andie Bell. Tentando convencer todo mundo de que aquela não era eu de verdade, para conseguir me convencer disso também. Mas, agora, sei que sou mesmo aquela pessoa. E talvez eu seja egoísta e talvez eu seja mentirosa e talvez eu seja imprudente e obsessiva e não me importe de fazer coisas ruins e talvez eu seja hipócrita e talvez nada disso seja bom, mas me sinto bem. Eu me sinto eu mesma, e espero que você consiga lidar com isso, porque... eu também te amo.

Pip mal terminara de falar quando Ravi encostou a mão em sua bochecha, afastando a chuva de seu lábio inferior com o polegar. Ele levou os dedos para o queixo dela, e então a beijou. Um beijo longo e intenso, seus rostos molhados, os dois lutando para não sorrir.

Mas o sorriso acabou ganhando, e Ravi recuou.

— Você deveria ter me perguntado. Eu sei direitinho quem você é. E eu amo essa pessoa. Eu te amo. Ah, aliás, fui eu quem disse que te amava primeiro.

— É, mas com raiva — argumentou Pip.

— Ah, isso é porque eu faço mais o tipo melancólico e misterioso. — Ele fez um biquinho e lhe lançou um olhar exageradamente sério.

— Hum... Ravi?

— Diga, Hum... Pip.

— Preciso contar uma coisa para você. Uma coisa que acabei de fazer.

— O que você fez? — Sua expressão ficou séria de verdade. — Pip, o que você acabou de fazer?

SEXTA-FEIRA
DESAPARECIDO HÁ 7 DIAS

TRINTA E QUATRO

O celular apitou na mesa de cabeceira. Era o despertador para Pip acordar a tempo de ir para a escola.

Ela bocejou e chegou a colocar um pé para fora da coberta, então lembrou que estava suspensa. Cobriu o pé outra vez e apertou o botão para adiar o alarme.

Porém, mesmo com um olho entreaberto de sono, ela reparou na mensagem esperando na tela. Era de Nat da Silva, recebida sete minutos antes.

Oi, aqui é Nat. Preciso mostrar uma coisa para você. É sobre o Jamie. Sobre Layla Mead.

Seus olhos mal tinham se despregado, mas Pip se sentou na cama e chutou o cobertor para longe. Em seguida, vestiu a calça jeans, ainda úmida da noite anterior, e uma camiseta branca de manga comprida tirada do cesto de roupa suja e que já devia ter sido usada mais de uma vez.

Enquanto tentava ao máximo domar o cabelo emaranhado pela chuva com um pente, sua mãe passou no quarto para se despedir antes de ir para o trabalho.

— Estou saindo para levar Josh à escola.

— Está bem — respondeu Pip, sentindo uma pontada de dor quando o pente ficou preso em um nó. — Tenha um bom dia.

— Vamos ter uma conversa séria neste fim de semana sobre o que está acontecendo com você — anunciou a mãe, o olhar severo, mas tentando deixar a voz branda. — Sei que você está sob muita pressão, mas tínhamos combinado que isso não iria se repetir.

— Sem pressão, não tem mais pressão — explicou Pip, soltando o nó no cabelo. — E sinto muito por ter sido suspensa.

Ela não sentia muito coisa nenhuma, não estava nem um pouco arrependida. Na sua opinião, Ant tinha merecido. Mas, se era aquilo que a mãe precisava ouvir para deixá-la em paz, então ela mentiria. Sabia que sua mãe tinha boas intenções, mas no momento aquilo só a atrapalharia.

— Tudo bem, docinho — disse a mãe. — Sei que o veredito deixou você muito abalada. E ainda tem toda a questão do sumiço do Jamie Reynolds. Talvez seja melhor ficar em casa hoje, estudar um pouco. Fazer algo normal.

— É, vou tentar.

Pip esperou na porta do quarto, prestando atenção ao som da mãe mandando Joshua botar o sapato no pé certo e o apressando para sair de casa. Ao som do motor do carro, das rodas contra o asfalto. Ela aguardou três minutos e saiu também.

O rosto de Nat apareceu na fresta da porta. Seus olhos estavam inchados, e o cabelo platinado, desgrenhado.

— Ah, é você — comentou Nat, abrindo a porta por completo.

— Recebi sua mensagem — explicou Pip, sentindo um aperto no peito ao ver o olhar triste da outra garota.

— Pois é. — Ela deu um passo para trás. — É melhor, hum, é melhor você entrar.

Nat fez sinal para Pip passar pela soleira, depois fechou a porta e a levou até a cozinha.

Era o mais longe a que Pip já fora naquela casa.

Nat se sentou à pequena mesa e gesticulou para que Pip tomasse o lugar em frente ao dela. A adolescente se apoiou desconfortavelmente na beirada do assento. Esperando. O ar se tornou mais denso entre elas.

Nat pigarreou, esfregando o olho.

— Meu irmão me contou uma coisa hoje de manhã. Que alguém vandalizou a casa do Max Hastings ontem à noite e escreveu "estuprador" na porta dele.

— J-jura? — gaguejou Pip, engolindo em seco.

— É. Mas, pelo visto, não sabem quem foi. Não teve testemunhas nem nada.

— Nossa, que... que pena. — Pip tossiu.

Nat a encarou com um olhar diferente. De imediato, Pip soube que ela sabia.

Em seguida, algo inédito aconteceu: Nat estendeu a mão pela mesa e segurou a de Pip.

— E vi que você postou o áudio — disse, mexendo a mão acomodada na de Pip. — Isso vai te trazer problemas, não vai?

— É bem provável.

— Sei como você se sente. A raiva. A vontade de colocar fogo no mundo e ver tudo queimar.

— Algo assim.

Nat apertou a mão da outra com mais força e depois soltou.

— Acho que nós duas somos muito parecidas. Antes, não achava. Eu queria tanto odiar você. Eu sentia um ódio imenso por Andie Bell e, durante um tempo, parecia que esse ódio era tudo que eu tinha. Sabe por que eu queria tanto odiar você? Além do fato de você ser um pé no saco. — Nat bateu os dedos na mesa. — Quando ouvi seu podcast, passei a odiar Andie um pouco menos. Na verdade, senti pena dela, e isso me fez odiar você. Mas acho que odiei as pessoas erradas esse tempo todo. — Ela fungou e deu um sorrisinho. — Você é gente boa.

— Obrigada — disse Pip, sendo contagiada pelo sorrisinho de Nat por um instante.

— E você tinha razão. — Nat cutucou embaixo das unhas. — Sobre Luke.

— Seu namorado?

— Não é mais. Só falta ele ficar sabendo disso. — Ela riu, mas sem alegria.

— Sobre o que eu tinha razão?

— Sobre o que percebeu, quando perguntou onde estávamos na noite do desaparecimento. Luke respondeu que tinha ficado em casa a noite toda, sozinho. — Nat fez uma pausa. — Ele mentiu, você tinha razão.

— Você perguntou para Luke onde ele estava?

— Não. Luke não gosta de perguntas. — Nat mudou de posição na cadeira. — Mas depois que Jamie não apareceu nem atendeu minhas ligações, fui até a casa do Luke, e ele não estava lá. O carro também não.

— Que horas eram?

— Perto da meia-noite. Depois voltei para casa.

— Então você não sabe onde Luke estava? — Pip se inclinou para a frente, apoiando os cotovelos na mesa.

— Agora eu sei.

Nat pegou o celular e o colocou na mesa. Em seguida, explicou:

— Ontem à noite, fiquei pensando no que você disse, sobre Luke talvez estar relacionado com o desaparecimento do Jamie. Então, hum... peguei o celular do Luke enquanto ele estava dormindo. Vi as mensagens do WhatsApp. Descobri que ele tem conversado com uma garota. — Nat riu outra vez, um som rápido e vazio. — Ela se chama Layla Mead.

Pip sentiu aquele nome rastejar por sua pele e subir pela coluna, pulando de vértebra em vértebra.

— Você disse que Jamie andava conversando com ela também — continuou Nat. — Fiquei acordada até as quatro da manhã, ouvindo os dois novos episódios. Você não sabe quem está por trás da Layla, mas Luke sabe. — Nat correu os dedos pelo cabelo. — Era isso que ele estava fazendo na noite em que Jamie desapareceu. Se encontrando com Layla.

— Sério?

— É o que as mensagens dão a entender. Eles se falavam há várias semanas. Fui até o início da conversa e li tudo. Parece que se conheceram no Tinder, então parabéns para mim. E algumas mensagens eram, sabe, explícitas. Parabéns para mim outra vez. Mas eles só se encontraram pessoalmente na sexta-feira à noite. Aqui. — Nat desbloqueou o aparelho e abriu a galeria de fotos. — Tirei dois prints e mandei para mim mesma. Já pretendia mostrar para você, porque, bem... você veio me ver quando soube do veredito. E hoje de manhã, quando ouvi falar da casa do Max, decidi mandar mensagem. Aqui. — Ela entregou o celular para Pip.

Os olhos da garota percorreram a primeira captura de tela, com as mensagens de Luke à direita, e as de Layla à esquerda.

Ando pensando em você...

> É? Ando pensando em você também

Nada de bom, espero :)

> Ah, você me conhece

Bem que gostaria.

Não aguento mais esperar. Quer me encontrar hoje à noite?

> **Claro onde?**

> No estacionamento do bosque Lodge

Pip prendeu a respiração ao ler a última mensagem. O grupo de busca dela havia passado pelo estacionamento do bosque Lodge na quarta. Estava dentro da zona onde Jamie podia ter estado.

Ela olhou de esgueira para Nat antes de passar para o segundo print.

> **Em um estacionamento?**

> Vou estar com pouca roupa...

> **Quando?**

> Agora.

Então, dez minutos depois, às 22h58:

> Você está vindo?

> **Quase chegando.**

E muito mais tarde, à 00h41, Luke enviou:

> **Que porra é essa, vou matar você**

Na mesma hora, os olhos de Pip correram de encontro aos de Nat.

— Pois é — confirmou a outra, enfatizando com um aceno da cabeça. — Depois disso, nenhum deles mandou mensagem. Mas Luke sabe quem ela é. E você acha que Layla tem algo a ver com o desaparecimento do Jamie, certo?

— Acho, sim — respondeu Pip, deslizando o celular de volta para Nat. — Acho que Layla tem tudo a ver com o desaparecimento do Jamie.

— Preciso que você o encontre — pediu Nat. Havia um novo tremor em seu lábio, e um brilho nos olhos secos. — Jamie, ele... ele é muito importante para mim. P-preciso que ele fique bem.

Dessa vez, foi Pip quem estendeu as mãos para segurar a de Nat.

— Estou tentando — disse ela.

TRINTA E CINCO

Ravi estava nervoso e inquieto ao lado de Pip.

— Como foi mesmo que você descreveu esse cara? — perguntou Ravi, os dedos se enganchando no bolso da jaqueta de Pip.

— Ele é muito assustador.

— E um traficante.

— Acho que Luke é um pouco mais do que isso — comentou ela quando viraram na Beacon Close.

— Ah, que ótimo. O chefe do Howie. Vamos chantagear ele também?

Pip deu de ombros e fez uma careta.

— Se for necessário.

— Perfeito. Maravilha — retrucou Ravi. — Amei esse novo lema, serve para todo tipo de situação. Está bem. Tudo certo. Qual é a casa dele?

— Número treze. — Pip apontou para a residência com uma BMW branca estacionada na frente.

— Treze? — Ravi a encarou. — Ah, fabuloso. Mais um bom sinal.

— Vamos lá — chamou Pip, contendo um sorriso.

Ela deu dois tapinhas nas costas de Ravi enquanto avançavam pelo caminho ao lado da BMW. Era o carro que tinham seguido na quarta-feira à noite. Pip olhou para o automóvel e depois para o namorado, então apertou a campainha, produzindo um som estridente.

— Aposto que todo mundo tem medo de receber uma visita de Pip Fitz-Amobi — sussurrou Ravi.

A porta se abriu bruscamente, e Luke Eaton apareceu diante deles, vestindo o mesmo short de basquete preto e uma camiseta cinza que se misturava às tatuagens na pele pálida de seu pescoço.

— Olá. — E acrescentou, ríspido: — De novo. O que foi dessa vez?

— Temos algumas perguntas para você, sobre Jamie Reynolds — informou Pip, a postura o mais empertigada possível.

— Que pena — rebateu Luke, coçando a perna com o pé. — Eu não gosto de perguntas.

Ele se apressou em fechar a porta.

— Espera, eu... — tentou Pip, mas era tarde demais.

A porta bateu antes que as palavras conseguissem passar pela abertura.

— Merda! — exclamou a garota, transtornada.

— Imaginei que ele não fosse falar mesmo... — começou Ravi, mas sua voz foi sumindo quando Pip se agachou diante da porta e abriu a entrada para cartas. — O que você está fazendo?

Pip aproximou o rosto da pequena abertura retangular e gritou para dentro da casa:

— Sei que Jamie deve dinheiro para você! Se falar com a gente, pago as novecentas libras!

Então ela se endireitou, e a abertura para cartas se fechou com um tinido metálico. Ravi a encarou com raiva, articulando as palavras *Que história é essa?* sem emitir som.

Mas a garota não teve tempo de explicar, porque Luke abriu a porta outra vez, mexendo o maxilar como se mastigasse uma resposta.

— Todo o dinheiro? — perguntou, estalando a língua.

— Isso. — A palavra saiu de Pip sussurrada, porém firme. — Novecentas libras, tudinho. Entrego para você na semana que vem.

— Em dinheiro vivo — exigiu Luke, olhando bem nos olhos dela.

— Combinado. — Pip confirmou com um aceno de cabeça. — Até o fim da semana que vem.

— Está bem. — Ele abriu a porta por completo. — Temos um acordo, Sherlock.

Pip atravessou a soleira com Ravi logo atrás, então Luke fechou a porta, trancando os três no corredor estreito. Quando passou por eles, seus braços roçaram nos de Pip. Ela não sabia se tinha sido intencional ou não.

— Aqui — ordenou Luke, levando-os para a cozinha.

Havia quatro cadeiras, mas ninguém se sentou. Luke se encostou na bancada, dobrando de leve os joelhos e apoiando os braços tatuados às suas costas, ancorando-se ali. Pip e Ravi ficaram parados na soleira do cômodo, os dedos dos pés na cozinha e os calcanhares no corredor.

Luke abriu a boca, mas Pip não podia deixá-lo ter o controle da conversa, então se apressou para falar primeiro:

— Por que Jamie estava devendo novecentas libras para você?

Luke baixou a cabeça e deu um sorriso, lambendo os dentes.

— Tinha algo a ver com drogas, ele comprou com...? — emendou Pip.

— Não. Jamie me devia novecentas libras porque emprestei novecentas libras para ele. O cara me procurou faz um tempo, desesperado por grana. Nat deve ter comentado com ele que faço isso de vez em quando. Então, eu o ajudei. Com uma alta taxa de juros, é claro. — Luke soltou uma risada sombria. — Avisei que acabaria com a raça dele se não me pagasse, e então o filho da puta desapareceu.

— Jamie mencionou para que precisava do dinheiro? — perguntou Ravi.

Luke se virou para ele.

— Não estou nem aí para os problemas dos outros, então não perguntei.

Mas a mente de Pip saltou para o "quando", não para o "porquê". Será que a ameaça de Luke era mais séria do que ele estava insinuando e poderia ser considerada uma questão de vida ou morte? Será que Jamie tinha pedido dinheiro emprestado para o pai e depois tentado roubar da empresa da mãe de Pip porque estava com medo do que Luke faria se não conseguisse pagá-lo a tempo?

— Quando foi que ele pegou o dinheiro emprestado com você? — quis saber Pip.

— Sei lá.

Luke deu de ombros, lambendo os dentes outra vez.

Pip pensou na linha do tempo do caso.

— Foi na segunda-feira, dia 9? Ou na terça, dia 10? Talvez antes disso?

— Não, depois — respondeu Luke. — Tenho quase certeza de que foi numa sexta-feira, então hoje deve ter completado três semanas. O pagamento está oficialmente atrasado.

Pip reorganizou as peças em sua cabeça: Jamie pegou o dinheiro emprestado com Luke *depois* de ter pedido para o pai e tentado roubar o cartão de crédito. Então, recorrer ao traficante devia ter sido sua última opção, o que significa que a questão de vida ou morte não tinha a ver com sua dívida com Luke. Pip se virou para Ravi e, pelo movimento de seus olhos, de um lado para o outro, soube que ele estava pensando na mesma coisa.

— Certo — retomou Pip. — Agora, preciso perguntar sobre Layla Mead.

— Claro que precisa. — Luke riu.

Qual era a graça?

— Você foi encontrá-la na sexta passada, por volta de meia-noite.

— É, fui — concordou ele, parecendo ter baixado a guarda só por um segundo. Depois, tamborilou na bancada, o som atrapalhando o ritmo do coração de Pip.

— E você sabe quem ela é de verdade.

— Sei.

— Quem? — indagou Pip, sem conseguir esconder o desespero na voz.

Luke sorriu, exibindo os dentes.

— *Jamie* é Layla Mead.

TRINTA E SEIS

— O quê?! — exclamaram Pip e Ravi ao mesmo tempo, se entreolhando.

— Não é possível — declarou ela, balançando a cabeça.

— É, sim. — Luke deu um sorrisinho, obviamente se divertindo com o choque dos dois. — Eu mandei mensagem para Layla naquela noite e concordei em encontrar com ela no estacionamento do bosque Lodge. E quem é que estava lá, esperando por mim? Jamie Reynolds.

— M-mas, mas... — O cérebro de Pip se recusava a processar aquela informação. — Você viu Jamie? Você se encontrou com ele, minutos depois da meia-noite?

O momento, pensou ela, em que os batimentos de Jamie dispararam pela primeira vez.

— Isso. Aquele idiota deve ter pensado que era muito esperto, passando a perna em mim e fingindo ser uma garota para me seduzir. Talvez quisesse roubar Nat de mim, sei lá. Se Jamie não tivesse desaparecido, eu mataria ele.

— O que aconteceu no estacionamento? — perguntou Ravi.

— Nada de mais. — Luke passou a mão pela cabeça raspada. — Quando saí do carro e chamei o nome de Layla, foi Jamie quem saiu de trás das árvores.

— E aí? — encorajou Pip. — Vocês conversaram?

— Não. Ele estava todo estranho, parecia assustado. E tinha mais é que estar assustado mesmo, depois de ter mexido comigo. — Luke lambeu os dentes de novo. — Ele estava com as mãos nos bolsos e só falou algumas coisas.

— O quê? — perguntaram Pip e Ravi ao mesmo tempo outra vez.

— Não me lembro direito, mas foi um negócio estranho. Tipo "criança bronquiolite" ou "criança bom uísque", sei lá, não consegui entender a última parte direito. E depois ele ficou parado, observando minha reação. É óbvio que pensei "Que porra é essa?", mas, quando eu disse isso, Jamie se virou e saiu correndo. Fui atrás, e teria matado Jamie se o alcançasse, mas estava escuro, e acabei me perdendo dele entre as árvores.

— E depois? — pressionou Pip.

— Não teve depois. — Luke se aprumou, estalando o pescoço tatuado. — Não consegui encontrá-lo. Voltei para casa. Jamie desapareceu. Então, acho que ele devia estar envolvido com mais alguém que conseguiu pegá-lo. Seja lá o que tenha acontecido, ele mereceu. Garoto maldito.

— Mas Jamie foi para a casa de fazenda depois disso — argumentou Pip. — Sei que aquele é o local que você usa para pegar suas, hum, mercadorias. Por que Jamie iria para lá?

— Sei lá. Eu não estava lá naquela noite. Mas a casa de fazenda é isolada e o melhor lugar dessa cidade para fazer transações com privacidade. Só que agora, graças a você, tenho que encontrar um novo ponto de entrega. — Luke rosnou.

— Você...? — começou Pip, mas o restante da pergunta morreu antes mesmo de ela descobrir qual seria.

— Isso é tudo o que sei sobre Layla Mead e sobre Jamie. — Luke baixou a cabeça e apontou para o corredor. — Podem ir embora agora.

Pip e Ravi não se mexeram.

— Agora — repetiu ele, mais alto. — Estou ocupado.

— Está bem — disse Pip, virando-se para sair e avisando com um olhar para Ravi fazer o mesmo.

— Uma semana a partir de hoje! — gritou Luke. — Quero meu dinheiro na sexta-feira que vem. Não gosto de ficar esperando.

— Entendido — concordou Pip, a dois passos de distância da cozinha.

Mas então a pergunta fragmentada que passara pela sua cabeça mais cedo se reorganizou e foi concluída. Pip se virou de novo para ele.

— Luke, você tem vinte e nove anos?

— Tenho.

Ele franziu o cenho.

— E falta pouco para você fazer trinta?

— Meu aniversário é daqui a uns meses. Por quê?

— Nada, não. — Pip balançou a cabeça. — Trago o seu dinheiro na quinta-feira.

Ela atravessou o corredor e saiu pela porta, que Ravi segurava com uma expressão de urgência.

— O que foi isso? — perguntou ele assim que a porta se fechou. — De onde você vai tirar novecentas libras, Pip? Ele é um cara perigoso, você não pode sair por aí e...

— Acho que vou aceitar um daqueles patrocínios, afinal. O mais rápido possível — explicou Pip, virando-se para observar os feixes de luz de sol atingindo o carro branco de Luke.

— Um dia desses, vou ter um ataque cardíaco por sua causa — disse Ravi, pegando a mão da namorada e fazendo-a dobrar a esquina. — Jamie não pode ser Layla, não é?

— Não — disparou Pip, sem nem cogitar a ideia. Então, depois de pensar, acrescentou: — Não, não pode ser. Li as mensagens dos dois. E teve aquela situação com a Stella Chapman. E Jamie ligou para Layla em frente à festa do apocalipse, ele estava falando com uma pessoa real ao telefone.

— O que aconteceu, então? Talvez Layla tenha mandado Jamie ir ao estacionamento para encontrar o Luke?

— É, talvez. E talvez tenha sido sobre isso que eles conversaram durante a ligação. E Jamie deve ter levado a faca para o encontro com Luke, quem sabe no bolso do casaco.

— Por quê? — A confusão de Ravi era visível. — Nada disso faz sentido. E que porcaria é "criança bom uísque"? Luke está zoando com a nossa cara?

— Não parecia que ele estava zoando. E lembra que George também ouviu Jamie mencionar uma "criança" durante a ligação?

Os dois caminharam em direção à estação de trem, onde Pip estacionara o carro mais cedo, para que sua mãe não o visse caso passasse pela High Street.

— Por que você perguntou a idade dele? Está pensando em me trocar por um modelo mais velho?

— Aconteceu vezes demais para ser coincidência — disse Pip, mais para si mesma do que para Ravi. — Adam Clark, Daniel da Silva, Luke Eaton e o próprio Jamie, considerando que ele mentiu sobre a idade... Todos com quem Layla conversou têm vinte e nove anos ou acabaram de fazer trinta. Além disso, são homens brancos, com cabelo castanho e moram na mesma cidade.

— É, a Layla tem um tipo. Um tipo muito, *muito* específico.

— Não sei, não. — Pip fitou os próprios tênis, ainda úmidos da noite anterior. — Todas essas semelhanças, e o fato de que ela fazia várias perguntas... É como se Layla estivesse procurando por alguém, mas não soubesse direito quem era.

Pip se virou para Ravi, mas sua atenção se desviou para alguém do outro lado da rua. Parado em frente à nova cafeteria. Jaqueta preta elegante. Cabelo loiro caindo sobre os olhos. Maçãs do rosto angulares.

Ele tinha voltado.

Max Hastings.

Conversando e rindo com dois caras que Pip não reconhecia.

Ela sentiu seu corpo se esvaziar e então ser preenchido por uma sensação sombria e fria, vermelha e ardente. Parou de andar e o encarou.

Como ele ousava fazer aquilo? Como ousava ficar rindo bem ali, naquela cidade, onde todos podiam vê-lo?

As mãos de Pip se contraíram, cravando as unhas na palma de Ravi.

— Ai. — Ele escapou do aperto e se virou para a namorada. — Pip, o qu...?

Então, Ravi seguiu o olhar dela até o outro lado da rua.

Max devia ter sentido que estava sendo observado, porque, bem naquele momento, ele virou o rosto. Seu olhar atravessou a rua e os carros estacionados. Encontrando Pip. Entrando em Pip. Os lábios dele formaram uma linha, subindo numa das extremidades. Max levantou o braço e abriu a palma da mão, dando um pequeno aceno. A curva de sua boca se transformou num sorriso.

A sensação dentro de Pip cresceu, faiscando, mas foi Ravi quem explodiu primeiro.

— Não olhe para ela! — gritou. — Não se atreva a olhar para ela, ouviu?

Pessoas se viraram na rua. Murmuraram. Rostos apareceram nas janelas. Max abaixou o braço, mas o sorriso não abandonou seu rosto nem por um segundo.

— Vamos — chamou Ravi, pegando a mão de Pip outra vez. — Vamos sair daqui.

Ravi estava deitado na cama dela, brincando de jogar um par de meias enrolado para cima. Era o tipo de coisa que o ajudava a pensar.

Sentada à escrivaninha, diante do notebook com a tela desligada, Pip enfiava o dedo em um pequeno pote de alfinetes, deixando-os espetá-la.

— Vamos lá, mais uma vez — sugeriu Ravi, os olhos acompanhando o movimento das meias para cima e para baixo.

Pip pigarreou e recomeçou:

— Jamie vai até o estacionamento do bosque Lodge, levando a faca que buscou em casa. Está nervoso e assustado, sua frequência cardíaca mostra isso. Layla provavelmente armou o encontro, mandou Luke ir para lá. Não sabemos o porquê. Jamie diz algumas palavras para Luke, espera a reação dele e então foge. Depois vai para a casa de fazenda abandonada. O coração dele dispara ainda mais. Ele está mais assustado do que antes, e a faca de alguma forma acaba caindo na grama perto das árvores. O Fitbit é arrancado do braço dele ou quebra ou...

— Ou o coração dele para — completa Ravi.

Pega e joga.

— Alguns minutos depois, o celular de Jamie é desligado e não volta a ser ligado — concluiu Pip, apoiando o peso da cabeça nas mãos.

— Bem... Luke não foi discreto sobre seu desejo de matar Jamie, por achar que ele estava por trás do perfil *fake*. Luke não poderia ter seguido Jamie até a casa de fazenda abandonada?

— Se Luke tivesse feito alguma coisa com o Jamie, não acho que ele teria contado tudo isso para a gente, nem por novecentas libras.

— Justo — concordou Ravi. — Mas Luke já tinha mentido para você antes. Ele poderia ter contado que viu Jamie quando você conversou com ele e com Nat.

— É, mas, bem... Ele tinha saído para trair Nat, e ela estava ali com a gente. Além disso, considerando o ganha-pão dele, acho que Luke quer evitar qualquer associação a pessoas desaparecidas.

— Certo. Mas as palavras que Jamie falou para Luke devem ser importantes. — Ravi se sentou, apertando as meias enroladas. — Elas são a chave.

— Criança bronquiolite? Criança bom uísque? — Pip lançou um olhar descrente para ele. — Não parecem ser *a chave*.

— Talvez Luke tenha entendido errado. Ou talvez as palavras tenham outro significado que ainda não percebemos. Pesquise na internet.

Ravi apontou para o notebook.

— Pesquisar na internet?

— Vale a pena tentar, resmungona.

— Está bem.

Pip apertou o botão para ligar o notebook e clicou duas vezes no ícone do Chrome. Uma página em branco do Google foi aberta.

— Certo, mas estou avisando desde já que não vou clicar nas imagens — disse Pip, digitando *criança bronquiolite*. Ela apertou a tecla Enter e, como esperado, o resultado principal era um site sobre saúde infantil, com um artigo intitulado *Obstrução nasal*. — Não foi muito útil.

— O que Jamie queria dizer? — Ravi se perguntou, lançando a bola de meia no ar. — Tente a outra versão.

Pip digitou *criança bom uísque* e apertou Enter.

— É, como eu suspeitava, só apareceu um monte de listas dos melhores uísques para cada ocasião. Viu, eu disse que era inút...

A voz ficou entalada na garganta quando Pip viu que, logo abaixo da barra de pesquisa, o Google sugeria: *Você quis dizer: Criança Brunswick*.

— Criança Brunswick — disse ela baixinho, testando o peso das palavras. Soavam familiares, juntas daquela forma.

— O que é isso? — Ravi se levantou da cama e se aproximou.

Pip clicou na sugestão do Google, e a página de resultados foi substituída por matérias de todos os grandes jornais do país. Seus olhos percorreram a tela.

— É claro — comentou ela, virando-se para Ravi, esperando encontrar o mesmo reconhecimento na expressão dele.

Mas Ravi parecia confuso.

— Criança Brunswick é o nome que a mídia deu à criança envolvida no caso Scott Brunswick — explicou Pip.

— Caso o quê? — perguntou Ravi, tentando ler por cima do ombro dela.

— Você não ouviu *nenhum* dos podcasts de *true crime* que eu recomendei? Quase todos abordaram esse caso, foi um dos mais famosos do país. Aconteceu faz, tipo, vinte anos. — Pip encarou Ravi. — Scott Brunswick era um assassino em série. Bem prolífico. Ele fazia o filho, a Criança Brunswick, atrair as vítimas. Você nunca ouviu falar desse caso?

Ravi balançou a cabeça.

— Leia isso aqui — instruiu Pip, clicando em um dos artigos.

PÁGINA INICIAL > *TRUE CRIME* > OS ASSASSINOS EM SÉRIE MAIS FAMOSOS DA GRÃ-BRETANHA > SCOTT BRUNSWICK, "O MONSTRO DE MARGATE"

Oscar Stevens

Entre 1998 e 1999, a cidade de Margate, em Kent, foi abalada por uma série de assassinatos horríveis. No intervalo de treze meses, sete adolescentes desapareceram: Jessica Moore, de dezoito anos; Evie French, de dezessete anos; Edward Harrison, de dezessete anos; Megan Keller, de dezoito anos; Charlotte Long, de dezenove anos; Patrick Evans, de dezessete anos; e Emily Nowell, de dezessete anos. Seus restos mortais foram descobertos posteriormente, queimados e enterrados ao longo da costa, dentro de um raio de 1,5 quilômetro. Em todos os casos, a causa da morte foi traumatismo craniano.[1]

Emily Nowell, a última vítima do Monstro de Margate, foi encontrada três semanas após seu desaparecimento, em março de 1999. Porém, a polícia ainda demoraria mais de dois meses para rastrear seu assassino.[2]

A investigação se concentrou em Scott Brunswick, de quarenta e um anos, um motorista de empilhadeira que morou em Margate a vida toda.[3] Brunswick apresentava grandes semelhanças com um esboço elaborado e divulgado pela polícia após uma testemunha ter visto um homem dirigindo, tarde da noite, na área em que os corpos viriam a ser encontrados.[4] Seu automóvel, uma van branca da marca Toyota, também correspondia à descrição da testemunha.[5] As buscas na casa de Brunswick revelaram "troféus" que ele havia guardado de cada uma das vítimas: um pé da meia de cada pessoa.[6]

Mas havia pouca evidência forense ligando-o aos assassinatos. [7] Quando o caso foi a julgamento, a promotoria se baseou em provas circunstanciais e em sua testemunha-chave: o filho de Brunswick, que tinha dez anos na época do último assassinato. [8] Brunswick, que vivia sozinho com o único filho, usou a criança para ajudá-lo a cometer os crimes. Ele instruía o filho a abordar possíveis vítimas em lugares públicos — como parquinhos, praças, piscinas públicas e shoppings — e atraí-las, sozinhas, para onde Brunswick aguardava em sua van para sequestrá-las. [9][10][11] O filho também auxiliava no descarte dos corpos. [11] [12]

O julgamento de Scott Brunswick teve início em setembro de 2001, e o depoimento do menino — apelidado de Criança Brunswick pela imprensa —, com treze anos na época, foi essencial para garantir um veredito unânime de culpado.[13] Scott Brunswick foi condenado à prisão perpétua. Porém, apenas sete semanas após ser admitido na prisão de segurança máxima em Frankland, Durham, ele foi espancado até a morte por outro presidiário.[14][15]

Devido ao papel que desempenhou nos assassinatos, o filho de Brunswick foi sentenciado por um tribunal de menores a cumprir uma sentença de cinco anos em um reformatório.[16] Quando completou dezoito anos, a Justiça recomendou que lhe fosse concedida liberdade condicional pelo restante da vida. Ele recebeu uma nova identidade através de um programa de proteção a testemunhas, e uma liminar internacional foi imposta à mídia, impedindo a publicação de quaisquer detalhes sobre a Criança Brunswick ou sua nova identidade.[17] O ministro do Interior afirmou que isso se devia a um risco de "retaliação contra este indivíduo caso sua verdadeira identidade fosse divulgada, tendo em vista o papel que ele desempenhou nos crimes horrendos de seu pai".[18]

TRINTA E SETE

Connor os encarou, os olhos semicerrados se tornando sombrios, o nariz sardento se enrugando. Ele tinha saído da escola no meio da aula de biologia e ido direto para a casa de Pip quando ela lhe mandara uma mensagem avisando que tinha uma notícia urgente.

— O que você quer dizer? — perguntou o garoto, nervoso, girando na cadeira da escrivaninha dela.

Pip manteve um tom de voz calmo e controlado:

— Estou dizendo que achamos que Layla Mead, quem quer que seja, está procurando pela Criança Brunswick. E não é só porque Jamie falou esse nome para Luke. A Criança Brunswick tinha dez anos na época do último homicídio, em março de 1999, e treze anos em setembro de 2001, quando o julgamento começou. Ou seja, atualmente, ela teria vinte e nove anos ou acabado de fazer trinta. Todos os homens com quem Layla conversou... incluindo Jamie no começo, já que ele mentiu sobre a própria idade... ou têm vinte e nove anos e vão fazer trinta em breve, ou acabaram de completar trinta. E Layla faz muitas perguntas a eles. Tenho certeza de que ela está tentando descobrir quem é a Criança Brunswick. E, por algum motivo, acha que ele está na nossa cidade.

— Mas o que isso tem a ver com Jamie? — insistiu Connor.

— Tudo — afirmou Pip. — Acho que ele está envolvido nessa busca por causa da Layla. Jamie foi se encontrar com Luke Eaton, algo que

Layla havia armado, e falou as palavras "Criança Brunswick" na expectativa de que ele reagisse de determinada maneira. Mas Luke não correspondeu à expectativa.

— Então Luke não é a Criança Brunswick? — arriscou Connor.

— Não acredito que seja.

— Mas... — intrometeu-se Ravi. — Sabemos que, depois de se encontrar com Luke, Jamie foi direto para a casa de fazenda abandonada, que é onde o que quer que tenha acontecido... aconteceu. — Ele olhou de relance para Pip. — Então, nossa teoria é de que talvez Jamie tenha ido encontrar outra pessoa. Alguém que Layla achava que poderia ser a Criança Brunswick. E essa pessoa... reagiu.

— Quem? — indagou Connor. — Daniel da Silva ou o sr. Clark?

— Não. — Pip balançou a cabeça. — Quer dizer, esses são os outros homens que conversaram com Layla, até onde sabemos. Mas um é policial, o outro é professor. A Criança Brunswick não poderia ter nenhuma dessas profissões, e acho que Layla percebeu isso só de trocar mensagens com eles. Assim que Adam Clark disse que era professor, ela o descartou e parou de responder. Teria que ser outra pessoa.

— Então, o que tudo isso significa?

— Significa que, se encontrarmos a Criança Brunswick — Pip colocou uma mecha de cabelo para trás da orelha —, encontramos Jamie.

— Isso é loucura — disparou Connor. — Como é que vamos encontrar esse cara?

— Pesquisando — respondeu a amiga, puxando o notebook para o colo. — Vamos descobrir tudo que conseguirmos sobre a Criança Brunswick e por que Layla Mead acha que esse cara está aqui.

— O que não vai ser fácil, considerando que existe uma liminar internacional impedindo a publicação de qualquer informação sobre ele — lembrou Ravi.

Ele e Pip já tinham lido todas as matérias da primeira página de resultados do Google e anotado os detalhes relevantes, mas, por enquanto, a única informação que tinham era a idade estimada do filho de Scott Brunswick. Pip imprimira a foto do assassino, mas ele não se parecia com ninguém que conheciam. Pele branca pálida, barba por fazer, rugas leves, olhos e cabelo castanhos. Era um homem comum, sem nenhum indício do monstro que havia sido.

Pip e Ravi retomaram a pesquisa, e Connor se juntou a eles com seu celular. Dez minutos se passaram até que alguém abrisse a boca:

— Encontrei uma coisa nos comentários anônimos de uma das matérias mais antigas — anunciou Ravi. — Boatos de que, em dezembro de 2009, a Criança Brunswick estava morando em Devon e havia revelado sua identidade para uma amiga. Ela espalhou a informação, e ele teve que se mudar para outra cidade e assumir uma nova identidade. Muita gente reclamou na seção de comentários que era um *desperdício do dinheiro dos contribuintes*.

— Anote isso — instruiu Pip, analisando outra matéria que apresentava as mesmas informações de sempre, mas em outras palavras.

Ela foi a próxima a encontrar algo relevante. Leu em voz alta:

— "Em dezembro de 2014, um homem de Liverpool recebeu uma suspensão condicional da pena depois de admitir descumprimento de ordem judicial ao publicar fotos que alegava serem do homem que ficou conhecido como Criança Brunswick, já adulto." — Ela respirou fundo. — "A alegação era falsa, e o procurador-geral expressou preocupação, declarando que a ordem em vigor não visava proteger apenas a Criança Brunswick, mas também os cidadãos que poderiam ser erroneamente identificados como ele e, assim, postos em perigo."

Pouco depois, Ravi se levantou da cama, desequilibrando Pip, e desceu para fazer sanduíches para os três. Antes de sair, correu os dedos pelo cabelo dela.

— Alguma novidade? — perguntou ao retornar, entregando os pratos para Pip e Connor. Já havia duas mordidas em seu próprio sanduíche.

— Connor encontrou uma coisa — respondeu Pip, estudando mais uma página de resultados da busca *Criança Brunswick Little Kilton* no Google.

Os primeiros links eram matérias sobre Pip, a "detetive criança de Little Kilton" que resolvera o caso Andie Bell, datadas do ano anterior.

— É — acrescentou Connor, soltando o lábio que mordia. — Em um Subreddit de um podcast sobre o caso Brunswick, alguém comentou que tinha ouvido boatos de que a Criança Brunswick estava morando em Dartford. Isso foi postado alguns anos atrás.

— Dartford? — repetiu Ravi, voltando ao próprio notebook. — Eu li uma notícia sobre um homem de Dartford que cometeu suicídio depois de um bando de gente espalhar boatos falsos na internet de que ele era a Criança Brunswick.

— Ah, os boatos deviam ser sobre ele, então — comentou Pip, digitando isso em suas anotações e voltando à busca no Google.

Ela estava na nona página de resultados e clicou no terceiro link, um post no 4Chan em que um usuário fez um resumo do caso. Terminava assim: *E agora a Criança Brunswick está à solta, você pode passar por esse homem na rua e nunca saber disso.*

Os comentários do post eram variados. A maioria continha descrições violentas do que fariam com a Criança Brunswick caso a encontrassem. Algumas pessoas postaram links para notícias que Pip, Ravi e Connor já haviam lido. Em resposta a uma ameaça de morte particularmente explícita, alguém escreveu: *Ele era só uma criança quando os assassinatos aconteceram, o pai dele o forçou a ajudar.* Ao que outra pessoa respondeu: *Ele ainda deveria ficar preso pelo resto da vida. Deve ser tão mau quanto o pai, está no sangue.*

Pip estava prestes a sair desse canto sombrio da internet quando um comentário quase no fim da página chamou sua atenção. Era de quatro meses atrás.

Anônimo Sáb 29 Dez 11:26:53

Sei onde a Criança Brunswick está. Em Little Kliton...
Sabe, a cidade que tem aparecido direto nas notícias
por causa da garota que resolveu o caso Andie Bell

O coração de Pip disparou, ecoando em seu peito, quando seus olhos se voltavam para a referência a ela. Devia ser por causa do erro de digitação no nome da cidade que aquilo não tinha aparecido nos resultados da busca.

Ela rolou pela página para ler mais respostas.

Anônimo Sáb 29 Dez 11:32:21

Como você ficou sabendo disso?

Anônimo Sáb 29 Dez 11:37:35

O primo do meu amigo está na cadeia, na Penitenciária
de Grendon. Parece que o novo companheiro de cela
dele é de lá e disse que conhece muito bem o cara.
Falou que eram amigos e que a CB contou esse segredo
para ele alguns anos atrás

Anônimo Sáb 29 Dez 11:39:43

Jura? :)

Pip mal conseguia respirar, o ar entalado na garganta. Seu corpo inteiro ficou tenso, e Ravi percebeu, voltando seus olhos escuros para ela. Connor começou a falar alguma coisa, mas Pip o silenciou para conseguir pensar.

Penitenciária de Grendon.

Ela conhecia uma pessoa na Penitenciária de Grendon. Howie Bowers tinha sido mandado para lá no início de dezembro, depois de se declarar culpado pelas acusações de tráfico de drogas. Aquele comentário *só podia* ser sobre ele.

O que significava que Howie Bowers conhecia muito bem a Criança Brunswick. E aquilo, por sua vez, significava que... Espere aí... Houve um estalo na mente de Pip, pausando o momento presente e voltando meses no tempo, à procura de uma lembrança esquecida.

Pip fechou os olhos e se concentrou.

Então encontrou.

— Merda.

Ela se levantou, deixando o notebook cair do colo, e correu em direção à mesa para pegar o celular.

— O que foi? — perguntou Connor.

— Merda, merda, merda — murmurou Pip, desbloqueando o aparelho e entrando na galeria de fotos.

Ela voltou até as imagens de abril, depois passou por março, pelo aniversário de Josh e por todas as imagens de cortes de cabelo sobre as quais Cara precisava de uma opinião, e em seguida por janeiro e pela festa de Ano-Novo da família Reynolds, pelo Natal e pelo Winter Wonderland com seus amigos, e pelo primeiro jantar fora com Ravi, e por novembro, e pelos prints da primeira reportagem sobre ela, e pelos três dias que passara no hospital, e pelas fotos da agenda de Andie Bell, tiradas quando ela e Ravi invadiram a casa da família e, ah, olha só, ela nunca tinha reparado no nome de Jamie na letra de Andie ao lado de rabiscos de estrelas. Pip voltou ainda mais no tempo, e então parou.

Em 4 de outubro. Havia chegado nas fotos que usara para obrigar Howie Bowers a falar com ela. As que o traficante a fizera deletar, mas que Pip havia recuperado da lixeira, caso precisasse mais tarde. Registros de Robin Caine, mais novo, entregando dinheiro para Howie em troca de um saco de papel pardo. Mas aquelas não eram as fotos certas. E sim as que ela havia tirado minutos antes.

Howie Bowers parado em frente à cerca. Um homem saindo das sombras para encontrá-lo. Um homem lhe entregando um envelope de dinheiro, mas sem comprar nada. Usando um casaco bege. O cabelo castanho mais curto que o comprimento atual. Bochechas coradas.

Era Stanley Forbes.

E, embora as pessoas na imagem estivessem imóveis, suas bocas estavam abertas, e Pip quase conseguia ouvir a conversa de sete meses antes.

"É a última vez, está me ouvindo?", dissera Stanley. "Você não pode continuar me pedindo mais. Eu não tenho."

Howie respondera numa voz baixa demais para Pip ouvir direito, mas ela podia jurar que tinha sido algo como: "Mas se você não me pagar, eu vou contar."

Stanley rebatera, furioso: "Não acho que você teria coragem."

Pip havia capturado aquele instante, Stanley se aproximando de Howie com os olhos de cheios de desespero e raiva.

E ela finalmente entendia o porquê.

Ravi e Connor a observavam em silêncio. Ela ergueu a cabeça.

— E aí? — perguntou Ravi.

— Eu sei quem é a Criança Brunswick — anunciou. — É Stanley Forbes.

TRINTA E OITO

Os três permaneceram sentados, em silêncio. Mas Pip conseguia ouvir algo além do silêncio, um zumbido imperceptível em seus ouvidos.

Eles não encontraram nenhuma informação que refutava aquela ideia.

Quatro anos atrás, Stanley dissera ter vinte e cinco anos em uma matéria do *Kilton Mail* sobre o preço dos imóveis, o que o colocava dentro da faixa etária esperada. Ele não parecia ter nenhum perfil em redes sociais, outro ponto que levantava suspeitas. E Pip havia se lembrado de um acontecimento relevante no domingo de manhã.

— Ele nem sempre responde ao próprio nome. Eu o chamei na semana passada e ele não esboçou qualquer reação. Uma colega comentou que ele faz isso o tempo todo, disse que tem audição seletiva. Mas talvez isso seja um sinal de que Stanley Forbes é um nome recente, de que ele passou a maior parte da vida com outro nome.

Todos concordaram. Havia sinais e coincidências demais para não ser verdade. Stanley Forbes era a Criança Brunswick. Ele revelara sua identidade para o amigo, Howie Bowers, que traiu sua confiança e usou o segredo para extorqui-lo. Depois, Howie contou o segredo para seu colega de cela, que contou para o primo, que contou para o amigo, que por fim divulgou o boato na internet. E tinha sido assim que Layla

Mead, quem quer que ela fosse e onde quer que estivesse, descobrira que a Criança Brunswick morava em Little Kilton.

— Então, o que isso significa? — Connor perfurou o silêncio.

— Se Layla reduziu o número de suspeitos para dois — Ravi gesticulou — e mandou Jamie confrontá-los na sexta à noite, então foi Stanley quem ele encontrou na casa de fazenda, antes de desaparecer. O que significa que...

— Que Stanley sabe o que aconteceu com Jamie — concluiu Pip. — Ele foi o responsável.

— Mas por que Jamie estava envolvido nisso tudo? — perguntou Connor. — É loucura.

— Não sabemos, e essa resposta não é importante no momento. — Pip se levantou, e a energia nervosa que borbulhava dentro dela se espalhou para as pernas. — O que importa é encontrarmos Jamie, e vamos fazer isso usando Stanley Forbes.

— Qual é o plano? — quis saber Ravi, os ossos dos joelhos estalando ao se levantar.

— Não deveríamos ligar para a polícia? — Connor também se pôs de pé.

— Não confio na polícia — declarou Pip.

Nunca mais confiaria, não depois daquilo tudo, não depois de Max. A polícia não tinha o monopólio de decidir o que era certo ou errado.

— Precisamos entrar na casa do Stanley. Se ele sequestrou Jamie ou... — Pip lançou um olhar para Connor — ... ou o machucou, as pistas do paradeiro dele estarão ali. Precisamos fazer Stanley sair de casa para conseguirmos entrar. Hoje à noite.

— Como? — perguntou Connor.

E a ideia já estava formada, apenas esperando que Pip a encontrasse.

— *Nós* seremos Layla Mead — explicou a garota. — Tenho outro chip que posso botar no meu celular para Stanley não reconhecer o número. Vamos mandar uma mensagem para ele fingindo ser Layla, dizendo para nos encontrar na casa de fazenda hoje à noite. Aposto que ele quer ter a oportunidade de encontrar a verdadeira Layla para descobrir quem sabe sua identidade e o que ela quer. Stanley vai aparecer. Tenho certeza.

— Daqui a pouco você vai precisar de um celular descartável, que nem a Andie Bell — comentou Ravi. — Certo, atraímos ele para a casa de fazenda abandonada, e enquanto isso invadimos a casa dele e procuramos por pistas que nos levem ao Jamie.

Connor assentiu.

— Não — interveio Pip, chamando a atenção deles de volta para si. — Nem todos nós. Alguém precisa ficar responsável pela distração na casa de fazenda. Um de nós tem que manter Stanley fora de casa tempo o bastante para os outros dois realizarem a busca e avisarem quando ele estiver voltando. — Os olhos dela encontraram os de Ravi. — Eu cuido disso.

— Pip... — começou ele.

— Isso — cortou ela. — Vou ficar vigiando a casa de fazenda, e vocês dois vão para a casa do Stanley. Ele mora logo depois do Ant, na Acres End, não é? — Pip direcionou a pergunta a Connor.

— Isso, eu sei qual é.

— Pip — tentou Ravi outra vez.

— Minha mãe vai chegar em casa daqui a pouco, então vocês precisam ir embora. — Ela segurou Ravi pelo braço. — Vou dizer para os meus pais que vou para sua casa hoje à noite. Nós três nos encontramos no meio da estrada Wyvil às nove, para dar tempo de mandarmos a mensagem para Stanley e nos prepararmos.

— Combinado. — Connor piscou para ela, andando em direção à porta.

— Não conte nada para sua mãe! — avisou Pip. — É melhor manter isso só entre nós três por enquanto.

— Beleza. — Connor deu mais um passo. — Vamos, Ravi.

— Hum, dois segundos. — Ravi fez um movimento com o queixo, indicando para Connor ir na frente.

— O que foi? — Pip ergueu o rosto quando ele se aproximou, sentindo a respiração dele em seu cabelo.

— O que você está fazendo? — perguntou Ravi com delicadeza, observando ora um olho dela, ora o outro. — Por que se ofereceu para ficar de vigia? Eu posso cuidar disso. Você deveria ir para a casa do Stanley.

— Não, não — discordou Pip, sentindo as bochechas quentes pela proximidade dos dois. — Connor precisa estar lá porque é o irmão dele. Mas você também precisa. É sua segunda chance, lembra?

Pip afastou uma mecha de cabelo presa nos cílios dele, e Ravi segurou a mão dela, que agora tocava seu rosto.

— Quero que seja você. Encontre ele, Ravi. Encontre Jamie, está bem?

Ele sorriu para Pip, entrelaçando seus dedos com os dela como se o tempo não existisse mais.

— Tem certeza? Você vai estar sozinha...

— Não tem problema. Vou só ficar de vigia.

— Certo. — Ravi baixou as mãos e encostou a testa na dela. Então sussurrou: — Nós vamos encontrá-lo. Vai ficar tudo bem.

E, por um momento, Pip se permitiu acreditar nele.

Aqui é a Layla.

Me encontre na casa de fazenda às 23h

:)

Lida às 22h18

Estarei lá.

TRINTA E NOVE

A silhueta da casa de fazenda caindo aos pedaços era recortada pela claridade da lua ao fundo, que perfurava as fendas e rachaduras e as aberturas no andar de cima onde outrora ficavam as janelas.

Pip estava a cerca de vinte metros da construção, escondida entre as árvores do outro lado da estrada. Ela observou a estrutura antiga, tentando não estremecer com o uivo do vento ao passar pelas folhas, sua mente criando palavras a partir daqueles sons sem voz.

O celular vibrou em sua mão, e a tela se acendeu com o número de Ravi.

— Oi — atendeu Pip, sussurrando.

— Estamos estacionados no fim da Acres End — informou Ravi, em voz baixa. — Stanley acabou de sair de casa. Está entrando no carro.

Pip ouviu Ravi afastar a boca do celular, sussurrando algo para Connor que ela não conseguiu escutar.

— Certo, ele acabou de passar de carro pela gente. Está indo na sua direção.

— Beleza — confirmou Pip, apertando o celular com força entre os dedos. — Vocês dois precisam entrar na casa dele o mais rápido possível.

— Estamos indo — respondeu Ravi.

Uma porta de carro se fechando, sem fazer muito barulho. Pip ouviu Connor e Ravi avançarem pela calçada e pela entrada da casa. Seu coração batia no ritmo dos passos apressados.

— Não, não tem chave reserva debaixo do capacho — comentou Ravi, tanto para ela quanto para Connor. — Vamos para os fundos antes que alguém nos veja.

A respiração de Ravi crepitava na linha enquanto ele e Connor contornavam a casinha. Eles estavam a pouco mais de três quilômetros de Pip, mas sob o mesmo luar.

Houve o barulho de algo sendo chacoalhado.

— A porta dos fundos está trancada — disse Connor ao fundo.

— É, mas o tranco fica bem ali, na maçaneta — observou Ravi. — Se eu quebrar a janela, consigo alcançá-lo e abrir a porta.

— Não faça barulho — instruiu Pip.

Sussurros e resmungos soaram à medida que Ravi tirava a jaqueta e a usava para envolver sua mão. Pip ouviu um baque, depois outro, e por fim o barulho do vidro sendo quebrado.

— Cuidado para não se cortar — alertou Connor.

Pip ouvia a respiração acelerada de Ravi.

Um clique.

Um estalo.

— Ok, entramos — sussurrou ele.

Pip ouviu um dos dois pisar nos cacos de vidro ao entrar na casa... bem na hora que dois olhos amarelos surgiram na escuridão ao seu lado. Os faróis cresceram ao avançar pela estrada Old Farm.

— Ele chegou. — Pip baixou o tom de voz para que o vento a encobrisse.

Um carro preto virou na estrada Sycamore e parou na beira da via, as rodas batendo no cascalho. Pip havia estacionado o próprio carro mais adiante na estrada Old Farm, para que Stanley não o visse.

— Fique escondida — pediu Ravi.

A porta do carro se abriu. Stanley Forbes saiu, sua camisa branca perturbando a escuridão ao redor. Seu cabelo castanho e despenteado caía no rosto, escondendo as feições na sombra enquanto ele trancava o carro e se dirigia à casa de fazenda.

— Certo, ele entrou — avisou Pip quando Stanley passou pela porta da frente escancarada, rumo às sombras lá dentro.

— Estamos na cozinha — informou Ravi. — Está escuro aqui.

Pip aproximou mais o celular da boca.

— Ravi, não deixe Connor ouvir isso, mas se você encontrar qualquer pertence do Jamie, tipo o celular ou as roupas dele, não encoste em nada. Podem ser evidências, caso as coisas não saiam como a gente espera.

— Pode deixar — concordou Ravi.

Em seguida, ele fungou alto ou engasgou, Pip não sabia ao certo.

— Ravi? Ravi, o que aconteceu?

— Meu Deus — sussurrou Connor.

— Tem alguém aqui — contou Ravi, a respiração acelerando. — Dá para ouvir uma voz. Tem alguém aqui.

— O quê? — perguntou Pip, sentindo o medo subir pela garganta.

Então, por cima da respiração em pânico de Ravi, ela ouviu Connor gritar:

— Jamie. É o Jamie!

— Connor, espere, não corra! — berrou Ravi, e sua voz ficou mais distante do celular.

Restou apenas um farfalhar.

E o som de alguém correndo.

— Ravi? — chamou Pip, num sussurro.

Uma voz abafada.

Um baque alto.

— Jamie! Jamie, sou eu, Connor! Estou aqui!

A linha estalou, e a respiração de Ravi voltou.

— O que aconteceu?

— Ele está aqui, Pip — avisou Ravi, a voz tremendo. Connor gritava ao fundo. — Jamie está aqui. Ele está bem. Está vivo.

— Está vivo? — repetiu ela.

Sua mente não conseguia processar as palavras.

Em meio aos gritos de Connor, que eram interrompidos por soluços frenéticos, Pip conseguiu ouvir uma voz fraca e abafada. A voz de Jamie.

— Ai, meu Deus, ele está vivo — comemorou Pip, mas a frase se partiu quando ela deu um passo para trás e esbarrou numa árvore. — Ele está vivo — repetiu, só para ouvir aquela frase de novo.

Seus olhos se encheram de lágrimas, então Pip os fechou. E pensou nas seguintes palavras com mais força do que jamais tinha pensado em qualquer coisa na vida: *Obrigada, obrigada, obrigada*.

— Pip? — chamou Ravi.

— Jamie está bem? — quis saber a garota, enxugando os olhos com a jaqueta.

— Ainda não conseguimos chegar até ele — explicou Ravi. — Jamie está trancado num cômodo, acho que no banheiro do andar de baixo. Tem uma corrente com cadeado do lado de fora. Mas ele parece estar bem.

— Pensei que você tivesse morrido. — Connor chorava. — Estamos aqui, vamos tirar você daí!

A voz de Jamie ficou mais alta, mas Pip não conseguia distinguir as palavras.

— O que ele está dizendo? — perguntou a garota, mudando de posição para voltar a observar a casa de fazenda.

— Ele está dizendo... — Ravi fez uma pausa para ouvir. — Está dizendo que precisamos sair daqui. Precisamos sair daqui porque ele fez um acordo.

— O quê?

— Não vou embora sem você! — gritou Connor.

Algo na escuridão chamou a atenção de Pip, tirando seu foco do celular. Stanley ressurgiu das sombras no corredor, prestes a sair da casa de fazenda.

— Ele está voltando — sussurrou Pip. — Stanley está voltando.

— Merda — xingou Ravi. — Mande mensagem fingindo ser Layla, peça para ele esperar.

Mas Stanley já havia cruzado a soleira apodrecida, o rosto voltado para o carro.

— Tarde demais — avisou Pip, ouvindo o sangue pulsar enquanto tomava a decisão. — Vou distraí-lo. Tire Jamie daí e o leve para um lugar seguro.

— Não, Pip...

Mas ela afastou o celular do ouvido, pressionando o botão vermelho com o polegar. Então saiu correndo do esconderijo e atravessou a estrada, espalhando cascalho com os pés. Quando chegou ao gramado, Stanley virou a cabeça em sua direção, percebendo o movimento sob o luar.

Ele congelou.

Pip parou de correr e caminhou em direção à porta escancarada.

Stanley forçou a vista, tentando enxergar na penumbra.

— Olá? — chamou.

Quando Pip chegou perto o suficiente para ser reconhecida, o rosto dele se franziu numa expressão de choque.

— Não. — A voz de Stanley saiu rouca e ofegante. — Não, não, não. Pip, é você? — Ele deu um passo para trás. — Você é Layla?

QUARENTA

Pip balançou a cabeça.

— Eu não sou Layla — respondeu, as palavras prejudicadas pelas batidas rápidas de seu coração. — Mandei aquela mensagem para você hoje à noite, mas não sou Layla. Não sei quem ela é.

A expressão de Stanley mudou em meio às sombras, mas tudo que Pip conseguia enxergar eram o branco de seus olhos e o branco de sua camisa.

— V-você... — gaguejou ele, a voz falhando. — Você sabe...?

— Quem você é? — disse Pip, num tom gentil. — Sim, eu sei.

Com a respiração irregular, o homem baixou a cabeça.

— Ah. — Stanley se recusava a olhar para ela.

— Podemos entrar e conversar? — Pip indicou a porta.

Quanto tempo demoraria para Ravi e Connor conseguirem se livrar da corrente, abrir a porta e tirar Jamie de lá? Pelo menos uns dez minutos, pensou ela.

— Está bem — concordou ele, a voz pouco acima de um sussurro.

Pip foi na frente, checando por cima do ombro que Stanley a seguia pelo corredor escuro, os olhos derrotados voltados para o chão. Quando chegaram à sala de estar, Pip passou pelas embalagens de comida e garrafas de cerveja e foi até o aparador de madeira. A gaveta de cima se encontrava aberta, com a grande lanterna que Robin e seus amigos usavam apoiada na beirada. A garota a pegou, estudando a sala repleta de silhuetas assombrosas, Stanley perdido entre elas. Quando Pip acendeu a lanterna, tudo ganhou forma e cor.

Stanley semicerrou os olhos contra a claridade.

— O que você quer? — perguntou ele, mexendo as mãos, nervoso.

— Posso pagar você, uma vez por mês. Não ganho muito; o trabalho no jornal da cidade é, em grande parte, voluntário, mas tenho outro emprego no posto de gasolina. Dou um jeito.

— Me pagar?

— Pa-para você não contar para ninguém. Para guardar o meu segredo.

— Stanley, não vim aqui para chantagear você. Não vou contar para ninguém, prometo.

Ele pareceu confuso.

— Então... o que você quer?

— Só quero salvar Jamie Reynolds. — Pip ergueu as mãos. — É só por isso que vim aqui.

— Ele está bem. — Stanley fungou. — Eu já disse isso várias vezes.

— Você machucou Jamie?

O brilho nos olhos castanhos de Stanley se apagou, sua expressão se endurecendo com algo que parecia raiva.

— Se *eu* machuquei Jamie? — devolveu ele, a voz mais alta. — Claro que não. Ele tentou me matar.

— O quê? — Pip perdeu o fôlego. — Como isso aconteceu?

— O problema foi que essa mulher, Layla Mead, veio falar comigo pela página do Facebook do *Kilton Mail* — explicou Stanley, encostado na parede oposta. — Com o passar do tempo, trocamos números de celular e começamos a conversar por mensagem. Durante semanas. Eu gostava dela... pelo menos achei que gostasse. E então, na última sexta-feira, ela me mandou uma mensagem à noite, pedindo para encontrá-la aqui.

Stanley fez uma pausa para olhar ao redor, analisando as paredes velhas e descascadas.

— Eu vim, mas ela não estava. Esperei dez minutos na frente da casa, até que alguém apareceu: Jamie Reynolds. Ele parecia estranho, ofegante, como se tivesse acabado de correr. Jamie se aproximou de mim, e a primeira coisa que falou foi "Criança Brunswick". — Stanley começou a tossir. — É óbvio que foi um choque para mim, moro aqui há mais de oito anos e ninguém nunca ficou sabendo, a não ser...

— A não ser Howie Bowers?

— É, a não ser ele. — Stanley fungou. — Achei que ele era meu amigo, que eu podia confiar nele. Achei a mesma coisa com Layla. Enfim, entrei em pânico e, depois disso, só lembro que Jamie tentou me atacar com uma faca. Consegui desviar e derrubar o objeto da mão dele. Começamos a brigar perto daquelas árvores na lateral da casa, e eu pedia "por favor, por favor, não me mate". Durante a briga, empurrei Jamie contra uma das árvores. Ele bateu a cabeça e caiu no chão, acho que apagou por alguns segundos. Depois disso, ele ficou meio confuso. Talvez tenha tido uma concussão.

Stanley respirou fundo e continuou:

— E aí... eu não sabia o que fazer. Se ligasse para a polícia e dissesse que alguém tinha tentado me matar porque sabia a minha verdadeira identidade, já era. Eu precisaria me mudar, arranjar uma nova cidade, um novo nome, uma nova vida. Mas eu não queria ir embora. Aqui é o meu lar. Gosto da minha vida. Tenho amigos agora. Eu nunca tive amigos antes. Morar em Little Kilton, sendo Stanley Forbes, é a primeira vez que cheguei perto de ser feliz. Eu não aguentaria recomeçar em outro lugar, como uma nova pessoa. Isso acabaria comigo. Já tive que fazer isso uma vez, quando eu tinha vinte e um anos e contei quem eu era para a garota que eu amava. Ela chamou a polícia, e os oficiais me ajudaram a me mudar para cá e me deram esse nome. Eu não aguentaria passar por tudo isso de novo, recomeçar do zero. Só precisava de tempo para decidir o que fazer. Eu nunca tive intenção de machucar Jamie.

Stanley encarou Pip com os olhos cheios de lágrimas, tentando convencê-la a acreditar nele.

— Ajudei Jamie a se levantar e o levei para o meu carro. Ele parecia cansado, ainda meio confuso, então falei para ele que estávamos indo para o hospital. Peguei o celular dele e o desliguei, para que não tentasse ligar para ninguém. Depois dirigi de volta para minha casa, ajudei Jamie a entrar e o levei para o banheiro do andar de baixo, o único cômodo que tinha uma tranca do lado de fora. Eu... Eu não queria que ele saísse, estava com medo de que fosse tentar me matar de novo.

Pip concordou com a cabeça, e Stanley prosseguiu:

— Eu precisava de um tempo para pensar em como resolver a situação. Jamie começou a pedir desculpas pela porta e a me pedir para deixá-lo ir embora, disse que só queria voltar para casa, mas eu precisava pensar. Entrei em pânico, achei que alguém poderia rastrear o celular dele, então destruí o aparelho com um martelo. Algumas horas depois, instalei uma corrente entre a maçaneta do banheiro e um cano na parede ao lado da porta, para poder abrir uma fresta sem que Jamie conseguisse escapar. Passei um saco de dormir e algumas almofadas para ele, além de comida e um copo para ele poder beber água da pia. Disse a ele que eu precisava pensar e o tranquei ali outra vez. Não dormi naquela noite, fiquei refletindo. Eu ainda achava que Jamie era a Layla, que ele tinha conversado comigo por semanas para me atrair para uma cilada e me matar. Eu não podia deixar Jamie ir embora, porque ele podia tentar me matar de novo ou então contar para todo mundo quem eu sou. Também não podia chamar a polícia. Era uma situação impossível.

Hesitante, ele continuou:

— No dia seguinte, tive que ir trabalhar no posto de gasolina. Se eu não aparecesse ou ligasse avisando que estava doente, meu agente da condicional faria perguntas, e eu não podia levantar suspeitas. Voltei para casa naquela noite ainda sem saber o que fazer. Preparei o jantar, e, quando abri a porta para entregar a comida para Jamie, nós começamos a conversar. Ele disse que não fazia ideia do significado de Criança Brunswick e que só tinha feito tudo aquilo porque uma garota chamada Layla Mead pedira. A mesma Layla com quem eu estava conversando. Jamie estava perdidamente apaixonado por ela. Ela tinha falado para ele as mesmas coisas que me falou: que tinha um pai controlador que mal a deixava sair de casa e um tumor cerebral inoperável. — Ele fungou. — Mas Jamie disse que ela foi ainda mais longe com ele. Falou que havia um exame clínico que o pai não a deixava fazer e que ela não tinha como pagar, mas que morreria se não fizesse. Jamie estava desesperado para salvá-la, achava que era amor, então lhe deu mil e duzentas libras para fazer o teste, disse que havia pedido emprestado a maior parte. Layla o instruiu a deixar o dinheiro em uma lápide no cemitério, que ela pegaria quando conseguisse fugir do pai. Ela mandou Jamie fazer mais duas coisas: invadir uma casa e roubar o relógio que pertencera à sua falecida mãe, que o pai dela havia doado para um brechó e alguém comprara. E também fez com que Jamie batesse num cara na noite do aniversário dele, porque supostamente era alguém que queria impedi-la de fazer o tal exame que salvaria sua vida. Jamie acreditou em tudo.

— E foi Layla que mandou Jamie fazer aquilo na sexta à noite? — perguntou Pip.

Stanley fez que sim.

— Jamie descobriu que ela o estava enganando, usando as fotos de outra pessoa. Ele ligou para Layla na mesma hora, e ela explicou que usava fotos falsas porque tinha um stalker. Mas jurou que todo o resto era verdade, só as fotos que não. Em seguida, falou que o stalker havia acabado de mandar mensagem para ela, dizendo que a mataria naquela noite porque descobrira que Jamie e Layla estavam juntos.

Ela explicou que não sabia quem era o stalker, mas que tinha só dois suspeitos, e estava certa de que o stalker levaria a cabo a ameaça. Layla explicou que mandaria mensagem para os dois e marcaria um encontro em um lugar remoto, então pediu para Jamie matar o stalker antes que o stalker a matasse. Mandou Jamie dizer as palavras "Criança Brunswick" para os dois caras, por que o verdadeiro stalker reagiria ao ouvir aquilo. A princípio, Jamie se recusou a levar o plano adiante, mas ela o convenceu. Na cabeça dele, era isso ou perder Layla para sempre, e seria culpa dele. Mas Jamie disse que não queria fazer aquilo e que na verdade ficou aliviado quando eu consegui derrubar a faca das mãos dele.

Pip conseguia visualizar a cena se passando diante de seus olhos.

— Então Jamie falou com Layla por telefone? — perguntou ela. — Layla é uma mulher com certeza?

— Falou. Mas eu não confiava cem por cento nele. Ainda achava que Jamie podia ser Layla. Talvez estivesse mentindo para eu deixá-lo sair, e em seguida ou me mataria ou espalharia a informação. Então, depois de conversarmos durante boa parte da noite de sábado, chegamos a um acordo. Trabalharíamos juntos para descobrir quem Layla era de verdade, isso é, se ela não fosse Jamie e de fato existisse. E quando... se... encontrássemos Layla, eu ofereceria dinheiro para ela guardar meu segredo. Jamie não espalharia meu segredo e eu não contaria para a polícia que ele tinha me atacado. Nós combinamos que Jamie permaneceria no banheiro até encontrarmos Layla, e só então eu soube que podia confiar nele. Tenho dificuldade em confiar nas pessoas. Mas, na manhã seguinte, quando eu estava no escritório do *Kilton Mail*, você me procurou para falar sobre Jamie, e depois eu vi todos os pôsteres pela cidade. Foi então que percebi que precisávamos encontrar Layla e inventar uma história para justificar o sumiço de Jamie antes que a sua investigação avançasse demais. Era por isso que eu estava na igreja aquele dia, procurando pelo túmulo da Hillary

F. Weiseman, para ver se me levava a Layla. Achei que a situação seria resolvida em um ou dois dias e tudo ficaria bem, mas ainda não descobrimos quem ela é. Ouvi seus episódios e sei que Layla mandou mensagem para você. Então percebi que não podia ser Jamie e que ele estava me contando a verdade.

— Também ainda não descobri quem ela é — admitiu Pip. — Nem por que ela fez isso.

— Eu sei por quê. Ela quer que eu morra — explicou Stanley, enxugando uma lágrima. — Muita gente quer que eu morra. Passo todos os dias em alerta, esperando algo assim acontecer. Eu só queria levar uma vida tranquila, talvez fazer algo de bom. Sei que não sou bom, que não tenho sido bom. Por exemplo, as coisas que eu falei sobre Sal Singh, a forma como tratei a família dele. Quando tudo aquilo aconteceu, bem na cidade onde eu morava... Eu via o que Sal tinha feito, o que eu acreditava que ele tinha feito, e enxergava meu pai. Enxergava um monstro igual a ele. E, sei lá, na época me pareceu uma oportunidade de compensar os erros do meu passado. Eu estava enganado, terrivelmente enganado. — Ele secou outra lágrima. — Sei que isso não justifica, mas não cresci num ambiente bom, cercado de pessoas boas. Estou tentando desaprender tudo o que aprendi ali: esses pontos de vista, essas ideias. Estou tentando ser uma pessoa melhor. Porque a pior coisa que eu poderia me tornar é alguém parecido com meu pai. Mas todo mundo acha que sou igual a ele, e sempre tive medo de que fosse verdade.

— Você não é igual a ele — garantiu Pip, dando um passo para a frente. — Você era só uma criança. Seu pai obrigou você a fazer aquelas coisas. Não foi culpa sua.

— Eu podia ter contado para alguém. Ou me recusado a ajudar. — Stanley puxou a pele dos nós dos dedos. — Talvez ele tivesse me matado, mas pelo menos aqueles adolescentes ainda estariam vivos. E teriam feito coisas melhores com a própria vida do que eu fiz com a minha.

— Ainda não acabou, Stanley. Podemos trabalhar juntos e descobrir quem é Layla. Ofereça dinheiro, o que ela quiser. Eu não vou contar para ninguém. Jamie também não. Você pode continuar aqui, nessa vida.

Um pequeno lampejo de esperança brilhou nos olhos dele. Pip prosseguiu:

— Jamie a essa hora já deve estar explicando o que aconteceu para Ravi e Connor, então...

— Espere, como assim? — interrompeu Stanley, e em um piscar de olhos a esperança o abandonou. — Ravi e Connor estão na minha casa agora?

— Hum... — Pip engoliu em seco. — Estão, sim. Desculpe.

— Eles quebraram uma das janelas?

A resposta estava estampada no rosto de Pip.

Stanley baixou a cabeça, soltando todo o ar de uma só vez.

— Então já acabou. Todas as janelas estão equipadas com um alarme silencioso que alerta a delegacia. Os policiais vão chegar em quinze minutos. — Ele levou a mão à cabeça, antes que ela caísse ainda mais. — Já era. É o fim de Stanley Forbes.

Pip ficou sem chão.

— Desculpe. Eu não sabia, só estava tentando encontrar Jamie.

Stanley tentou lhe oferecer um sorriso fraco.

— Não tem problema — disse ele, baixinho. — Eu nunca mereci esta vida, de qualquer forma. Esta cidade sempre foi boa demais para mim.

— Eu nã... — Pip cerrou os dentes, e o resto da frase nunca saiu de sua boca.

Ouviu um barulho próximo. O som de passos arrastados.

Stanley devia ter ouvido também, porque se virou e caminhou de costas em direção a Pip.

— Olá? — chamou uma voz no corredor.

Pip forçou a saliva goela abaixo.

— Olá — respondeu a garota enquanto o estranho se aproximava.

Não passava de um vulto entre as sombras, até que entrou no círculo de luz emitido pela lanterna acesa. Era Charlie Green, usando uma jaqueta com o zíper fechado até o alto. Quando reconheceu Pip, ele abriu um sorrisinho.

— Ah, pensei que fosse você mesmo. Vi o seu carro estacionado na rua, depois notei a luz aqui dentro e achei melhor vir conferir. Você está bem? — perguntou Charlie, o olhar recaindo sobre Stanley por um instante antes de retornar para Pip.

— Ah, estou bem — garantiu ela, sorrindo. — Estamos bem. Só conversando.

— Que ótimo. — Charlie suspirou. — Pip, posso pegar seu celular emprestado rapidinho? Acabou a bateria do meu e preciso mandar uma mensagem para Flora.

— Ah, claro. Pode, sim.

Ela tirou o aparelho do bolso da jaqueta e desbloqueou a tela. Então, deu alguns passos em direção a Charlie e estendeu o braço, oferecendo o celular.

Ele o apanhou, os dedos arranhando de leve na palma dela.

— Obrigado.

Charlie encarou a tela enquanto Pip voltava para perto de Stanley. Em seguida, segurou o aparelho com mais força e o guardou no bolso da frente da calça, enfiando-o bem para o fundo.

Pip o viu fazer isso e não entendeu o gesto, não entendeu nada. Já não conseguia ouvir os próprios pensamentos, porque seu coração batia alto demais.

Charlie se virou para Stanley.

— O seu também.

— O quê? — perguntou Stanley.

— Seu celular — explicou ele, com calma. — Passe para mim, agora.

— N-não estou... — gaguejou Stanley.

A jaqueta de Charlie farfalhou quando ele levou uma das mãos até as costas, contraindo os lábios em uma linha fina. Quando sua mão reapareceu, havia algo nela.

Algo preto e pontudo. Algo que Charlie segurava em um aperto trêmulo e apontava para Stanley.

Uma arma.

— Passe o celular, agora.

QUARENTA E UM

O celular deslizou pelas velhas tábuas do piso de madeira, por entre as embalagens de comida e garrafas de cerveja, girando até parar aos pés de Charlie.

A arma continuava em sua mão direita, trêmula, apontada para Stanley.

Charlie deu um passo para a frente. Pip achou que ele fosse pegar o celular, mas em vez disso o homem levantou o pé e pisou com força, estraçalhando o aparelho com a bota. A tela piscou antes de se apagar. Pip se encolheu com a barulheira inesperada, mantendo os olhos fixos na arma.

— Charlie... o que você está fazendo? — perguntou ela, a voz tremendo tanto quanto a mão dele.

— Qual é, Pip... — Charlie fungou, os olhos apontados na mesma direção que a arma. — Você já entendeu a essa altura.

— Você é Layla Mead.

— Eu sou Layla Mead — repetiu ele, com uma expressão que Pip não sabia identificar. Era ou uma careta ou um sorriso nervoso. — Mas não posso levar todo o crédito, Flora me ajudou quando precisei de uma voz de mulher.

— Por quê? — questionou Pip, o coração tão acelerado que seus batimentos produziam um som contínuo.

Charlie torceu a boca, sua atenção dividida entre Pip e Stanley. Mas a arma não acompanhou seu olhar.

— Também adotei o sobrenome da Flora — disse ele. — Sabe qual era o meu sobrenome de solteiro? Nowell. Charlie Nowell.

Pip ouviu Stanley perder o fôlego, viu seu olhar atormentado.

— Não — disse ele, num tom tão baixinho que era quase impossível de ouvir.

Mas Charlie ouviu.

— Sim. Emily Nowell, a última vítima do Monstro de Margate e seu filho. Ela era minha irmã, minha irmã mais velha. Você está se lembrando de mim agora? — gritou Charlie, agitando a mão com a arma. — Você se lembra do meu rosto? Eu nunca consegui me lembrar do seu, e sempre me odiei por isso.

— Desculpe. Sinto muito mesmo — sussurrou Stanley.

— Não me venha com essa! — berrou Charlie, as veias saltadas em seu pescoço avermelhado, como raízes de árvore. — Eu fiquei ouvindo a conversa de vocês dois, ouvi você contando sua historinha triste para ela.

Charlie virou o rosto para Pip e fez uma pergunta que não era de fato uma pergunta:

— Quer saber o que ele fez? Eu tinha nove anos, estava no parquinho. Minha irmã, Emily, estava me ensinando a brincar nos balanços grandes quando um menino apareceu. Ele se virou para Emily e disse: "Eu me perdi, você pode me ajudar a encontrar minha mãe?" — A mão de Charlie dançava, e a arma a acompanhava. — É claro que Emily disse que sim, ela era a pessoa mais legal do mundo. Disse para eu ficar no escorrega com os meus amigos enquanto ela ajudava o garotinho a encontrar a mãe dele. E os dois se afastaram. Mas Emily não voltou. Fiquei esperando por horas, sozinho no parquinho. Fechei os olhos e contei "três, dois, um", rezando para que ela aparecesse. Mas ela não apareceu. Só foi encontrada três semanas depois, mutilada e queimada.

Charlie piscou com tanta força que suas lágrimas caíram direto no colarinho da jaqueta, deixando seu rosto intocado.

— Eu testemunhei você sequestrar minha irmã, e na hora só me importei em tentar descer o escorrega de costas.

— Desculpe. — Stanley chorava, com as mãos para cima, os dedos abertos. — Sinto muito mesmo. É nela que eu mais penso, na sua irmã. Ela foi tão gentil comigo...

— Não se atreva! — bradou Charlie, saliva espumando pelos cantos da boca. — Tire ela da sua mente horrorosa! Foi você quem a escolheu, não seu pai. Foi você! Você a escolheu! Você ajudou a sequestrar sete pessoas sabendo muito bem o que aconteceria com elas. Você até ajudou a matá-las. Mas, ah, o governo deu para você uma vida novinha em folha, como se nada tivesse acontecido. Quer saber como foi a minha vida? — Charlie grunhiu, a respiração raspando em sua garganta. — Três meses depois de encontrarem o corpo de Emily, meu pai se enforcou. Fui eu quem o achou, depois da escola. Minha mãe não conseguiu lidar com tudo aquilo e começou a beber e a usar drogas para se anestesiar. Eu quase morri de fome. Em menos de um ano, ela perdeu minha guarda e passei de família adotiva em família adotiva. Algumas foram gentis comigo, outras não. Aos dezessete anos, eu estava morando na rua. Mas dei um jeito de construir uma vida, e somente uma coisa me deu forças para isso. Nenhum de vocês merecia continuar vivo depois do que fizeram. Alguém já tinha matado seu pai, mas você continuava livre. Porém eu sabia que um dia encontraria você, e seria eu quem te mataria, Criança Brunswick.

— Charlie, por favor, abaixe a arma, e nós... — pediu Pip.

— Não. — Charlie nem sequer olhou para ela. — Esperei dezenove anos por este momento. Comprei esta arma há nove anos sabendo que um dia a usaria para matar você. Estive pronto, estive esperando. Segui cada pista e cada boato sobre você publicado na internet. Morei em dez cidades diferentes nos últimos sete anos, procurando por você. E uma nova versão de Layla Mead me acompanhou em cada cidade, encontrando homens da sua idade e com suas características, fazendo com que eu me aproximasse deles até que algum confiasse em mim e me contasse sua identidade verdadeira. Mas você não estava em nenhuma daquelas outras cidades. Você estava aqui. E agora eu encontrei você. Fico feliz por Jamie ter falhado. É certo que eu faça isso. É assim que era para ser.

Pip viu o dedo de Charlie se tensionar no gatilho e gritou:

— Espere!

Só ganhe tempo, faça ele continuar falando. Se a polícia já estivesse na casa de Stanley com Ravi, Connor e Jamie, talvez Ravi mandasse os policiais para a casa de fazenda. *Por favor, Ravi, mande eles para cá.*

— E Jamie? — perguntou ela, as palavras se atropelando. — Por que envolvê-lo nisso?

Charlie umedeceu os lábios.

— Foi uma oportunidade que recebi de bandeja. Comecei a conversar com Jamie porque ele se encaixava no meu perfil de quem poderia ser a Criança Brunswick. Mais tarde descobri que ele tinha mentido sobre a idade e o descartei. Mas Jamie estava ávido por Layla. Ele se apaixonou de uma maneira que nunca havia acontecido, e ficava mandando mensagens dizendo que faria tudo por mim. E isso me fez pensar. Durante toda a minha vida, aceitei que seria responsável por matar a Criança Brunswick e que provavelmente acabaria com a sentença de prisão perpétua que *ele* deveria ter pegado. Mas, ao conversar com Jamie, tive uma ideia: e se eu botasse outra pessoa para matar a Criança Brunswick por mim? Assim eu poderia ter uma vida depois de tudo, eu e Flora. Ela me pressionou para levar esse plano adiante, para termos uma chance de ficarmos juntos. Desde que nos conhecemos, aos dezoito anos, Flora sabe que isso é algo que preciso fazer. Ela se mudou comigo por todo o país à procura *dele*, me ajudando. Eu precisava ao menos tentar.

Charlie fungou.

— Então comecei a testar Jamie, ver se conseguiria fazer com que ele levasse o plano a cabo. Acabou que foi pedir demais. Jamie sacou mil e duzentas libras em dinheiro e deixou em um túmulo à noite. Pela Layla. Ele bateu em um estranho, apesar de nunca ter entrado numa briga na vida. Pela Layla. Invadiu minha casa e roubou um relógio. Pela Layla. Eu estava aumentando o nível de gravidade aos poucos, e acho que o plano teria funcionado, acho que eu teria conseguido deixá-lo disposto a matar pela Layla. Mas aí, no memorial, tudo desandou. Bem, acho que é de se esperar quando se junta uma cidade inteira no mesmo lugar.

Ele fez uma pausa antes de prosseguir:

— Eu já tinha montado esse esquema, fingindo ser Layla, nove vezes. Logo aprendi que era melhor usar fotos de uma garota do local, manipuladas de leve. Os homens suspeitam menos quando veem fotos tiradas em lugares que reconhecem, de um rosto que talvez tenha algo de familiar. Mas aqui o tiro saiu pela culatra, e Jamie descobriu que Layla não era real. Ele ainda não estava pronto, e eu ainda não estava pronto. Mas precisávamos seguir com o plano naquela noite, enquanto Jamie ainda estava sob o controle de Layla. Só que eu não sabia quem era a Criança Brunswick. Tinha chegado a dois suspeitos: Luke Eaton e Stanley Forbes. Ambos se enquadravam em termos de idade e aparência, não tinham empregos que checassem antecedentes criminais, nunca mencionavam familiares e evitavam perguntas sobre suas infâncias. Então tive que mandar Jamie atrás dos dois. Soube que as coisas tinham dado errado quando vi que ele havia desaparecido. Suponho que você o matou?

Aquela pergunta foi dirigida a Stanley.

— Não — sussurrou ele.

— Jamie está vivo. Ele está bem — informou Pip.

— Sério? Que bom. Eu estava me sentindo culpado pelo que aconteceu com ele. Então, depois que o plano deu errado, eu não podia fazer mais nada para tentar descobrir quem era a Criança Brunswick. Mas não tinha problema, porque eu sabia que *você* descobriria. — Charlie lançou um sorrisinho para Pip. — Eu sabia que você o encontraria por mim, então fiquei observando, seguindo você. Esperando por você. Dando um empurrãozinho na direção certa quando percebia que precisava de ajuda. E você finalmente conseguiu — anunciou ele, segurando a arma com firmeza. — Você o encontrou por mim, Pip. Obrigado.

— Não! — Ela se colocou na frente de Stanley, com as mãos erguidas. — Por favor, não atire.

— PIP, SE AFASTE! — Stanley a empurrou. — Não chegue perto de mim. Se afaste!

Ela parou, o coração batendo com tanta força e tão rápido que as costelas não aguentavam, eram como dedos ossudos comprimindo seu peito.

— Se afaste! — vociferou Stanley, lágrimas escorrendo pelo rosto pálido. — Está tudo bem, não chegue perto.

Ela obedeceu, recuando mais quatro passos, então se virou para Charlie.

— Por favor, não faça isso! Não mate ele!

— Eu preciso — respondeu Charlie, forçando a vista enquanto mirava a arma. — É justamente sobre isso que conversamos, Pip. Quando o Judiciário falha, cabe a pessoas como nós consertarem as coisas. E não importa se os outros acham que somos bons ou maus, porque sabemos o que é certo. Somos iguais, você e eu. Você sabe disso. Lá no fundo. Sabe que essa é a coisa certa a fazer.

Pip não tinha uma resposta para aquilo. Não sabia o que dizer além de:

— POR FAVOR! Não faça isso! — Sua voz rasgou a garganta. — Essa não é a coisa certa! Ele era só uma criança. Uma criança com medo do pai. Não é culpa dele. Ele não matou sua irmã!

— Ele matou, sim!

— Pip, está tudo bem — tranquilizou Stanley, mal conseguindo falar de tanto que tremia. Ele ergueu a mão, para confortá-la e mantê--la distante. — Está tudo bem.

— NÃO, POR FAVOR! — gritou ela, o corpo se dobrando. — Charlie, por favor, não faça isso. Estou implorando. POR FAVOR! Não!

Os olhos dele se contraíram.

— POR FAVOR!

Seu olhar passou de Stanley para ela.

— Estou implorando!

Ele trincou os dentes.

— Por favor! — gritou Pip.

Charlie a observou chorar. Então abaixou a arma.

Respirou fundo duas vezes.

— E-eu não me arrependo — anunciou Charlie.

Levantou a arma, e Stanley perdeu o fôlego.

Ele atirou.

O som fez com que o mundo de Pip desmoronasse.

— NÃO!

Ele atirou de novo.

E de novo.

E de novo.

De novo.

De novo.

Até que soassem apenas cliques vazios.

Pip gritou enquanto Stanley cambaleava para trás e caía com força no chão:

— Stanley! Ai, meu Deus!

Ela correu até o homem, derrapando de joelhos até parar ao seu lado. Sangue transbordava dos ferimentos, e respingos vermelhos manchavam a parede atrás dele.

Stanley tentava engolir o ar, um gemido estranho saindo de sua garganta. Olhos abertos. Assustados.

Pip ouviu um farfalhar e virou a cabeça. Charlie havia baixado o braço e observava Stanley se contorcer no chão. Quando seus olhos encontraram os de Pip, Charlie assentiu uma vez, antes de se virar e sair correndo da sala, as botas pesadas deslizando pelo corredor.

— Ele já foi embora — avisou Pip, olhando para Stanley.

Naqueles poucos segundos, o sangue havia se espalhado de tal forma que restavam apenas pequenos pedaços de camisa branca em meio a todo o vermelho.

Estancar o sangramento, preciso estancar o sangramento. Ela o observou: um tiro no pescoço, um no ombro, um no peito, dois na barriga e um na coxa.

— Está tudo bem, Stanley — disse Pip, tirando a própria jaqueta. — Estou aqui, vai ficar tudo bem.

Ela rasgou a costura que prendia uma das mangas, mordendo-a até abrir um buraco e puxando para arrancá-la. De onde saía a maior parte do sangue? Do tiro da perna, devia ter atingido uma artéria. Pip deslizou a manga sob a perna de Stanley, sentindo o sangue quente escorrer por suas mãos. Ela deu um nó em cima da ferida, apertando o tecido o máximo possível e completando com um nó duplo para mantê-lo no lugar.

Stanley a observava.

— Está tudo bem — disse Pip, afastando o cabelo dos olhos, deixando uma mancha de sangue fresco na testa. — Vai ficar tudo bem. O socorro vai vir.

Ela arrancou a outra manga da jaqueta, amassou o tecido e o pressionou sobre a ferida do pescoço que jorrava sangue. Mas havia seis balas em Stanley, e ela só tinha duas mãos.

O homem piscou devagar, os olhos se fechando.

— Ei — chamou Pip, pegando o rosto dele.

Seus olhos voltaram a se abrir.

— Stanley, fique comigo, fale comigo.

— Está tudo bem, Pip — resmungou ele enquanto ela rasgava mais tiras de tecido da jaqueta, enrolando-as e enfiando-as nos outros ferimentos. — Uma hora isso ia acontecer. Eu mereço.

— Não merece, não — insistiu ela, pressionando o ferimento em seu peito e o outro em seu pescoço.

Ela sentia o sangue pulsando sob suas mãos.

— Jack Brunswick — disse ele baixinho, seus olhos tentando focar nos dela.

— O quê? — perguntou Pip, apertando o mais forte que conseguia, sentindo o sangue dele escorrer por entre seus dedos.

— Jack, esse era meu nome — explicou ele, com uma piscada pesada. — Jack Brunswick. Depois eu fui David Knight. E então virei Stanley Forbes.

Ele engoliu em seco.

— Isso é bom, continue falando. De qual nome você mais gostou?

— Stanley. — Ele deu um sorrisinho fraco. — Um nome bobo. Stanley não era ninguém importante, e nem sempre foi bom, mas foi o melhor dos três. Ele estava tentando. — Houve um estalo em sua garganta, Pip o sentiu em seus dedos. — Mas ainda sou o filho dele, não importa o meu nome. Ainda sou o garoto que fez aquelas coisas. Ainda sou podre.

— Não é, não. Você é melhor do que ele. Você é melhor.

— Pip...

Quando ela o encarou, uma sombra passou diante do rosto dele, uma escuridão sufocando a luz da lanterna. Pip olhou para cima, e foi quando sentiu o cheiro. Fumaça. Fumaça preta vindo do teto.

Ela também já conseguia ouvir. As chamas.

— Ele botou fogo na casa — disse para si mesma, sentindo sua barriga despencar no abismo enquanto observava a fumaça sair do corredor em direção ao que devia ser a cozinha.

E Pip sabia, sabia que levaria apenas alguns minutos até a casa inteira desabar.

— Preciso tirar você daqui.

Stanley piscou para ela em silêncio.

— Vamos lá.

Pip o soltou e se levantou, escorregando no sangue ao lado de Stanley e cambaleando em torno das pernas dele. Ela se abaixou e segurou os pés dele, puxando-o, arrastando-o.

Segurando os pés dele na altura dos quadris, Pip se virou e começou a arrastar Stanley atrás de si, pelos tornozelos, tentando não olhar para o rastro vermelho que ele deixava.

Chegaram ao corredor, e o cômodo à direita estava tomado pelo fogo: um vórtice furioso rugia em cada parede e no chão, saindo pela porta aberta rumo ao corredor estreito. As chamas lambiam o papel de parede descascado. E, acima deles, o isolamento exposto do teto queimava, derrubando cinzas sobre os dois.

A fumaça estava ficando mais baixa e mais escura. Pip tossiu e tomou fôlego. E o mundo começou a girar ao seu redor.

— Vai ficar tudo bem, Stanley! — gritou, abaixando a cabeça para fugir da fumaça. — Vou tirar você daqui!

Era mais difícil arrastá-lo pelo carpete. Mas Pip cravou os calcanhares e puxou com toda a força. O fogo crescia na parede ao lado — era quente, quente demais. Parecia que a pele dela estava formando bolhas, e seus olhos, queimando. Ela tentou virar o rosto para o outro lado e voltou a puxar.

— Está tudo bem, Stanley! — Ela teve que berrar entre o som das chamas dessa vez.

Pip tossia a cada inspiração. Mas não o largou. Ela segurou e puxou. E, quando alcançou a soleira, encheu os pulmões com ar limpo e frio, arrastando Stanley para a grama assim que o carpete atrás deles começou a pegar fogo.

— Estamos do lado de fora, Stanley — avisou Pip, puxando-o pela grama descuidada, para longe da casa em chamas.

Ela se inclinou e abaixou os pés dele, com delicadeza, voltando a observar o fogo e a fumaça saindo das janelas no andar de cima, impedindo a visão das estrelas.

Pip tossiu outra vez e se virou para Stanley. Seu sangue fresco brilhava sob as chamas, e ele não se mexia. Seus olhos tinham se fechado.

— Stanley! — gritou, caindo ao lado dele e segurando seu rosto mais uma vez. Os olhos não se abriram. — Stanley!

Pip aproximou a orelha do nariz dele, tentando ouvir sua respiração. Nada. Ela apoiou os dedos no pescoço, logo acima do buraco do tiro. Nada. Sem pulso.

— Não, Stanley, por favor, não.

Pip se ajoelhou, levando a mão ao peito dele, bem ao lado do ferimento. Ela uniu as mãos, ajeitou a postura e começou a empurrar. Com força.

— Não, Stanley. Por favor, não morra — pediu, mantendo os braços retos, comprimindo o peito dele.

Ela contou até trinta e então apertou o nariz de Stanley, colocou a boca na dele e soprou. Uma vez. Duas.

Posicionou as mãos no peito dele e pressionou.

Ela sentiu alguma coisa ceder sob sua palma, ouviu o som de algo sendo triturado. Uma das costelas dele estalando.

— Não vá, Stanley. — Ela encarou o rosto imóvel do homem enquanto colocava todo o seu peso em cima dele. — Posso salvar você. Prometo. Posso salvar você.

Sopra. Sopra.

Houve um clarão em sua visão periférica quando as chamas explodiram. As janelas do térreo se estilhaçaram e redemoinhos de fogo e fumaça subiram e saíram pelos vãos, engolindo a fachada da casa. Estava muito quente, mesmo a seis metros de distância, e uma gota de suor escorria pela têmpora de Pip enquanto ela pressionava. Ou seria o sangue de Stanley?

Outro estalo sob sua mão. Outra costela quebrada.

Sopra. Sopra.

— Volte, Stanley. Por favor. Estou implorando.

Os braços dela já estavam doendo, mas Pip continuou. Empurrando e soprando. Não sabia por quanto tempo. O tempo parecia não existir mais. Havia apenas ela e o calor crepitante das chamas e Stanley.

um	sete	catorze	vinte e um	vinte e oito
dois	oito	quinze	vinte e dois	vinte e nove
três	nove	dezesseis	vinte e três	trinta
quatro	dez	dezessete	vinte e quatro	*sopra*
cinco	onze	dezoito	vinte e cinco	*sopra*
seis	doze	dezenove	vinte e seis	
	treze	vinte	vinte e sete	

A primeira coisa que ela ouviu foi a sirene.

Trinta e sopra. Sopra.

Em seguida as portas de um carro batendo, vozes gritando coisas que ela não entendia porque não existiam palavras ali. Havia apenas *um* a *trinta* e *sopra*.

Alguém encostou em seu ombro, mas Pip empurrou a mão. Era Soraya. Daniel da Silva estava de pé ao lado delas, o fogo refletido em seus olhos horrorizados.

E, enquanto ele observava a casa abandonada, houve um estrondo ensurdecedor, como se fosse o fim do mundo, e o teto desabou, engolido pelas chamas.

— Pip, deixa que eu faço isso — ofereceu Soraya, gentil. — Você está cansada.

— Não! — gritou Pip, sem fôlego, o suor caindo em sua boca. — Posso continuar. Posso fazer isso. Posso salvá-lo. Ele vai ficar bem.

— A ambulância e o corpo de bombeiros já vão chegar — disse Soraya, tentando chamar sua atenção. — Pip, o que aconteceu?

— Charlie Green. — Ela arfou entre uma pressão e outra. — Charlie Green, Martinsend Way, número 22. Ele atirou no Stanley. Ligue para Hawkins.

Daniel se afastou para falar no rádio.

— Hawkins já está a caminho — garantiu Soraya. — Ravi nos disse onde você estava. Jamie Reynolds está bem.

— Eu sei.

— Você se machucou?

— Não.

— Deixa que eu faço isso.

— Não.

A segunda sirene não estava muito distante, e logo dois paramédicos surgiram ao redor de Pip em suas jaquetas refletivas, as mãos com luvas roxas.

Uma paramédica perguntou para Soraya o nome de Pip. Ela se abaixou para que Pip conseguisse ver seu rosto.

— Pip, meu nome é Julia. Você está fazendo um ótimo trabalho, querida. Mas eu vou me encarregar das compressões agora, está bem?

Pip não queria, não podia parar. Mas Soraya a puxou, e Pip não teve forças para resistir. As mãos com luvas roxas substituíram as dela no peito afundado de Stanley.

Pip caiu na grama e observou o rosto pálido de Stanley sob o brilho alaranjado do fogo.

Mais uma sirene. O carro do corpo de bombeiros parou ao lado da casa em chamas, e pessoas saltaram. Aquilo era mesmo real?

— Tem alguém lá dentro? — gritaram para ela.

— Não. — Mas sua própria voz parecia não lhe pertencer mais.

Os paramédicos se revezaram.

Pip olhou para trás e viu uma pequena aglomeração. Quando aquelas pessoas tinham chegado ali? Estavam paradas, com casacos e roupões, assistindo à cena. Mais policiais uniformizados ajudavam Daniel da Silva a afastar os espectadores e isolar a área.

Depois disso, quanto tempo se passara até ouvir a voz dele? Ela não sabia.

— Pip! — A voz de Ravi atravessou as chamas até ela. — Pip!

Ela se levantou e se virou, registrando o horror no rosto de Ravi ao vê-la. Seu olhar seguiu o dele pelo próprio corpo. Sua blusa branca estava encharcada com o sangue de Stanley. As mãos, vermelhas. Manchas no pescoço e no rosto.

Ravi correu em direção a ela, mas Daniel o empurrou para trás.

— Me deixa passar! Preciso ver a Pip! — esbravejou Ravi no rosto de Daniel, lutando contra ele.

— Você não pode entrar, essa é uma cena de crime!

Daniel empurrou Ravi em direção à multidão cada vez maior, estendendo os braços para mantê-lo ali.

Os olhos de Pip se voltaram para Stanley. Uma das paramédicas havia se retirado para falar no rádio. Pip só conseguia captar algumas palavras por cima do barulho do fogo e de toda a fumaça dentro de sua cabeça.

— Controle médico... vinte minutos... nenhuma mudança... declarar o óbito...

Demorou um instante para que as palavras penetrassem em sua mente e fizessem algum sentido.

— Espera — disse Pip, o mundo avançando muito devagar ao seu redor.

A paramédica acenou com a cabeça para a colega. Ela deu um suspiro baixo e afastou as mãos do peito de Stanley.

— O que você está fazendo? Não pare! — Pip se aproximou. — Ele não está morto, não pare!

Ela avançou em direção a Stanley, caído, imóvel e ensanguentado na grama, mas Soraya segurou a mão de Pip.

— Não! — gritou a garota, mas Soraya era mais forte, puxando Pip para seus braços e a envolvendo neles. — Me solta! Eu preciso...

— Ele se foi — disse Soraya, baixinho. — Não há nada que possamos fazer, Pip. Ele se foi.

Então as coisas foram arruinadas de vez   o tempo   pulando outras palavras meio ouvidas e meio compreendidas: *legista* e *olá, consegue me ouvir?*

Daniel tentando falar com ela, mas ela só conseguia gritar com ele.

— Eu avisei! Eu avisei que alguém ia acabar morrendo. Por que você não me ouviu?

O braço de outra pessoa ao redor dela. Contendo-a.

O detetive Hawkins está aqui agora e de onde ele veio? O rosto dele não se mexe, será que também está morto, como Stanley? Agora o detetive está sentado no banco da frente, e Pip, ela está no banco de trás observando o fogo   recuar   enquanto o carro se afasta. Os pensamentos dela não formam linhas retas, eles escorrem em

cascata

para longe dela

como cinzas.

A delegacia está fria, deve ser por isso que ela não para de tremer. Uma sala dos fundos que ela nunca viu antes. De repente, Eliza está aqui, dizendo:

— Preciso pegar suas roupas, querida.

Mas as roupas não saem do corpo quando ela puxa, têm que ser   descoladas,   a pele por baixo não era mais dela, manchada e cor-de-rosa de sangue. Eliza sela as roupas e tudo o que sobrou de Stanley dentro de um saco de provas transparente. Olha para Pip.

— Vou precisar do seu sutiã também.

Ela tem razão, o sutiã também está ensopado de vermelho.

Agora Pip está vestindo uma camiseta branca e calça de moletom cinza mas não são dela, de quem são? E *silêncio* porque alguém está falando com ela. É o detetive Hawkins:

— É só para excluir você, descartar você.

Ela não queria dizer, mas já se sente descartada.

— Assine aqui.

Ela assina.

— É só um teste de resíduo de pólvora — diz uma nova pessoa que Pip não conhece.

Ele coloca algo grudento nas mãos e nos dedos dela, selando o material em tubos.

Mais um *assine aqui*.

— Para excluir você, entendeu?

— Sim — diz Pip, deixando-os colocar os dedos dela na tinta macia e no papel.

Polegar, indicador, dedo médio, as espirais de suas impressões digitais são como pequenas galáxias.

— Ela está em choque. — Pip ouve alguém dizer.

— Estou bem.

Uma sala diferente agora e Pip está sentada ali sozinha, um copo de plástico transparente com água em suas mãos, mas o copo treme e se agita, avisando que um terremoto está acontecendo. Espere... não tem terremotos aqui. Mas ele vem mesmo assim, porque está dentro dela, a tremedeira, e Pip não consegue segurar a água sem derramar.

Uma porta bate ali perto mas, antes de o barulho chegar até ela, ele muda.

É uma arma. Que dispara duas três seis vezes e, ah, Hawkins está na sala de novo, sentado na frente dela, mas ele não consegue ouvir os tiros. Só Pip consegue.

Ele faz perguntas.

— O que aconteceu?

— Descreva a arma.

— Você sabe para onde Charlie Green foi? Ele e a esposa sumiram. Os pertences deles parecem ter sido embalados às pressas.

Ele escreveu tudo. Pip tem que ler, relembrar tudo.

Assinar embaixo.

Depois, Pip faz sua própria pergunta:

— Você a encontrou?

— Encontrei quem?

— A menina de oito anos que foi sequestrada no quintal de casa.

Hawkins assente.

— Ontem. Ela está bem, estava com o pai. Disputa familiar.

E:

— Ah. — É tudo o que Pip consegue dizer   em resposta.

Ela fica sozinha de novo ouvindo a arma que ninguém mais consegue ouvir. Até que uma palma macia encosta em seu ombro e ela se encolhe. Uma voz ainda mais suave:

— Seus pais estão aqui para levar você para casa.

Os pés de Pip seguem a voz   arrastando o resto dela junto. Até a sala de espera iluminada demais, e ela vê o pai primeiro. Pip não consegue pensar no que dizer para ele ou para a mãe, mas não importa porque eles   só   querem abraçá-la.

Ravi está logo atrás.

Pip vai até ele e na mesma hora os braços dele a apertam junto ao peito. Aconchegante. Seguro. É sempre seguro aqui, e Pip solta o ar, ouvindo o som do coração dele. Mas   ah não, a arma está ali dentro também, escondida em cada batida.

Esperando por ela.

O som acompanha Pip quando eles vão embora. Senta-se ao lado dela no carro escuro. Enfia-se na cama com ela. Pip treme e tapa os ouvidos e diz para a arma ir embora.

Mas ela não vai.

DOMINGO
16 DIAS DEPOIS

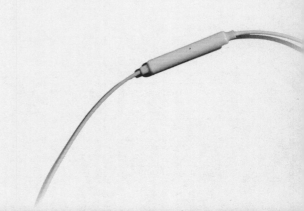

QUARENTA E DOIS

Todos eles estavam vestidos de preto, porque era assim que deveria ser.

Os dedos de Ravi estavam entrelaçados aos dela, e Pip tinha certeza de que, se os segurasse um pouquinho mais forte, iriam quebrar. Iriam se partir, como costelas.

Seus pais estavam em pé do outro lado, as mãos cruzadas na frente do corpo, as cabeças baixas. Seu pai respirava no mesmo ritmo do vento passando pelas árvores. Pip passara a notar coisas assim. Do outro lado, de frente para ela, estavam Cara e Naomi Ward, Connor e Jamie Reynolds. Connor e Jamie usavam ternos pretos que não lhes caíam muito bem, apertados demais em alguns lugares, largos demais em outros, como se os tivessem pegado emprestados do pai.

Jamie chorava, o corpo inteiro tremendo naquele terno no tamanho errado. Seu rosto ficou vermelho quando tentou segurar as lágrimas e olhou para Pip por cima do caixão.

Um caixão de pinho maciço, sem adornos nas laterais, medindo 213 por 71 por 58 centímetros, com o interior forrado de cetim branco. Pip que escolhera. Stanley não tinha família, e seus amigos... todos desapareceram depois que o segredo foi divulgado. Todos eles. Nem um sequer reivindicou o corpo, então Pip o fez, encarregando-se de organizar o funeral. Ela decidiu que ele seria enterrado, indo contra a *opinião profissional* do agente funerário. Stanley morreu sendo carregado pelos tornozelos por Pip, assustado e sangrando enquanto um incêndio se alastrava ao redor. Ela não achava que ele gostaria de ser cremado, queimado, como seu pai fizera com aqueles sete adolescentes.

Um enterro, seria disso que ele gostaria, insistiu Pip. Era por isso que estavam ali, do lado esquerdo do cemitério da igreja, depois de Hillary F. Weiseman. As pétalas das rosas brancas oscilavam com o vento em cima do caixão, que estava posicionado sobre uma cova aberta, dentro de uma armação de metal com tiras e um carpete verde imitando grama, para não parecer o que de fato era: um buraco no chão.

Integrantes da força policial pretendiam estar presentes, mas o detetive Hawkins enviara um e-mail para Pip na noite anterior dizendo que fora avisado por seus superiores que comparecer ao funeral seria considerado um ato "político demais". Portanto, ali estavam eles, apenas os oito, e a maioria viera apenas por causa de Pip. Não por ele, que jazia morto no caixão de pinho. Com a exceção de Jamie, pensou ela, notando seus olhos vermelhos.

O colarinho do padre estava apertado, a pele de seu pescoço se amontoando acima da gola enquanto ele lia o sermão. Pip desviou o olhar, concentrando-se na pequena lápide cinza pela qual optara. Um homem com quatro nomes diferentes, mas Stanley Forbes foi o que ele escolheu, a vida que ele queria, a pessoa que estava tentando ser. Sendo assim, aquele nome permaneceria gravado acima dele, para sempre.

STANLEY FORBES

7 de junho de 1988 — 4 de maio de 2018

Você foi melhor

— Antes de fazermos nossa última oração, Pip, você gostaria de dizer algumas palavras?

O nome dela a pegou desprevenida, e Pip se encolheu, o coração disparando, e de repente suas mãos estavam frias, mas não parecia suor, era sangue, era sangue, era sangue...

— Pip? — sussurrou Ravi, apertando seus dedos de leve.

E não, não havia sangue, era só sua imaginação.

— Gostaria — disse ela, tossindo para limpar a garganta. — Gostaria, sim. Hum, eu queria agradecer a todos por terem vindo. E ao senhor, padre Renton, pela cerimônia.

Se Ravi não estivesse segurando sua mão, ela estaria tremendo, balançando ao vento.

— Eu não conhecia Stanley tão bem. Mas acho que, na última hora de sua vida, descobri quem ele era de verdade. Ele...

Pip se calou. Havia um barulho sendo carregado pela brisa. Um grito. Então outro, mais alto. Mais perto.

— Assassino!

Os olhos dela se arregalaram, e Pip sentiu o peito se comprimir. Cerca de quinze pessoas marchavam pela igreja na direção deles. Segurando placas.

— Vocês estão de luto por um assassino! — gritou um homem.

— E-e-eu... — gaguejou Pip, sentindo o grito de novo, ganhando volume em sua barriga, queimando-a de dentro para fora.

— Continue, querida — disse seu pai às suas costas, colocando a mão acolhedora no ombro dela. — Você está indo muito bem. Vou falar com eles.

Conforme o grupo se aproximava, Pip reconheceu alguns dos rostos: Leslie, da loja, e Mary Scythe, do *Kilton Mail*, e por acaso aquele era... aquele era o pai de Ant, o sr. Lowe, no meio deles?

— Hum — retomou ela, trêmula, enquanto o pai corria na direção do grupo.

Cara lhe lançou um sorriso encorajador, e Jamie fez um aceno afirmativo com a cabeça.

413

— Hum. Stanley, ele... Quando ele soube que a própria vida estava em risco, a primeira coisa que ele fez foi me proteger, e...

— Queime no inferno!

Pip fechou as mãos com força e continuou:

— E ele enfrentou a própria morte com coragem e...

— Canalha!

Ela largou a mão de Ravi e partiu para a ação.

— Não, Pip! — Ele tentou segurá-la, mas ela escapou e saiu pisando forte pela grama.

Sua mãe gritava seu nome, mas ela não era aquela pessoa. Ela mostrou os dentes e disparou pelo caminho, o vestido preto na altura dos joelhos balançando contra o vento. Seus olhos percorreram as placas pintadas em tinha vermelha, as letras escorrendo:

Aprendiz de assassino

Monstro de Little Kilton

Charlie Green = HERÓI

Criança Brunswick, queime no inferno

Não na NOSSA cidade!

Seu pai olhou para trás e tentou segurá-la, mas ela avançava rápido demais, aquele ardor dentro dela queimava forte demais.

Ela colidiu com o grupo, empurrando Leslie com força e fazendo a placa de papelão da mulher cair no chão.

— Ele está morto! — gritou para todos, empurrando-os para trás. — Deixem ele em paz, ele está morto!

— Ele não deveria ser enterrado aqui. Esta é a *nossa* cidade — retrucou Mary, empurrando a placa no rosto de Pip, bloqueando o campo de visão da garota.

— Ele era seu amigo! — Pip arrancou o cartaz das mãos de Mary. — Ele era seu amigo! — rugiu, batendo a placa com toda a força no próprio joelho. O cartaz se partiu ao meio, e ela jogou os pedaços em cima de Mary. — DEIXEM ELE EM PAZ!

Ela se lançou contra o sr. Lowe, mas ele se afastou, e ela não conseguiu alcançá-lo. Seu pai a agarrou por trás, puxando seus braços. Pip esperneava na direção do grupo, mas todos se afastaram dela. Havia algo novo em seus rostos. Medo, talvez, enquanto ela era arrastada para longe.

Seus olhos se embaçaram com lágrimas de raiva quando ela olhou para cima, os braços imobilizados às suas costas, a voz tranquilizadora do pai em seu ouvido. O céu tinha um tom de azul pálido e cremoso, e agrupamentos de nuvens macias flutuavam. Um céu bonito hoje. Stanley teria gostado, pensou ela enquanto gritava.

SÁBADO
6 DIAS DEPOIS

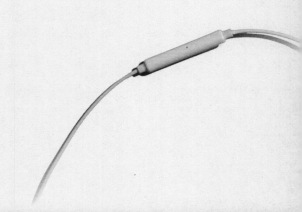

QUARENTA E TRÊS

O sol subia por suas pernas deixando sombras em formato de folhas, iluminando Pip por entre os galhos do salgueiro no jardim da família Reynolds.

O dia estava quente, mas o degrau de pedra no qual ela se sentara estava fresco sob sua calça jeans nova. Pip piscou ao observar os diferentes feixes de luz em movimento, tentando acompanhá-los.

Uma reuniãozinha, dissera a mensagem de Joanna Reynolds, mas Jamie comentara, em tom de piada, que era um churrasco de *Surpresa, não estou morto*. Pip tinha achado engraçado. Ela não vinha achando graça em muita coisa nas últimas semanas, mas o comentário de Jamie foi uma exceção.

Seu pai se encontrava junto ao de Jamie e ao de Ravi, ao redor da churrasqueira, e Pip viu que ele estava de olho nos hambúrgueres que não tinham sido virados, ansioso para substituir Arthur Reynolds como churrasqueiro. Mohan Singh estava rindo, prestes a tomar um gole de cerveja, a luz do sol refletindo na garrafa.

Joanna se debruçava sobre a mesa de piquenique, tirando o plástico filme que cobria as tigelas — salada de macarrão, salada de batata e salada verde — e deixando colheres de servir em cada uma. Do outro lado do jardim, Cara conversava com Ravi, Connor e Zach. Ravi chutava uma bola de tênis para Josh tentar pegar.

Pip assistia ao irmão gritar enquanto dava cambalhotas atrás da bola. O sorriso no rosto dele era puro e inocente. Dez anos, a mesma idade que a Criança Brunswick tinha quando... Um lampejo do rosto de Stanley à beira da morte. Pip fechou os olhos com força, mas isso nunca tirava a imagem de sua mente. Ela respirou fundo três vezes, como sua mãe lhe ensinara, e abriu os olhos outra vez. Trêmula, tomou um gole de água, a mão suando no copo de vidro. Tentou se concentrar em outra coisa.

Nisha Singh e a mãe de Pip estavam com Naomi Ward, Nat da Silva e Zoe Reynolds. Ela não conseguia ouvir a conversa, mas palavras passavam de uma para a outra, seguidas por sorrisos. Era bom ver Nat sorrindo, pensou Pip. Aquilo a transformava, de alguma forma.

E Jamie Reynolds estava andando na direção de Pip, franzindo o nariz sardento. Ele se sentou no degrau ao lado, o joelho roçando no dela ao se acomodar.

— Como vai? — perguntou Jamie, passando o dedo pelo gargalo da garrafa de cerveja.

Pip não respondeu. Em vez disso, devolveu:

— Como você está?

— Estou bem. — Jamie a encarou, um sorriso se abrindo entre suas bochechas rosadas. — Bem, mas... não consigo parar de pensar nele. — O sorriso vacilou.

— Sei como é.

— Ele não era o que as pessoas dizem que era — comentou Jamie, baixinho. — Sabe, ele tentou passar um colchão inteiro pela abertura da porta do banheiro para que eu ficasse mais confortável. E ele me perguntava todos os dias o que eu queria comer no jantar, apesar de ainda ter medo de mim. Apesar do que eu quase fiz.

— Você não teria matado ele. Tenho certeza disso.

— Não — concordou Jamie, fungando e olhando para o Fitbit quebrado em seu punho. Ele tinha dito que nunca mais o tiraria, que usaria o relógio como um lembrete. — Eu sabia que não conseguiria, mesmo com a faca na mão. Estava com tanto medo. Mas isso não diminui minha culpa. Contei tudo para a polícia. Mas, sem o Stanley, eles não têm como me processar. Isso não me parece certo.

— Não me parece certo que nós dois estejamos aqui e ele não — comentou Pip, seu peito apertado, sua cabeça sendo tomada pelo barulho de costelas se partindo. — De certa forma, nós dois levamos Charlie até ele. E estamos vivos, mas ele não está.

— Eu estou vivo graças a você — lembrou Jamie, sem encará-la. — A você, Ravi e Connor. Se Charlie tivesse descoberto a identidade de Stanley antes daquela noite, talvez tivesse me matado também. Quer dizer, ele incendiou uma casa com você dentro.

— É — disse Pip, a palavra que ela usava quando nenhuma outra servia.

— Ele vai acabar sendo pego. Charlie Green, Flora também. Eles não podem fugir para sempre. A polícia vai encontrá-los.

Hawkins dissera exatamente aquilo a Pip naquela noite: *Vamos encontrá-lo*. Mas um dia se transformara em dois que se transformaram em três semanas.

— É — repetiu ela.

— Minha mãe já parou de abraçar você? — perguntou Jamie, tentando distraí-la.

— Ainda não.

— Ela também ainda não parou de me abraçar. — Ele riu.

Pip olhou para Joanna, entregando um prato para Arthur, que continuava na churrasqueira.

— Seu pai ama você. Sei que ele nem sempre demonstra isso do jeito certo, mas eu vi quando ele pensou que havia perdido o filho de vez. Ele ama você, Jamie. Muito.

Os olhos dele se encheram de lágrimas, brilhando à luz do sol.

— Eu sei — disse Jamie, pigarreando para se livrar do nó na garganta.

— Andei pensando... — começou Pip, virando-se para o amigo. — Tudo o que Stanley queria era levar uma vida tranquila, aprender a ser uma pessoa melhor, tentar fazer algo de bom. E ele não pode mais fazer essas coisas. Mas nós ainda estamos aqui, vivos. — Ela pausou por um momento, olhando nos olhos de Jamie. — Você me promete uma coisa? Promete que vai ter uma vida boa? Uma vida plena, feliz. Viva bem, faça isso por Stanley, já que ele não pode mais.

Jamie sustentou o olhar dela, e seu lábio inferior começou a tremer.

— Prometo. Você também?

— Vou tentar — respondeu Pip.

Ela enxugou os olhos com a manga, e ele fez o mesmo. Os dois riram.

Depois de tomar um gole rápido de cerveja, Jamie falou:

— Vou começar hoje. Estou pensando em me candidatar para trabalhar no serviço de ambulância, como aprendiz de paramédico.

Pip sorriu para ele.

— É um ótimo começo.

Eles observaram os outros no jardim por um instante. Arthur derrubou um monte de pães de cachorro-quente, e Josh correu para pegá-los, gritando "regra dos cinco segundos!". Nat soltou uma risada alta e despreocupada.

— E... Bem, você já contou para o mundo todo que estou apaixonado por Nat da Silva — comentou Jamie. — Então, acho que eu deveria contar isso para ela qualquer hora. E, se ela não sentir o mesmo, eu parto para outra. Para o alto e avante. E nada de estranhas na internet.

Ele ergueu a garrafa de cerveja na direção de Pip.

— Viva bem.

Pip ergueu o copo de água e brindou:

— Por ele.

Jamie lhe deu um abraço rápido e vacilante, diferente dos abraços atrapalhados de Connor. Depois, ele se levantou e atravessou o jardim até Nat. Os olhos dele ficavam diferentes ao se dirigir a ela. Mais plenos. Mais brilhantes. Jamie abriu um sorriso com covinhas quando ela se virou para ele, o riso ainda na voz. E Pip jurou, só por um segundo, ter visto o mesmo olhar em Nat.

Ela ficou olhando os dois fazerem piadinhas com a irmã de Jamie e nem notou Ravi se aproximar, mas então ele se sentou, aconchegando um de seus pés sob a perna dela.

— Você está bem, sargento?

— Aham.

— Não quer se juntar ao pessoal?

— Estou bem aqui.

— Mas todo mundo está...

— Eu já disse que estou bem — cortou ela, mas não era ela de verdade falando aquilo. Pip suspirou e olhou para ele. — Desculpe. Não quis ser grossa. É que...

— Eu sei. — Ravi entrelaçou os dedos aos de Pip daquela maneira perfeita de sempre. Eles ainda se encaixavam. — Vai melhorar, eu prometo. — Ele a puxou para mais perto. — E eu estou aqui para o que precisar.

Pip não o merecia. Nem um pouquinho.

— Eu te amo — disse ela, prestando atenção nos olhos castanho-escuros dele, nutrindo-se deles e se livrando de todo o resto.

— Eu também te amo.

Pip mudou de posição, inclinando-se para apoiar a cabeça no ombro de Ravi e observar os demais. Todos rodeavam Josh, que se esforçava para ensiná-los a dança do fio dental, braços retos para um lado, quadris para o outro.

— Ai, meu Deus, Jamie, que vergonha de você.

Connor riu quando o irmão deu um soco na própria virilha sem querer, dobrando-se de dor.

Nat e Cara se escoraram uma na outra, mas caíram na grama de tanto rir.

— Olhem só, eu consigo! — exclamou o pai de Pip, porque é claro que ele tentava também.

Até mesmo Arthur Reynolds estava tentando, perto da churrasqueira, achando que ninguém conseguia ver.

Pip riu daquela cena ridícula, um pequeno coaxar saindo de sua garganta. E estava tudo bem, ficar ali no canto, com Ravi. À parte. Mantendo uma distância entre ela e os outros. Uma barricada ao seu redor. Ela se juntaria a eles quando estivesse pronta. Mas, por enquanto, só queria se sentar longe o bastante para poder vê-los, todos de uma vez.

Era noite. Sua família havia comido demais na casa dos Reynolds e cochilava no térreo. Pip estava no quarto, no escuro, o rosto iluminado pela luz branca fantasmagórica do notebook. Ela se sentou à escrivaninha, encarando a tela. Estudando para as provas, foi o que dissera aos pais. Porque passara a mentir.

Ela terminou de digitar na barra de pesquisa e apertou Enter.

Últimos paradeiros de *Charlie e Flora Green*.

Havia imagens de Charlie, nove dias antes, captadas por uma câmera de segurança em um caixa eletrônico ao sacar dinheiro em Portsmouth. A polícia confirmara aquele avistamento, saíra no jornal. Mas — Pip clicou num novo link — alguém comentara em uma matéria postada no Facebook que tinha visto o casal no dia anterior, em um posto de gasolina em Dover, dirigindo um novo carro: um Nissan Juke vermelho.

Pip arrancou a folha de seu bloco de notas. Amassou o papel e o jogou para trás. Ela se curvou, checando a tela do notebook outra vez enquanto rabiscava as informações em uma nova folha. Voltou para o Google.

"Somos iguais, você e eu. Você sabe disso. Lá no fundo." Era a voz de Charlie se intrometendo, dentro de sua cabeça.

E o mais assustador era que Pip não tinha certeza de que ele estava errado. Ela não sabia explicar de que forma eles dois eram diferentes.

Só sabia que eram. Um sentimento que transpunha palavras. Ou talvez, apenas talvez, o sentimento fosse mera esperança.

Ela continuou a pesquisar, clicando por horas, pulando de notícia em notícia, comentário em comentário. E continuava com ela, é claro. Sempre com ela.

A arma.

A arma estava ali agora, batendo dentro de seu peito, contra suas costelas. Mirando através de seus olhos. Estava em pesadelos, em panelas caindo no chão, em respirações ofegantes, em lápis derrubados, em tempestades, em portas se fechando, quando estava muito barulho, quando estava muito silêncio, quando Pip estava sozinha e quando não estava, e no folhear de páginas, no bater de teclas e em cada clique e cada rangido.

A arma estava sempre lá.

A arma vivia dentro dela agora.

AGRADECIMENTOS

Ao melhor agente do mundo, Sam Copeland. Obrigada por sempre estar presente e por encarar tudo isso comigo: os pontos baixos e os vários pontos altos. E por responder minhas "perguntas rápidas" que, na verdade, têm dezoito parágrafos.

A todos na Egmont, por correrem contra o tempo e superarem todos os obstáculos para dar vida a este livro. Agradeço à equipe editorial por me ajudar a criar esta continuação: Lindsey Heaven, Ali Dougal e Lucy Courtenay. Agradeço a Laura Bird pelo design de capa maravilhoso da edição inglesa e por satisfazer minha demanda incessante por mais respingos de sangue. Agradeço às estrelas de relações públicas Siobhan McDermott e Hilary Bell por seu trabalho incrível e por seu entusiasmo constante, mesmo já tendo me ouvido dar a mesma resposta em entrevistas vinte vezes. A Jas Bansal (tão genial quanto a pessoa por trás da conta do Twitter do Wendy's), obrigada pela alegria que é trabalhar com você. Mal posso esperar para ver os materiais de marketing divertidos que você está bolando. E obrigada, Todd Atticus e Kate Jennings! À equipe de vendas e de direitos, obrigada por fazer um trabalho tão bom em divulgar a história de Pip e levá-la aos leitores. E um agradecimento especial a Priscilla Coleman pelo incrível esboço do tribunal que está neste livro, continuo maravilhada com o resultado!

Muitíssimo obrigada a todos que ajudaram a tornar *Manual de assassinato para boas garotas* um sucesso. Foi graças a vocês que consegui dar continuidade à história de Pip. Aos blogueiros e críticos que falaram do livro, eu não tenho como agradecer o suficiente por tudo o que fizeram por mim. Agradeço aos livreiros pelo apoio imenso e pelo entusiasmo com o primeiro volume. Entrar em uma livraria e ver meu próprio livro nas mesas ou prateleiras é a realização de um sonho. E obrigada a todos que escolheram aquele livro e o levaram para casa, Pip e eu estamos de volta graças a vocês.

Como Pip e Cara bem sabem, não há nada mais poderoso que a amizade entre garotas adolescentes. Então agradeço às Flower Huns, minhas amigas desde a adolescência: Ellie Bailey, Lucy Brown, Camilla Bunney, Olivia Crossman, Alex Davis, Elspeth Fraser, Alice Revens e Hannah Turner. (Obrigada por me deixarem pegar emprestado parte de seus nomes.) A Emma Thwaites, minha amiga de mais longa data, obrigada por me ajudar a aperfeiçoar minhas habilidades narrativas com todas aquelas peças e músicas terríveis que escrevemos quando crianças, e a Birgitta e Dominic também.

Aos meus amigos escritores, por caminharem comigo por essa estrada (por vezes) assustadora. Aisha Bushby, não sei se teria conseguido passar pelo processo intenso de escrita deste livro sem sua companhia constante. Agradeço a Katya Balen por sua sabedoria abundante, por sua língua afiada e pelas melhores bebidas. A Yasmin Rahman, por estar presente e pelas dicas/análises profundas de vários programas de TV. A Joseph Elliot, por sempre ver o lado bom das coisas e por ser um companheiro de primeira em *escape rooms* e jogos de tabuleiro. A Sarah Juckes, antes de mais nada por mandar tão bem nas jardineiras, e também por ser tão esforçada e inspiradora. A Struan Murray, por ser irritantemente talentoso em tudo e por assistir aos mesmos canais nerds do YouTube que eu. A Savannah Brown, por nossos encontros de escrita e por interrompê-los para que eu conseguisse escrever este livro em vez de só ficar conversando. E a Lucy Powrie, por todas as coisas incríveis que você faz pela UKYA e por suas excelentes habilidades na internet; Pip poderia aprender algumas coisinhas com você.

A Gaye, Peter e Katie Collis, obrigada por estarem novamente entre os primeiros leitores e por sempre torcerem por mim. Em um universo alternativo, este livro teria se chamado *Boa garota, nada mal* *piscadinha*.

Agradeço a todos da minha família que leram e apoiaram o primeiro livro, com agradecimentos especiais a Daisy e Ben Hay e Isabella Young. Bom saber que o entusiasmo por assassinatos é de família.

À minha mãe e ao meu pai, por me darem tudo, incluindo meu amor por histórias. Obrigada por sempre acreditarem em mim, mesmo quando eu mesma não acreditava. À minha irmã mais velha, Amy, por todo o apoio (e por seus filhos lindinhos), e à minha irmã mais nova, Olivia, por me arrastar para fora de casa durante a escrita deste livro e manter minha sanidade. Danielle e George: ainda não, desculpe, vocês não têm idade para ler este livro. Tentem de novo daqui a alguns anos.

O maior agradecimento, como sempre, vai para Ben, por literalmente me manter viva durante os três meses intensos de escrita. E obrigada por sua *boa vontade* em ser o modelo para o ombro de Jamie Reynolds. Viver com uma escritora deve ser uma loucura, mas você lida com isso muito bem.

E, por último, para todas as garotas de quem os outros já duvidaram ou em quem não acreditaram. Eu sei bem como é isso. Estes livros são para todas vocês.

intrinseca.com.br

@intrinseca

editoraintrinseca

@intrinseca

@editoraintrinseca

editoraintrinseca

1ª edição	SETEMBRO DE 2022
reimpressão	OUTUBRO DE 2024
impressão	LIS GRÁFICA
papel de miolo	PÓLEN NATURAL 70G/M²
papel de capa	CARTÃO SUPREMO ALTA ALVURA 250G/M²
tipografia	UTOPIA STD